古典文獻研究輯刊

二四編

曾永義 主編

第2冊

北宋老莊之學與詩文研究

張記忠 著

國家圖書館出版品預行編目資料

北宋老莊之學與詩文研究／張記忠　著 -- 初版 -- 新北市：花
木蘭文化事業有限公司，2021〔民 110〕
序 4+ 目 4+222 面；19×26 公分
（古典文學研究輯刊　二四編；第 2 冊）
ISBN 978-986-518-564-0（精裝）
1. 老莊哲學　2. 宋代文學　3. 文學評論
820.8　　　　　　　　　　　　　　　　　　110011650

ISBN-978-986-518-564-0

9 789865 185640

古典文學研究輯刊
二四編　第二冊　　　　　　　ISBN：978-986-518-564-0

北宋老莊之學與詩文研究

作　　　者　張記忠
主　　　編　曾永義
總 編 輯　杜潔祥
副總編輯　楊嘉樂
編　　　輯　許郁翎、張雅淋、潘玟靜　美術編輯　陳逸婷
出　　　版　花木蘭文化事業有限公司
發 行 人　高小娟
聯絡地址　235 新北市中和區中安街七二號十三樓
　　　　　　電話：02-2923-1455 ／傳真：02-2923-1452
網　　　址　http://www.huamulan.tw 信箱 service@huamulans.com
印　　　刷　普羅文化出版廣告事業
初　　　版　2021 年 9 月
全書字數　204628 字
定　　　價　二四編 20 冊（精裝）台幣 45,000 元　　　版權所有 · 請勿翻印

北宋老莊之學與詩文研究

張記忠　著

作者簡介

張記忠，男，1977 年生於河南中牟縣蘆醫廟鄉蘆醫廟村。1992 年考上滎陽中等師範，後改名為鄭州二師。1995 年畢業後入職中牟縣十八中學為中學老師，也做過小學老師。後來 1998 年到 2001 年在河南大學中文系函授大專，又於 2006 年到 2008 年脫產專升本，再於 2010 到 2013 年碩士研究生畢業，都在河南大學文學院。碩士師從耿紀平師學習先秦文學，興趣點主要在老莊孔孟。2014 年到 2017 年在湖南師範大學跟李生龍師學習中國古代文學與文化。李師已仙逝。畢業後先在玉溪師範學院文學院當老師，現為安陽師範學院學院文學院老師。主要教中國古代文學史等課程。

提　　要

　　本文把北宋老莊之學與詩文貫通起來加以研究，梳理、探討了北宋老莊之學形成的背景、特點，重點分析了北宋詩文作家之老莊解悟、隱逸心態及詩文理念、創作特色等同老莊之學的複雜關係。第一章是北宋文化語境轉換視閾下的老莊之學。我們主要關注的是北宋老莊之學的特徵及其在三教或者說三家融合中的作用和地位。第二章是老莊思想對北宋士風、心態及吏隱的浸染。我們主要關注的是士人與老莊思想的如何相互融合、相互生發。第三章是北宋詩文中的老莊思理、情愫。北宋詩文的體裁多樣，我們主要從亭臺樓宇、遊覽、詠物詩文這三類比較有代表性的例證加以探究，以見一斑。如北宋亭臺樓宇詩文或寄託無為而治的理想，或流露老莊適性情愫等，表現出老莊之學對他們的深刻影響，以及生活之中老莊式的感悟對老莊思想發展的推進作用。第四章是北宋詩文理念與老莊審美取向，其中關注的主要是「意趣」。第五到第七章是以個案的形式展示蘇氏兄弟、王氏父子和道學家、道教徒的老莊之學是詩文之間的相互影響。如第五章關注的是蘇軾老莊思想與現實政治人生如何完美融合，其社會生活、文學創作如何老莊化，使之更有意趣，不失為後代之自我精神的楷模。

本課題受安陽師範學院科研培育基金項目資助，項目編號為 AYNUKPY-2020-03

序

蔣寅

　　先秦諸子中,《莊子》未必是對中國人影響最大的一種,但一定是被後世感覺最有趣的一種。而且就文學而言,它一定對後世的文學影響最深。《莊子》最有趣的地方,還不在於其中的奇人異事、詼諧的寓言以及汪洋恣肆的語言風格,它出於那麼古老的時代,卻已揭示了人生意義的虛無本質,與當代存在主義哲學的觀念相通;它標舉的「無待」境界,象徵著人類對自由的永恆追求。這種洞達人類生存底蘊的思想,無論在東方還是西方思想史上都是空前深刻的,啟迪和塑造了一代一代文人的世界觀,拯救了無數不屈的靈魂渡過苦難的深淵。我不止一次聽到前輩師長說,在那至暗的年代,精神的恐懼和苦悶到了極點,只能靠讀《莊子》來舒解,以至於《莊子》成了他們心靈的導師和摯友。《莊子》的精神,對於他們是那麼熟悉和親切,甚至不用研究也不用寫論文,《莊子》就已融化在他們的精神中。先師程千帆先生曾說,他最尊敬的前輩劉弘度(永濟)先生,對《莊子》下過很深的工夫,但平時從來不講論,只是詩詞中時時流露出《莊》意。即使在最一般的意義上說,《莊子》在哲學和美學上對中國文人的影響也一定是超過儒家經典的,這一點早已為劉紹瑾《莊子與中國美學》、方勇《莊子學史》等著作所揭示和肯定。但具體到各個歷史階段,仍有許多問題有待於深入發掘。

　　2017 年 5 月,我受邀評審湖南師範大學文學院的古代文學專業博士論文並主持答辯。張記忠的學位論文《北宋老莊之學與詩文研究》,一看題目就讓我眼睛一亮。北宋的莊子學及其與文學的關係的確是一個很有意義的研究課題。以我的淺見,儘管唐代奉老莊道教為國教,朝廷還設有「洞曉玄經」及「道舉」等以《老》、《莊》道家典籍應舉的科目,但社會上通常將道家之學視

為方外修煉之術，而道教是否能與儒學並尊也需要通過「三教論衡」來辯論。一般文士對老莊道家的態度一如對佛教，無非取其出世趣味，在詩文中掉弄一些方外煙霞、出世輕舉的超越性話語而已，並沒有多少義理的皈依。宋代則不同，士大夫之沉浸於老莊道學一如其醉心於佛學禪理，並借助於《易》理將兩者加以溝通，最終形成以儒家經典為本而融釋道義理於一體的新儒學——理學。而老莊道家的思想方法和美學趣味也只有到這個時候才完全突顯出來，成為中國古代文化和美學的鮮明的底色。

記忠這部專著首先將老莊之學放到北宋文化語境轉換的視閾下加以考察，研究主體由唐代的道教徒變成了士大夫，這一群體更重視老莊之學與現實的關係，將老莊之學政治化、功利化，並較唐代的三教並行更注重三教之會通，不僅以儒解莊（老）或援莊（老）入儒，同時也以釋（禪）來解莊（老），形成北宋思想中三教合流的思潮。在此基礎上，作者進一步分析了北宋作家的老莊解悟、隱逸心態、詩文理念、創作特色等與老莊道學的複雜關係。緒論之外，用四章的綜合研究、三章的個案研究，討論了北宋亭臺樓宇、遊覽、詠物詩文和蘇氏、王氏父子及理學家、道教徒的相關創作，就文學與老莊道學的關聯論述了北宋文學所表現的平淡中有雄奇、淡泊中有豪情的異於前代的淵放風格。這一認識出自細緻的考察、分析，明顯較學界的一般看法更為清晰、更為深刻。

在受老莊道學影響的生活觀念方面，記忠重點分析了「吏隱」觀念與文人生活、詩文創作的關係。文學中的「吏隱」主題及其藝術表現問題，最早是我在《吏隱：謝朓與大曆詩人》（1992）、《「武功體」與「吏隱」主題的發展》（2000）及《古典詩歌中的「吏隱」》（2004）諸文中加以討論的，本書又對北宋詩文中「吏隱」觀念的日常化及藝術表現的發展做了更為細緻的闡述，指出北宋士大夫在生活中隨時感悟，在心理上愈益接近和認同老莊，逐漸使吏與隱兩種不同的生活方式形成相互融合的思想基礎。書中將士人的吏、隱概括為居地方治民清淨者、身在朝堂心在山林者及居地方有所為者三類，認為經過蘇軾等人的努力，吏和隱終於相融為一，形成了一種更適性的生活方式——吏隱。這一分析和論述是很有意義的，較大程度地深化了吏隱問題的研究。

記忠師從於李生龍教授，算是馬積高先生的再傳弟子。李生龍教授著有《無為論》、《道家及其對文學的影響》、《隱士與中國古代文學》、《儒家文化

與中國古代文學》、《墨子譯注》、《傳習錄譯注》、《占星術》、《道家演義》等著作，是國內有數的道教文學研究專家。我心儀已久而無緣識荊，出席記忠博士論文答辯時得以一晤，歡若平生。可沒想到僅過半年，李先生便因病故去，聞訊我感傷不已。今年四月，記忠來信說博士論文將由花木蘭文化出版社印行，並以序相屬。不禁讓我想起與李生龍教授晤見的情景，他恂恂淡泊的儀形猶然在目。我想記忠博士論文的出版，已足以告慰老師在天之靈。只希望記忠能以此為學術前程的發軔，再接再勵，努力在道教文學研究領域有所開拓，以傳承並光大馬積高、李生龍兩位老師未竟之學。喜記忠大著授梓，聊書數語致賀，並及其師門之學誼而勖之。是為序。

蔣寅

二〇二一年六月三十日於華南師範大學文學院

目

次

緒　論

一、本選題的理論、實際意義

　　本文擬以北宋為時限（有些士人的生活時代可能會橫跨五代或者兩宋時期，具體以作品創作的時間為是），以北宋老莊之學與詩文的關係為主要研究點，以《全宋文》《全宋詩》為基本文獻依據，兼取北宋老莊研究著作、《道藏》、《全宋筆記》、《宋史》、《歷代詩話》、《歷代文話》等，對北宋詩文中受到老莊之學影響的作品加以搜集，以此作為本選題的文本依據，來探討北宋士人特有的心態、性格、生活及詩文風格特徵與老莊之學的融合。

　　此課題的研究意義在於：第一，北宋老莊之學還有待更本旨的研究。北宋老莊之學的本旨在於更重視老莊理念與現實之間的聯繫，即他們重新解釋老莊的「道德」、「有無」、「性命」的原因所在。北宋老莊之學的主體是士大夫，其中包括部分道教徒或者學者，他們熟讀老莊、注解老莊既源於對其玄理進一步闡發的興趣，更在於如何運用於現實政治與人生。第二，北宋士人的士風、心態和吏隱生活更有待老莊思想以觀照。他們在現實生活中多有通於老莊的感悟，並與其相生發，形成另一種形態的老莊之學。他們以道修身，「適性而樂」。前輩時賢已經發現並且深入研究北宋士人虛靜、淡泊名利、福禍兩任而適性的內在表現，他們或歸之於儒，或歸之於道，或歸之於釋。而以北宋獨特的老莊之學為角度進行研究更能夠發現他們何以吏隱互通、心態平和超脫。第三，北宋詩文「平淡」、「自然」的風格更有待以北宋老莊之學為核心進行重新審視。上面所提到的另一種形態的老莊之學，它的載體即是詩文。北宋詩文用生命、生活來體驗、感悟老莊思想，每個人因其性之所近而

有不同的表達方式。希望通過本選題的研究，對北宋老莊之學同詩文相互融合的探究有所開拓和深化。

二、本選題研究現狀分析與發展趨勢

本選題所涉及的對象有二，一是北宋的老莊之學，一是北宋老莊之學同詩文的關係。

（一）北宋老莊之學研究

所謂老莊之學，主要指對老莊文本與思想理念的詮解與闡釋。這裡包含兩個層面，一是北宋士人對老莊的研究，一是今人對北宋老莊之學的研究。關於北宋士人的老莊研究，本文第一章將有比較系統的梳理，這裡主要綜述當代學者對北宋老莊之學的研究情況。自上世紀八十年代以來，北宋老莊之學的研究成果眾多，這裡只擇其要者加以綜述。主要包括以下四個方面。

第一、北宋老學研究。

一般以為北宋老學研究在三教融合的過程中地位非常重要，對北宋理學的發展影響較大，且突出「本體」視域下「有為」、「仁義」、「心性」、「性命」等方面的研究。三教融合方面，熊鐵基等所著《中國老學史》（福建人民出版社，1995 年第一版）認為宋代三教融合的特點是「思想研究的本體化傾向」，此也是三教融合的內在基礎。劉固勝《論宋代老學發展的特點》（西南師大學報，2003 年第 5 期）指出宋代老學的特點是「老學研究者們大都認為孔老思想並非矛盾，孔老之間是可以相互融通的」，老學研究在宋代三教融合的發展過程中「發揮了不可替代的重要作用」。尹志華《試析北宋〈老子〉注家的孔老異同論》（孔子研究，2005 年第 6 期）認為北宋《老子》注家自王安石對老子有所批評至王雱孔、老「相為終始」，再至宋徽宗發展為孔、老在運思理路上也是「相為終始」，再至呂惠卿孔、老言論上的不同在於老子以「使民復性」是其最終目的，最後發展至蘇轍儒道互補之論，說明了北宋士人在三教融合的背景之下《老子》的注解出現了孔、老相與為用的特點。

北宋老學研究者還比較注意對本體視域下的「有無」、「仁義」、「無為」這幾組範疇的關係的分析。熊鐵基等《中國老學史》（福建人民出版社，1995 年第一版，2005 年第二版）在分析王安石的老學思想之時以為其觀道之妙的精義在於「所謂的無思無為」表現出了研究者的努力；而對其另一個特點對解老者的普遍切入點之「相對統一的辯證思想」角度，作者發現其第三層含

義，即「有無的更相迭出」，並說明「老子正是看此四術（即禮樂刑政，按：作者自注）的效果不大，所以才要抵而去之，讓人走一條虛靜無為的道路」。朱哲《老、莊「無用之用」思想析論》（宗教學研究，1996 年第 4 期）肯定了「無為」的價值所在。尹志華的《試析北宋〈老子〉注家對「無為」的詮釋》（首都師範大學學報，2004 年第 1 期）論及「不越性分」之內涵，並涉及到「無為」與「性命」之間的關係。

　　學者又特別重視北宋老子之學的心性論研究。熊鐵基等《中國老學史》關於蘇轍老學思想「去妄復性」方面有細緻論述。劉固盛《北宋儒家學派的〈老子〉詮釋與時代精神》（西北大學學報，2001 年第 3 期）以司馬光、王安石、蘇轍為主線勾勒出北宋以道德性命詮釋《老子》的發展變化過程，並指出各自的特點。劉固盛《論宋代老學發展的特點》（西南師範大學學報，2003 年第 5 期）對宋代老學的發展進行了大致的勾勒，點明北宋以後老學轉向「心性」的探討。劉氏兩篇論文的要點在於「以儒解老」。

　　第二、北宋莊學方面。

　　研究大致也不離三教融合、「性命」這些方面。熊鐵基等《中國莊學史》（人民出版社，2013 年版）第五章《宋元時期的莊學》對理學與莊學的關係論說十分詳切，其以《宋元學案》之言「周子之無極而太極，則空中之造化，而欲合老莊於儒也」分析北宋理學與莊子之間細微複雜的聯繫。方勇《莊子學史》（人民出版社，2008 年版）第四編《宋元莊子學》所引書目更為詳盡，其中對於理學家與莊學之間的關係也是其關注重點。孫克強、耿紀平主編《莊子文學研究》（中國文聯出版社，2006 年）之耿紀平《宋代莊學研究》理論的關注點也在於王、蘇二公如何援莊入儒之上。肖海燕博士論文《宋代莊學思想研究》（華中師範大學，2009 年）以為宋代「王安石學派開啟了性命道德之先河」，並對宋人以「心性」解莊進行了細緻的分析，其大旨不離儒、釋、道的融合。張松輝《莊子考辨》（嶽麓書社，1997）對「仁義」與「道」的問題進行了一定程度上的分析，認為「老莊學派反對儒家的仁義，而提倡更高標準的『大仁』『大義』」。尹志華《試析北宋〈老子〉注家對「無為」的詮釋》（首都師範大學學報，2004 年第 1 期）肯定了北宋注家所理解的「無為」並不是什麼都不做，並強調「判斷有為與無為的標準不是為或不為，而是以什麼樣的方式去為」──「聖人未嘗不為也，蓋為出於不為」（作者所引王安石語），進而引出「自然而為」。李生龍《儒學語境下士人對莊子的迴護及其意義》（中

州學刊，2014 年第五期）也是論及宋人以儒解莊或「心性」問題。

第三、老莊合而論之者。

就筆者見聞所及，北宋老莊之學合論的專著、論文似較少。一般都是在論述文學、宗教時合而論之。如馬積高先生《宋明理學與文學》（湖南師範大學出版社，1989 年版）涉及北宋文學的有兩章內容，其中說「他們（理學家）受到這兩家（釋道）影響的最主要的一點，是他們也把性命之學當做自己學說的核心，把『治內』、『為己』之學當做『為人』的前提」。其言宋代詩文中說理現象與理學關係不大，都極有啟發和幫助。張京華《八十年代臺港老莊研究概述》（江南學院學報，1999 年第 1 期》梳理了八十年代臺港老莊研究的成果，並指明了臺港「新道學」的動向。

第四、北宋老莊之學個案研究。

王安石、蘇軾為北宋最有特色的大家，自然備受關注。王安石研究方面：李祥俊《王安石學術思想研究》（北京師範大學出版社，2000 年版）以為王安石對於老子的學說，「既批評它背離了大道，又承認他對道有所體會」，而莊子「有些言論的確得到了聖王之道的精髓，但又惋惜他過於放縱」，王氏的老莊學說都是其經學與儒學的輔助。李波《王安石莊子學的儒學化思想及影響》（蘭州學刊，2006 年第 9 期）認為王安石把莊子看做是聖人之徒。肖海燕《論王安石的莊學思想》（廣東教育學院學報，2009 年第 1 期）分析王安石以儒解莊的特點。劉成國《荊公新學研究》（上海古籍出版社，2006 年版）認為荊公新學是糅合老莊的產物。楊天寶的《「捨韓入楊」和「尊莊抑老」——北宋王安石建構「內在」的兩個緯度》（孔子研究，2011 年第 3 期）把王安石思想的變化歷史化，抓住了其中幾個關鍵之處，其中「捨韓入楊」以言其「性命」之說的承繼及其內涵可謂細緻入微。呂錫琛《王安石對老子思想的闡發》（中國哲學，2014 年第 8 期）以為王安石對老子的思想有抑有揚，「無為」是有一定範圍的，必須以「道」為核心，輔以仁義刑政，仁愛之心要順應自然萬物之理，並且，一切以「百姓心為常心」。蘇軾研究方面：蘇軾與道家道教的關係歷來為人們所注意，如王國炎《東坡與道教》（江西大學學報，1987 年第 2 期）以為蘇軾對釋、老是「持否定與批判態度」的。李豫川《蘇軾與道教》（中國道教，1996 年第 2 期）則以為蘇軾「以儒家思想為基礎，有選擇地融合老莊，藉以圓通地應物處世」，「將道家的空靈透脫注入詩文」，所持態度較為肯定。劉文剛《蘇軾與道》（四川大學學報，2000 年第 1 期）、賈喜鵬《蘇軾與道教》

（晉東南師範專科學校學報，2003 年第 1 期）所論與李豫川相類。劉祥的博士論文《蘇軾倫理思想研究》（湖南師範大學，2010 年）把蘇軾的思想歸於倫理進行研究，關注他思想的現實性。嚴宇樂的博士論文《蘇軾、蘇轍、蘇過貶謫嶺南時期心態與作品研究》（復旦大學，2012 年）以為蘇軾是一個極為現實的智者，絕不是超凡脫俗的「坡仙」，對其心態的研究要更加現實和全面，並引入心理學的知識進行分析，力圖還原之，蘇轍、蘇過的心態研究也大致是這個方向。陸慶祥的《蘇軾休閒審美思想研究》（浙江大學，2012 年），作者以為北宋士人是休閒的，審美的。我們可以發現宋人那份不苟同時俗，直面血淋淋現實的閒淡之氣還需要我們認真地從「道」出發去體會之。阮延俊《蘇軾的人生境界及其文化底蘊》（世界圖書出版廣東有限公司，2014 年版）揭示蘇軾人生境界的特徵，以及建構這一人生境界的三教融合的文化底蘊。其他個人老莊之學方面。吳增輝的《從「省之又省」的圓通三教──黨爭及貶謫與蘇轍的思想蛻變》（西北師範大學學報，2012 年第 4 期）以為蘇轍在烏臺詩案之後的貶謫生活使其得以修道並發現生活之樂，然而依然有困於「命」之中，「『道』或『性』則恰恰形成了對主體精神的束縛與壓抑，成為凌駕於主體之上的支配力量，於是，『道』在蘇轍的觀念中有時會轉化為不可把握、難以逃脫的『天命』」。邵雍研究方面，劉復生《邵雍思想與老莊哲學》（道教研究，1987 年第 4 期）從「先天道論與陰本體論」、「『觀物』思想」、「自然無為的歷史觀」、「對事物矛盾發展變化的觀察」、「身心修養及人身哲學」五個方面說明北宋理學五子之一的邵雍的學說源頭乃是老莊之學，老莊之學思想深入影響理學思想。邵明華的博士論文《邵雍交遊研究──關於北宋士人交遊的個案研究》（山東大學，2009 年）探討邵雍的交遊對其思想發展、心態變化、文學創作等各方面的影響，以期發現交遊活動對北宋士人的影響程度以及深度。陳景元研究方面：劉固盛的《論陳景元對老子思想的詮釋與發揮》（宗教學研究，2006 年第 2 期）以為陳景元將氣引入性論，對人性善惡問題的合理解決，超越了前代，且性論對二程等人的理學理論有一定的先導意義。肖海燕《陳景元〈莊子注〉中的道論》（宗教學研究，2008 年第 4 期）分析了陳景元道論與唐代重玄思想的異同之處。隋思喜的《陳景元儒道關係論的基本特徵和政治意蘊》（世界宗教研究，2011 年第 3 期）從「道本儒末與理性批判」、「道體儒用與融通互補」、「治道精神與治法原則」三個方面分析，指出陳景元的儒道關係論是以道家學說為立論之本，旁採儒家之「仁義禮智」等學說，且儒

道兩家多有相通之處，具有融合的基礎的基本特徵。呂惠卿研究方面：汪征魯主編《呂惠卿研究》（福建人民出版社，2002年版）以客觀真實研究呂惠卿為宗旨。鄭小娟《呂惠卿與〈宋呂氏莊子義〉》（福建教育學院學報，2003年第4期）肯定呂惠卿解《莊子》的學術價值。湯君《黑水城文獻〈莊子義〉考》（敦煌學輯刊，2006年第2期）主要側重其文獻價值。除了上述重要個體的研究之外，任繼愈主編的《中國道教史》（上海人民出版社，1990）認為張伯端內丹派「以真心並為妄心，混然反其初，卻就無妄心中生一真念，奮天地有為而終則至於無為也」（其引自《青華秘聞》）與禪家的「放下六情」以見「真元」的修為不同。肖海燕的《論林疑獨〈莊子解〉的儒學化傾向》（華中師範大學學報，2009年第一期）指出林疑獨《莊子解》重點發揮「道德性命」之說，有違莊子之旨，卻恰當地表達了儒家思想。北宋個體研究茲不一一列舉，由此可見北宋士人對老莊的關注之深。

　　某一群體的老莊之學也有研究者關注。張愛民的《宋朝道教徒與〈莊子〉》（涪陵師範學院學報，2005年第4期）、《宋代統治者對〈莊子〉的闡釋接受》（泰山學院學報，2005年第1期）、《宋代文論家對〈莊子〉的接受》（青島大學師範學院學報，2005年第1期）、《宋代文論家與〈莊子〉》（廣西社會科學，2005年第5期）、《宋代文學家與〈莊子〉》（德州學院學報，2005年第3期）、《宋代隱士與佛教徒對莊子的接受》（蘭州學刊，2005年第2期）以及趙福泉的《宋代文人畫與老莊精神》是對北宋時期某一群體與老莊之間關係的研究。

（二）北宋老莊之學與詩文關係研究

　　老莊本身就與文學有關，故歷來對老莊的文學研究成果汗牛充棟，這裡只作簡要綜述，重點放在北宋老莊之學與詩文的關係方面。

　　第一、北宋士人人格、心態與老莊關係方面的研究。

　　苗田、趙冬梅《宋代士人的人格精神和「道」》（浙江師範大學學報，2003年第2期）以為宋代士人的人格精神為「優游不迫，外斂淨而內廣大」，「道」對這種人格精神的形成意義重大，且與宋代開始的中央集權的高度發展相併而生，他們追求「道」，反身而誠，又表現於「平淡自然而渾厚廣遠」文學風格上。劉方《文化轉型與宋代審美理想人格典範的重建》（湖南師範大學社會科學學報，2005年第3期）以為宋代孔、顏的審美理想人格典範是在北宋理學「涵泳天理、優游不迫」的體道基礎上而得以重建的，身與道融而為一，人格即是道的體現。張玉璞的博士論文《「三教合一」與宋代士人心態及文學呈

現》（曲阜師範大學，2009 年）最為關注的是宋代士人心態與文學在「吏隱」與「貶謫」這兩個方面的變化，作者以為「吏隱」的實際情況由於「生存永遠都是第一位」。朱剛《從「先憂到樂」到「簞食瓢飲」——北宋士大夫心態之轉變》（《文學遺產》，2009 年第 2 期）主要關注北宋時期心態是如何向「內」轉變的以及形成這種轉變的緣由所在，「顏子之樂」和「性命之學」是其研究的重點，作者以為北宋時期在「性命之學」的修行之中，北宋士人的心態已經完成了向「內」的轉變。

　　第二、北宋老莊之學對北宋詩文的特徵的影響。

　　從「自然」、「平淡」、「理趣」來分析者，如繆鉞《詩詞散論》（開明書店，1948 年版）言宋詩「如食橄欖，初覺生澀，而回味雋永」。朱自清先生《宋五家詩鈔》（上海古籍出版社，1981 年版）把「平淡」分為對「艱怪」的反駁和「自然」之平淡兩種，表明宋詩「平淡」詩風的兩種走向，「平淡有二。韓詩云『艱宕怪變得，往往造平淡』梅平淡是此種。朱子謂『陶淵明詩平淡出於自然』，此又是一種」。評論唐詩與宋詩風格差異者往往是以「情」與「理」的本質區別為著眼點的。如錢鍾書認為：「唐詩多以豐神遠韻擅長，宋詩多以筋骨思理見勝。」而程千帆所論亦大致相類：「唐人之詩，主情者也，情莫深于唐，及五季之卑弱，而宋詩以出。宋人之詩，主意者也，意莫高於宋。」繆鉞所論亦然，其言：「唐詩以韻勝，故渾雅，而貴蘊藉空靈；宋詩以意勝，故精能，而貴深析透闢。」要之，他們都看到了宋詩是意理為勝，而意志理趣實與老莊相近。吳組湘、沈天祐所著《宋元文學史稿》（北京大學出版社，1989 年版）對宋詩的描寫對象是對「自然」的概括，是具體與抽象之間的一種把握，「（宋之）理趣與南朝的玄理不同，玄理出於幻想，而宋之理趣是從具體生活與事物之中概括出來的」，「具體生活與事物」也就是「自然」。蔣伯潛、蔣祖怡合著《駢文與散文》（上海書店出版社，1997 年版）把「自然」與文體之間的相互影響聯繫在一起，以為「宋代駢文的佳妙者，在乎散文化的駢文，其唯一特點即在自然」。

　　第三、從道家道教、儒家、禪宗等來分析北宋文學者。

　　柯敦伯所著《宋文學史》（商務印書館，民國 23 年）以為「民族文化及是時而臻於燦爛，各種學術分途競進，在同一時期之內，兼容並包，雖甚相牴牾者，終不能稍形軒輊」，並對《鶴林玉露》所論到的莊子之文「以無為有」的影響進行了一定分析。錢鍾書先生《談藝錄‧詩分唐宋》以為「唐詩多以風

神情韻擅長，宋詩多以筋骨思理見勝」，「不知格調之別，正本性情；性情雖主故常，亦能變運。豈曰強生區別，劃水難分；只恐自有異同，搏沙不聚」，指明「性情」對詩歌創作的影響。錢鍾書先生的另一本著作《宋詩選注》用「有」、「無」來分析王禹偁「數峰無語立斜陽」何以有韻味，這對我們研究老莊思想對詩歌創作、鑒賞的相互影響很有啟發。霍松林、鄧小軍所著《論宋詩》（文史哲，1989 年，第二期）關注文化對宋詩的影響，強調宋詩重「人文優勢」的特質和對「自然意象」的重塑。韓經太《論宋人平淡詩觀的特殊指向與內涵》（學術月刊，1990 年第 7 期）以為宋詩的平淡與「文人的野逸興趣與宋儒性命之學」互為表裏，並且宋詩平淡詩風與蘇東坡詩禍所引發的怵惕心理密切相關。宋效永《精神逍遙、適性逍遙與中國文學的發展》（安徽大學學報，1991 年第 1 期）把後世文學創作對《莊子》「逍遙」思想的吸收轉化分為兩種，即精神逍遙與適性逍遙，分別與支遁和郭象、向秀所論「逍遙」義相關，蘇軾之文與適性逍遙有關。張松輝《唐宋道家道教與文學》（湖南師範大學出版社，1998 年版）對老莊思想與文學的相互影響有所論說，如「尚簡」、「重神輕形」等，不過，對「自然平淡」論得不夠深入。李生龍《隱士與中國古代文學》（湖南教育出版社，2003 年版）之中雖無專章研究北宋詩文與隱士的關係，然而其中所論述的人格類型的轉變及其意象類別的變化對此論文的研究都極有借鑒意義。李生龍《道家及其對文學的影響》（嶽麓書社，2005 年版）之第五編第七章為《道家思想與宋代文學》，分析了老莊思想對北宋士人的人格操守、文學創作都有細緻入微的影響，只是限於篇幅未做更為全面的論述。伍曉蔓《「漁父家風」與江西詩派》（文學遺產，2012 年第四期）言「像這首詞（俞紫芝的《訴衷情》）這樣把禪僧、漁父和士人自己的形象鎔鑄在一起，還是第一次」，實際上發現了北宋時期儒、釋、道思想融合下傳統意象的變化。汪湧豪《中國文學批評範疇及體系》（復旦大學出版社，2007 年）對平淡探究的更為深入，其在第四章第四節「作為宋元人心境折射的平淡範疇」對「平淡」與道家思想——其實是老莊思想之間的聯繫做了具體的研究。如其以為「『無味』其實不是真的無味，而是一種味之至。…他對『淡』投託的意思是十分深長的」，並對「平簡清野之美」有所研究，可資借鑒之處良多，雖然限於體例的原因其並未聯繫作品來分析。盧寬慧碩士論文《宋代「平淡」詩學觀探微》（山東大學，2013 年）指出了宋代「平淡」詩學的根乃是老子之「道」，且是「平淡無奇」與「平淡有奇」的辯證統一。

　　第四、北宋老莊之學與詩文之個案與群體研究。

　　朱剛《唐宋「古文運動」與士大夫文學》（復旦大學出版社，2013 年版）倡言「士大夫」文學，很有新意，對我們重新定位宋代詩文創作者的身份特徵極有啟發意義。個案研究，王安石方面：王晉光《王安石詩技巧論》（陝西人民出版社，1992 年版）主要關注王安石詩歌的特點。鄧國光《〈宋史〉論宋文》（第二屆宋代文學國際研討會論文集，2002 年）以史為據，所論宋初文學雄渾之特點，確非常論。高克勤《王安石與北宋文學研究》（復旦大學出版社，2006 年版）對王安石詩文特徵的形成與北宋其他各家詩文特徵有所評論。張錫龍的博士論文《論「王荊公」體》（山東大學，2010 年）以為王安石的詩歌風格為矛盾的統一，獨立一格，有別於同時代的其他作家，「合理地解決了工巧與自然、平淡與奇崛、淺易與深婉、質樸與精雅、閒淡與悲壯的矛盾，將這些詩歌風格有機地揉和到一起，尋找到了這些矛盾風格的最佳結合點」。蘇軾研究方面：王水照《生活的真實與藝術的真實——從蘇軾〈惠崇春江晚景〉談起》（文學遺產，1981 年第 2 期）對藝術的真實分析很合理。閻笑非《蘇軾的思想及創作新探》（黑龍江教育出版社，1989 年版）更側重蘇軾的思想研究，所謂的創作主要是指作品，思想與創作之間的關係所論不多。王水照《蘇軾的人生思考和文化性格》（文學遺產，1989 年第 5 期）以為蘇軾對「人生如寄」、「人生如夢」的深入思考並表現出來了「狂、曠、諧、適」的特點。葛曉音《論蘇軾詩文中的理趣——兼論蘇軾推重陶王韋柳的原因》（學術月刊，1995 年第 4 期）對蘇詩理趣的內涵以及與東晉以來理趣之不同進行了細緻的分析，認為蘇軾所表現的「適足」之樂和「靜照」之理與對「道」無處不在的體悟，使其無處不樂，「既超然物外，又始終不放棄愛物之心」。張進、張惠民《蘇軾貶謫心態研究》（蘇州大學學報，2001 年第 2 期）對蘇軾「放曠超拔」貶謫心態的思想基礎歸之為「孔子之道大難融、顏回之陋巷樂道、曾點之浴沂境界、莊子之相對主義和莊、易之樂天知命、佛理之隨緣自適」等幾個方面。張傳旭《「有眼」與「無弦」——蘇、黃之比較》（書法之友，2002 年，第四期）言及蘇詩「回到魏晉平淡天成的境界，是蘇軾一貫的審美追求」，則是看到了北宋詩歌「平淡」特徵的源起。王渭清《〈莊子〉對蘇軾文學創作的影響》（社會縱橫，2005 年第 8 期）從文學形式、藝術構思、藝術境界三個方面進行分析，指出在《莊子》的影響下蘇軾文學表現出了妙趣橫生、幻化多變、樸拙雄渾的特點。何玉蘭

《蘇軾、〈莊子〉散文立言藝術比較》（樂山師範學院學報，2007 年第 7 期）
分析《莊子》對蘇軾散文「隨物賦形」特點的影響。王怡波《論蘇軾對〈莊
子〉「物化」視角的繼承和發展》（樂山師範學院學報，2007 年第 8 期）認為
蘇軾對《莊子》「物化」視角的發展之處在於現實化，形成了一種「可踐行
性的審美人格」，並分析了對其文學的影響。張惠民、張進《士氣文心：蘇
軾文化文格與文藝思想》（人民文學出版社，2004 年版）言蘇軾「卓然獨立
充滿積極意義的文化人格」，並表現出「以天地胸懷來處理人間事務」的「天
地境界」（馮友蘭語）。鄭芳祥《出處死生──蘇軾貶謫嶺南文學作品主題研
究》（巴蜀書社，2006 年）對蘇軾出處之間的心態以及超越死生的思想而所
形成的文學主題深入研究。

　　前輩時賢對北宋老莊之學的研究從三教融合、本體論、有無、道德性命
等方面已經進行了深入的研究，老莊之學對北宋士人的心態、人格的影響，
以及對詩文風格、審美趣味、表現手法的影響也都有涉及，多有值得我們學
習之處。不過，我們還需要對包含於老莊哲學體系之內的道德性命以及虛靜
的範疇和概念進行分析和探究，以明晰其內涵，從而確定老莊思想三教融合
過程中所處的地位。北宋士人又是在用生命體悟老莊思想，分析他們的生活、
心態與老莊思想的體悟和闡釋的關係，一窺老莊思想對其生活等的浸染。並
探究北宋老莊之學與詩文創作是如何由內而外相互融合的，發現他們之間的
融合程度以及融合點。

三、本書的主要內容、框架以及創新點、不足之處

（一）本書的主要內容和框架

　　北宋老莊之學在北宋時期不是經學和儒學的附庸，其與儒、釋二家是相
互獨立且又融合的，對其他學說影響深遠。北宋士人對老莊的「道德」、「性
命」、「有無」的體察遠至天地之初、萬物生成之際，具有本旨的意味，即便
是理學家們也對此道德性命之學情有獨鍾。所以，我們有必要還原北宋老莊
之學的原貌，並以此展現老莊思想與北宋士人生活、詩文創作相融為一的特
點：北宋老莊之學與詩文之間並沒有明顯的界限，詩文之中也有體悟老莊思
想的表現。我們在研究之時，在一定程度上打破了哲學與文學的界限，並且
不以儒、釋、道為限，這也是北宋時期的本來面貌。全文框架和主要內容如
下：

第一章：北宋文化語境轉換視閾下的老莊之學。

北宋初期的老莊之學，在前代三教並行思想的影響下，開始轉向三教殊途同歸，或歸之於善，或歸之於道，不一而足，顯示出融合的趨勢。另外，國家初立，人心思治，對老莊的無為而治的思想的議論和評價，共同推進著三教的融合。真宗澶淵之盟至徽宗建中靖國前後是北宋高速發展的時期，黨爭日烈，士人相互砥礪，堅持一己之是非，性情多不得適，轉而開始關注老莊「性命」之論，以至超然而樂。這個時期即便是傳統的儒家或者是儒家改革者，也把眼光放在了老莊「性命」之論上，由此論而通天道。在這些人的努力之下，老莊的天道本身所具有的倫理化色彩逐漸顯露，使其天道的內容更加充實，也更接近老莊天道的本旨。這也使士人的心胸和眼光更為闊大。北宋老莊之學的特點有三：（一）詳究道德。三教融合的趨勢日顯，而歸之於「善」、「性」、「道」等幾個方面。（二）關注性命。北宋士人在注解老莊之時，性命成了這個時期的核心範疇，人人言「性命」而各自性命不同，使老莊之學重現活力。（三）力主有無合一。有為與無為合二為一，有思與無思合二為一，這也是他們具有理性的源泉。

第二章：老莊思想對北宋士風、心態及吏隱的浸染。

老莊之學的核心是老莊思想。北宋廣大士人在誦習、鑽研、探討老莊經典的同時，也必然無形中要受到老莊思想的浸染與影響。這種影響見於他們精神、人格、為人、處世、創作的方方面面，很難一一尋索、論列。本章求其大者，重點探討其對北宋士風、心態和士人吏、隱處世方式的影響。士人們在老莊之學的浸染下，他們表現出闊大情懷、有為當世、理性精神等特有的風氣；他們還在生活中隨時感悟，在心理上越來越接近和認同老莊，吏與隱這兩種不同的存在形式也就達到了精神境界的融通；士人的吏隱大概有三種不同的形式：居地方治民清淨者、身在朝堂心在山林者、居地方有所為者；在此基礎之上，在蘇軾等人努力下，吏和隱相通為一，形成了一種更追求適性的生活方式——吏隱。

第三章：北宋詩文中的老莊思理、情愫。

文學是以情志為表現核心的，士人的情志較前代而言已經發生了顯著的、本質的變化，各體詩文在表現手法、描寫內容、趣味呈現也與前代顯現出差別。北宋士人在生活中隨時感悟老莊思想，詩文成為其載體之一。北宋詩文的體裁多樣，本章試從亭臺樓宇、遊覽、詠物詩文這三類比較有代表性的例

證加以探究，以見一斑。北宋的亭臺樓閣詩文或寄託無為而治的理想，或流露老莊適性情愫等，表明了老莊之學對他們的深刻影響，以及生活之中對老莊的感悟又怎樣推進著老莊思想的發展。前代遊覽詩文中常見的人生易逝、朝代陵替等悲慨主題也漸漸被達觀、逸豫等所代替，表達了他們悠然自得、隨性適意等各種不同的情感，並多於遊覽之時悟得道理。詠物詩文中表現出現實中士人對老莊處世方式的改造，以及如何融入現實生活而逍遙適性、葆守天真的思索。

第四章：北宋詩文理念與老莊審美取向。

北宋士人在創作詩文之時逐漸發現老莊虛靜的道境在其中起著根本的作用。這使得他們對老莊的「天真」情有獨衷，更關注對一己之情志的天真自然的表達，情志逐漸成為文學表現的中心。理趣詩並不是北宋詩文的主流，就如淺易是自然風格的旁溢相類似。北宋士人普遍懷有的以清淨治國的理想，並以平淡的方式表達出來，在此平淡之中自有雄奇之慨，淡泊之中亦有豪情。詩文理論也與莊子的「不落言筌」相通，注重「味外之味」，其情雖不在八荒之表，卻是如嚼橄欖，有三昧在其中，因任自然是其要旨。

第五章：蘇氏兄弟的老莊之學與詩文特色。

蘇軾的老莊思想更與現實政治人生完美融合，社會生活、文學創作的老莊化，使之更有情趣，不失為後代之楷模。蘇轍對「天道」不故作高深之語，使老莊天道展示出更為實際的一面，這個貢獻比作出一些玄解可能更珍貴；「去妄復性」亦是以「道」為本，展現人性最初的那一面，並未滑入釋家之流。黃庭堅由道而法，雖然有向下一指之貶，然不失為老莊之本；秦觀「心說」之論雖未成系統，卻不失為用心之作。張耒、晁補之、程俱等人對於老莊天道的認識收窄，出現了一定程度上斥仁義的傾向。心態上，蘇軾等人表現出驚人的調適能力，在厄境之時老莊思想能夠幫助他們由悲痛轉向樂觀，為時人所稱道。文學創作方面，蘇文在「超然」、「達理的境界」等方面都可以看出與老莊思想的融合，其中雖然並是不以老莊的字句來結撰，卻無不是融合著對老莊思想的體悟。

第六章：王氏父子的老莊之學與詩文意趣。

王安石提出「矯弊」之論，更看重老莊的言外之意。王安石變法所本的道德性命之學，其宗旨依然不離老莊，其實際生活更像老莊。其子王雱英年

早逝，卻把老莊研究推向了一個新的高度，有無合一是其神旨所在。王安石在和呂惠卿交惡、兒子早亡的這段時間裏中，心情是悲痛的，不過，隨之就變得平淡了，其中老莊思想起到了一定調適作用。而其詩歌中往往可見對老莊思想的體悟，豪壯之氣隱而復現，無為之治潛行其中，可見其意趣所在。

第七章：北宋理學家、道教徒老莊之學與詩文。

北宋理學五子暗中取擇老莊之學的道德與心性，使儒家的仁義上升到天道的境界，並深深地影響著後人。人生出處方面，最接近莊子的是邵雍，其詩歌多有哲理的表達，且更為含蓄，較玄言詩更具生活的體悟。道教徒在解釋老莊之時，把老莊從宗教的深淵中盡力拔出來，更注重對老莊思想的發揮。那些人生取擇上接近道家道教的隱士也就表現出來對名利的超脫以及隱逸的情結。

（二）本書的創新點和不足之處

本書的創新點在於：以北宋老莊之學與詩文之間的關係作為切入點進行研究，把士大夫的思想體悟、心態生活以及詩文創作貫通起來進行觀照，我們發現北宋詩文「自然」、「天真」的特點與士人對老莊思想的闡釋、吸收以及生活、心理上的認同有著內在必然的聯繫，他們的詩文、生活、心態、思想等是融合一體的。具體來看：第一，我們把「道德性命」之學放於老莊思想之內進行闡釋，而不是儒家，這與時賢所持之論不同。我們以為「道德性命」也是老莊思想的應有之義，儒家的「道德性命」之學與老莊有異有同，相互吸收並部分地融合，不當把此「性命」之學歸於某一家。北宋士人對此認識得很深刻，並對此「道德性命」有所深化。第二，我們發現北宋士人的生活更加從性而行。他們對心性有更本質的體悟，接近虛靜的精神境界。他們身在現實生活之中，心卻超於生活之外，可謂是「心隱」，這也是他們在現實生活中對老莊思想的本真闡釋。第三，我們以為北宋詩文與老莊思想的融合度非常高。老莊的「自然」、「天真」「言外之意」深入融合到詩文創作、審美風格以及創作理論之中，「平淡」也就不大適宜作為此一時期詩文的主體風格。他們是用「不落言筌」的富有哲思的語言來表達生活中的體悟，並不是用老莊語詞來結撰詩文。他們在一定程度上超越了形象思維，且並未落入理性思維的窠臼，而是用「意象」表現他們的情趣，讀之令人回味無窮。他們在創作實踐中所體悟到的理論也在一定程度上推動著老莊之學的發展。

　　本書的不足之處在於：「北宋詩文與老莊之學」選題較大，牽涉的問題很多，應當閱讀、細讀的文獻資料非常豐贍，筆者知識儲備有限，只能是作鴻爪之觀，影響了文章的深度。對文獻的解讀、觀點的表述也有可能存在不夠準確之處，需要進一步打磨。

第一章　北宋文化語境轉換視閾下的老莊之學

　　唐代之時，三教並行，然而文化語境大體上以儒家為核心。國家一統，士人的社會地位很高，他們在社會生活中遇到的問題大多需要儒家來解決，而不是老莊道家。整個唐代都大致如此，包括韓愈所處的中唐時期。另外，有唐一代，國姓為李，君主以國家意志尊崇以老莊為核心的道家道教，士人沾染浸潤之成為此一時代的潮流，現在道觀中留存著一定數量的唐代老子碑文，可見當時之盛。老子的注解尚夥，莊子則僅有成玄英之解可為之稱，且主要限於道教徒，如司馬承禎、成玄英、杜光庭等都是，宗教化的色彩很濃重。北宋則與之顯為不同，不止是此一時期印刷技術的發明。北宋之文化語境大致可分為三個階段，從太祖到真宗，崇道之風氣日益濃厚，有愈演愈烈之勢。這時崇道原因複雜，所推崇的雖是道教，且有利用道教的神道設教為政權尋找合法性支撐之嫌，但老莊也在推崇之中。就政治而論，漢唐的實踐早已證明，老莊所主張的「無為而治」有利於消弭動亂之後的各種災眚，與民休息，恢復國力。此時的老莊之學也在這種崇道的潮流裏挾之中得到重視。真宗「澶淵之盟」以後，遼、宋勢力失衡，國人心態丕變，國家長期積累的問題日益顯露，至仁宗時，范仲淹、歐陽修等開始著手探索新政，文化取向上日漸轉向儒學。到神宗時，儒學眾家並出，匯江成海，成為強勢語境。但老莊之學仍為許多士人所承繼，並在這種儒學文化語境下發生新的轉變，形成了自己的理論關注重心與特點。哲宗以後，北宋面對的外在壓力更為巨大，而王朝內部的黨爭卻也更為酷烈，徽宗復又崇道，想借道教為自己提供庇祐，但大勢已去，終於有靖康之恥。老莊之學也隨著北宋王朝的衰亡而告一段落。這一文化語境的轉變，學界已多有注意，本書其他章節也時會涉及，為避免

重複，本章直接就北宋老莊之學的大致取向與特點作一些梳理與概括。

北宋老莊之學是指北宋士人對老莊的研究而形成的對老莊思想理念的基本認識，包括文獻研究和義理研究兩種個方面，兩者權重，義理研究重於文獻研究，這也體現了北宋重義理的總體學術取向。文獻研究方面：陳景元、賈善翔、蘇軾等人對老莊的文獻研究都做出了重要成績，有些影響深遠。陳景元和賈善翔的音義和訓詁研究對《莊子》的閱讀提供了方便〔註1〕，陳景元對宋以前的老莊版本流傳也作了大量梳理、考訂工作，對後世有資借作用。蘇軾則對《莊子》進行辨偽，雖然頗有爭議，但對後世莊學家影響極大。義理研究方面：北宋老莊之學作為宋學的一部分，注重義理發揮是其主要特色。宋學的核心在「道」（也包括理），「道」雖然具有形上性質，其根基卻在社會政治與人生。北宋老莊之學也是如此。北宋士人對老莊之「道」有自己的解悟，也形成了重思辨而不離社會政治人生的特點。老莊思想中的有、無逐漸展現出其本來面目。

第一節　北宋注《老》解《莊》文獻略考

一、《老》、《莊》文獻略考

北宋初年的《崇文總目》〔註2〕著錄《莊子》注本兩種，張昭《補注莊子》十卷和不署撰人《南華真經篇目義》三卷。此二書今皆不存。

南渡之初的《秘書省續編到四庫闕書目》〔註3〕著錄《老子》注本有：李畋《道德經音解》二卷（李畋另有《道德經疏》二十卷，見王辟之《澠水燕談錄》卷六），陳景元《道德經纂微》二卷，不署撰人《廣注道德經》二卷，以上幾種只有陳景元《道德經纂微》見存（《道藏》著為《道德真經藏室纂微篇》十卷）；《莊子》注本有：王曙《南華真經提綱》一卷，不署撰人《莊子邈》一卷，陳景元《莊子餘事》一卷，不署撰人《莊子內要》一卷，不署撰人《莊子統略》一卷。以上只有陳景元《莊子餘事》及《莊子邈》見存。

〔註1〕可以參見虞萬里等人對《莊子音義》的考察。

〔註2〕錢東垣、錢繹等輯，《粵雅堂叢書》本，見現代出版社影印《中國歷代書目叢刊》，1987年版。

〔註3〕葉德輝《秘書省續編到四庫闕書目考證》，葉氏《觀古堂書目叢刊》本，見現代出版社影印《中國歷代書目叢刊》，1987年版。

　　南宋的私家書目中記載的如下，《郡齋讀書志》〔註4〕及其《附志》記載的《老子》注本有：《御注老子》二卷，溫公《道德論述要》二卷，王安石《注老子》二卷，王雱《注老子》二卷，呂惠卿《注老子》二卷，陸佃《注老子》二卷，劉仲平《注老子》二卷，呂大臨《注老子》二卷，蘇子由《注老子》二卷，劉涇《注老子》二卷；《莊子》注本有：呂惠卿《注莊子》十卷，王雱《注莊子》十卷，蘇軾《廣成子解》一卷，王安石《莊子解》一卷。《直齋書錄解題》較《郡齋讀書志》多出的《莊子》注本有李士表《莊子十論》一卷。

　　陳景元《南華真經章句音義》不見於上述四種書目，檢《宋史·藝文志》與《文獻通考·經籍》皆不見載，另，《遂初堂書目》「列子」、「莊子」下闕。所以，此書最早所見暫歸之於《道藏》。

　　南宋末道士褚伯秀的《南華真經義海纂微》亦輯錄有兩種前引北宋注莊未見者：劉概《莊子注》、吳儔《莊子注》。

　　以上所考可歸為下表：

序號	書　名	作　者	見存書目	現在存否
1	補注莊子	張昭	崇文總目	否
2	南華真經篇目義	不署撰人	崇文總目	否
3	道德經音解	李畋	秘書省續編到四庫闕書目	否
4	道德經纂微	陳景元	秘書省續編到四庫闕書目	存
5	南華真經提綱	王曙	秘書省續編到四庫闕書目	否
6	莊子邈	不署撰人	秘書省續編到四庫闕書目	存
7	莊子餘事	陳景元	秘書省續編到四庫闕書目	存
8	莊子內要	不署撰人	秘書省續編到四庫闕書目	否
9	莊子統略	不署撰人	秘書省續編到四庫闕書目	否
10	道德經疏	李畋	澠水燕談錄	否
11	御注老子	宋徽宗	郡齋讀書志	存
12	道德論述要	司馬光	郡齋讀書志／直齋書錄解題	存
13	注老子	王安石	郡齋讀書志／直齋書錄解題	輯本
14	注老子	王雱	郡齋讀書志／直齋書錄解題	存
15	注老子	呂惠卿	郡齋讀書志／直齋書錄解題	集注

〔註4〕光緒甲申長沙王氏《先謙》刊本，見現代出版社影印《中國歷代書目叢刊》，1987年版。

16	注老子	陸佃	郡齋讀書志／直齋書錄解題	集注
17	注老子	劉仲平	郡齋讀書志／直齋書錄解題	集注
18	注老子	呂大臨	郡齋讀書志／直齋書錄解題	存疑
19	注老子	蘇轍	郡齋讀書志／直齋書錄解題	存
20	注老子	劉涇	郡齋讀書志／直齋書錄解題	集注
21	注莊子	呂惠卿	郡齋讀書志／直齋書錄解題	存
22	注莊子	王雱	郡齋讀書志／直齋書錄解題	存
23	廣成子解	蘇軾	郡齋讀書志／直齋書錄解題	存
24	莊子解	王安石	郡齋讀書志／直齋書錄解題	集注
25	莊子十論	李士表	直齋書錄解題	存
26	莊子注	劉概	南華真經義海纂微	集注
27	莊子注	吳儔	南華真經義海纂微	集注
28	南華真經章句音義	陳景元	道藏	存

二、北宋注《老》《莊》的大致取向

北宋之解《老》注《莊》都有重義理的取向。

(一)注《老》

注《老》者傾向於其實際功用，此自陳景元始。陳景元《道德真經藏室纂微篇》〔註5〕十卷，其言「道者，虛心以待物者」，「無為者，謂不越其性分，性分不越，則天理自全」〔註6〕，以莊解老，重「性分」。司馬光《道德真經論》注重個人道德修養而輕「爵祿」、「色聲味貨」之類的外物；天下理想的無為治國是「日出而作，日入而息」的百姓日用而不知的自然境界；且認為道家之「道」與儒家之「仁義」互為表裏，並無矛盾，其言「道者，涵仁義以為體，行之以誠，不形於外」〔註7〕。王安石《老子注》（原本已軼，現有《王安石老子注輯佚會鈔》等後人的輯本）旨在「合一有無」。王雱《道德真經注》認為天地萬物莫不有「性命」，「窮理盡性以至於命」是個人體道

〔註5〕按：從此以下所用之書名多是當下常見，如陳景元的《道德真經藏室纂微》見於《道藏》，與上之所考《道德經纂微》為同一本書，下同此例，不再另注。

〔註6〕道藏·第12冊〔M〕，北京：文物出版社、上海：上海書店、天津：天津古籍出版社，1988：264。

〔註7〕道藏·第13冊〔M〕，北京：文物出版社、上海：上海書店、天津：天津古籍出版社，1988：660。

的最終目標，「有生曰性，性稟於命，命者在生之先，道之全體也」〔註8〕，聖人之治亦在於是；合一有無，「有無本一，未有二名。自學者言之，則有不如無之精；既得其道，則兩若至理，初無彼此」〔註9〕，王雱此處將爭論有無而重無輕有者歸之於「學者」，看透有無本質有無並重者視為「得道者」，可見其意；道是體用合一之道，「不失理而當於時」，王雱貴在於體萬物之道而用於當時，因時而變用其道，更講求實際。呂惠卿《道德真經傳》所解一般，新意不多，惟其言「性命」之解可備一觀。蘇轍《老子注》認為「仁義禮智」非「道」，聖人於貧賤富貴無「憂累」，「寵辱非兩物」，「性」通於道。陳象古《道德真經解》認為世人多欲而失道，且障弊之深，故老子叮嚀言之；其書「道包於德，德和於道，強名不德，妙用一同」，且言「道非己生，百姓咸生，惑於障蔽，遂失自然」〔註10〕，「還淳返樸，是在人心」。陸佃、劉概、劉涇、曹道冲、達真子也皆有《道德真經注》（見彭耜《道德真經集注》所引），大旨與王安石父子略同。另外，宋徽宗著有《宋徽宗御解道德真經》四卷，注意玄理的闡發，稍輕於政教，過於虛；章安依此本解為《宋徽宗道德真經解義》十卷，亦步亦趨，無甚新意；江澂《道德真經疏義》與章本類，以莊、易參之。《老子》集注本中，彭耜本有駁雜之嫌，兩宋之交李霖的《道德真經取善集》所引可採處良多，此不詳述。

（二）解《莊》

注《莊子》者注重人生處世無為而有為，有為而不失無為的境界。林自《莊子注》言有為而無累則妙。陳詳道《莊子注》關注「逍遙無適」，讚賞許由之「忘天下」，陳景元《南華真經章句音義》十四卷，對每篇都有分節，意在其中，如《逍遙遊》分為「順化逍遙」、「極度逍遙」、「無己」、「無功」、「無名」、「適物」、「無為」幾節；陳氏另有《南華真經餘事》一卷，記錄其《章句音義》中所分之節，並對章句音義進行了補充；其《南華真經雜錄》二卷，對《天下》篇所涉及到的公孫龍派一些概念進行解釋。賈善翔《南華真經直音》只涉及到字音，其後所附無名氏的《南華邈》，有言「意者，心之用也」。王雱

〔註8〕道藏・第13冊〔M〕，北京：文物出版社、上海：上海書店、天津：天津古籍出版社，1988：24。

〔註9〕道藏・第13冊〔M〕，北京：文物出版社、上海：上海書店、天津：天津古籍出版社，1988：4。

〔註10〕道藏・第12冊〔M〕，北京：文物出版社、上海：上海書店、天津：天津古籍出版社，1988：23。

《南華真經新傳》言「無我則無心，無心則不物於物」〔註11〕、「無我則無物，無物則無累」〔註12〕、「無我者必無生，無生所以養生之主」〔註13〕，則大旨通於老子的「無為」；王氏另有《南華真經拾遺》以補前說之闕。呂惠卿《莊子義》以莊老一體，旨在「反其性命而復其初」。李士表《莊子九論》（《道藏》本為《莊列十論》，《莊子翼》所收本為《莊子九論》，差別在於《列子》一論，現存為《莊子九論》）通莊子大道之旨，以莊論莊，尤善於有無之論。

第二節　北宋評論《老》《莊》的各種體式

北宋涉及評論《老》《莊》的文章甚多，有專文、應制、信札、策論、書序、詩賦等，形式多樣，體式不一，注的角度隨作者的不同而有差異。

一、北宋評論《老》《莊》的專文

北宋士人君主通曉知識對治理國家的巨大作用，卻也是因為實際政治生活中亟需老莊思想的參與，老莊才成為他們爭相研習的對象，這顯然與六朝時期所專注的個體生存生活的角度不同，他們的個體精神與社會是相互獨立的又是合一的。國朝初立，需要休養生息，宋太宗《御製逍遙詠》會通儒釋道三家，重「淳樸」。他們發現「有為」也是老莊哲學中應有之意，王旦《莊子發題》〔註14〕以為聖人有為與無為相通，不離大道。或把老莊引入實際的政治生活當中，而與儒家糅合。王禹偁之《海說》旨在言老子的南面之術：「伯陽謂海為百穀，故為王矣，然不獨有所納，亦有所施也。猶聖人之道，日用而不知。……苟有所納而無所出，知其積而不知其施，則諸侯叛，北民亂矣」〔註15〕，「有納」亦「有施」是對老子治國之道之有為的引發。孫奭《乞雕印莊子釋文及郭象注奏》，也是重其「清虛自守」、「逍遙無為」的南

〔註11〕道藏·第16冊〔M〕，北京：文物出版社、上海：上海書店、天津：天津古籍出版社，1988：154。
〔註12〕道藏·第16冊〔M〕，北京：文物出版社、上海：上海書店、天津：天津古籍出版社，1988：158。
〔註13〕道藏·第16冊〔M〕，北京：文物出版社、上海：上海書店、天津：天津古籍出版社，1988：166。
〔註14〕此篇見於褚伯秀的《南華真經義海纂微》。
〔註15〕曾棗莊等，全宋文·第15冊〔M〕，上海：上海辭書出版社、合肥：安徽教育出版社2006：378。

面之術，此術「有為」的成分不小。李之才崇信老子之言，「韓退之有言：
『老者曰孔子吾師之弟子也，佛者曰孔子吾師之弟子也。為孔子者，習聞其
說，樂其誕而自小也，亦曰吾師亦嘗云爾。』佛之說吾不能詳，《曾子問》、
《老子列傳》則有問禮之事，史未足盡信，《禮記》經之屬也，亦有妄乎」
〔註16〕，韓愈《原道》尊孔子之仁義道德而黜老釋之道德，其老子之小仁義
坐井觀天的論調對北宋儒家影響不小，李之才學於穆修，又為邵雍師，在理
學的發展過程中舉足輕重，而其並沒有對《老子》全然否定，其欣賞之處也
大致不離「有為」。也有逃避社會責任，以老莊掩蓋其軟弱本質的，趙湘《兵
解》可以看出北宋初年對「兵」的輕視。老子言「兵」非「正」道，卻無否
定「兵」的意思，北宋時期攻守兩派各取其所需而立論，寢兵者基本佔據上
風，對國家危害極大，北宋關於老子「兵」論者甚夥，於此集中言之。

　　「有為」與「有情」相關涉，老莊超越性情，也茂於情，歐陽修的《老氏
說》言其最為「核見人情」〔註17〕。其《晦明說》也說：「藏精於晦則明，養
神以靜則安，晦所以畜用，靜所以應動，善畜者不竭，善應者無窮，此君子修
身治人之術，然性近者得之易也」〔註18〕，融合老、易，以明治性之要在靜。
「治性」顯然是對老莊之「性」的肯定。他們評價事物的標準也就變成了「道」，
而不是聖人之言，此以歐陽修影響最著。歐公對《易傳》以及詩序的懷疑來
在於其對「道」的尊崇，不以他人之是非為是非之唯一標準，這也是老莊思
想在倫理道德上的表現。歐公《繫辭說》云：「書不盡言，言不盡意，然自古
聖賢之意，萬古得以推而求之者，豈非言之傳歟？聖人之意所以存者，得非
書乎，然則書不盡言之煩而盡其要，言不盡意之委曲而盡其理。謂書不盡言
言不盡意者，非深明之論也。予謂繫辭非聖人之作，初若可駭。余為此論，迨
今二十五年矣，稍稍以余言為然」〔註19〕，「稍稍」是「漸漸」的意思，其對
《易傳》中一些不合「理」的論斷表示懷疑，言之成理，持之有故。

　　對老莊道之「有為」，情之豐茂的認識也使得士人逐漸對老莊在思想史上

〔註16〕道藏・第 13 冊〔M〕，北京：文物出版社、上海：上海書店、天津：天津古
　　　　籍出版社，1988：263。
〔註17〕曾棗莊等，全宋文・第 35 冊〔M〕，上海：上海辭書出版社、合肥：安徽教
　　　　育出版社，2006：91。
〔註18〕曾棗莊等，全宋文・第 35 冊〔M〕，上海：上海辭書出版社、合肥：安徽教
　　　　育出版社，2006：98。
〔註19〕曾棗莊等，全宋文・第 35 冊〔M〕，上海：上海辭書出版社、合肥：安徽教
　　　　育出版社，2006：98。

的定位越來越接近實際。劉邠《明莊論》以為莊生應該未仕宦於楚國，而又言「從事於道者，道久而逾安；從事於利者，利重而逾憂」〔註20〕，對莊子上古之道的企慕。司馬光《斥莊》也未掩《莊子》「文至而道不至」的優長之處。蘇軾《莊子祠堂記》言莊子於孔子乃「陽擠而陰助」。王安石《莊周論》「矯弊」之論，提醒讀莊者對莊子之言要明白其旨意所在，而不是就其表面的言語而橫加指責，意在矯正前人對《莊子》思想虛妄的揣度。李波的《王安石莊子學的儒學化思想及其影響》認為王安石又否定莊子，其顯然未解王安石所言「陷溺於周之說，則其為亂大矣」之意在「周」之言而不在其意。這不但不理解王安石「矯弊」之旨所在，更未契合樓鑰稱讚王安石「超乎先儒之表，得莊子之本心」的意旨。黃裳《順興講莊子續》、《講齊物論序》、王雱《莊子內篇論》大意與王安石同，莊子乃「矯時之弊」之所作。這個時期老莊之學對士人的影響最著，他們行為做事少不了老莊的因素。這從他們的字號也可以看出來，如黃庭堅《書趙安時字說》言莊子「體醇白而家萬物」，把人的德行品性與莊子相聯繫，可見北宋中後期接受老子思想的士人日漸增多。北宋末期，老莊又一定程度上滑向了虛無。黃庭堅《注老子道可道一章》重「無為」，言「知本無遊於萬物之際，則一一皆妙」〔註21〕。晁補之《坐忘論序》強調「道」無言，有言則妄；其《齊物論》言「物無彼是，道泯乎無成虧」〔註22〕。張耒《老子議》言刑殺對治民的意義不大，「操政刑生死之柄，驅一世之民使從之，殆非」〔註23〕。程俱《老子》五論歸之於儒釋道殊途同歸；其《莊子》五論言莊子遣是非，存仁義，此論雖耀眼，而其實際功用卻大打折扣。

二、應制、信札、策論、書序、詩賦等

（一）應制

其他文體中也有上之所言老莊思想於專文之中的表現。宋太祖篤信老子，詔書中可見「樂推」、「含垢」之旨，如《贈韓通中書令誥》：「朕以三靈眷顧，

〔註20〕曾棗莊等，全宋文・第 69 冊〔M〕，上海：上海辭書出版社、合肥：安徽教育出版社，2006：174。

〔註21〕曾棗莊等，全宋文・第 107 冊〔M〕，上海：上海辭書出版社、合肥：安徽教育出版社，2006：144。

〔註22〕曾棗莊等，全宋文・第 126 冊〔M〕，上海：上海辭書出版社、合肥：安徽教育出版社，2006：111。

〔註23〕曾棗莊等，全宋文・第 128 冊〔M〕，上海：上海辭書出版社、合肥：安徽教育出版社，2006：5。

百姓樂推」〔註24〕，《削奪李重進官制》：「朕法天無私，感物更始，推大恩而含垢」〔註25〕，《赦見禁詔》：「法天象地，務使亭育之心」〔註26〕，其旨在無為之治。宋太宗則重其無欲復樸之旨，《罷嶺南採珠場詔》：「卻難得之奇貨，復大化之淳源。宜自我先，以率天下。」〔註27〕太宗後期逐漸休兵，明為遵從老子「兵者，不詳之器」之言，實則退讓軟弱，此從靈州失守、夏之建國及宋遼澶淵之盟最可看出，北宋君臣打著老子的旗號行軟弱之實，也是老莊之不幸。錢若水《答銀州觀察使趙保吉詔》：「朕以好生為德，以禁暴為心，卿倘能誓改過尤，永堅中節，朝廷爵賞，亦何吝焉」〔註28〕，恰恰失去了老莊「為」此一底線，其《上真宗論備邊之要·五》之「當以靜勝，此上策也」也是這樣的。

（二）信札

張詠《答汝州楊大監書》云：「大年素養道氣，宜終竇掃地，莫致潤屋，得君得時，無害生民。大年知張老子乎？老子心無蘊畜，絕情絕思，顧身世若脫屣，豈能念他人乎」〔註29〕，楊億不得志於天下，張詠勸其自適，不可為外物擾。穆修《答喬適書》云：「夫學於古者，所以為道；學夫今者，所以為名。道者，仁義之謂也；名者，爵祿之謂也。然則行道者有以兼乎名，務名者無以兼乎道」〔註30〕，孔子重仁義，穆參軍以道含之，雖不離儒家，然而向上一層的指向還是很有啟發的，此為北宋堅守儒門之士兼融道家提供了門徑。丁謂《朱崖答胡則侍郎書》云：「夢幻泡影，知既往之本無。地水火風，悟本來之不有」〔註31〕，遭此一貶，方對莊子之論有所體悟，急於功

〔註24〕曾棗莊等，全宋文·第1冊〔M〕，上海：上海辭書出版社、合肥：安徽教育出版社，2006：3。
〔註25〕曾棗莊等，全宋文·第1冊〔M〕，上海：上海辭書出版社、合肥：安徽教育出版社，2006：13。
〔註26〕曾棗莊等，全宋文·第1冊〔M〕，上海：上海辭書出版社、合肥：安徽教育出版社，2006：18。
〔註27〕曾棗莊等，全宋文·第4冊〔M〕，上海：上海辭書出版社、合肥：安徽教育出版社，2006：166。
〔註28〕曾棗莊等，全宋文·第7冊〔M〕，上海：上海辭書出版社、合肥：安徽教育出版社，2006：389。
〔註29〕曾棗莊等，全宋文·第6冊〔M〕，上海：上海辭書出版社、合肥：安徽教育出版社，2006：116。
〔註30〕曾棗莊等，全宋文·第16冊〔M〕，上海：上海辭書出版社、合肥：安徽教育出版社，2006：19。
〔註31〕曾棗莊等，全宋文·第10冊〔M〕，上海：上海辭書出版社、合肥：安徽教育出版社，2006：263。

名之心稍歇。李之儀《與蘇黃門子由手簡》云：「萬事既不經意，則馭風騎氣，遂與造物者遊矣」〔註32〕，遊於萬物初性之時，則可以觀復，知命之所在；又《與明祖印手簡》云：「庶幾春物爛發，獲從候蟲時鳥飛鳴跳躍，以乘物外之樂」〔註33〕，我即是物，物也是我，物我相化為一，其樂為何，當需用心會之。

（三）策論

王禹偁《禦戎十策奏》：「不貴虛名，戒無益也，且聖人無名，神人無功」〔註34〕，與治國之他策相合而無礙。張知白《上真宗論時政》云：「夫五行之中，金為兵，以五事配之，則金為義，兵之為用，實不可去也。乃知言弭兵者，罪莫大焉；窮兵者，亦罪莫大焉」〔註35〕，雖以五行之事引之，他的落腳處仍然在老子的「兵論」，老子不否定兵事，而否定耀武揚威「窮兵」之所為，可見張知白是知老子者。唐庚《策題》云：「故善言道德者，未嘗不通於仁義，善言仁義者，未嘗不本於道德」〔註36〕，道德與仁義相通，道德為仁義之本，其中所言的仁義更傾向於老莊。

（四）書序

書序之文，多見北宋士人之重性情。薛田《鉅鹿東觀集序》：「秉心孤高，植性沖淡，視浮榮如脫屐，輕寵利如鴻毛，仗義明仁，世稀與比」〔註37〕，「沖淡」與「明仁」放在一起論說，作者並不覺得有什麼不妥。王禹偁《送進士郝太沖序》：「高吐之前言，直上九萬里，未為難哉」〔註38〕，以見其豪壯；

〔註32〕曾棗莊等，全宋文·第111冊〔M〕，上海：上海辭書出版社、合肥：安徽教育出版社，2006：259。

〔註33〕曾棗莊等，全宋文·第112冊〔M〕，上海：上海辭書出版社、合肥：安徽教育出版社，2006：68。

〔註34〕曾棗莊等，全宋文·第8冊〔M〕，上海：上海辭書出版社、合肥：安徽教育出版社，2006：369。

〔註35〕曾棗莊等，全宋文·第8冊〔M〕，上海：上海辭書出版社、合肥：安徽教育出版社，2006：254。

〔註36〕曾棗莊等，全宋文·第138冊〔M〕，上海：上海辭書出版社、合肥：安徽教育出版社，2006：7。

〔註37〕曾棗莊等，全宋文·第8冊〔M〕，上海：上海辭書出版社、合肥：安徽教育出版社，2006：410。

〔註38〕曾棗莊等，全宋文·第5冊〔M〕，上海：上海辭書出版社、合肥：安徽教育出版社，2006：2。

《別長沙彭暐序》：「雖廁翼接羽，詎若相忘於雲漢乎」〔註39〕，是莊子相忘於江湖的另一種表達；《送柴御史赴闕序》：「是以體盈虛之理，息奔竟之心，不銜吏長，不沽時譽，沖澹自守，光塵必同」〔註40〕，可見老子之衝澹。宋庠在多篇詩序中表現出了對莊子「適性」的心理傾向，如《諸公留題王氏中隱堂詩序》曰：「夫射者工乎中微，拙於使人無已譽；君子易於邂俗，難乎必時無我用。此故尚書度支員外郎王君所以深厭物累，而見麋人爵，高風勝韻，歿而可懷者已」〔註41〕，《王侍郎集序》曰：「夫古君子之治性情，保純白，必有凝神寄適之地，以完天守，雖見異物，莫得而遷焉。故詹何老於餌魚，佝僂巧於承蜩，承福以坅聞，造父以御達，彼皆自得於內，而不知老之將至」〔註42〕，純白之性，全其天守，希冀在複雜的社會生活中保持天真的本性，所以達此境界也離不開內心的修養，雖是在言他人，也是在言己，且將老莊守淳樸之性情融入孔孟之樂之中，益見真情。又如余靖《朝賢贈行詩總序》云：「古之賢士大夫，尚衝退而輕進取者，無他焉，蓋所以敦止足、遠奔競、激貪冒、勵風俗也。……至於習守退靜，脫去榮利，並躋其高者尤難，其人可尚矣」〔註43〕，衝退之性正是孔、老之性融通處。

（五）詩賦

在一些詩賦中我們可以發現北宋儒家與道家融合的兩個通道，一個是「道」，另一個是「性」。固守儒家傳統者，是由「道」把儒道兩家暗中融合的，崔仁冀《玉茗花賦》「既成耿介之性，豈假穠華之飾。……迷南華之蝶羽，共作清明」〔註44〕，耿介之性乃為儒家直道之守，清明之體態則是老莊之虛靜。張詠重莊子相忘於江湖之樂之旨，並及無情，《放盆池魚賦》：「稟天仁兮化質，

〔註39〕曾棗莊等，全宋文・第 5 冊〔M〕，上海：上海辭書出版社、合肥：安徽教育出版社，2006：3。

〔註40〕曾棗莊等，全宋文・第 5 冊〔M〕，上海：上海辭書出版社、合肥：安徽教育出版社，2006：6。

〔註41〕曾棗莊等，全宋文・第 20 冊〔M〕，上海：上海辭書出版社、合肥：安徽教育出版社，2006：419。

〔註42〕曾棗莊等，全宋文・第 20 冊〔M〕，上海：上海辭書出版社、合肥：安徽教育出版社，2006：421。

〔註43〕曾棗莊等，全宋文・第 27 冊〔M〕，上海：上海辭書出版社、合肥：安徽教育出版社，2006：18。

〔註44〕曾棗莊等，全宋文・第 4 冊〔M〕，上海：上海辭書出版社、合肥：安徽教育出版社，2006：424。

飲靈泉兮孕軀，豈不有睎狀運海之類，豈不有慕力嗔雷之徒，既履漸于鱗鬣，安蹴媒於汙瀦。今者不樂，動乃觸乎四隅，客有詞軫窮轍，詩歌荇葦，將間童子之欲，用汲生生之理。無毀爾缶，無覆爾水，江湖可待，與彼游泳之因；罇俎不離，解彼囚拘之恥」〔註45〕，他追求老莊式的自由的生活，而孔子之「乘桴浮於海」也含有嚮往自由的思想。王曾《有物混成賦》：「傾毀何由，固秉持之在我；剛柔有體，將用捨以隨時」〔註46〕，老、孔在治國之道異曲同工。范仲淹《老子猶龍賦》：「我道配二儀之際，三友非疏」〔註47〕，老、易有揉和之跡；《用天下心為心賦》：「賾老氏之旨，無欲者觀道妙於域中；稽夫子之文，虛受者感人私於天下。若然，則其化也廣，其旨也深。不以己欲為欲，而以眾心為心」〔註48〕，老、孔之揉和趨向性情；《聖人抱一為天下式賦》：「契莊生之齊物，我化皆孚，無臭無聲，是則是傚。包自然之禮樂，畜無親之仁孝，去奢去泰，惟存至道之精。自西自東，咸被不言之教，豈不以一者道之本，式者治之筌……包自然之禮樂，畜無親之仁孝」〔註49〕，一定程度上調和了儒道兩家仁義禮樂之爭。文彥博《一生二賦》融通老、易，「本無象而生有象，自無為而成有為。旁考斯文，類黃鐘之生六律，近探厥義，同太極之分兩儀。……一者生乎立極，二者兆乎先天，見相生之道備，得下濟之功全。」〔註50〕歐陽修融合儒道，《殿試藏珠於淵賦》云：「得外篇之寓言，述臨民之致理，將革紛華於偷俗，復菫愚於赤子，謂非欲以自化，則爭心之不起，蓋賤貨者為貴德之義，敦本者由抑末而始，示不復用，雖至寶而奚為，舍之則藏秘諸淵，而有以誠，由窒民情者」〔註51〕，老莊上無為而下化和孔子為政以德相互融合。又

〔註45〕 曾棗莊等，全宋文·第6冊〔M〕，上海：上海辭書出版社、合肥：安徽教育出版社2006：65。

〔註46〕 曾棗莊等，全宋文·第35冊〔M〕，上海：上海辭書出版社、合肥：安徽教育出版社，2006：98。

〔註47〕 （清）范能濬編集、薛正興校點，范仲淹全集〔M〕，南京：鳳凰出版社，2004：14。

〔註48〕 （清）范能濬編集、薛正興校點，范仲淹全集〔M〕，南京：鳳凰出版社，2004：23。

〔註49〕 （清）范能濬編集、薛正興校點，范仲淹全集〔M〕，南京：鳳凰出版社，2004：447。

〔註50〕 曾棗莊等，全宋文·第30冊〔M〕，上海：上海辭書出版社、合肥：安徽教育出版社2006：139。

〔註51〕 （宋）歐陽修，洪本健校箋，歐陽修詩文集校箋〔M〕，上海：上海古籍出版社，2009：1960。

如黃庭堅《幾復讀莊子戲贈》：「蜩化搶榆枋，鵬化摶扶搖。大椿萬歲壽，蕣英
不重朝。有待於無待，定非各逍遙。譬如宿舂糧，所詣豈得遼。漆園槁項翁，
聞風獨參寥。物情本不齊，顯者桀與堯。烈風號萬竅，雜然吹籟簫。聲隨器形
異，安可一律調？何嘗用吾私，總領使同條。惜哉向郭誤，斯文晚未昭。胡不
棄影事，直以神理超。木資不才生，雁得不才死。投身死生中，未可優劣比。
深藏無所用，一寓不得已。逍遙同我誰，歲暮於吾子」〔註52〕，向郭之解雖
極精妙，卻對生死之事未有超詣之處，處在萬物出生之始才與不才又何曾有
優劣之別，心隱於俗世之中而自得逍遙，隨手而笑世間之煩惱。

第三節　北宋文化語境下老莊之學的核心意涵

　　學者評價北宋老莊之學，一般有兩種通行的觀點，一個是以儒解莊（老）
或者說援莊（老）入儒，另一個是以釋（禪）解莊（老）。前者一般把「性命」
之說歸之於儒家；後者也主要以「性命」等為中心，則主要把悟性達道歸之
於禪宗釋家，如晁公武言「（蘇轍）解老子亦時有與佛法合者」〔註53〕。這些
觀點試圖解釋北宋時期老莊注解新變的內在原因，然而我們也要看到這種解
釋忽略的另一面，老莊思想的重要地位。魏晉時期，《老》、《莊》、《易》合流
而稱三玄，玄學重「無」尚「自」。北宋士人則專注融通儒釋道三家，深究原
典鄙棄福禍輪迴之妄言，探究世界本原之「道」以及此道內於人之「性命」，
並相較同異。而孔孟儒家於此往往論而不深，或異中有同；禪宗亦需要老莊
的涵養，這就使得士人甚至是僧人都要深究老莊思想。這種變化顯示出北宋
老莊之學絕不是簡單地回歸魏晉玄學，而是向前邁了一步，跨上了一個新的
臺階。

　　從大體上來看，北宋老莊之學的特點表現在：研究主體為士大夫，而不
是道教徒；他們更重視老莊之學與現實之間的聯繫，把老莊之學政治化，功
利化，王安石的「矯弊」之論以及蘇軾所謂的「助孔」說都含有極為強烈的現
實傾向；他們非常注意老莊之學與其他思想的匯通，從儒、釋中吸取有益之
處，使老莊之學具有包容性和活力；詩文也是老莊之學的載體，士人把生活

〔註52〕（宋）黃庭堅著，任淵、史容、史季溫注，黃寶華點校，山谷詩集注〔M〕，
　　　　上海：上海古籍出版社，2003：1198。
〔註53〕光緒甲申長沙王氏《先謙》刊本，見現代出版社影印《中國歷代書目叢刊》，
　　　　1987年版，653頁。

之中所體悟到的與老莊相近的認識通過詩文表達出來，自然也促進了作家對老莊思想的理解，晉代的玄言詩以老莊玄學為表現對象，而北宋的理趣詩則是現實生活對老莊的體悟。

　　具體來看：在義理方面，魏晉時期的老莊之學是「玄學」，唐代是「重玄」，北宋時期則可謂之「道學」〔註54〕；人生處世方面，重視物我之間的關係，試圖使自己最大限度的獨立於物，且並非完全否定外物；在文與道的關係方面，北宋士人並沒有特別強調二者的主次關係，而是把詩文的意蘊、創作、欣賞等與道相融合。所以，我們可以從這三個方面來分析：詳究道德，關注性命，有無為一。

一、「詳究道德」即天道的現實表現

　　一般以為，肯定仁義者為儒家，反之為道家，並把老莊之「道」與孔子之「道」嚴格區別。在儒家的觀念裏「道」更多是指向倫理道德，此倫理又以仁義為核心。這樣，就有了老莊自然之道與孔孟倫理之道區別；而老莊之仁義在道的統攝之下，其中倫理道德的色彩並不濃重。其實，孔子思想以「仁義」為核心，此「仁義」又包融有「天道」思想，老莊以「天道」為核心，「仁義」也是其中應有之義。儒道對立的形成大致是在魏晉以後。王弼注老以無為本，支道林「物物而不物於物」等論也稍近虛無，即便是講究「自為」的郭象也把萬物之生歸之為「自生」，這使老莊思想更具有形而上的特點，也同時使其倫理之一面漸有所湮沒不聞。阮籍、嵇康等人把老莊之道與儒家之仁義對立起來，加劇了二者的緊張關係，並影響了後世對儒道關係的認知。魏晉時期特定政治環境中所形成的儒道對立到了唐代以後，士人在「有為」、「闊大情懷」、「虛靜」等方面於儒道二家有所融合。而北宋士人對道與仁義的關係的認識逐漸加深，從根本上將二家進行融合，或把「仁」歸之於「道」之中，使「仁」具有了形而上的意義；或把儒家之「道」形而上之，使老莊之「道」更具社會人倫的色彩；或更講究體悟「道」的方法。

　　首先，北宋士人深入探討老莊仁義的天道本質。老莊之仁義本身就兼具天道和倫理兩個層面。只不過這個倫理與儒家不同，區別在於所為仁義之時的精神境界以及仁義本身的是非判定標準。老子以為道與仁義是有層級區別

〔註54〕按：「道學」一詞，可能會引起很多學者的誤解，不過思考再三，本人以為「道學」更合適。

的，「大道廢，有仁義」〔註55〕，孔子所謂的仁義則是經由其道改造過的。面對上古之「仁」，老子把其放之於「道」之下進行改造，有「上仁」、「不仁」之別，絕仁棄義是其手段；孔子則以「道」擴充仁義之內涵，仁義成了其最高倫理道德標準。這樣，老子之道傾向於自然，仁亦然；孔子之道傾向於人倫，仁亦然。莊子又把老子之道與仁過度自然化，生養萬物而不為仁，仁更趨於自然化；孟子則把仁過度倫理化，仁政、王道是其表現。兩漢、魏晉、唐基本上沿襲這兩種變化，至北宋時期呈現出了融合的特點，道與仁義的自然、倫理兩個方面才被同時重視。

　　學界一般以為，北宋理學吸收道、釋的思想主要在於此二家在學術、政治生活中對儒家所造成的壓力，這個壓力迫使他們去主動吸收二家心性、天道的內涵，從而對儒家進行形而上的哲學系統的改造。不過，還有一種情況可能也需要我們注意，即一部分士人對儒學的改造來自於其政治生活的現實體悟。這些士人發現只是堅守孔子的「仁」而不從天道這個角度去把握在現實中是經常碰壁的，甚至無法前行。他們悟得天道是「仁」的精神所在。王禹偁《既往不咎論》曰：「仲尼之教，應機而設，語於一時，流於千載。千載之下，君子學之乃可以為事業，小人學之亦可以資姦佞，明聖得之謂之稽古，庸主得之因而飾非」〔註56〕，孔子的仁教是隨時而設的，不可糾於表面文字，而應該明白其意思所在。王禹偁被貶黃州精神上由仁而入靜，歐陽修於滁州悟得萬物「樂」之所在，范仲淹在嚴光的隱居之處明白「無為」與「有為」的相反相成等皆是。

　　「仁」向上一指，乃是發明老莊天道之倫理特性之機。如北宋理學家受《易傳》以及陳摶思想的影響，把陰陽之天道和仁義之人道兼而融之。周敦頤《太極圖》曰：「無極而太極。太極動而生陽，動極而靜；靜而生陰，靜極復動。一動一靜，互為其根；分陰分陽，兩儀立焉。……聖人定之以中正仁義而主靜，立人極焉。」〔註57〕這是把「無極而太極」作為宇宙演進的根源性路徑，類似於《老子》的「道生一，一生二，二生三，三生萬物」〔註58〕的演進路徑。但周氏把「仁義」作為「人極」納入了這個演進路徑中，就為「仁」

〔註55〕樓宇烈校釋，老子道德經注校釋〔M〕，北京：中華書局，2008：43。
〔註56〕曾棗莊等，全宋文‧第8冊〔M〕，上海：上海辭書出版社、合肥：安徽教育出版社，2006：40。
〔註57〕叢書集成‧周濂溪集〔M〕，第2頁。
〔註58〕樓宇烈校釋，老子道德經注校釋〔M〕，北京：中華書局，2008：117。

的自然化、哲理化提供了依據。司馬光《道德真經論》以為「道者，涵仁義以為體，行之以誠，不形於外」，道與仁義是有無共生，道為體，仁義為用。司馬光之仁義變成了「天德」，「仁義，天德也。天不獨施之於人，凡物之有性識者咸有之，顧所賦有厚薄也」(《貓虪傳》)〔註59〕，溫公從一隻他們家中養的貓身上發現仁是天道之德，(在實際生活中處處發現與老莊之道相近似的道理是北宋時期的一個特點) 這是每個人天生都具備的道德品質。只不過司馬光依然未脫儒家本質，他以為每個人所稟賦的程度有別，這也是北宋儒者在接受老子天道思想之時進行現實化改造的一種表現。仁與天道互為體用，過分強調仁義的天道屬性，實際上虛空了道本身的實在。程氏兄弟創造性地提出了「理」，「理」可謂兼具倫理的「道」，「從倫理的角度來理解『理』，『理』就是倫理至上的哲學表述。就天地萬物而言，『理』只有一個，但它可以散在萬物之中，使萬物皆具一『理』。「仁」又通於「理」，統攝「義、禮、知、信」諸德。程頤：「仁者，渾然與物同體。義、禮、知、信，皆仁也」〔註60〕，老子的道並不是虛空無實質的，其的確是不可道，於萬物之中卻皆有顯現，無為而無不為是其實質屬性之一。然而，這個道並無「統一」的內涵。而北宋諸儒將仁與天道融而為一，老子之無為而無不為在仁義之中的體現，被之變成了儒家人為設置標準實質存在。北宋諸儒另一種考慮亦在於為仁義找到更接近自然的聖人表達，而不是人人皆可言說之表達，這違背了老、孔所言仁義之本質。忘記那統一之理才是逃脫囚籠的不二法門，唯一的造物者與自我性命之修治沒有必然之關係。孔子之仁的關鍵之處並不是是非問題，而是人人皆可達到其所能達到之仁，「己所不欲，勿施於人」、「己欲達而達人，己欲達而達人」等並不是仁的標準答案。

老莊之仁在被自然化、哲理化的同時，無仁、不仁也就變成了正話反說隨時而設的策略性語言表達。王安石之「矯弊」論及蘇軾之「陽擠而陰助」論即如是。王安石以為「昔先王之澤至莊子之時竭矣，天下之俗譎詐大作，質樸並散，雖世之學士大夫未有知貴己賤物之道者也。於是棄絕乎禮義之緒，奪攘乎利害之際，趨利而不以為辱，殞身而不以為怨。漸漬陷溺以至乎不可救已。莊子病之思其說以矯天下之弊，而歸之於正也。其心過慮，以為仁義禮樂皆不足以正之，故同是非齊彼我一利害，則以足乎心為得，此其所以矯

〔註59〕李文澤、霞紹暉校點，司馬光集〔M〕，成都：四川大學出版社，2010：1394。
〔註60〕黎靖德編，朱子語類〔M〕，北京：中華書局，1986：1437。

天下之弊者也」〔註61〕，「貴己賤物」並非是老莊天道之本，「矯弊」之論主
要在調和儒道，以提升莊子的地位。蘇軾以為「莊子之言皆實予而文不予，
陽擠而陰助之。其正言蓋無幾，至於詆訾孔子未嘗不微見其意。其論天下道
術，自墨翟、禽滑釐、彭蒙、慎到、田駢、關尹、老聃之徒以至於其身，皆以
為一家，而孔子不與，其尊之也至矣」〔註62〕，孔子之學較老莊之學為尊，
老莊之道與孔子之仁自然沒有衝突之處，無形中消弭了二者之間的差異。

　　其次，老莊天道的倫理化內涵。魏晉時期，老莊之道與易傳之太極趨向
融合，葛玄以為：「老子體自然而然，生乎太無之先，起乎無因，經歷天地，
終始不可稱載。終乎無終，窮乎無窮，極乎無極，故無極也，與大道而倫，
化為天地」〔註63〕，無極與道同倫，二者可以互稱。王弼以為「演天地之
數，所賴者五十也。其用四十有九，則其一不用也。不用而用以之通，非數
而數以之成，斯易之太極也」〔註64〕，太極如同老子之「一生二，二生三，
三生萬物」之「一」者，孔穎達以為：「太極謂天地未分之前，元氣混而為
一，即是太初。太，一也。故老子云：『道生一。』即此太極是也。又謂混
元既分即有天地，故曰：『太極生兩儀。』即老子云『一生二』也。不言天
地而言兩儀者，指其物體下與四象相對，故曰兩儀，謂兩體容儀也。」〔註
65〕北宋之時，融合基本完成。北宋諸儒在構建儒家學說的哲學系統之時，
對老莊之道多有借鑒，這樣就使老莊之道人倫這一層面更加顯現。諸儒主
要是把老莊之道與易傳之太極融合言之，間言天道人事，「經世一書，雖明
天道，而實責成於人事，洵粹然」〔註66〕，《四庫提要》對邵雍《皇極經世
圖繫》的評價，也可論於此。老子言：「知其雄，守其雌，為天下溪；為天
下溪，常德不離，復歸於嬰兒。知其白，守其黑，為天下式；為天下式，常
德不忒，復歸於無極。知其榮，守其辱，為天下谷；為天下谷，常德乃足，

〔註61〕曾棗莊等，全宋文第 64 冊〔M〕，上海：上海辭書出版社、合肥：安徽教育
　　　　出版社，2006：359。
〔註62〕孔凡禮點校，蘇軾文集〔M〕，北京：中華書局，1986：347。
〔註63〕道藏，第 13 冊〔M〕，北京：文物出版社、上海：上海書店、天津：天津古
　　　　籍出版社，1988：1。
〔註64〕（魏）王弼（晉）韓康伯注、（唐）孔穎達正義，宋本周易注疏〔M〕，北京：
　　　　中華書局，1988：698。
〔註65〕（魏）王弼（晉）韓康伯注、（唐）孔穎達正義，宋本周易注疏〔M〕，北京：
　　　　中華書局，1988：725。
〔註66〕（清）永瑢等，四庫全書總目〔M〕，北京：中華書局，1965：915。

復歸於樸」〔註67〕，所謂「無極」者，乃是「道」的沖淡之態，二者不可互稱；莊子言「太極」與老子之「無極」相類；《易傳》言「一陰一陽之謂道」〔註68〕，亦言「易有太極，是生兩儀」〔註69〕，太極成了生養萬物者。北宋士人引而伸之，把三玄的融合點放在了「無極」、「太極」上。邵雍《皇極經世圖繫序》云：「物者，道之形體也，生於道，而道之所成也。道變而為物，物化而為道。由是知道亦物也，物亦道也，孰知其辨哉！故善觀道者必以物，善觀物者必以道。而忘物則可矣，必欲遠物而求道，不亦妄乎？有物之大，莫若天地，然則天地安從生？道生天地，而太極者，道之全體也。太極生兩儀，兩儀形之判也。兩儀生四象，四象生而後天地之道備焉。」〔註70〕太極乃是「道之全體」，這樣，老莊之道與《易傳》之太極融而為一。邵雍的學說與陳摶的關係極為密切，周敦頤亦如是。而周氏將邵雍之論又向前推進了一步，提出了「無極而太極」之論。其《太極圖》裏的「〇」表示「無極而太極」，把無極與太極融而為一，這個無極而太極生天下萬物者，這就在一定程度上融合了儒、道二家的「道」。這個萬物也包括「仁義」，仁義就不是人為的，而是自然而然的。周敦頤「仁義」自然化的用意在「道」的倫理化，其把五倫也自然化了，本旨還是在孔子「仁」。而後人對周氏的意旨多有齟齬之處。如無極乃老子之言，常人亦知，陸氏兄弟常抓住此點與朱熹相互辯駁，而朱熹以為茂叔之無極與太極實為一體，不分彼此，乃造化之根本者，「上天之載，無聲無臭，而實造化之樞紐，品匯之根柢也。故曰無極而太極，非太極之外復有無極也」，又言「語道體之至極，則謂之太極；語太極之流行，則謂之道。雖有二名，初無兩體。周子所以謂之無極，正以其無方所、無形狀。以為在無物之前，而未嘗不立於有物之後；以為在陰陽之外，而未嘗不行乎陰陽之中；以為通貫全體無乎不在，則又初無聲臭影響之可信也」。〔註71〕依朱熹之解，則「太極」亦是化老子之道而成者，也可看出周子思想與老莊之學的密切關係。而二程所拈出之「理」亦可見出老莊之「道」倫理化改造手段之巧妙高明。

〔註67〕樓宇烈校釋，老子道德經注校釋〔M〕，北京：中華書局，2008：73～74。

〔註68〕（魏）王弼（晉）韓康伯注、（唐）孔穎達正義，宋本周易注疏〔M〕，北京：中華書局，1988：668。

〔註69〕（魏）王弼（晉）韓康伯注、（唐）孔穎達正義，宋本周易注疏〔M〕，北京：中華書局，1988：723。

〔註70〕曾棗莊等，全宋文·第46冊〔M〕，上海：上海辭書出版社、合肥：安徽教育出版社 2006：47。

〔註71〕王雲五主編，叢書集成·周濂溪集〔M〕，上海：商務印書館，1936：4。

　　老莊之道的倫理化給北宋時期帶來了諸多思想的變化，如忠君思想的弱化以及自我意識的覺醒重塑。漢代以來，君臣之間大致遵循孔子之「君使臣以禮，臣事君以忠」〔註72〕以行，君主對臣擁有很大的權威。北宋時期君臣相接或以天道，君主的地位更高，國家的地位卻有超越君主之勢。士人更關注國家的前途命運，而不是一味地粉飾太平。張詠早歲問學於陳摶，並對老莊思想有所領悟，其《代伯益上夏啟書》云：「夫天下非一人之天下，乃天下之天下，理之得其道則民輔之，失其道則民去之」〔註73〕，這個天下並不是某一個人，也就是說皇帝的天下，而是所有老百姓之天下，皇帝有道則共輔之，無道則民去之。「普天之下，莫非王土。率土之濱，莫非王臣」意為天下就是一個人的天下，每個人也是一個人的人，可見周朝王權的極度膨脹，孔子約之以「德」，並未觸及根本，張詠之言可謂深得老莊之道。王禹偁《烏先生傳》云：「先生始而隱者，求其志也；中而仕者，行其道也；終而退者，遠其害也」〔註74〕，烏先生恐怕是王禹偁之理想人物，所言不經，卻袒露出王公以「道」事君的心態。蘇洵《上歐陽內翰第四書》云：「人皆曰求仕將以行道，若此者果足以行道乎？既不足以行道，而又不至於為貧，是二者皆無名焉，是故其來遲遲，而未甚樂也」〔註75〕，為官本為行道，卻極難有行道的機會，遇與不遇是個問題，有無行道之資更是個問題。劉攽《明莊論》云：「從事於道者，道久而逾安；從事於利者，利重而逾憂。斯古今賢士之所以辯也」〔註76〕，雖是明莊生之旨，亦是明事君以道乃國家長治久安之要者。曾鞏《說苑目錄序》云：「向之學博矣，其著書及建言尤欲有為於世，至其枉己而為之者有矣，何其徇物者多而自為者少也。蓋古之聖賢非不欲有為也，然而曰：『求之有道，得之有命。』」〔註77〕劉向助王莽為虐，不能稱之為有

〔註72〕程樹德著，程俊英、蔣見元點校，論語集釋〔M〕，北京：中華書局，1990：197。

〔註73〕曾棗莊等，全宋文·第7冊〔M〕，上海：上海辭書出版社、合肥：安徽教育出版社，2006：361。

〔註74〕曾棗莊等，全宋文·第8冊〔M〕，上海：上海辭書出版社、合肥：安徽教育出版社2006：116。

〔註75〕曾棗莊等，全宋文·第43冊〔M〕，上海：上海辭書出版社、合肥：安徽教育出版社2006：30。

〔註76〕曾棗莊等，全宋文·第69冊〔M〕，上海：上海辭書出版社、合肥：安徽教育出版社2006：17。

〔註77〕陳杏珍、晁繼周點校，曾鞏集〔M〕，北京：中華書局，1984：191。

道的人，為國必以道，遇不遇在命。可見北宋士人是以道輔國，國家是道的化身，他們所憂、不忘的是國家。范公「居廟堂之高則憂其民，處江湖之遠則憂其君」以及蘇軾所言「杜子美在困窮之中，一飲一食，未嘗忘君，詩人以來，一人而已」〔註78〕都與「忠君」思想同中有異。何以言之，范公所謂乃在「憂」國，蘇公之在「不忘」國難。杜子美關心國家命運，「朱門酒肉臭，路有凍死骨」，被困長安城亦有「感時花濺淚，恨別鳥驚心」，可見心繫國家之深，蘇公之意在此，如果只解為「忠君」，則杜公難以寫出「三吏」、「三別」等摹寫國家危難的作品了；范公慶曆之政失敗而請守邊關以紓解國憂，滕子京貪瀆被解邊關之職，其所憂在國家。張載之言亦然：「為天地立心，為生民立道，為往聖繼絕學，為萬世開太平」，《易傳》云：「復，其見天地之心乎」，王弼注曰：「復者，反本之謂也。天地以本為心者也，凡動息則靜，靜非對動者也；語息則默，默非對語者也。然則天地雖大，富有萬物，雷動風行，運化萬變，寂然至無，是其本矣。故動息地中乃天地之心見也。若其以有為心，則異類未獲具存矣」〔註79〕，張載大意亦謂天地生養萬物為天地之本，「天本無心，及其生成萬物，則須歸功於天，曰此天地之仁也。仁人則須索做，始則須勉勉，終則復自然，人須當存此心」〔註80〕，老子之「無為而無不為」、莊子「大仁不仁」之旨者。生養萬物而不自以為功之天地之德，對老子王與天地同德亦有所超越，天下不是某個人的天下，是天下人的天下。所以，自北宋而有遺民，岳飛是精忠報「國」。

最後，北宋士人是非判斷的標準更接近天道而非人為。如宋祁《曾參政書》云：「進退大分，則坦然付之於天。使舉而見排，何所沮；舉而見譽，何所喜。決不為大鈞之深念也」〔註81〕，把是非的標準歸之於天道，不為眾人之非譽所惑，所以，面對是非極具坦然的勇氣，「人謂之是，僕亦不希進；人謂之非，僕故不恤退」（《張中行屯田書》）〔註82〕。福禍之來以道論之，而無

〔註78〕孔凡禮點校，蘇軾文集〔M〕，北京：中華書局，1986：1517。

〔註79〕（魏）王弼（晉）韓康伯注、（唐）孔穎達正義，宋本周易注疏〔M〕，北京：中華書局，1988：308。

〔註80〕張載，張載集〔M〕，北京：中華書局，1978：266。

〔註81〕曾棗莊等，全宋文‧第24冊〔M〕，上海：上海辭書出版社、合肥：安徽教育出版社，2006：113。

〔註82〕曾棗莊等，全宋文‧第24冊〔M〕，上海：上海辭書出版社、合肥：安徽教育出版社，2006：113。

所謂福禍，王安石《推命對》云：「夫貴若賤，天所為也；賢不肖，吾所為也。吾所為者，吾能自知之；天所為者，吾獨懵乎哉。……且禍與福，君子置諸外焉。君子居必仁，行必義。反仁義而福，君子不有也；由仁義而禍，君子不屑也。……天之生斯人也，使賢者治不賢，故賢者宜貴，不賢者宜賤，天之道也；擇而行之者，人之謂也。天人之道合，則賢者貴，不肖者賤；天人之道悖，則賢者賤，而不肖者貴也；天人之道悖合相半，則賢不肖或貴或賤」〔註83〕，王安石知天命之所在，以理自任，有睥睨萬物的豪氣，「善學者讀其書，義理之來，有合吾心者，則樵牧之言猶不廢；言而無理，周、孔所不敢從」〔註84〕，其心通於天地，不求其跡，而求其實。蘇軾《賀歐陽少師致仕啟》云：「自非智足以周知，仁足以自愛，道足以忘物之得喪，志足以一氣之盛衰，則孰能見幾禍福之先，脫屣塵垢之外，常恐茲世不見其人，伏惟致政」〔註85〕，北宋士人言致仕者多，行之者少，蘇軾看到了歐公致仕不同尋常的一面，並不是看到了功成而不隱退是禍，歸鄉為福，而是把出入融通，歸鄉也是其為政的一種方式。

北宋老莊之道的倫理化使得此一時期的孟子之學充滿活力，孟子之學亦在一定程度上促進了老莊之道的倫理化趨深，限於篇幅，此從略。詩文之中我們也可以看到他們體悟道理的不懈體悟，此見下文。

二、「關注性命」即關注性命之學的現實功用

北宋士人以為道德與性命是相融為一的。李生龍認為：「世界萬物都是由『理』與『氣』所構成的，個體是客觀萬物中之一物，自然也是由『理』與『氣』所構成。自然把『理』與『氣』賦予人和萬物的行為叫做『命』，人與萬物從自然中得到的『理』叫做『性』。」〔註86〕宋代理學家「心性」之學與老莊道家關係密切，他們雖然極力否認，卻無法掩蓋現實。所謂「性命」，並非單指「性」與「命」，還涉及到了與之相關的「情」、「欲」以及「心」等概念。孔子言「性與天道」，仁也與「欲」相關，孟子言「性善」，荀子言「性惡」，楊雄言「性善惡混」，韓愈言性之「三品」，此等是儒家「性命」之學，

〔註83〕曾棗莊等，全宋文·第65冊〔M〕，上海：上海辭書出版社、合肥：安徽教育出版社 2006：14。

〔註84〕（清）丁傳靖，宋人軼事彙編〔M〕，北京：中華書局，1981：479。

〔註85〕孔凡禮點校，蘇軾文集〔M〕，北京：中華書局，1986：1345。

〔註86〕李生龍，儒家文化與中國古代文學〔M〕，長沙：嶽麓書社，2009：183。

其要在於個人修身而至聖。而老子言「復命」，莊子又把「道」、「命」、「性」貫通。《莊子・天地》：「泰初有無，無有無名。一之所起，有一而未形。物得以生，謂之德；未形者有分，且然無間，謂之命；留動而生物，物成生理，謂之形；形體保神，各有儀則，謂之性。性修反德，德至同於初」，性命與道是融為一體的。釋家則直指悟性成佛。《中庸》言「天命之謂性，率性之謂道，修道之為教」，這是融合儒道「性命」理論的表現。道以陰陽之氣化生萬物，氣以成形，而物之本質先天地賦予萬物之中，此所謂「命」；於是萬物之生，因各自所得之理，自己證實自己的先天本性，這就是「性」，這裏之老莊。

聖、道、佛有相通之處，王安石說：「道之不一久矣。人善其所見，以為教於天下而傳之後世，後世學者或徇乎身之所然，或誘乎世之所趨，或得乎心之所好，於是聖人之大體，分裂而為八九。博聞該見有志之士，補苴調胹，冀以就完，而力不足又無可為之地，故終不得。蓋有見於『無思無為，退藏於密，寂然不動』者，中國之老、莊，西域之佛也，聖人之大體」〔註87〕，「己欲達而達人」、「反身而誠」儒家的性命之論與道家的「復命」、「心齋」等以及釋家的「色空」都是相通的。

三家「性命」的差異處在於，「性」的是非標準是「聖人」（佛也可以看做是聖人）還是「道」。當然，這個「道」不是生成萬物的道，而是物之所以為物的那個本質。他們的修養方法有別的原因也在於此。儒家和釋家都直接從「心」入手。孟子曰：「盡其心者，知其性也；知其性，則知天矣」〔註88〕，「萬物皆備於我，反身而誠，樂莫大焉」〔註89〕，盡心而知性，知性而知天，這也是「誠」的意旨所在，四端之修善也是如此，慧能的「明心見性」亦然。但是，如何「盡心」，如何「明心」，儒、釋二家卻都沒有明確而細緻的表述，而道家則講求和重視虛靜境界的養成過程與修持。如莊子所謂：「若一志，無聽之以耳，而聽之以心，無聽之以心，而聽之以氣。聽止於耳，心止於符。氣也者，虛而待物者也，唯道集虛，虛者，心齋也」〔註90〕，「夫

〔註87〕曾棗莊等，全宋文・第65冊〔M〕，上海：上海辭書出版社、合肥：安徽教育出版社2006：59。
〔註88〕（宋）朱熹，四書章句集注〔M〕，北京：中華書局，1983：349。
〔註89〕（宋）朱熹，四書章句集注〔M〕，北京：中華書局，1983：350。
〔註90〕（晉）郭象注、（唐）成玄英疏，南華真經注疏〔M〕，北京：中華書局，1998：82。

徇耳目內通而外於心知，鬼神將來捨，而況人乎。是萬物之化也。禹舜之所
紐也，伏羲幾蘧之所行終，而況散焉者乎」〔註91〕，這些與孟子相類。然
而莊子更講求其方法——「坐忘」：「墮肢體，黜聰明，離形去知，同於大
通」，這強調的是如何達到心靈虛靜的境界，莊子在這個問題上反覆闡述，
這也是道家比儒、釋二家深刻之處。三家物我關係也是不同的。釋家主張禁
止物慾。儒家沒有比較抽象的物我關係的描述，具體的描述主要表現在「富
而好禮，貧而樂道」、「謀財以道」，他們不是特別強調達道的修養過程和外
物的關係。道家則是「物化」，「物物而不物於物」，以無物的精神境界與物
相處，其來不喜，其去不驚。所以，老莊以為與道相通的天性就是最美最善
的，所謂「性分之適」，「聖人」之情結不重。儒家則以聖人為最高標準，有
傷性之虞，「聖人」情結極重。釋家則以佛為論，稍陷於空虛迷茫之所。而
北宋士人在「虛靜」、「物化」多有吸收，並把「性命」作為闡釋老莊的重要
理念。

　　北宋士人由悟老莊之道而增進對虛靜精神狀態的接受和吸收。晁迥言
「古今名賢多好讀老莊之書，以其於無為無事之中，有至美至樂之理也」
〔註92〕，「至美至樂」在其修身治國之感也，較儒釋而言更使人樂見其成。
北宋士人感悟到了老莊之理的虛靜之美，如張詠《詹何對楚王疏》云：「求
其治身，必先治心，治心之本，在乎中正。日思之，月習之，歲用澄明，物
無藏照，若是則精神以寧，貪欲不生，心定身安，何往為咎」〔註93〕，「中
正」之言似與儒家關係密切，而歸之於「澄明」之境。老莊之學是精於虛靜
之於治身的，如張伯端則提出老子的「煉養」的方法是區別於儒、釋二家
的，其《悟真篇序》云：「老釋以性命學開方便門，教人修種以逃生死。釋
氏以空寂為宗，若頓悟圓通，則直超彼岸，如有習漏未盡，則尚徇於有生。
老氏以煉養為真，若得其樞要，則立躋聖位，如其未明本性，則猶滯於幻
形。其次《周易》有窮理盡性至命之辭，《論語》有毋意必固我之說，此又
仲尼極臻乎性命之奧也。然其言之常略而不至於詳者，何也？蓋欲序正人

〔註91〕　（晉）郭象注、（唐）成玄英疏，南華真經注疏〔M〕，北京：中華書局，1998：
　　　　　84。
〔註92〕　道藏·第13冊〔M〕，北京：文物出版社、上海：上海書店、天津：天津古
　　　　　籍出版社，1988：263。
〔註93〕　曾棗莊等，全宋文·第6冊〔M〕，上海：上海辭書出版社、合肥：安徽教育
　　　　　出版社2006：125。

倫，施仁義禮樂有為之教，故於無為之道，未常顯言。但以命術寓諸易象，以性法混諸微言故耳。至於莊子推窮物累逍遙之性，孟子善養浩然之氣，皆切幾之矣」〔註94〕，釋家把萬物之象歸之於無，從空無之中發現道之所在，道家則從萬物的表象入手，天道就在物象之中，儒家則重有為之教，未嘗對此深論。如何「煉養」就是老莊性命之學核心，也是釋家與儒家性命之學所缺乏的重點所在。秦觀《崔浩論》亦云：「有有道之士，有有才之士。至明而持之以晦，至智而守之以愚，與物並遊而不離其域者，有道之士也。以明濟明，以智資智，穎然獨出，不肯與眾為耦者，有才之士也。夫有道之與有才相去遠矣，不可不知也。史稱崔浩自比張良，謂稽古過之，以臣觀之，浩曾不及荀賈，何敢望子房乎。……夫以其精治身，以緒餘治天下，功成事遂，奉身而退者，道家之流也」〔註95〕，有道的人是以道的虛靜境界去治身的，這樣就可以用修身的辦法去治國，雖然大體框架是儒家，然而其修身的方法是取自老莊的。

　　北宋傳統儒家也欣賞老莊的虛靜之修。羅從彥對老子之清淨讚歎有加，「《老子》之書，孔子亦未嘗譽亦未嘗毀，蓋以謂譽之則後世之士溺其『和光同塵』之說而流入於不羈，毀之則『清淨為天下正』之論其可毀乎？既不譽又不毀，其可不略言，故止謂『且比於我老彭』」〔註96〕，如果說《論語》中孔子所謂之「老」為老子的話，孔子又何止是不毀不譽，有所防止，恐怕有師事之旨，北宋的理學家作如是言是發自心底的。《道德真經集注・雜說》記載：「榮陽公呂希哲嘗大書『治人事天莫若嗇』於前座壁上，云：『修養家以此為養生要術，然事事保護，常令有餘，持身、保家、安邦之道，不越於此，不止養生也』〔註97〕，原明認為修身就像是種莊稼，要勤加養護，才可根深蒂固，以此修身，實為正道。楊時則在意私意之根除，「（說者謂）：『然老氏之書果述而不作信而好古乎？』答曰：『老氏以自然為宗，謂之不

〔註94〕曾棗莊等，全宋文・第 15 冊〔M〕，上海：上海辭書出版社、合肥：安徽教育出版社 2006：119。

〔註95〕曾棗莊等，全宋文・第 120 冊〔M〕，上海：上海辭書出版社、合肥：安徽教育出版社 2006：90。

〔註96〕道藏・第 13 冊〔M〕，北京：文物出版社、上海：上海書店、天津：天津古籍出版社，1988：260。

〔註97〕道藏・第 13 冊〔M〕，北京：文物出版社、上海：上海書店、天津：天津古籍出版社，1988：260。

作可也。』龜山曰（彭耜並引兩處楊時之語而並列於此）：『私意去盡，然後可以應世，老子曰：『公乃王。』」〔註98〕

可知「道德性命」之學並非是儒家獨傳，也是老子要義所在。陸佃云：「自秦以來，性命之學不講於世，而道德之裂久矣。世之學者不幸蔽於不該不偏一曲之書，而日汩於傳注之卑，以自失其性命之情，不復知天地之大醇，古人之大體也。予深悲之，以為道德者關尹之所以誠心而問，老子之所以誠意而言，精微之義，要妙之理多有之，而可以啟學之蔽，使之復性命之情。不幸亂於傳注之卑，千有餘年尚昧，故為作傳以發其既昧之意。雖然，聖人之在下多矣，其著書以道德之意非獨老子也，蓋約而為老子，詳而為列子，又其詳為莊子，故予之解述列莊之詳，合而論之，庶幾不失道德之意」〔註99〕，陸佃以為「道德性命」之學為老子誠意之言，其中有精微的意義需要去體味，其要在於使人復其「性命之情」。老莊所謂的「性命之情」即是虛靜的精神境界。眾人受到外部仁義禮智的蠱惑，而迷亂失其本性，終生以仁義為目標，疲於奔波，而不知其所為使，迷失天性，不見大道，此為可悲之事者，而老莊以為眾人應當復歸虛靜之境界以認識自己之本性，「君子苟能無解其五藏，無擢其聰明；尸居而龍見，淵默而雷聲，神動而天隨，從容無為而萬物炊累焉。吾又何暇治天下哉」（《莊子・在宥》）〔註100〕，眾人皆得其性命之情，其實就是天下得治的表現。儒家之「格物」之旨亦在於「性命之情」，只不過儒家詳於治國而略於此，儒道性命之學的區別在於其所深究的程度。

達到虛靜境界則物我相化。物我有別是相化的基礎，宋太宗云：「卻難得之奇貨，復大化之淳源，宜自我先，以帥天下」〔註101〕，此為罷嶺南採珠場之旨，可見其物慾之心不重。呂蒙正亦無欲以物，「呂文穆為相，有朝士藏古鑒能照二百里，欲獻以求知，公曰：『吾面不過碟子大，安用照二百里』，聞者歎服」。〔註102〕范仲淹《鄠郊友人王君墓表》云：「君常戴小冠，衣白紵，相

〔註98〕道藏・第13冊〔M〕，北京：文物出版社、上海：上海書店、天津：天津古籍出版社，1988：260。

〔註99〕道藏・第13冊〔M〕，北京：文物出版社、上海：上海書店、天津：天津古籍出版社，1988：260。

〔註100〕（晉）郭象注、（唐）成玄英疏，南華真經注疏〔M〕，北京：中華書局，1998：215。

〔註101〕曾棗莊等，全宋文・第4冊〔M〕，上海：上海辭書出版社、合肥：安徽教育出版社，2006：166。

〔註102〕（清）丁傳靖，宋人軼事彙編〔M〕，北京：中華書局，1981：150。

與嘯傲鄠、杜之下。……嗟乎，隱君子之樂也，豈待乎外哉」〔註103〕，范公此友人無待於外物。劉攽《不寐賦》云：「良生民之多艱兮，嗟以心為形役。……幸曲肱而自怡兮，度無迷於初度」〔註104〕，所謂「心為形役」即是指人之心智被外物所奴役，劉攽所追求的正是不為物役的自由心靈。郭祥正《山中》云：「嗟世人之愚兮，竟營營以何求。求百年之崇兮，取萬世之汝囚」〔註105〕，囚於物慾，則人萬世不得脫。彭汝礪《愛山樓記》云：「人情得所樂則喜，然皆累於物。徇名者勞，徇利者憂，馳騁田獵者危，樂酒者荒，溺色者亡，山水可以無累矣」〔註106〕，無累於物者無往而不逍遙。

　　物我相化是對物我有別的提高。儒、道二家在物我有別這一點上並沒有高下之別，物我相化是老莊虛靜境界的要義所在，孔孟並沒有與之相類似的思想。陳摶云：「臣性同猿鶴，心若死灰。不曉仁義之淺深，安知禮義之去就」〔註107〕，「心若死灰」其實就是物我相化的表現。新學之王安石和蜀學之蘇轍所論乃為其中翹楚。王荊公有言，「先王之道德，出於性命之理，而性命之理出於人心」（《虔州學記》）〔註108〕，三教之性命之學是相通的，王公由《孟子》的「性命」而轉入老莊，可見其心之所向。其注《老子》「為學日益」章云：「為學者，窮理也。為道者，盡性也。性在物謂之理，則天下之理無不得，故曰日益。天下之理，宜存之於無，故曰日損。窮理盡性必至於覆命，故損之又損之以至於無為者，覆命也。然命不亟復也，必之於消之復之，然後至於命，故曰損之又損之以至於無為」〔註109〕，安石以老子天道為核心，窮理盡性就是損之又損以至於無為，而又「消之復之」，消盡外物之累，見淳樸之性，

〔註103〕曾棗莊等，全宋文第 19 冊〔M〕，上海：上海辭書出版社、合肥：安徽教育出版社，2006：75。

〔註104〕曾棗莊等，全宋文第 80 冊〔M〕，上海：上海辭書出版社、合肥：安徽教育出版社，2006：15。

〔註105〕曾棗莊等，全宋文第 68 冊〔M〕，上海：上海辭書出版社、合肥：安徽教育出版社，2006：234。

〔註106〕曾棗莊等，全宋文第 101 冊〔M〕，上海：上海辭書出版社、合肥：安徽教育出版社，2006：82。

〔註107〕曾棗莊等，全宋文·第 1 冊〔M〕，上海：上海辭書出版社、合肥：安徽教育出版社，2006：244。

〔註108〕曾棗莊等，全宋文第 65 冊〔M〕，上海：上海辭書出版社、合肥：安徽教育出版社，2006：36。

〔註109〕（宋）王安石著，容肇祖輯，王安石老子注輯本〔M〕，北京：中華書局，1979：43。

亦達到了虛靜的境界，此與老子天道之旨相合。程頤所論與荊公似是而非，其云「在天曰命，在人曰性，循性曰道。性也、命也、道也，各有所當，大本言其用，達道言其用。體用自殊，安得不為二乎」（《與呂大臨論中書》）〔註110〕，程頤對虛靜之境界以及怎樣達到此境界並未論及，可見，所謂的王安石性命之論是理學思想的先導似乎非確論。

　　北宋士人直視內心，悟性明命，融仁義禮樂於天道之中，「性命」成為老莊哲學中的一個重要理念。蘇轍以為儒家所言之仁義禮樂必有其內在之道，此道是關鍵，而非盲目地執行之，「仁義禮樂，聖人之所以接物也，而仁義禮樂之用，必有所以然。不知其所以然而為之，世俗之士也；知其所以然而行之，君子也，此所謂窮理」（蘇轍注「靜曰覆命」條）〔註111〕。發現此中之道，實際上就是自我意識得以覺醒的途徑，蘇轍對於此可謂下了極大的力氣去探求，「古之聖人去妄以求復性，其性愈明則其守愈下，其守愈下則其德愈厚，其德愈厚則其歸愈大。蓋不知而不為，不若知而不為之至也。知其雄，守其雌，知性者也。知性而爭心止，則天下之爭先者皆將歸之，如水之赴溪，莫有去者，雖然譬如嬰兒，能受而未能用也，故曰復歸於嬰兒。知其白，守其黑，見性者也。居暗而視明，天下之明者，皆不能以形逃也，故眾明則之以為法，雖應萬物而法未嘗差用，未嘗窮也，故曰復歸於無極。知其榮，守其辱，復性者也。諸妄已盡，處辱而無恨，曠兮如谷之虛，物來而應之，德足於此，純性而無雜矣，故曰復歸於樸」〔註112〕，其所提出的「蓋不知而不為，不若知而不為之至」，眾人皆為「榮」，我獨能守其「辱」，並不是自取其辱，而是「我」以天道所行之是，既如眾人為辱而力行之而不以為辱。宋徽宗之言大致與之近，其言「不尚賢，則民各定其性命之分而無所誇跂，故曰不爭。不貴貨則民各安其性命之情而無所覬覦，故不為盜」〔註113〕，以莊子性命之論解釋老子，這在當時是一種常用的手段，徽宗對思想的理解也有得其旨的地方，不能因人而廢言。

〔註110〕（宋）程顥、程頤，二程集〔M〕，北京：中華書局，1981：605。

〔註111〕道藏・第 12 冊〔M〕，北京：文物出版社、上海：上海書店、天津：天津古籍出版社，1988：297。

〔註112〕道藏・第 12 冊〔M〕，北京：文物出版社、上海：上海書店、天津：天津古籍出版社，1988：303。

〔註113〕道藏・第 11 冊〔M〕，北京：文物出版社、上海：上海書店、天津：天津古籍出版社，1988：844。

　　由此，北宋士人以為應該在順遂舒適的環境中修養性命。儒、釋、道都看到了物慾是影響個人修行的障礙，儒、釋有在苦難艱辛中磨礪個人品性而臻於善的傾向，道家則希望在與人同胞的天地萬物中反觀「性命」。在孔孟看來只有「仁智」之士才可以為的遊玩山水，漢唐被士人看做的排解煩憂之所，到了北宋，成了他們的悟道體性之因。他們對性命的體悟很多都來自於秀美的自然環境，令人神往的佳餚美味等。舉一個最常見的例子。一般以為黃庭堅詩的文成就屈於蘇軾的原因是沒有像蘇軾那樣遠謫儋州，經歷生死的磨難，這也是蘇軾前後《赤壁賦》冠絕一代的原因所在。其實，我們做更為細緻的觀察研究的話就可以發現，蘇軾的悟性之所在赤壁的山水之中，而不是在「烏臺」以及從湖州被押解的行程中。退一步說，「烏臺詩案」的確為蘇軾在山水之中得以悟道提供了極大的可能性，卻沒有激發起得道。我們可以翻看蘇軾在獄中寫的那幾首絕命詩，有哀歎平和之思，卻沒有見出生死之理。這樣的例子很多，王禹偁是在黃州山水之中更接近其性的，而不是在貶謫途中；范仲淹是在看到岳陽樓的圖畫之時明白人生所當秉持的道理的；歐陽修是在滁州的琅琊山中醉酒以後悟得性之「樂」的；黃庭堅則是在微雨之中登岳陽樓面對洞庭湖而「一笑」的。其實孔子也從未說必須要向顏回那樣才可以得道成仁，孟子也更關注其「心性」之善如何被修持。北宋士人並未遍遊山水以覓道，也未嘗得意而忘歸，而他們對山水悟道的發現和身體力行卻成為後人馳遊山水的口實。

　　覆命知性，自然就明白極深或者極淡物慾之非，或者是人為地為「物慾」劃定某種標準，都是有害於人性的。北宋士人不但主動吸收老莊的虛靜理論來完善儒家的心性之學，而且也把孔孟的心性之學融入到老莊思想中，使這個時期的老莊「性命」之學表現出道德修養的傾向，他們也就有了與前代不同的精神氣象——灑落而多情。黃庭堅稱讚周敦頤：「胸中灑落，如光風霽月」，「灑落氣象」——這個陳來用來形容李侗的語詞其實也可以當看作是北宋士人的精神氣象，因為自李侗以後，朱熹轉向了章句訓詁，而李侗為羅從彥的得意門生，羅從彥再到楊時，楊時再到程頤，程頤和程顥再到周敦頤。周敦頤嘗使二程「尋顏子仲尼樂處，所樂何事」。「顏子之樂」、「曾點氣象」這個被北宋士人融孔門得道者從容逸樂所表現出來的精神氣象於老莊虛靜自由的天地之象而為一體的「灑落氣象」就更多地與老莊思想相關。如程顥言「自再見周茂叔後，吟風弄月以歸，有吾與點也之意」，是因為他有天地自然的氣象。

他認為「仁者與天地萬物為一體」,「天地萬物一體」之論來自於莊子。在北宋,多有「灑落氣象」之人,黃庭堅、蘇軾等人自不待言,在後文中我們還會發現很多。這些「灑落」之人,不是無情的人,而是極為多情之人,他們是超於情感之外而多情。如程顥言:「天地之常,以其心普照萬物而無心;聖人之常,以其情順萬物而無情。故君子之學,莫若廓然而大公,物來而順應」,他們沒有他人之情,而是心至而情發。蘇軾對妻子之早亡,極為哀痛,卻和莊子妻死而鼓盆歌之沒有差別,皆由自懷而出,他們都是多情之人。他們都富有自我之性情,以此而行,自然別具灑落之象。

三、「有無合一」即把「有」與「無」同歸於道

於老子而言,有無還是有差別的,雖然二者「同出」但的確是「異名」的,太史公言「其學以自隱無名為務」,亦是有所選擇。魏晉以來,王弼重「無」、裴頠「崇有」、郭象「自生」都在探討有無之間的關係。北宋士人既然重新審視老莊「天道」的倫理特徵,也就會對其「有」、「無」之間的關係重新認識。他們以為有無相互聯繫而為用,並進而合一有無——「有無一體」、「有無本一」。這是北宋老莊之學認識的發展,極有時代特色。此又以王雱為代表,其「有無為一」之論可以看作是對有無關係探究的極致表現。如「有無同體,食母之言,亦筌蹄也,且天地雖大,而受命成形,未離有無,而此乃獨言萬物之母,然則老氏之言,姑盡性而已。」〔註114〕「有無同體」之言基本不離老子之旨;而其進而言有無為一,「有無之不相代,無即真有,有即實無耳」〔註115〕,「有無本一,未有二名,自學者記,則有不如無之精,既得其道,則兩皆至理,初無彼此」〔註116〕,這就與前代之解釋截然不同。《宋徽宗御解道德經》所言與之相類:「物我同根,是非一氣。……殊不知有無者,特名之異耳」〔註117〕,可見此一時期老莊之學的特點。有無合一表現在「有為」、「無為」以及「絕智」「啟智」的區別與聯繫之上。

〔註114〕道藏·第13冊〔M〕,北京:文物出版社、上海:上海書店、天津:天津古籍出版社,1988:4。

〔註115〕道藏·第13冊〔M〕,北京:文物出版社、上海:上海書店、天津:天津古籍出版社,1988:4。

〔註116〕道藏·第13冊〔M〕,北京:文物出版社、上海:上海書店、天津:天津古籍出版社,1988:4。

〔註117〕道藏·第11冊〔M〕,北京:文物出版社、上海:上海書店、天津:天津古籍出版社,1988:843。

　　「有為」與「無為」是天人互通的。北宋之前一般以為它們是兩種不同的行為、境界甚至道德操守。王旦以為這兩種「為」都是聖人的隨時而隨勢之為，以「天道」為核心而權之，並無高下之別。其《莊子發題》云：「天出於無為，人出於有為。無為者，以有為為累。有為者，以無為為宗。方其有為也，堯為天子，富有天下，不為有餘。及其無為也，由為匹夫，隱於箕山，不為不足。以由喻天之所為，日、月、時雨是也。以堯喻人之所為，爨火、浸灌是也。夫堯以由能治天下而不敢尸，由以堯能治天下而不肯代。然則天下將誰治之？曰：治於堯，則有為而無為者也。治於由，則無為而有為者也。益道之在聖人，出則堯也，隱則由也。庸何擇乎」〔註118〕，王旦以為前人把無為與有為對立來看待是不對的，實際上天道之無為離不開聖人之有為，聖人的有為又是以天道無為為宗的；堯之有為，努力治理天下，天下亦不為多，而許由之無為，隱於箕山，也沒有什麼缺憾；天下由堯治之可，由許由治之亦可，天下都會得到治理，只不過堯是天道統攝下的有為，許由是有為充實的無為。有為與無為、聖人與天道都是相通的，只不過所採取的手段不同，外部呈現有異而已。明白這層關係，出與處只不過所處位置不同，則聖人自可無礙於其中。王安石與司馬光在注《老子》之時，對「有」、「無」之間的關係也非常重視，晁公武的《郡齋讀書志》專門記載：「（溫公《道德論述要》）『無名天地之始，有名萬物之母。常無欲以觀其妙，常有欲以觀其徼。』皆於無與有下斷句」，「（王安石《注老子》）首章皆斷無有，作一讀，與溫公同」〔註119〕，這種斷法表現出來他們把「有」、「無」放在了較為平等的地位去審視。這個是老莊之學發展到北宋時期的一個重要變化，值得我們重視。司馬光以為「有」與「無」是相輔相成的，偏廢其中一個則另一個無法存在，二者宜同時並存，其云：「萬物既有，則彼無者宜若無所用矣，然聖人常存無不去，欲以窮神化之微妙也；無既可貴，則彼有者宜若無所用矣，然聖人常存有不去，欲以立萬事之邊際也；苟專用無而棄有，則蕩然流散，無復邊際，所謂有之以為利，無之以為用也。」〔註120〕在王安石變法開

〔註118〕道藏・第 15 冊〔M〕，北京：文物出版社、上海：上海書店、天津：天津古籍出版社，1988：182。

〔註119〕許逸民、常振國，中國歷代書目叢刊（第一輯）〔M〕，北京：現代出版社，1987：652。

〔註120〕道藏・第 12 冊〔M〕，北京：文物出版社、上海：上海書店、天津：天津古籍出版社，1988：262。

始前，司馬光和蘇軾都希望王安石施行老子無為之政，不希望過於擾民，安石不為所動，堅持己之所為。安石在給《老子》作注之時，對「無為」之政進行了極大的批判，其更傾向於有為，其以為「論所謂不尚賢者，聖人之心未嘗欲以賢服天下。而所以天下服者，未嘗不以賢也。群天下之民，役天下之物，而賢之不尚，則何恃而治哉？夫民於襁褓之中，而有善之性，不得賢而與之教，則不足以明天下之善。善即明於己，則豈有賢而不服哉？故賢之法度存，猶足以維後世之亂，使之尚於天下，則民豈有爭乎？求彼之意，是欲天下之人，盡明於善，而不知賢之可尚。雖然，天之於民不如是之齊也，而況尚賢之法廢，則人不必能明天下之善也。噫！彼賢不能養不賢之弊，孰知夫能使天下中心悅而誠服之賢哉」〔註121〕，如果盡如老子之「不尚賢」，則天下不知賢的要義是什麼，天下將無法歸之於善，這有違老子的意思。這樣解釋，也可以看出在實際政治生活中把握無為的難度，對於一些人可能還可以，而有些人就難以有所改觀，其言有無有別，互為體用之旨亦在於此，「無者，形之上者也，自泰始至於太極，泰始生天地，此明天地之始。有，形之下者也，有天地然後生萬物，此名萬物之母。母者，生之謂也」〔註122〕，重視有為也是合於老子之旨的，荊公否定無為我們可能更應該以當時的情勢來推斷他的言外之意，荊公所謂的「賢」可能有得道之士的意思，且其在實際為政之時他也沒有在這個問題上大做文章。從北宋末期的政治實際來看，二人都有偏執之嫌，「有為」與「無為」的融通為一併不是說說那麼簡單。

　　無為而有為，無福禍而有福禍。世人為福禍所困擾，往往為有身所累，王雱曰：「萬物與我為一，則與道玄同，而萬變皆忘，吉凶息矣。而愚者不能自解，恃形為己，故形之所遭，觸途生息。老子先明寵貴之累，而寵貴之累，皆緣有身而生，故因譬貴之若身，遂及無身之妙。《莊子》曰：忘其所不忘，而不忘其所忘，是之謂誠忘，亦明此義。而孔子毋我理與是同，學期於此而已。然所謂無者，豈棄而去之乎，但有之而未嘗有，則不累矣。且崇高莫大乎富貴，誠能有之以無有，則聖人所為濟世也，亦何息之有。其於寵也，亦若斯

〔註121〕（宋）王安石著，容肇祖輯，王安石老子注輯本〔M〕，北京：中華書局，1979：5。

〔註122〕（宋）王安石著，容肇祖輯，王安石老子注輯本〔M〕，北京：中華書局，1979：1。

而已矣。」〔註123〕王安石以為福禍是人身以外之物，不需為此過於在意，人更應該注意內在仁義的修養。如具仁義而賢，則尊而勿喜，不尊亦勿憂，不肖而尊，當知是為咎；人合於天，則當尊賢賤不肖，人不合於天，則賤賢尊不肖。所以，人應該使內在道德的修養達到賢者的境界而等待天之所命，而不應該整天憂懼於福禍，其《推命對》云：「吳裹處士有善推命知貴賤禍福者，或俾予問之，予辭焉。他日復以請，予對曰：『夫貴若賤，天所為也；賢不肖，吾所為也。吾所為者，吾能自知之，天所為者，吾獨懵乎哉？吾賢歟，可以位公卿歟，則萬鍾之祿固有焉，不幸而貧且賤，則時也；吾不賢歟，不可以位公卿歟，則簞食豆羹無歉焉，若幸而富且貴，則咎也。此吾知之無疑，奚率於彼者哉？且禍與福，君子置諸外焉。君子居必仁，行必義，反仁義而福，君子不有也，由仁義而禍，君子不屑也。是故文王拘羑里，孔子畏於匡，彼聖人之智，豈不能脫禍患哉？蓋道之存焉耳。』曰：『子以為貴若賤，天所為也。然世賢而賤，不肖而貴者，亦天所為歟？』曰：『非也，人不能合於天耳夫。天之生斯人也，使賢者治不賢，故賢者宜貴，不賢者宜賤，天之道也，擇而行之者，人之謂也。天人之道合，則賢者貴不肖者賤；天人之道悖，則賢者賤而不肖者貴也；天人之道悖合相半，則賢不肖或貴或賤。……君子修身以俟命，守道以任時，貴賤禍福之來不能沮也，子不力於仁義，以信其中，而屑屑焉甘意於誕謾虛怪之說不已，溺哉」〔註124〕，荊公對福禍的態度通曉明暢，以天道而論人道，講求仁義之修而外之福禍，得孔子不憂不懼與老子寵辱不驚之旨。王安石不關心己身之福禍，可謂之無福禍者；又知天道與人道合與不合，國家福禍之所在，又可謂之有福禍者。陳景元則站在了聖人的角度說明有道之士是不會憂心於福禍的，其《道德真經藏室纂微》云：「自無身而上，泛論士民驚執寵辱，致其大患也。自貴愛而下，專說王者未能兼忘天下，故有寄託之名耳。然寄託之說，實非上德之君，若乃遊心於澹，合氣於漠，順物自然而無容私者，則可復太古之風矣。陸希聲曰：『若以得失動其心物，我存乎懷，則寵辱不暫寧，吉凶未嘗息，安足為天下之正，居域中之大乎。』唯能貴用其身，以為天下，愛用其身，以為天下者，則是貴愛天下，非貴愛其身

〔註123〕道藏·第13冊〔M〕，北京：文物出版社、上海：上海書店、天津：天津古籍出版社，1988：19。

〔註124〕曾棗莊等，全宋文第15冊〔M〕，上海：上海辭書出版社、合肥：安徽教育出版社，2006：14。

也。夫如是，則得失不在己，憂患不在身，似可以大位寄託之，猶不敢使為之主，而況據而有之哉。此大道之行，公天下之意也」〔註125〕，「貴用其身，以為天下」的人，不考慮自己的得失，也不會關注己身之憂患，此為得道者外其身而身存，無所謂憂患，亦無所謂福禍。以上所言，依然以福禍而論福禍，不管是得道者與未得道者的對比，還是個人之福禍與國家之福禍的對比，並沒有從現實政治的角度出發來分析思辨意味上的福禍觀是為何物。下面我們從蘇轍和王雱的注解來分析一下貼合實際的具有思辨意義上的福禍觀。蘇轍以實際政治生活為基礎，發出了與范仲淹類似的感慨，是非太明不如「明道若晦」，應該「得其大全而遺其小察」，只要在大是大非（道）的問題上沒有衝突，其他的都可以包容，「大德不逾閒，小德出入可也」〔註126〕，「人至察則無徒」〔註127〕等也可以作如是觀。其《老子注》云：「夫惟聖人出於萬物之表，而覽其終始，得其大全而遺其小察，視之悶悶若無所明，而其民淳淳各全其性矣。若夫世之人不知道之全體，以耳目之所知為至矣。彼方且自以為福，而不知禍之伏於其後；方且自以為善，而不知妖之起於其中。區區以察為明，至於察甚傷物，而不悟其非也，可不哀哉」〔註128〕，未得道之人，只是從事物的表面來判斷是非，往往不知福禍之所在，陷於福禍的困擾之中，避禍而或禍隨之，其以為善之事，亦往往妖藏於其中。當我們是非分明，標舉「善」之的，而使天下回歸於善，卻不知道此「善」復為妖邪之事，這是人為之事發展的基本規律。聖人明白這個道理，所以在為政之時，對於善惡是非，往往有所不辨，雖然在有些人看來並非明智之舉。如王雱云：「萬物通乎一氣，而一氣之運，往而復返，終則有初，轉徙如流，無有窮極，故禍福相代，如彼四時。聖人唯知其然，故事貴適中，不為已甚，若夫察察之政，欲崇正而禁奇，止妖而興善，以盡天下之福，而不知奇正相生，妖善迭化，志欲為福，而不知福極為禍，故莊周寓言於才與不才之閒，然則推而為政，其亦在察與不察之閒乎。故曰其政悶悶，蓋如上說，則其於善惡是非，若有所不辨，

〔註125〕道藏·第13冊〔M〕，北京：文物出版社、上海：上海書店、天津：天津古籍出版社，1988：668。

〔註126〕（宋）朱熹，四書章句集注〔M〕，北京：中華書局，1983：190。

〔註127〕黃懷信主撰，大戴禮記匯校集注〔M〕，西安：三秦出版社，2005：877。

〔註128〕道藏·第12冊〔M〕，北京：文物出版社、上海：上海書店、天津：天津古籍出版社，1988：314。

是以小智睹之，意或不快也。此句與荒兮未央之語同，蓋彼齊唯阿，此等禍福，理皆一致」〔註129〕，老子之「唯之與阿，相去幾何」與聖人持中以及莊子之齊物我、是非之論大旨相同，晦善之名而行善之實。莊子的「齊是非」以及「無是非」是不是就意味著自然社會之中毫無是非可言呢？當然不是，是非、善惡等聖人自有分辨，如果標舉某一是非的話，某一個是往往會引起另外一個非，這個非與引起這個非的是並不是互為彼此之相的，所以，知福禍之所在而不彰之，此所謂無福禍而有福禍的所在，「為善無近名，為惡無近刑」。是非亦然。

物我相融也在他們的生活之中。

〔註129〕道藏·第13冊〔M〕，北京：文物出版社、上海：上海書店、天津：天津古籍出版社，1988：80。

第二章　老莊思想對北宋士風、心態及吏隱的浸染

老莊之學的核心是老莊思想。北宋廣大士人在誦習、鑽研、探討老莊經典的同時，也必然無形中要受到老莊思想的浸染與影響。這種影響見於他們精神、人格、為人、處世、創作的方方面面，很難一一尋索、論列。本章求其大者，重點探討其對北宋士風、心態和士人吏、隱處世方式的影響。

第一節　北宋士風的老莊思想要素

北宋士風受到其政治的影響。北宋的政治上有其開明的一面，也有保守的一面。開明之處在於北宋長時間以無為而治來治國，百姓承其福，雖然君主的糊塗軟弱最終導致國家的覆滅。北宋自太祖至真宗前期，基本上都是兼用老莊無為而治來治國。趙匡胤就深諳老莊無為之旨。雖無史料可證趙匡胤深諳老莊無為之旨，但他一些作為卻與老莊精神相通。如他有慈愛之心，張舜民《畫墁錄》記載「自唐末五代，每至傳禪，部下分擾剽劫，莫能禁止，謂之靖市，雖至王公不免剽劫。太祖陳橋之變，即與眾誓約不得驚動都人；入城之日，市不改肆。靈長之祐，良以此乎」〔註1〕，這一點在《宋史》記載非常詳細，且又跟劉邦入咸陽類似。保守之處表現在愚民政策、懷疑宦宦、諫官缺失、文人地位低下。（一）愚民政策。比如選舉的科目變少，據《宋史·選舉志》記載：「宋之科目，有進士，有諸科，有武舉。常選之外，又有制科，有童子舉，而進士得人為盛」〔註2〕，這是總體情況。與唐代相較可見北宋更

〔註1〕（明）陶宗儀，說郛·卷十八上·畫墁錄。
〔註2〕（元）脫脫等，宋史〔M〕，北京：中華書局，1977：3604。

加注重儒家經典，《新唐書·科舉志》云：「其科之目，有秀才，有明經，有俊士，有明法，有明字，有明算，有一史，有三史，有開元禮，有道舉，有童子」〔註3〕，唐代的「道舉」是唐玄宗時期設立的以《老》、《莊》等道家典籍應舉的一個科目，崇信道教的北宋並未再有此科目。這一時期我們所熟悉的《厄言日出賦》之類的題目並不是出現在常規的選舉中。（二）懷疑官宦。北宋的宰相設置一般是兩個，左丞和右丞，丞相下面還另設參知政事和樞密使、三司使等。這樣設置對君主的權力沒有任何的削弱，而使宰相等人相互之間有所牽制，並分散宰相的權力，決定權反而更集中在皇帝手中，北宋黨爭的產生未必不是如此設置而產生的結果。（三）諫官缺失。據《宋史·職官志》載：「左散騎常侍左諫議大夫　左司諫　左正言　同掌規諫諷諭。凡朝政闕失，大臣至百官任非其人，三省至百司事有違失，皆得諫正。國初雖置諫院，知院官凡六人，以司諫、正言充職；而他官領者，謂之知諫院。正言、司諫亦有領他職而不預諫諍者。官制行，始皆正名」〔註4〕，可見，宋初諫院的設置並不完備，這個情況至徽宗時期也未見改善。（四）文人地位低下。北宋士大夫的地位高，但是純粹的文人地位很低，我們從魚袋佩戴的變化上可以看出這一點，「神宗元豐二年，蒲宗孟除翰林學士，神宗曰：『學士職清地近，非它官比，而官儀未寵，自今宜加佩魚」〔註5〕，學士有兼任的，也有專任的，專任學士也是文人中較接近君主的一類，佩魚是階層差別的體現。可見北宋時期學士的地位並不高，較唐代還要低一些。

　　然而，如同漢代儒術獨尊致使魏晉玄學驟興，唐初儒家之興也使得釋、道與儒家並行於世，至北宋而呈融合之趨勢，並且，北宋時期儒學以及理學都未得獨尊。在這樣的政治環境之中，北宋士風就自然而然地表現為闊大情懷、奮厲有為、理性精神、嬉笑戲謔、品行貞潔。

　　（一）士人們更有包容天地的闊大情懷。首先，這種包容是建立在天道是非之上。他們不避權貴，嫉惡如仇。在朝堂之上堅持各自的是非，各不相讓，他們從不在是非上妥協，即便面對的是皇帝。王禹偁被貶滁州，其自認為無罪，「不知議謗，從何而出」，己之所為皆合於道，非輕率之為，「臣粗有操修，素非輕易」，遇到不合道義之事，不知止之為，則痛疾之，「心常知於止

〔註3〕（宋）歐陽修、宋祁，新唐書〔M〕，北京：中華書局，1975：1159。
〔註4〕（元）脫脫等，宋史〔M〕，北京：中華書局，1977：3778。
〔註5〕（元）脫脫等，宋史〔M〕，北京：中華書局，1977：3568。

足，性每疾於回邪」，對道義極為堅守，「進身不自於他人，立節惟遵於直道」，從不為勢利所屈，「位非其人，誘之以利而不往；事匪合道，逼之以死而不隨」〔註6〕。范仲淹與宰相呂夷簡因士人進用的標準不侔，進而決裂，余靖、歐陽修、尹洙皆以為范仲淹所為是正確的，而與皇帝爭辯。范仲淹以為呂夷簡所進之人皆出其門下，非君子所當為，「如此為公，如此為私」，並以為當及時營建洛陽，以備不時之虞，「陛下內惟修德使天下不聞其過，外亦設險使四夷不敢生心」〔註7〕，而呂夷簡則以為此乃「迂闊之論」，范仲淹與之對訴於帝前，未嘗稍屈。而在韓瀆治朋黨的高壓之下，李紘、王質依然載酒相送，王質還單獨去了幾個晚上與之語且以為榮。余靖本與仲淹分疏，而他以為「陛下自專政以來，三逐言事者，恐非太平之致也」〔註8〕，敢於批評皇帝，這需要有極大的勇氣。當時御史和諫官在范仲淹被貶的事上，沒人敢言，可見余靖的堅持。尹洙以為范仲淹「直亮，不回議，兼師友」，自己「固當從坐」，而被貶。直、亮固當是孔門之德，然而直與涼到底還在君臣之道範圍之內，「臣為君隱」是孔子為臣設定的一條底線，雖然不是隱君之惡，直接指明君主之非顯然已經突破了孔子之道。這個北宋士人所堅守的直道，雖然士人們依然堅稱乃為孔門，實際上在經歷了漢、唐諸儒特別是北宋士人的改造，他們所堅守的道德準則已經被融合了無為、天道、適性等諸多接近老莊的思想，仁道的實質已經發生了改變。其次，漢代典型的「苞括宇宙，總覽人物」的闊大風格發展至北宋時期，形成了「清風明月」的沖淡風格。就像老子所謂的道一樣，看起來好像什麼也沒有，卻包含著無窮無盡的生養之力。王禹偁《厄言日出賦》寫於其被貶商州傷心之時，卻境界闊大，更可見其心胸之量，「大哉！厄也者，既異欹器，且殊漏厄；言也者，亦非確論，又非詭隨。知萬物之種也，奚千里而應之」〔註9〕，「萬物之種」，知萬物之所從生，有天地生養萬物之氣概。周敦頤言「無極而太極」，金木水火土、萬物、男女皆在作者之胸中，闊大之境，無復再言；蘇軾贊黃庭堅是與天地為友者，今之君子難用之，也是如此。

〔註6〕曾棗莊等，全宋文·第4冊〔M〕，上海：上海辭書出版社、合肥：安徽教育出版社 2006：274～275。
〔註7〕（宋）李燾，續資治通鑒長編〔M〕，北京：中華書局，1986：1067。
〔註8〕（宋）李燾，續資治通鑒長編〔M〕，北京：中華書局，1986：1068。
〔註9〕曾棗莊等，全宋文·第7冊〔M〕，上海：上海辭書出版社、合肥：安徽教育出版社，2006：239。

最後，他們又有包容是非的胸懷。前文有言，景祐年間呂夷簡和范仲淹在政治的矛盾很大，而歐陽修為范仲淹所作的《神道碑銘》云：「自公坐呂公貶，群士大夫各持二公曲直，呂公患之，凡直公者皆指為黨，或坐竄逐。及呂公復相，公亦再起被用，於是二公歡然相約，戮力平賊，天下之士皆以此多二公。然朋黨之論遂起而不能止，上既賢公可大用，故卒置群議而用之」〔註10〕。此為慶曆年間之事，范公後人則不認可此說，而歐公堅持此說，且言此其當年親眼所見，非虛言。想來當是歐公所言為是，畢竟其為親歷者，並且范仲淹在回京的路上就已經打算如此而為。蘇軾與王安石熙寧年間政論相左，一直到暮年之時其尚堅持自己的意見，並不認為他的青苗法等是正確的。然而這卻沒有影響元豐年間蘇軾與王安石在金陵一見如故。其實此前王、蘇二公之文名都早已名聞天下，他們之前卻沒有更多的往來，熙寧年間他們是同朝為官的。蘇軾繞路見王安石的原因可能很多，不過有一個原因我們也可以考慮一下。元豐年間「烏臺詩案」之時王安石已經罷相歸金陵了，還給神宗寫信救蘇軾。他們在熙寧年間鬧的是非常僵的，如蘇公熙寧三年守杭一般被解釋為王安石的原因。所以，在文學上的相互見賞應該不是蘇公到金陵見王公的主要原因，我們以為主要還是在處世的心態上非常相像。因為他們對經典都從不迷信崇拜，不管是儒釋道，一定要合於自己的心志，以道作為衡量的標準。而生活上很像莊子的邵雍，蘇軾也並沒有和他有很深的交往，可見北宋士人各具是非而又包容是非的襟懷。

（二）奮厲有為的信念很強烈。他們在未仕之時多有隱逸之思鄙棄名利之念；仕進之時卻又有「奮歷於當世」之志；當天下之政之時又表現出強烈的退隱田園之思；貶謫之時悲痛之間又有極強的有為觀念，有歸隱之思卻極少歸隱；在他們長時間的執政之後又難以身退。總之，在北宋士人的身上有進取、隱退、隱逸等多個方面，在不同的境遇之下會表現出不同狀態，他們大概兼融孔子「道不同不相為謀」、孟子「獨善其身」、老子「眾人皆醉我獨醒」、莊子「睥睨於萬物而與物無間」、《易傳》「高尚其事不事王侯」、魏晉的逸氣等多種情志，因時而變，隨勢而生。且只看其天下之志，舉陳摶與蘇軾二人為例，以見一斑。陳摶早年的隱居也是希冀有朝一日一遇聖明之主而用之的。陳摶對周世宗言「陛下為四海之主，當以致治為念，奈何留意黃白

〔註10〕見《范仲淹全集》中所引，（清）范能濬編集，薛正興校點，范仲淹全集〔M〕，南京：鳳凰出版社，2004：941。

之事」〔註11〕，然而世宗並沒有聽懂陳摶「致治為念」的言外之意，即黃白之事只是本人能力的粗淺處，「我」更有致治之才。陳摶這個意思從沒有明確的表達過，太平興國之時他也是對宋琪這樣說的，「摶山野之人，於時無用，亦不知神仙黃白之事、吐納養生之理，非有方術可傳」〔註12〕，他更想讓別人能體味話外之意，然而並沒有君主能夠真心用他。面對周世宗的非治國之請，陳摶感覺此人非治世之主，佯而裝睡，並且賦詩以表其意，「十年蹤跡走紅塵，回首青山入夢頻。紫陌縱榮爭及睡，朱門雖貴不如貧。愁聞劍戟扶危主，悶聽笙歌聒醉人。攜取舊書歸舊隱，野花啼鳥一般春。」〔註13〕此詩一般被人解釋為歸隱，如「陳摶的隱逸是真隱，是對功名利祿的真超越，故情懷高雅，詩風飄逸」〔註14〕。其實，陳摶是看到了榮華富貴後面隱藏的險惡，且明白周世宗並不是真正值得輔佐之主。所以，陳摶並不是「對功名利祿真的超越」，而是無奈地轉向歸隱。陳摶稱臣於宋太宗之時，太宗讓宋琪代為問勞之，宋琪多問其神仙之事，陳摶卻多言治國，可見其志。晚年的陳摶成了愛睡覺的閒適之人，「臣愛睡，臣愛睡。不臥氈褕，不蓋被。片石枕頭，蓑衣鋪地。震雷掣電鬼神驚，臣當其時正酣睡。閒思張良，悶想范蠡，說甚孟德，休言劉備。三四君子只是爭些閒氣，爭如臣向青山頂頭，白雲堆裏，展開眉頭，解放肚皮，但一覺睡。管什玉兔東升，紅輪西墜」〔註15〕，好像是一副很瀟灑的樣子，實際上是在自我解嘲罷了。張良和范蠡都是陳摶功成不居理想的寄託。張良於漢建立之後，遊與赤松子，而蕭何、韓信則居功不知退，未得善終；范蠡在越王句踐滅吳以後隱居五湖，不居功自傲，他們並不是為了避禍才出此策，而是他們以為功成當不居，當如自然一樣。張良、范蠡是現實中運用老莊思想處世的代表，對北宋士人影響很深。「三峰千載客，四海一閒人」〔註16〕，閒適並不代表避世，只是功名之心以淡然之氣出之，近乎老莊。

　　超然的蘇軾對建立不朽的功業也充滿了嚮往。其《賀歐陽少師致仕啟》云：「伏以懷安天下之公患，去就君子之所難。世靡不知，人更相笑。而道不

〔註11〕（元）脫脫等，宋史〔M〕，北京：中華書局，1977：13420。

〔註12〕（元）脫脫等，宋史〔M〕，北京：中華書局，1977：13421。

〔註13〕傅璇琮等，全宋詩〔M〕，北京：北京大學出版社，1992：9。

〔註14〕馬茂軍、張海沙，困境與超越──宋代文人心態史〔M〕，石家莊：河北教育出版社，2001：21。

〔註15〕傅璇琮等，全宋詩〔M〕，北京：北京大學出版社，1992：10。

〔註16〕傅璇琮等，全宋詩〔M〕，北京：北京大學出版社，1992：11。

勝欲，私於為身。君臣之恩，繫縻之於前；妻子之計，推荷之於後。至於山林之士，猶有降志於垂老；而況廟堂之舊，欲使辭祿於當年。有其言而無其心，有其心而無其決。愚智共蔽，古今一塗。是以用舍行藏，仲尼獨許於顏子；存亡進退，《周易》不及於賢人。自非智足以周知，仁足以自愛，道足以忘物之得喪，志足以一氣之盛衰。則孰能見幾禍福之先，脫屣塵垢之外。常恐茲世，不見其人。伏惟致政觀文少師，全德難名，巨材不器。事業三朝之望，文章百世之師。功存社稷，而人不知」〔註17〕，蘇公以為有私欲之人，上留戀於君臣知遇之恩，下猶顧親戚妻兒之生計，往往難以全身而退，即便口言之而無此決心，此事古今多見，同弊於此私心；而聖賢之人則能以時進退，無有留戀。這種致仕乃是孔子懷道而藏與老子功成身退以及莊子德全的融合，其中也包含著蘇軾極強的功名之心。這種心理也表現在其對歷史人物的評判之中。如屈原，楊雄以為其不當沉身於汨羅，應當等待時機，以孔孟之道規之，「君子得時則大行，不得則龍蛇，遇不遇命也，何必沉身哉」〔註18〕，蘇軾則以為屈原是以心中的道為目標一直前行，至死也未嘗放棄，「君子之道，豈必全兮。全身遠害，亦或然兮。嗟子區區，獨為其難兮。雖不適中，要以為賢兮。夫我何悲？子所安兮」〔註19〕，君子行於世，其道多有不可實現者，全德之人少之又少，全身遠害，只是功成之時無奈的選擇，而屈子之道未能行之於世，且已無機會而行之，其難矣哉！其最終之所為雖難免有「狂狷」之名，然屈子不愧為賢者。蘇公並沒有執著於屈子該不該投江以及如何選擇更合適，而是以為其一生之所為盡心盡力於國家，未嘗以私心處事，此可稱之為是賢者，「與日月同光可矣」，「是為有發於原之心，而其詞氣亦若有冥會者」〔註20〕（朱熹語）。這個思想與老莊特別是莊子有相通之處，這也伴隨著蘇軾一生，佛印非常明白他的心思。據錢世昭《錢氏私志》記載，佛印開導蘇軾云：「嘗讀退之《送李愿歸盤谷序》，愿不遇知於主上者，猶能坐茂樹以終日。子瞻中大科登金門上玉堂，遠於寂寞之濱。權臣忌子瞻為宰相耳。人生一世間如白駒之過隙，二三十年功名富貴，轉盼成空，何不一筆勾斷，尋取自家本來面目。萬劫常住，永無墮落，縱未得到如來地，亦可以驂駕鸞鶴，翱翔三

〔註17〕孔凡禮點校，蘇軾文集〔M〕，北京：中華書局，1986：1345。
〔註18〕（漢）班固撰，（唐）顏師古注，漢書〔M〕，北京：中華書局，1962：3515。
〔註19〕孔凡禮點校，蘇軾文集〔M〕，北京：中華書局，1986：2。
〔註20〕四庫全書集部‧總集類‧御選唐宋文醇‧卷三十八。

島，為不死人。何乃膠柱守株，待入惡趣。昔有問師佛法在甚麼處，師云：
『在行住坐臥處，著衣吃飯處，痾屎剌撒處，沒理沒會處，死活不得處。子瞻
胸中有萬卷書，筆下無一點塵，到這地位，不知性命所存，一生聰明，要做甚
麼？三世諸佛，只是一個有血性的漢子」〔註21〕，把功名完全拋棄，這是釋
家的思想，一生不放棄功名，也並不全是孔子的思想，想要在當世盡最大可
能建立最大的功名，未必與老莊沒有聯繫。

　　（三）北宋士人又很有理性精神，這一點與春秋戰國時期的士人很是相像。
所謂「理性」，是指以道的眼光和心胸來看待和理解世界，並用之於現實生活之
中。這些士人，上求三代之道，又兼融老莊天道思想，在道的理解和把握上兼
有各自獨特的特點。縱觀整個中國古代思想發展過程，北宋時期是一個「反動」
的時期，「反者，道之動」。經學家皮錫瑞將北宋時期稱之為經學的中衰時期，
對於正統的儒家學者，北宋時期是令他們又愛又恨的一個時期。沒有北宋時期
的建設，經學不可能表現得那麼具有哲學架構和底蘊，而這個建設又是建立在
對宋前儒家經傳的深度懷疑與反思的基礎之上進行的。如歐陽修的《魏梁解》
對其是否合乎正統進行了辯論，因為魏梁之君並非是順承而來的，「議者或非
予大失《春秋》之旨，以謂魏梁皆負篡弒之惡，當加誅絕，而反進之，是獎篡
也，非《春秋》之志也」〔註22〕，歐陽修不否定魏梁之君為政之惡，然而，他
以為這個惡並不可以用來證明魏梁在君位之得來有何不妥，然後他又舉了「魯
桓公弒隱公而自立者」等四個類似而孔子依然稱之為君的事例說明了此論乃依
《春秋》之法，孔子於《春秋》之中「用意深，故能勸誡切，為言信，然後善
惡明」〔註23〕。其實，孔子的「仁義」是上通天道的，其言管仲不知「禮」，卻
勝稱其「仁」，小白殺死了公子糾；召忽死之，作為輔臣不能死之，還輔佐小白，
這從孔子之前的道德來論他都不可以稱之為「仁」，孔子卻點明其「一匡天下，
不以兵車」、「九合諸侯」，使中原免受外夷之統治之偉績是足以稱之為「仁」
的，道才是孔子之仁的最終歸依。孟子以為只要所行為善事，其他任何的規矩
都是可以破除的，莊子則諷刺諸侯用仁義之名而行卑鄙之事，歐陽修可謂探得
二子之道者。歐公對《易傳》的懷疑很有革命性，他也非常明白身為儒士實際

〔註21〕（明）陶宗儀，說郛・卷四十五下・錢氏私志。
〔註22〕（宋）歐陽修，洪本健校箋，歐陽修詩文集校箋〔M〕，上海：上海古籍出版
　　　　社，2009：1609。
〔註23〕（宋）歐陽修，洪本健校箋，歐陽修詩文集校箋〔M〕，上海：上海古籍出版
　　　　社，2009：1609。

上是在自掘墳墓，然而歐公終言之，且反覆明其志。這種懷疑表現出歐公對道的遵守，而不是盲目崇信孔子的一言一行。這是北宋士人明顯區別於漢唐兩代的顯著表現。這個道融合了老莊天道。王安石更是言「祖宗之法」不可畏，在改革的過程中，對的一定要更好，錯的一定要改良，不必以祖宗之法為限。即便是二程兄弟的「理」也和道有著千絲萬縷的聯繫。

（四）他們又往往喜歡嬉笑戲謔。嬉笑戲謔之來已久，是智者的語言遊戲。《周易》有「老夫少妻」之言。孔子聽到子游在武城彈琴以化百姓，莞爾一笑而戲之「殺雞焉用牛刀」，子游答之夫子所言「君子學道則愛人，小人學道則易使也」〔註24〕，此為對道德教化的方式的戲謔。莊子則對那些持高貴的言論而行齷齪之為的人往往以戲謔的方式進行諷刺。北宋士人把莊子的戲謔融進孔子的莞爾一笑，他們的戲謔也就直達事情或人的本質，玩笑中使人警醒。北宋士人不貪戀名利，對貪戀者往往加以嘲諷。如潁上有一個處士叫常夷甫，所行合於仁義，為當時士大夫所推重。君主聽說以後，多次命其為官，而常處士不就官。歐陽修樂於田間早就想買田於潁，卻難得其願，就寫了兩句詩來調侃自己，「笑殺汝陰常處士，十年騎馬聽朝雞。」後來歐公得退，常處士卻被詔赴闕，有人就把歐公的詩作改了一下而嘲之，「卻笑汝陰常處士，幾年騎馬聽朝雞。」〔註25〕只是改了幾個字，那種嘲弄之情卻如在眼前。再如，梅詢為翰林學士之時，為詔書所苦，當其苦思冥想之時，忽然看到一個老兵正在愜意地曬太陽，梅詢忽然感歎地自言自語說那真是舒暢啊，過了一會兒又問這個人認得字不認識，那人答曰不認識，梅又自語道更快活。〔註26〕這是對自己困於名利之中的反思與自嘲。也有對作詩固守傳統不知新變的行為加以諷刺。宋初，作詩承唐代之風，肖樂天或以晚唐為宗，新變極少。許洞對此類作詩者極盡嘲諷之能事，他和幾個詩僧分題作詩，約諸僧不能犯「山、水、風、雲、竹、石、花、草、雪、霜、星、日、禽、鳥」這些自然事物，結果諸僧都把筆放下了。

（五）他們又秉持貞亮高潔的品行。孔子贊許的伯夷之德，寧餓死於首陽山之上也不食周粟，代表了一種高潔的品行；莊子卻楚相不沾染泥塗，其「鵷雛」非練實不食，非醴泉不飲也是這種貞潔人格意象化。當然，鵷雛還

〔註24〕（宋）朱熹，四書章句集注〔M〕，北京：中華書局，1983：176。
〔註25〕（宋）江少虞，宋朝事實類苑〔M〕，上海：上海古籍出版社，1981：832。
〔註26〕（宋）江少虞，宋朝事實類苑〔M〕，上海：上海古籍出版社，1981：872。

留跡於世間，而伯夷則是避世。北宋士人更傾向於莊子，並融以屈子「紉秋蘭以為佩」之人格精神，歐陽修就是這樣一個人：

> 修平生與人盡言無所隱。及執政，士大夫有所干請，輒面諭可否，雖臺諫官論事，亦必以是非詰之，以是怨誹益眾。帝將追崇濮王，命有司議，皆謂當稱皇伯，改封大國。修引喪服記，以為：「『為人後者，為其父母報。』降三年為期，而不沒父母之名，以見服可降而名不可沒也。若本生之親，改稱皇伯，歷考前世，皆無典據。進封大國，則又禮無加爵之道。故中書之議，不與眾同。」太后出手書，許帝稱親，尊王為皇，三夫人為後。帝不敢當。於是御史呂誨等詆修主此議，爭論不已，皆被逐。惟蔣之奇之說合修意，修薦為御史，眾目為姦邪。之奇患之，則思所以自解。修婦弟薛宗孺有憾於修，造帷薄不根之謗摧辱之，展轉達於中丞彭思永，思永以告之奇，之奇即上章劾修。神宗初即位，欲深譴修。訪故宮臣孫思恭，思恭為辨釋，修杜門請推治。帝使詰思永、之奇，問所從來，辭窮，皆坐黜。修亦力求退，罷為觀文殿學士、刑部尚書、知亳州。明年，遷兵部尚書、知青州，改宣徽南院使、判太原府。辭不拜，徙蔡州」〔註27〕

歐公羞於同蔣之奇之鼠輩同朝為官，亦不想處在不被信任的朝廷，可見其堅持是非的高潔品格。北宋歷史上與歐公類似的士人很多，且不說其同黨之人，如尹洙、余靖、蔡襄以及其師事者，如范仲淹等人，蘇軾等門人，即如陳師道亦如是。周敦頤作《愛蓮說》，以蓮自擬，「出於污泥而不染」，只可遠觀而不可猥褻之。蘇軾作《後杞菊賦》，初只覺其困苦，後含英嚼華，有屈子食落花、陶潛桃林之源之意，隱見其德行，張耒也作《杞菊賦》，大意與蘇子同。林逋「疏影橫斜水清淺」與王安石「為有暗香來」的梅花，也無不是士人高潔德行的表現。

　　北宋社會君主權力日益集中，北宋士人能在此環境之中開拓出老莊之學的新境地，可見他們的卓識和毅力。

第二節　士人心態之老莊理念催化

　　北宋士人以「道」自任，在為官過程之中漸由孔孟之道轉向老莊之學，在心理上更認同老莊。宋初對東方朔之「朝隱」與白居易之「吏隱」是兼而取

〔註27〕（元）脫脫等，宋史〔M〕，北京：中華書局，1985：10379～10378。

之的，亦是孔孟老莊思想之雜糅。田錫《酬桐廬縣刁衍歌》詩云：「金門吏隱
能安身，何必棄官為逸人」〔註28〕，乃與東方朔「朝隱」相類。趙抃《寄永
倅周敦頤虞部》詩云：「詩筆不閒真吏隱，訟庭無事洽民情」，則與孟子的「窮
則獨善其身」相近，此為學白之尤者。而這種趨向漸由孔孟思想更多地轉向
了老莊之學。如王禹偁《送朱九齡》詩云：「吏隱不求貴，親老不擇祿」〔註
29〕、《遊虎丘》詩云：「我今方吏隱，心在水雲間。野性群麋鹿，忘機狎鷗鸛」
〔註30〕、《送柳宜通判全州序》云：「可以吏隱，未可以行道……能致身於不
才之間，放意於無何之域，則又不知縣令為著作耶，著作為縣令耶」〔註31〕，
其中多有直接引用《莊子》者。又如歐陽修《新營小齋鑿地爐輒成五言三十
七韻》詩云：「因知吏隱樂，漸使欲心窒」〔註32〕，「欲心」之「窒」而不受
物累，接近莊子之「物物而不物於物」。這就與白氏之吏隱劃開了界限。白氏
之吏隱主要在於其所任之官職本無事而作，吏隱乃是其無奈之選擇，而北宋
之吏隱則是吏與隱通而為一，此種之變化自有其體悟老莊思想並運用至實際
生活的原因，亦有其在實際生活漸悟與老莊相類思想之因素。上所引之詩文
雖亦言隱於山水，卻又與莊子之忘機思想相引發，關注個體如何忘名於為政
之中，這種關注趨向於老莊之學的人性論。這種對老莊思想的心理趨向我們
更可以從貴身這個方面發現。

　　所謂貴身，即老子之「貴身」、「愛身」。老、孔於個體與社會之關係上有一
個重要區別，即孔子把個體與社會揉和在一起，個體往往承擔了任重而道遠的
社會義務使之個性失去了自由，且為名所困，身處各種是是非非之中；老子則
認為「貴身」則可以「忘我」，此為個人得道必由之途，而其要在於「少私寡
欲」，此自由之個體乃可承擔社會義務。在儒家之名利面前，趨之若鶩者多，由
之而來的束縛以及蹉跎又常常促使人們反思，趨向於老莊。如「人生無賢愚，
孰不欲快身於顯貴，休思於榮賞。二者天下之通美，小不適意，則傳者黜其非
道矣。李公之林亭，適宜矣。公之門勳耀於世，孝友光於家，得崇軒疏館池亭，
以發真榮耶。天衢九通，我宇其中，背室迎陽，亭林鎖芳，故賢者謂其外作官

〔註28〕傅璇琮等，全宋詩〔M〕，北京：北京大學出版社，1992：490。
〔註29〕傅璇琮等，全宋詩〔M〕，北京：北京大學出版社，1992：670。
〔註30〕傅璇琮等，全宋詩〔M〕，北京：北京大學出版社，1992：687。
〔註31〕曾棗莊等，全宋文·第4冊〔M〕，成都：巴蜀書社，1988：394。
〔註32〕（宋）歐陽修著，洪本健校箋，歐陽修詩文集注校箋〔M〕，上海：上海古籍
　　　　出版社，2009：3742。

勞，內適情性」（張詠《春日宴李氏林亭記》）〔註33〕，「快身於顯貴，休思於榮賞」顯然與孔子之仁道不侔，而稍同於老子之「無為」，應該是作者的真實感悟，可見其對老莊之學的心理認同。再如范仲淹第二次被貶之前所作之《近名論》可以看出范公對樹功名之渴望，「如取道家之言，不使近名，則豈復有忠臣烈士，為國家之用哉」〔註34〕，而慶曆年間所作《岳陽樓記》則以「不以物喜，不以己悲」、「先天下之憂而憂，後天下之樂而樂」〔註35〕兼而言之。「不以物喜，不以己悲」不只是在勸滕子京勿以貶謫為憂，也是在自抒己懷，這個「物」與名利有關。老子曰：「名與身孰親，身與貨孰多」〔註36〕，名利乃是身外之物，貴身之義就在於對名利與自我的區別認識，名利並不是與生俱來的，之所以身陷名利之中，與儒家提倡君主獎賞不無關係，而身陷名利之中恰恰是無法獲得名利的原因所在，擺脫名利的束縛正好是建立功名的基礎。儒家與道家最終的目的基本上沒有區別，只不過所處之心理境界不同罷了。

　　北宋吏隱老莊思想心理趨向之形成與歐陽修有莫大的關係。歐陽修《畫眉鳥》詩云：「百囀千聲隨意移，山花紅紫樹高低。始知鎖向金籠聽，不及林間自在啼」〔註37〕，作者並無意用《莊子·養生主》中「澤雉」的寓言來比附社會現實，而是從現實中體悟到了道理，恰與莊子思想相近。此首詩所作年代有慶曆七年和八年兩種，不管是何年都應與慶曆五年降知滁州有關。天聖九年歐公就已經對此類問題有所思考，其《伐樹記》言：「以無用處無用，莊周之貴也，以無用而賤有用，烏能免哉。彼杏之有華實也，以有生之具而庇其根，幸矣；若桂漆之不能逃乎斤斧者，蓋有利之者在死，勢不得以生也，與乎杏實異矣。今樗之臃腫不材，而以壯大害物，其見伐，誠宜爾，與夫才者死不才者生之說，又異矣，凡物幸之與不幸，視其處之而已」〔註38〕，作者

〔註33〕曾棗莊等，全宋文·第6冊〔M〕，上海：上海辭書出版社、合肥：安徽教育出版社2006：134。

〔註34〕（清）范能濬編集、薛正興點校，范仲淹全集〔M〕，南京：鳳凰出版社，2004：132。

〔註35〕（清）范能濬編集、薛正興點校，范仲淹全集〔M〕，南京：鳳凰出版社，2004：168。

〔註36〕樓宇烈校釋，老子道德經注校釋〔M〕，北京：中華書局，2008：121。

〔註37〕（宋）歐陽修著，洪本健校箋，歐陽修詩文集注校箋〔M〕，上海：上海古籍出版社，2009：337。

〔註38〕（宋）歐陽修著，洪本健校箋，歐陽修詩文集注校箋〔M〕，上海：上海古籍出版社，2009：1677。

因大樗無才被伐杏樹有才得存與莊子所論相反而引發的思考，從而悟得「才不才各遭其時之可否」的道理，並與莊子之思想相比較，明白了「以無用處無用，莊周之貴也，以無用而賊有用，烏能免」，對莊子思想的理解更近了一步。其實，莊子之意在無我，著重不可為外物損害自我之性，而知此又要存之於無，才不才只是其寓言而已。然而，正是這些思考把北宋士人之生活、心理以至於文學更多地指向了老莊之學。歐公可謂融合而非糅合孔孟老莊思想且影響甚巨之人，對當時及後來者之吏隱生活更多地選擇老莊思想作為思想內核起著關鍵作用。這種心理趨向也使詩文與老莊差近，更為契合。

第三節　士人吏、隱的不同形態

　　吏隱這一有唐以來逐漸形成的文化現象或者說社會生存範式到了北宋時期更被賦予了老莊思想的內涵，如果隱逸可以看作是「高尚其事，不事王侯」的代稱的話，那麼，追求吏隱之人也就是在追求個體的精神獨立，也可以說是把老莊的平等觀念融入到了孔孟的倫理道德之中，使社會倫理道德的上下尊卑觀念與平等觀念相互制衡，顯示出了某種現代觀念，雖然改造得並不徹底。國內學術界言「吏隱」者始自蔣寅，他認為「吏隱向來就是作為歸隱的過渡階段存在的，歷來吟詠吏隱者莫不以歸隱為終極理想」〔註39〕，其中所言姚合之「野客」大概可以看作是中國古典詩歌中對自我精神的追求和識見，即孔子所謂「為仁由己」的「野人」。時賢或以道家道教之角度進行研究，如張松輝《唐宋道家道教與文學》、李生龍《隱士與中國古代文學》等皆有相關論述；或從佛教禪宗思想出發，如張玉璞所著之《「吏隱」與宋代士大夫文人的隱逸文化精神》等，多有新見。不過，北宋吏隱與道家道教的核心思想——老莊之學的關係可能更為密切，儒家借助老莊之學以構成具有嚴密哲學體系的新儒學，佛教禪宗之得道又與其相通。所以，以老莊之學作為著眼點可能更適宜。我們且從三個方面關注二者之間的相互影響：北宋時期吏、隱的不同形態，老莊之學對吏隱的影響以及老莊之學心理趨向之形成。

　　吏、隱本是兩種不同的社會生活方式，前者是社會的管理者，後者則在社會體制之外。然而，吏和隱亦可能同時存在於一個人身上，李生龍認為：「（隱士）就是那些因種種原因進不了官場，或進入官場之後又因種種原因被

〔註39〕蔣寅，「武功體」與「吏隱」主題的發展〔J〕，揚州：揚州大學學報，2000（03）。

擠出（或主動脫離）官場，或雖然出仕卻身在官場心在山林的那一部分人」〔註40〕。所以，將吏與隱融而為一，為官而外名利，反歸之自然之道，可謂之吏隱。吏隱是通達知老莊者對生活方式的再造，北宋前多不被人們接受。如時人對東方朔「朝隱」（「朝隱」是吏隱之最初表現）之詰難，通達之陶淵明亦未嘗願意棲身於官吏等。中晚唐以後，吏隱有所發展。如杜甫筆下崔十九之「適情性」，其《白水縣崔少府十九翁高齋三十韻》詩曰：「吏隱適情性，茲焉其窟宅」〔註41〕，山水適性，這可能與莊子的皋壤之樂有一定關係，杜甫於此應亦有神會。又如白居易之「獨善其身」，乃「適情性」的進一步發展，「急於兼濟者居之，雖一日不樂，若有人養志忘名，安於獨善者處之，雖終身無悶。官不官，繫乎時也，適不適，在乎人也」（《江州司馬廳記》）〔註42〕，「養志忘名」顯然是對孟子「獨善其身」〔註43〕與老子「自隱無名為務」〔註44〕、莊子「聖人無名」〔註45〕的兼而取之。此後的士人們對吏隱漸漸地由原來的排斥變得有所接受。

北宋隱士的生活方式與前代即有不同，他們可以分為三類：一生皆歸隱者、仕隱之間者、仕而歸於隱者。《宋史・隱逸傳》共載隱士四十三位，其中北宋時期三十三位，餘者為兩宋之際者。一生皆隱逸者：戚同文、陳摶、李瀆、魏野、林逋、高懌、孔旼、何群、王樵、章詧、松江漁者、潁昌杜生、順昌山人等。這些人一生志於隱逸，心無旁騖。仕隱之間者：種放、萬適、黃晞、陳烈、劉易、姜潛、陽孝本。他們流連於仕隱之間，卻並非能如孔子顏淵那樣以天下是否有道作為仕隱的標準，對隱居生活堅持得不夠徹底。仕而歸於隱者：邢敦、徐復、張愈、周啟明、代淵、孫侔、連庶、俞汝尚、鄧考甫、宇文之邵、吳瑛、南安翁。他們本有志於仕進，卻由於種種原因，掛冠而去，如宇文之邵因其志不行而歸隱，最為卓立。《宋史》並未寫盡北宋時期的隱士，如方山子、製墨者等諸多隱士皆不見史書。

〔註40〕李生龍，隱士與中國古代文學〔M〕，長沙：湖南教育出版社，2003：2。

〔註41〕（清）潘從律、彭定求等，全唐詩〔M〕，上海：上海古籍出版社，1986：513。

〔註42〕顧學頡校點，白居易集〔M〕，北京：中華書局，1979：932。

〔註43〕（宋）朱熹，朱傑人、嚴佐之、劉永翔主編，朱子全書・四書章句集注〔M〕第6冊，上海：上海古籍出版社、合肥：安徽教育出版社，2010：428。

〔註44〕（漢）司馬遷，史記〔M〕，北京：中華書局，1959：2142。

〔註45〕（晉）郭象注、（唐）成玄英疏，南華真經注疏〔M〕，北京：中華書局，1998：9。

　　北宋隱逸之外，亦有吏隱。吏隱亦可分為三類：居地方治民清淨者、身在朝堂心在山林者、居地方有所為者。

　　居地方治民清淨者。此類之士人本有理國政之才，屈居地方，自然會感到政事之清淨易理，多有閑暇之時以徜徉山水。如趙眾詩云：「滿耳江聲滿目山，此身疑不在人寰。民含古意村村靜，吏束刑書日日閒」〔註46〕，司馬溫公和之曰：「四望逶迤萬迭山，微通雲棧落塵寰。誰知吏道自可隱，未必仙家有此閒。酒熟何人能共醉，詩成無事復相關。浮生適意即為樂，安用腰金鼎鼐間」〔註47〕，此清淨未必真如仙人一般，其本在於心靜。趙抃所云周敦頤亦如是，其《寄永倅周敦頤虞部》云：「詩筆不閒真吏隱，訟庭無事治民情」〔註48〕。

　　這種清淨之中又融有些許幽憤。張詠之為政亦可謂之清淨，「公令崇陽，民以茶為業，公曰：『茶利厚，官將榷之，不若早自異也，』命拔茶而植桑，民以為苦。其後榷茶，他縣皆失業，而崇陽植桑皆已成，其為絹而北者歲百萬匹，其富至今」〔註49〕，亦可見張公之遠見。而張公「登進士乙科，大理評事、知鄂州崇陽縣」〔註50〕，王禹偁送之曰：「波映鸚洲，煙藏鶴樓，白雲芳草，思古悠悠。堂有鳴琴，足以振穆若之風；樽有醇醪，足以養浩然之氣。維江湯湯，鑒其襟袖；維山峨峨，媚其戶牖。繪得魴鯉，菓多橘柚，吏隱於茲，足保無咎。且憂且遊，勿為江山羞，復之勉旃云爾」〔註51〕，此言張公優哉游哉，「鸚洲」、「鶴樓」卻別有意味。他們實是在憤憤不滿中追求一種福禍兩忘的精神境界。

　　身在朝堂心在山林者。熙寧元年，神宗欲召王安石，而韓維言其非願久居山林者，「安石蓋有志經世，非甘老山林者」，又言其為「以道進退者」〔註52〕。後王安石為相，卻極有山林之思，其《西太一宮》詩云：「楊柳鳴蜩綠

〔註46〕（清）蔣廷焯，古今圖書集成‧方輿彙編‧職方典〔Ｍ〕，成都：巴蜀書社、北京：中華書局，1985：13326。
〔註47〕傅璇琮等，全宋詩〔Ｍ〕，北京：北京大學出版社，1992：6158。
〔註48〕傅璇琮等，全宋詩〔Ｍ〕，北京：北京大學出版社，1992：4172。
〔註49〕（宋）朱熹，朱傑人、嚴佐之、劉永翔主編，朱子全書〔Ｍ〕第12冊，上海：上海古籍出版社、合肥：安徽教育出版社，2010：85。
〔註50〕（元）脫脫等，宋史〔Ｍ〕，北京：中華書局，1985：9800。
〔註51〕曾棗莊等，全宋文‧第4冊〔Ｍ〕，上海：上海辭書出版社、合肥：安徽教育出版社2006：384。
〔註52〕（宋）葉夢得撰，侯忠義點校，石林燕語〔Ｍ〕，北京：中華書局，1984：101。

暗，荷花落日紅酣。三十六陂春水，白頭想見江南」〔註53〕，王公為相之時已年近五十，本是其慷慨高歌之時，卻留意於歸隱，想見江南「三十六陂春水」，可見其隱逸之志。再如吳處厚的《逍遙齋記》云：

> 卯而升座於堂，則奉板抱牘，雁鶩而並進。……於亭午而退休於
>
> 室，則前溪後山，軒窗四豁，神兀坐於環堵，心恍遊於大廳。〔註54〕

堂中為吏，室內為隱，思想不可不謂之通達。又如蘇東坡《靈壁張氏園亭記》所描寫之張氏亦如是：

> 故築室藝園於汴泗之間，舟車冠蓋之衝。凡朝夕之奉，燕遊之
>
> 樂，不求而足。使其子孫開門而出仕，則趾步市朝之上，閉門而歸隱，
>
> 則俯仰山林之下。於以養生治性，行義求志，無適而不可。〔註55〕

進退之間，仕而兼隱，修身而不忘君，他們是心隱。

居地方有所為者。如歐陽修景祐三年貶為夷陵令，盡職吏事，「夷陵雖小縣，然諍訟甚多，而田契不明。僻遠之地，縣吏樸鯁，官書無簿籍，吏曹不識文字，凡百制度，非如官府一一自新齊整，無不躬親」〔註56〕。謝景山之為亦然，景祐四年歐陽修《與謝景山書》云：「景山愈困愈刻意，又能恬然習於聖人之道」〔註57〕，《六一詩話》載其詩曰：「莫謂明時暫遷謫，便將纓足濯滄浪」〔註58〕，皆可見焉。而蘇軾謫居杭州、徐州之時，所為之事良多，甚而惠州之時，亦為修堤、引水之事，人多有不可企及者。「聖人雖在廟堂之上，然其心無異於山林之中，士豈識之哉？徒見其戴黃屋，佩玉璽，便謂足以纓紼其心矣；見其歷山川，同民事，便謂足以憔悴其神矣，豈知至至者不虧哉」〔註59〕，郭象此注，通於老子「無為」之旨。老子之「無為」並不是什麼都沒有，什麼都不做，而是為自然萬物提供適合各自生長所必須的條件，「長之

〔註53〕（清）丁傳靖，宋人軼事彙編〔M〕，北京：中華書局，1981：493。

〔註54〕曾棗莊等，全宋文・第 31 冊〔M〕，上海：上海辭書出版社、合肥：安徽教育出版社 2006：394。

〔註55〕孔凡禮點校，蘇軾文集〔M〕，北京：中華書局，1986：369。

〔註56〕（宋）歐陽修著，洪本健校箋，歐陽修詩文集注校箋〔M〕，上海：上海古籍出版社，2009：1795。

〔註57〕（宋）歐陽修著，洪本健校箋，歐陽修詩文集注校箋〔M〕，上海：上海古籍出版社，2009：1806。

〔註58〕（清）何文煥，歷代詩話〔M〕，北京：中華書局，1981：271。

〔註59〕（晉）郭象注、（唐）成玄英疏，南華真經注疏〔M〕，北京：中華書局，1998：12。

育之，亭之毒之」〔註60〕，「生而不有，為而不恃，功成而弗居」〔註61〕。為官長者，如能得此道，怎會視官府之事為束縛，又怎會過度勞形於其間呢。蘇公雖未達此至至之域，然其精神上是相通的。

第四節　老莊之學對吏、隱之影響

北宋士人對老莊之重虛無、貴無為亦多有批評與反思。不過，他們也更加注重孔孟之學與老莊之學的溝通與融合，即並非故意拔高或貶低老莊的作用和地位，而是或歸之於善，或言二者互為補充，或言曉諭對象不同等。並且，他們更加注重有無之間的關係，性適成為他們研究關注的重點並與生活相聯繫。所以，北宋士人的生活也有老莊化的一面，包括吏隱，極具情趣和理性。這個影響主要表現在三個方面：寵辱不驚，適性，無為。忘名利之名而守其實，外在之寵辱皆難以入其心，則無往而不樂；不受外在名利之束縛，而適我之性，而非適人之適；不以他人之所倡而為之，在他人之眼中似乎什麼都沒做，實無不為者也。

北宋士人在吏隱之時雖有鬱鬱不平之氣，卻少有淒苦怨懟之音，反而是平和的，甚而是快樂的。究其原因，自然與老莊的寵辱不驚有莫大的關係。儒家與道家對寵辱之來的關注點不同。孔孟所論多是聖人君子，寵辱之來未嘗動心，一切要合乎道德仁義；老莊則更關注一般士人寵辱之來的內心反應。《老子‧第十三章》言：「寵辱若驚。何謂寵辱若驚，寵為下，得之若驚，失之若驚，是謂寵辱若驚」〔註62〕，寵辱之來皆有驚懼之心，不知其所從來，而身與之，完全沒有了自己。莊子所謂「飲冰」之意與之類。悟得名利為外在之物，使之不入於靈府，則寵辱何來得驚，此所謂寵辱不驚者也。賈誼謫官長沙，乃悲其命不長，《鵩鳥賦》可見其驚懼之心；宋之問貶謫途中過大庾嶺，「淚盡北枝花」，驚歎榮辱變換之速。而北宋士人卻很有意味，寵辱之來未嘗驚。吳曾《能改齋漫錄》云：「王沂公狀元及第，還青州故郡。府帥聞其歸，乃命父老倡樂迎於近郊。公乃易服乘小衛，由他門入，遽謁守，守驚曰：『聞君來，已遣人奉迎，門司未報，君何為抵此。』王曰：

〔註60〕樓宇烈校釋，老子道德經注校釋〔M〕，北京：中華書局，2008：137。
〔註61〕樓宇烈校釋，老子道德經注校釋〔M〕，北京：中華書局，2008：6。
〔註62〕樓宇烈校釋，老子道德經注校釋〔M〕，北京：中華書局，2008：28。

『不才幸忝科第，豈敢煩郡守父老致迓，是重其過也，故變姓名，誑迎者與門司而上謁。』守歎曰：『君所謂真狀元矣。』遂許之遠大」〔註63〕，王曾不驚於寵之來者也，《默記》中所言諂事丁謂之事，似為後人所構（可從丁傳靖《宋人軼事彙編》所引參之）。宋庠送其四舅赴英州時，可謂痛哭流涕，「遠補參卿掾，來過乞墅甥。秋悲先雁引，曉涕伴參橫」〔註64〕，其弟宋祁卻不悲於心，「夫所謂德全者，得喪喜慍，未始入乎胸中。彼宴安鴆毒，皆囿於物者也。……之人也，之德也，寧容以道里遠近，祿稟薄厚，絜然以自辯哉」〔註65〕，於物理無不了然，所以不悲，此亦寵辱不驚者也。慶曆六年，歐陽修不惑之年再遭貶謫，卻倍寫山林之樂，可謂之不驚於辱者也。其《醉翁亭記》基本不言政事，「醉翁之意不在酒，而在乎山水之間也。山水之樂得之心，而寓之酒也」〔註66〕，多麼悠閒自在，兩句之中用了兩個「而」字和「也」字，音韻舒緩有致，更可見其神態。慶曆四年歐公寫與尹洙的信中已有此意，「得失不足計，然雖歡戚勢既極，亦自當有否泰，惟不動心於憂喜，非勇者莫能焉」〔註67〕，「不動心於憂喜」寫盡其心，承范公「不以物喜，不以己悲」而來，更與《莊子》中宋榮子「舉世而譽之而不加勸，舉世而非之而不加沮，定乎內外之分，辨乎榮辱之境」〔註68〕相類。治平二年（歐公五十九歲）所作之《祭王深甫文》更深刻地表現出這種思想境界：「貧與賤不為之恥，富與貴不為之榮，雖得於中者無待於外物，而不可掩者，蓋由其致誠」〔註69〕，「無待於外物」與莊子「定乎內外之分，辨乎榮辱之境」相通，榮辱為外物，得道之心自然不驚。又如蘇舜欽於慶曆四年獲罪除名，其內心是極為委屈與憤慨的，然而這亦促使他對儒家傳統之

〔註63〕（宋）吳曾，能改齋漫錄〔M〕，上海：商務印書館，1941：310。

〔註64〕傅璇琮等，全宋詩〔M〕，北京：北京大學出版社，1992：4172：2165。

〔註65〕曾棗莊等，全宋文・第24冊〔M〕，上海：上海辭書出版社、合肥：安徽教育出版社2006：316。

〔註66〕（宋）歐陽修，洪本健校箋，歐陽修詩文集注校箋〔M〕，上海：上海古籍出版社，2009：1020。

〔註67〕（宋）歐陽修，洪本健校箋，歐陽修詩文集注校箋〔M〕，上海：上海古籍出版社，2009：1799。

〔註68〕（晉）郭象注、（唐）成玄英疏，南華真經注疏〔M〕，北京：中華書局，1998：8。

〔註69〕（宋）歐陽修，洪本健校箋，歐陽修詩文集注校箋〔M〕，上海：上海古籍出版社，2009：1862。

名利觀深入反思,「古之達者,皆發於羈苦餓寒,蓋必極困而後起」〔註70〕
(《送外弟王靖序》),六年所作《浩然堂記》曰:「予觀世之仕祿者,奔趨竭
蹙,皇皇乎病日月之速,無須臾之閒以自放,顧安肯棄其貲裝,易清泠深僻
之地而為適也,又將均其志慮,包蓄誠意以自廣,不亦庶乎,君子之道哉」
〔註71〕,孟子之「浩然之氣」總不離仁義,以此適意於清泠之地而包蓄誠意
以養浩然之氣,實乃以功名利祿為外物,自放於山林而不以榮辱為累,其核
心亦是寵辱不驚。寵辱不驚並不是拋棄名利,而是忘名利才能達得名利,蘇
子美慶曆六年所作《答李銳書》云:「有志之士,不計時之用捨,必趨至極
之地,以學探求聖賢之意,而跡其所行,……蓋先能置身名爵祿於慮外,然
後乃能及此」〔註72〕,莊子曰:「忘足,履之適也;忘腰,帶之適也;忘是
非,心之適也;不內變,不外從,事會之適也。始乎適而未嘗不適,忘適之
適也」,「不內變,不外從,事會之適也」條郭象注云:「所遇而安,故無所
變從也」〔註73〕,忘名利,事會之適者也。亦可見寵辱不驚為適性的基礎。

　　所謂「適性」,即是為官要「自適其適」。儒道皆言性命,而有研究者以
為性命之學不出於老莊,如劉固盛以為北宋諸儒乃是用儒家之「性命」詮釋
老子之學等,其實不然。儒家與道家之性命在「天命之謂性,率性之謂道」上
是相通的。萬物之「性」乃是生而有之,非來自於外者,循此之性可窺得道。
然而,儒家在此基礎上以為必須要指明一個標準並使人為之,所謂「修道之
謂教」,這顯然有違天命之性之旨。一個齊一的標準必然戕害天下人之性,「自
三代以下者,天下莫不以物易其性矣!小人則以身殉利;士則以身殉名;大
夫則以身殉家;聖人則以身殉天下。故此數子者,事業不同,名聲異號,其於
傷性以身為殉,一也」〔註74〕。(《莊子・駢拇》)道家進而言之不可適人之適,
而要「自適其適」,「若狐不偕、務光、伯夷、叔齊、箕子、胥餘、紀他、申徒

〔註70〕曾棗莊等,全宋文・第 21 冊〔M〕,上海:上海辭書出版社、合肥:安徽教
　　　　育出版社 2006:64。

〔註71〕曾棗莊等,全宋文・第 21 冊〔M〕,上海:上海辭書出版社、合肥:安徽教
　　　　育出版社 2006:84。

〔註72〕曾棗莊等,全宋文・第 21 冊〔M〕,上海:上海辭書出版社、合肥:安徽教
　　　　育出版社 2006:47。

〔註73〕(晉)郭象注、(唐)成玄英疏,南華真經注疏〔M〕,北京:中華書局,1998:
　　　　380。

〔註74〕(晉)郭象注、(唐)成玄英疏,南華真經注疏〔M〕,北京:中華書局,1998:
　　　　187～188。

狄，是役人之役，適人之適，而不自適其適者也。」〔註75〕功名利祿乃性外之物，不可因此而害性。莊子曰：「所謂無情者，言人之不以好惡內傷其身，常因自然而不益生也」〔註76〕，要悟得自然之性當中之是非善惡，不可被外在之是非善惡所蒙蔽。發現此自然之性，明白「道」才是我們應該一生去追求的，鷦鷯巢於深林，不過一枝，此為適性之旨所在。「自適其適」是由適意漸入的。楊億《溫州聶從事雲堂集·序》云：「名邦風物之美，通人吏隱之適」，聶從事之「適」，於政事「飄飄然其於遊刃固有餘地」，縱意山水之「適」，「心將化馳，意與境會」〔註77〕。而蘇頌《寄題徐郎中鄱陽高居望雲臺》詩云：「真得吏隱趣，豈累榮名假。宦遊羈絏中，適意如君寡」〔註78〕，此徐郎中拋棄榮名，乃得吏隱「適意」之趣。司馬光《和趙子輿龍州吏隱堂》詩云：「四望逶迤萬迭山，微通雲棧落塵寰。誰知吏道自可隱，未必仙家有此閒。酒熟何人能共醉，詩成無事復相關。浮生適意即為樂，安用腰金鼎鼐間」，趙子輿吏隱「適意」之「樂」亦是司馬光之自道。如其「人生無苦樂，適意即為美」（《晚歸書室呈錢君倚》）〔註79〕，「有良田美宅，背山臨流，適意極樂，誠無事於此」（《歸田詩》序）〔註80〕，「秋水風波大，嗟嗟未可遊。漁樵自應樂，珪組為誰憂。直木知先伐，明珠忌暗投。果然鉤可曲，不惜取封侯」（《歸田詩》其一）〔註81〕，前兩例可見溫公適意之樂，後一例表現出其適意之樂的同時，亦希望能夠封侯立功，揚名天下；此可見溫公在儒道價值取向取捨之不定，亦可見三教融合在不同士人的反映。蘇軾在此基礎之上提出了「自適其適」：

> 今之讀書取官者，皆曲折拳曲，以合規繩，曾不得自伸其喙。
> 仙夫恥不得為，將歷琅琊，之會稽，浮沅湘，溯瞿塘，登高以望遠，
> 搖槳以泳深，以自適其適也。過予而語行，予謂古之君子，有絕俗

〔註75〕（晉）郭象注、（唐）成玄英疏，南華真經注疏〔M〕，北京：中華書局，1998：139。

〔註76〕（晉）郭象注、（唐）成玄英疏，南華真經注疏〔M〕，北京：中華書局，1998：127。

〔註77〕曾棗莊等，全宋文·第7冊〔M〕，上海：上海辭書出版社、合肥：安徽教育出版社2006：713。

〔註78〕傅璇琮等，全宋詩〔M〕，北京：北京大學出版社，1992：6328。

〔註79〕傅璇琮等，全宋詩〔M〕，北京：北京大學出版社，1992：6037。

〔註80〕傅璇琮等，全宋詩〔M〕，北京：北京大學出版社，1992：6080。

〔註81〕傅璇琮等，全宋詩〔M〕，北京：北京大學出版社，1992：6080。

而高，有擇地而泰者。顧其心常足而已，坐於廟堂君臣賡歌，與夫
據槁梧擊朽枝而聲犁然，不知其心之樂奚以異也。其在窮也，能知
捨；其在通也，能知用。(《送水丘秀才序》)〔註82〕

　　蘇軾以為水丘秀才之厭官而遊觀之「自適其適」非是達觀之為；真正的
「自適其適」乃在於「有絕俗而高，有擇地而泰，顧其心常足而已……其在
窮也，能知捨；其在通也，能知用」。蘇軾並不以為隱逸才是適性的不二選擇，
為官亦可有樂存焉，關鍵在於「心常足」，窮通皆得其宜。

　　我們再來看「無為」。所謂「無為」並不是什麼都不做，老子在怎樣「為」
這一點上極為講究，「萬物之母」不只是說任由萬物自由生長，還要為萬物
準備好充分成長的條件。北宋吏隱之「無為」可謂深得老莊之旨。先以蘇軾
為例：

余自錢塘移守膠西，釋舟楫之安，而服車馬之勞；去雕牆之美，
而庇采椽之居；背湖山之觀，而行桑麻之野。始至之日，歲比不登，
盜賊滿野，獄訟充斥，而齋廚索然。日食杞菊，人固疑余之不樂也。
處之期年，而貌加豐，髮之白者日以反黑。余既樂其風俗之淳，而
其吏民亦安予之拙也。……見余之無所往而不樂者，蓋遊於物之外
也。(《超然臺記》)〔註83〕

吏即是隱，隱亦是吏，二者通而為一，卻又吏是吏，隱是隱。王雱亦認為「無
為」乃是得道者之所為，生養萬物而應物無窮，「唯體盡虛空者，唯能滋發萬
化而酬酢不窮，豈若一偏之士，滯乎幽寂植若槁木者哉」〔註84〕。這裡所謂
「體盡虛空」，也就是能深刻體會「無為」之旨的意思。

　　吏隱之宴樂亦可視為「無為」之表現。張詠《春日宴李氏林亭記》以為
既可以「快身於顯貴」，又可以「休思於榮賞」，二者得而兼之，可謂適宜之
事。前者為儒家之追求，後者為道家，可以看出北宋前期儒道糅合的背景下
對宴樂不甚通達的認識。王曙戒歐陽修等人之遊宴曰：「諸君飲酒過度，獨
不知寇萊公晚年之禍邪」，修對之曰：「萊公正坐老而不知止而」，〔註85〕曙
為寇萊公女婿，萊公晚年流崖州，此與好遊宴沒有關係，而在於其不能功成

〔註82〕孔凡禮點校，蘇軾文集〔M〕，北京：中華書局，1986：327。
〔註83〕孔凡禮點校，蘇軾文集〔M〕，北京：中華書局，1986：351。
〔註84〕曾棗莊等，全宋文‧第13冊〔M〕，上海：上海辭書出版社、合肥：安徽教
　　　　育出版社 2006：66。
〔註85〕(元)脫脫等，宋史〔M〕，北京：中華書局，1985：9633。

身退，為名利所縛，可見歐陽修超然物外的宴遊之觀念。蘇轍云：「世人開其所悅，以身徇物，往而不返，聖人塞而閉之，非絕物也，以神應物，用其光而已，身不與也。夫耳之能聽，目之能見，鼻之能嗅，口之能嘗，身之能觸，心之能思，皆所謂光也。蓋光與物接，物有去而明無損，是以應萬變而不窮，殊不及其身，故其常性湛然」〔註86〕，也就是說，得道者之「外物」並不是擯棄所有的物，而是說在與物相互接觸的過程中，不陷於物。蘇軾《老饕賦》極盡描摹之能事，寫盡各種珍饈美味，而結之以「先生一笑而起，渺海闊而山高」〔註87〕，作者並沒有沉浸於美食、美酒、音樂和美人之中，身與之而神外之。

〔註86〕道藏〔M〕第 12 冊，北京：文物出版社、上海：上海書店、天津：天津古籍出版社，1988：312。
〔註87〕孔凡禮點校，蘇軾文集〔M〕，北京：中華書局，1986：17。

第三章 北宋詩文中的老莊思理、情愫

　　北宋詩文中隱含老莊理念的作品甚多，一一加以分析、探討非筆者能力所及，只能擇其要者而論之。下面擬從北宋詩文中同老莊理念最為冥契的亭臺樓宇〔註1〕、遊覽、詠物三個方面作一些探討。老莊的思想都是通過對自然、社會、人生的觀察而體悟到的，並不是對表面現象的描述。北宋士人對典籍也未嘗盲從，多要經過他們的懷疑，自然、社會、人生也被廣闊地納入到他們的視野之中，他們漸漸發現老莊思想與他們的契合之處，並展現在他們的詩文之中。亭臺樓宇詩文中表現出來的政治理想、適性、逸致遠情，遊覽詩文中的慨歎、滄桑之情以及詠物詩文中的葆真都顯示出老子思想、情愫與北宋詩文的融合。

　　北宋時期思想與文學在一定程度上趨於融合。戰國、漢代之時，思想與文學大體是平行發展，思想對文學創作的影響只是表現在氣勢、眼界上，詩賦等文學大致還是抒情的。孔子的「文質」之論與《詩大序》的「志之所之」主要是文學理論，還沒有更大範圍地表現在詩文創作之中，韓愈、柳宗元以後逐漸將道（此道又有儒家之道、三教之道、孔孟老莊之道等之別）與志合二為一。魏晉以後，文學的構思、修辭等逐漸被視為精神活動的一部分，研究思想者也覺察出思想表達的方法與文學的相通處。如劉勰在《文心雕龍》的開篇講《原道》、《宗經》、《崇聖》意就在思想對文學的影響，只不過在《神思》、《隱秀》未做深入論述。思想開始一定程度地介入到文學創作之中，嵇康的「手揮五弦，目送歸鴻」又何止是別離的悲愁，阮籍在「薄帷鑒明月」的深夜起來彈琴也與《詩經》中的「夜不能寐」有別。這時候文學作品與思想也開始結合，玄言詩

〔註1〕按：士人可能會在遊覽之時站在亭臺樓宇之上觀賞景色，也可能單獨把亭臺樓宇作為一個欣賞觀察的對象，為了便於分類，我們把這兩類「亭臺樓宇」詩文合在一起作為一類來敘述，這樣會更加突出它的特點。

的大量創作對謝靈運山水詩中間見哲理、陶淵明田園詩成為後世隱逸精神的象徵都大有裨益，僧皎然所稱讚的自然之作——「池塘生春水，園柳變鳴禽」，把生活之美經過加工雕琢變成藝術之美，其中不乏生活的氣息，又有含蓄雋永的韻味。他們的生活之中也出現了藝術與思想的氣息。唐代詩人則開始注意「有無相生」的思想與文學創作之間的關係，白居易明確指出了「此時無聲勝有聲」的詩歌創作體驗——行文至此，無復再言，無言之中蘊含著千言萬語，而唐詩此類之作俯拾皆是，「明月松間照，清泉石上流」，杜甫《石壕吏》老婦走後的一夜無語；另外，莊子的「夢」思想也有影響，李白的「醒時同交歡，醉後各分散」、王昌齡的「秦時明月漢時關」、白居易寫唐玄宗往瀛洲見楊貴妃，真中有幻，幻中見真，文學與思想漸趨融合。後來歐陽修貶謫夷陵之時多有夢幻之筆、蘇軾守杭之時多寫其夢，繼承了這種融合。北宋時期的文學創作除了上述的影響之外，他們還有意融「物化」、「道在萬物」之旨於創作之中。林逋、王安石、蘇軾、秦觀等人皆作「梅花」詩，卻隱見其人；蘇軾的「楊花」詞，「似花還似非花，也無人惜從教墜」，既是楊花，也是作者，既非作者，也非楊花。王國維所論之「境界」——有我之境與無我之境應與此種認識和創作的加深有著密切的關係。北宋士人眼中，萬物多有道性，蘇軾把一個獨居窮山的老人寫得那麼高逸絕致，別人雖不解，這卻是蘇軾之眼。等蘇軾謫官黃州以後作高篝帽之時，時人開始傚之，在別人眼中，蘇軾的一揮手一投足已有道性。北宋時期明確提出文學深受思想影響的當是王安石。其熙寧五年所作歐陽修的祭文中稱讚歐公「器質之深厚，智識之高遠，而輔學術之精微」，所以「充於文章，見於議論，豪健俊偉，怪巧瑰琦」〔註2〕；元豐七年寫與蘇軾的信中稱讚秦觀的詩歌「清新嫵麗」，且言秦君「學至言妙道」〔註3〕。曾鞏稱讚歐公「體備韓馬，思兼莊屈」，蘇轍所論《莊子》對其兄蘇軾文學的影響等所論亦然。李生龍在《論韓愈莊騷並舉之意義》論及韓愈在《進學解》中所言「下逮莊騷，太史所錄，子云相如，同工異曲」〔註4〕「啟發了後世對莊騷共性的思考，促使人們對莊騷的思想意蘊、藝術精神作深入思考」〔註5〕，其實也說明

〔註2〕高克勤選注，王安石詩詞文選注〔M〕，上海：上海遠東出版社，2013：159。
〔註3〕高克勤選注，王安石詩詞文選注〔M〕，上海：上海遠東出版社，2013：166。
〔註4〕（唐）韓愈著，馬其昶校注，馬茂元整理，韓昌黎文集校注〔M〕，上海：上海古籍出版社，2014：50。
〔註5〕李生龍，論韓愈莊騷並舉之意義〔J〕，周口師範學院學報，2011（1）：21～28。

了韓愈在文道關係認識的深刻與博大，可以說北宋時期對思想與文學之間關係的提出源於韓愈。另外，北宋士人也注意到了思想著作本身具有文學性，並運用一些哲人的言說方式以及文章結構。如歐陽修言「『春風疑不到天涯，二月山城未見花。』若無下句，則上句何堪；既見下句，則上句頗工，文意難評，蓋如此也」〔註6〕，前後勾連，抑揚有致，與《醉翁亭記》「峰迴路轉」的寫法都對《莊子》有所吸收。蘇轍則明確指出老莊等思想著作具有文學性〔註7〕，「莊周《養生》一篇，誦之如龍行空，爪趾鱗翼所及，皆自合規矩，可謂奇文」〔註8〕，王雱也看到了老子所謂「有無」的文學特性，可見北宋士人在此一問題上的創始之功（成玄英所言之譬喻著眼點在修辭，大旨未脫哲學意味上的言意關係）。這個意義在於賦予了詩文作品的天道思想內涵，北宋詩文也就呈現出對前代的超越。如果說唐代詩文興象玲瓏，而尚靜寂空靈之境界的話，那麼，北宋詩文則呈現出象中有物，靜運而有動的生機勃勃的存在之風貌。他們不但在自我精神不經意之間與物之象相會，看見了那個看不見的物之本質，也使得他們的精神與此同時回到了自我之中，我意識到了我的「我」而吾喪我。物象呈現為現象，我也知道了「我」的精神，這即是北宋詩文新變的內在哲理。

第一節　亭臺樓宇詩文中的老莊意蘊

　　北宋初社會日漸安定，公私都開始大量建造亭臺樓宇，大量亭臺樓宇的詩文也隨之湧現，它們或記敘其籌措緣起，介紹其設施格局，或描繪其風光人文，紀錄其交遊晏樂，或抒發其覽物之情，闡釋其人生妙悟。在北宋老莊之學興盛的文化語境下，不少詩文都彰顯出老莊的浸潤與沾濡，亭臺樓宇之作也是如此，它們或借亭臺樓宇寄託道家之政治理想，或借亭臺樓宇抒發自己的適性態度，或借亭臺樓宇來表達自己的超越意識，或借亭臺樓宇寄託自己失落的豪情。分析這類作品，對我們理解北宋老莊之學的滲透之廣泛、深刻，亭臺樓宇詩文文化內蘊之豐富、複雜有一定意義。

〔註6〕（宋）胡仔，苕溪漁隱叢話〔M〕，北京：人民文學出版社，1962：210。
〔註7〕李生龍，歷代《莊子·養生主》之文本文化與藝術闡釋評議〔J〕，中國道教，2015（6）：53～57。
〔註8〕（清）蔣廷錫，古今圖書集成·博物彙編·神異典〔M〕，成都：巴蜀書社、北京：中華書局，1985：62589。

一、借亭臺樓宇詩文寄寓道家政治理想

「無為而治」的政治理想孔子和老子有相通之處。不管是儒家的還是道家的，「無為而治」都是統治者的美好政治理想，王朝建立之初，統治者更多急於成功。這從北宋初的賦作就可見一斑。田錫有《人文化成天下賦》、《德合天地賦》，范仲淹有《用天下心為心賦》、《聖人之大寶曰位賦》、《聖人抱一為天下式賦》、《君以民為體賦》，王禹偁有《君者以百姓為天賦》、《聖人無名賦》等等，這些賦雖多應試之作，卻並非一味應景頌聖，而是往往於理想有所寄託，於君主有所厚望。田錫《人文化成天下賦》結云：「今我後功格昊穹，澤流區夏。復風俗於淳古，播詠歌於大雅」〔註9〕，這是以回歸風俗淳樸的理想期待當今君主。范仲淹《聖人抱一為天下式賦》開頭云：「巍巍聖人，其教如神。抑一而萬機無事，抱一而庶匯有倫」〔註10〕，這是以老子的抱一無為對君主有所啟發。王禹偁《聖人無名賦》末云：「今我後尚黃老以君臨，闡清靜以化下，仰徽號於睿聖，扇玄風於華夏。有以見聖無名兮神無功，信大人之造也」〔註11〕，這個「我後」可能是宋太宗。雖然宋太宗並未宣稱自己以黃老君臨天下，但文人把這種理想「強加」給他，他應該為之竊喜而不會反對。

北宋士人往往融合儒道二者為一，並於描寫優游山水亭臺遊宴之中寄寓這一理想。曾鞏於慶曆七年所作的《醒心亭記》，「群山之相環，雲煙之相滋，曠野之無窮，草樹眾而泉石嘉。使目新乎其所觀，耳新乎其所聞，則其心灑然而醒，更欲久而忘歸也。故即其所以然，而為名取韓子退之《北湖》之詩云。噫，其可謂善取樂於山泉之間，而名之以見其實又善者矣。雖然，公之樂吾能言之，吾君優游而無為於上，吾民給足而無憾於下，天下學者皆為才且良，夷狄鳥獸草木之生者皆得其宜，公樂也。一山之隅，一泉之旁，豈公樂哉，乃公所以寄意於此也」〔註12〕，曾鞏旨在頌揚歐陽修之所以師法韓愈《奉和虢州劉給事使君三堂新題二十一詠》之《北湖》一詩，「聞說遊湖棹，尋常

〔註 9〕 曾棗莊等，全宋文・第5冊〔M〕，上海：上海辭書出版社、合肥：安徽教育出版社 2006：26。

〔註10〕 （宋）范仲淹，李勇先、王蓉貴點校，范仲淹全集〔M〕，成都：四川大學出版社，2007：502。

〔註11〕 曾棗莊等，全宋文・第2冊〔M〕，上海：上海辭書出版社、合肥：安徽教育出版社 2006：7。

〔註12〕 （宋）曾鞏，陳杏珍、晁繼周點校，曾鞏集〔M〕，北京：中華書局，1984：276。

到此回。應留醒心處，準擬醉時來」〔註13〕，取名「醒心亭」，實寓「其心灑然而醒，更欲久而忘歸」之意；而歐陽之所以能如此久遊忘歸，實是因為其時君上效法古人無為而治，以致天下太平，人民富足，夷狄鳥獸草木皆得其生養之宜。所謂古人的「無為而治」，既可理解為儒家式的用賢者以致無為，也可理解道家式的與民休息以示無為。前者如何晏注《論語集解·衛靈公》注「無為而治者，其舜也與，夫何為哉？恭己正南面而已矣」：「言任官得其人，故無為而治」〔註14〕，意為通過招攬和合理使用人才使政事順遂，民生安樂，君主無事可做，清閒養壽，實現「無為而治」。曾鞏說「天下學者皆為才且良」，就暗寓人才充足之意。儒家還有「以佚道使民」之說，意為為政應得而不害，寬緩不苛，使百姓得以休息。宋人林希作有《佚道使民賦》，程顥也有《南廟試以佚道使民賦》。林賦開頭說「古者善政，陶乎庶民。上安行於佚道，下無憚於勞身」，講的就是這種「無為而治」〔註15〕。後者如《老子》說「我無為而民自化，我好靜而民自正，我無事而民自足，我無欲而民自樸」〔註16〕。老子之「無為」也是使萬物生之育之，亭之毒之之道，自然也可以使「夷狄鳥獸草木之生者皆得其宜」。故儒道兩者之「無為」並不矛盾，可以相互為用。曾鞏說「一山之隅，一泉之旁，豈公樂哉？乃公所以寄意於此也」，意為歐陽修並不只是簡單地優游山水，而是在優游的同時也寄寓有對「無為而治」理想的肯定與嚮往。曾氏以推測的語氣言說，但聯繫歐陽修的名篇《醉翁亭記》所描繪的山水清和、百姓豐足、官吏無事、太守宴安的景象，很容易使人聯想起儒道都推崇的「無為而治」理想政治境界。歐陽修有《藏珠於淵賦》，其中說到莊子的「無為而治」理想：「得外篇之《寓言》，述臨民之至理。將革紛華於偷俗，復芚愚於赤子。謂非欲以自化，則爭心之不起」〔註17〕，對莊子的返樸還淳、無為而治作了精警的揭櫫。有這樣的思想基礎，創作出《醉翁亭記》這樣的名文就是自然而然的事了。

〔註13〕（唐）韓愈著，錢仲聯集釋，韓昌黎詩繫年集釋〔M〕，上海：上海古籍出版社，1984：892。

〔註14〕程樹德撰，程俊英、蔣見元點校，論語集釋〔M〕，北京：中華書局，1990：1063。

〔註15〕曾棗莊等，全宋文·第83冊〔M〕，上海：上海辭書出版社、合肥：安徽教育出版社，2006：225。

〔註16〕樓宇烈校釋，老子道德經注校釋〔M〕，北京：中華書局，2008：150。

〔註17〕（宋）歐陽修著，洪本健校箋，歐陽修詩文集校箋〔M〕，上海：上海古籍出版社，2009：1960。

如果說歐陽修、曾鞏所推崇的「無為而治」理想主要還是以儒家式的得人任賢為主，蘇軾則更傾向於道家的「與民休息」的政治理想。其《蓋公堂記》云：「吾觀夫秦自孝公以來，至於始皇，立法更制，以鑱磨鍛鍊其民，可謂極矣。蕭何、曹參親見其析喪之禍，而收其民於百戰之餘，知其厭苦憔悴無聊，而不可與有為也，是以一切與之休息，而天下安。始參為齊相，召長老諸先生問所以安集百姓，而齊故諸儒以百數，言人人殊，參未知所定。聞膠西有蓋公，善治黃老言，使人請之。蓋公為言治道貴清淨而民自定，推此類具言之，參於是避正堂而捨蓋公，用其言而齊大治。其後以其所以治齊者治天下，天下至今稱賢焉」〔註18〕。蓋公事蹟見《史記・曹相國世家》。《史記・樂毅列傳》說黃老派之初祖為河上丈人，不知其所出，河上丈人教安期生，安期生教毛翕公，毛翕公教樂瑕公，樂瑕公教樂臣公，樂臣公教蓋公，蓋公教於齊高密，為曹相國師。高密也就是密州。蓋公教曹參以「清靜」之道治理秦漢動亂的凋敝天下，成就了文景之治，在歷史上傳為美談。《蓋公堂記》即作於蘇氏知密州（神宗熙寧七至九年，1074～1076）時。其時王安石一黨（新黨）正推行新法，目的在於改良宋代弊政。然新政名目繁多，方田、青苗諸法實際上加重了人民負擔，反而變成了擾民病民之舉。蘇氏多有詩文抨擊新法。此文也是針對新政有感而發。他從醫病求良藥入手，實際上暗示「新政」的擾民病民，引入蓋公、曹參等以老子「貴清淨而民自定」的理念，要求為政少苛繁之擾攘，使民生得以休息，也是對症下藥之意。蘇軾平生深受老莊浸潤，儒家情結也相當深厚。他也曾力圖把老莊同儒學會通起來。其在元豐元年（1078）所作的《莊子祠堂記》中說莊子對孔子「陽擠而陰助之」，就是這一會通理念的結果。對這一理念，後人贊同的、反對的都有，但就蘇氏本人的衷曲而言，借記敘莊子祠堂而「迴護」評論莊子，力圖調和莊子與儒學的矛盾，卻是其一貫的思想學術追求。

二、亭臺樓宇詩文中所流露的老莊適性情愫

所謂「適性」，指適合自己性情。《莊子・大宗師》：「若狐不偕、務光、伯夷、叔齊、箕子、胥餘、紀他、申徒狄，是役人之役，適人之適，而不自適其適者也。」〔註19〕《駢拇》：「夫不自見而見彼，不自得而得彼者，是得人之

〔註18〕孔凡禮點校，蘇軾文集〔M〕，北京：中華書局，1986：346。
〔註19〕（晉）郭象注、（唐）成玄英疏，南華真經注疏，北京：中華書局，1998：139。

得而不自得其得者也，適人之適而不自適其適者也。夫適人之適而不自適其
適，雖盜跖與伯夷，是同為淫僻也。」〔註20〕這些都是從反面講，是說那些
順從別人而放棄自己的天性、性情的人，是「不自適其適」的人。「適性」這
一詞到魏晉便開始用得比較多。孔融《瑰才枕箴》有「適情和神」語，阮籍
《達莊論》：「目視色然而不顧耳之所聞，耳所聽而不待心之所思，心奔欲而
不適性之所安，故疾萌生則不盡，禍亂作則萬物殘矣。」〔註21〕江淹《自序
文》：「人生當適性為樂，安能精意苦力，求身後之名哉？」〔註22〕表示對世
俗欲望、功名的摒棄，對自己自由、平和天性的秉持與堅守。

　　「適性」常常借助非世俗的事物來展示，亭臺樓宇自然是最能使人「適
性」的事物之一。早在南唐時，徐鉉的《遊衛氏林亭序》就借遊金陵衛氏的林
亭表達自己的適性理念：「陶陶孟夏，杲杲初日，虛幌始闢，清風颯然，班荊
蔭松，琴奕詩酒，登降靡迤，窺臨駘蕩，熙熙然不知世之與我之為異矣。嗟夫
天生萬物，貴適其性。君子有屈身以利物，後己而先人，或行道以致時交，或
効智以濟世用，斯有貴乎自適者也。朝市丘壑，君得中道焉。下官道污智劣，
無益於事。山資弗給，歸計未從，每尋幽選勝，何遠不屆，一踐茲境，杳然忘
歸。」〔註23〕北宋初，王禹偁之作《李氏園亭記》，張詠之《春日宴李氏林亭
記》也都表達了此種心態，後者云：「人生無賢愚，孰不欲快身於顯貴，休思
於榮賞。二者，天下之通美。小不適宜，則儒者黜其非道矣。李公之林亭，適
宜矣」〔註24〕，張詠感覺李公「適宜」於顯貴和榮賞之中，「外作關勞，內適
性情」，樂於林亭草木之宴遊。陳堯佐《涵碧橋記》云：「寒山鱗鱗，屏焉四
合，澄波瑟瑟，鑒焉中照。倒萬象之影，而曲直可見；湛千流之注，而毫髮不
隱。豈清和所毓之翠，不可以言筌耶？……或曰：『啟塞之說，實有古之訓，
山水之樂，未達子之志。』曰：『朝廷有道，區宇無事，能敏其政，又適其性，
則斯人也，庶幾乎不妄乎？』」〔註25〕，此言實為陳公內心真實所感，比徐鉉、

〔註20〕（晉）郭象注、（唐）成玄英疏，南華真經注疏，北京：中華書局，1998：191。
〔註21〕陳伯君校注，阮籍集校注〔M〕，北京：中華書局，1987：142。
〔註22〕俞紹初、張亞新校注，江淹集校注〔M〕，鄭州：中州古籍出版社，1994：291。
〔註23〕曾棗莊等，全宋文·第2冊〔M〕，上海：上海辭書出版社、合肥：安徽教育
　　　　出版社 2006：216。
〔註24〕曾棗莊等，全宋文·第6冊〔M〕，上海：上海辭書出版社、合肥：安徽教育
　　　　出版社 2006：134。
〔註25〕曾棗莊等，全宋文·第10冊〔M〕，上海：上海辭書出版社、合肥：安徽教
　　　　育出版社 2006：11。

張詠借他人之事抒己之懷顯得更加親近。在亭臺之上往往可以使身心達到清淨，張俞《望泯亭記》云：「君子望之則目益加明，形益加靜，心益加清」〔註26〕，清淨之中乃可造平淡。

政治是一件非常複雜的事情，從政者往往容易陷入政見分歧，人事矛盾，派系鬥爭，君臣齟齬，故在官場一帆風順者少，而遭受打擊、遷謫的事情屢見不鮮。這時受挫者往往需要調整心態，安頓心靈。亭臺樓閣之類的建築往往也成了他們心靈的避風港，或借題發揮的話頭。例如王禹偁為人正直，遇事敢言，喜歡臧否人物，以直躬行道為己任。其為文著書，多涉規諷，以是頗為流俗所不容，故屢見擯棄。晚年貶謫黃州，曾作《三黜賦》以見志，此時之心境應該是很黯淡的。可是其《黃州新建小竹樓記》卻說「公退之暇，披鶴氅，戴華陽巾，手執《周易》一卷，焚香默坐，消遣世慮。江山之外，第見風帆沙鳥，煙雲竹樹而已。待其酒力醒，茶煙歇，送夕陽，迎素月，亦謫居之勝概也」〔註27〕，顯出一派非常灑落的神態。王氏平生以儒術立身，但於道家也深受濡染。所作《厄言日出賦》、《天道如張弓賦》、《聖人無名賦》皆能於老莊有所發揮。如《厄言日出賦》云：「故曰不言則齊，同形相禪，巧如簧兮非偶，卒若環兮無變。得之者，毀譽兩忘；失之者，是非交戰」〔註28〕，對莊子的毀譽兩忘有所體會。正因為有此種體會，其作品中所展現的心態才顯得那般平和與超脫。

宋庠《諸公留題王氏中隱堂詩序》也有此意：「每車騎休休，牛酒過家，則必釋朝綬而襲野巾，卻赤舄以御山履。疴柯陰樾，舉觴嘯詠，躊躇四顧，為之滿志，回睇印綬，若桁楊轀鎖之遺，而朝貪其能，願卒弗果。於時巨公名卿及世之賢者，聞其風而悅之」〔註29〕，雖未必真的歸隱，然而心嚮往之。再如胡宿《高齋記》云：「南中江山，類多託賞之美。……安輯江介，政尚凝簡，日多休閒，寄意琴酒之適，留好風泉之賞。……反照正性，保御太和，人境相得，其樂如何哉？……君子根本於道德，拯墊於性命，利用於安身，有餘於治人，不役志以營己，常慮心以待物。其有為也，精義致用，以經世務之蘊；

〔註26〕曾棗莊等，全宋文・第26冊〔M〕，上海：上海辭書出版社、合肥：安徽教育出版社2006：161。

〔註27〕（宋）王禹偁，王黃州小畜集・第17卷〔M〕，宋紹興刻本：12。

〔註28〕（宋）王禹偁，王黃州小畜集・第2卷〔M〕，宋紹興刻本：2。

〔註29〕曾棗莊等，全宋文・第20冊〔M〕，上海：上海辭書出版社、合肥：安徽教育出版社2006：419。

及其無事也，恬熙相養，以濟天均之和」〔註30〕，以隱士之心入仕，在北宋並非個例。張界《水樂亭記》云：「惟至人全士，淡然有忘情自得之懷，則知以山水之樂為樂也」〔註31〕，「忘情自得」乃不以人之好惡內傷其身，並非真的無情。

北宋士人多有歸隱之心，「其中包括對個人物慾、外志的損削」。劉述《題竹閣》云：「閒身方外去，幽意靜中來」〔註32〕，在此竹閣之中有利於體悟得世間紛紛物慾之困擾，向上一層，為擺脫物慾提供了條件。穆修《靜勝亭記》云：「吾職甚逸，吾性加疎。思得灑然空曠一宇寄適之地，盡冀除耳目俗嘩，而休吾心焉」〔註33〕，穆氏在此「灑然空曠」之亭中，得以內視「吾心」。邵雍《秋閣吟》云：「淡泊霜前月，蕭疎雨後天」〔註34〕，可見其淡泊寡欲之心態。劉敞《新作石林亭》云：「朝廷入忘返，山林往不還。念無高世姿，聊處可否間。……邱壑成弱喪，簿書常自環。及爾滅聞見，曠如遠塵寰。豈敢同避世，庶幾善閉關」〔註35〕，在入世之中「滅聞見」、「善閉關」，把一己之私欲減至最低，不束縛於物慾，把目光放在天地之道之上。

北宋士人在面對困苦蹉跎之時多能樂觀面對之，並對困苦之源有所體悟。李復《登夔州城樓》云：「夔州城高樓崔嵬，浮空繞檻雲徘徊。百川東會大江出，群山中斷三峽開。關塞最與荊楚近，舟帆遠自吳越來。雄心乘險爭割據，功業俯仰歸塵埃」〔註36〕，名利非可持久之物，其得與失不可長掛胸中，亦不可為此徒增煩惱，這並非是消極無所作為的表現，而是莊子「天地與我並生」思想的引發。北宋一部分士人的名利觀往往表現出一種人生進程的演變，少年之時往往極具建功立業之思，中年以後則視名利為畏途，灑然而樂；或者仕途上稍有坎坷即具隱逸之思；或者秉承老莊之思，自幼年即心歸於隱逸。這在亭臺樓閣詩文之中有一定的反映。范仲淹早年以建功立名為人生之目標。

〔註30〕曾棗莊等，全宋文・第 11 冊〔M〕，上海：上海辭書出版社、合肥：安徽教育出版社 2006：539。
〔註31〕曾棗莊等，全宋文・第 80 冊〔M〕，上海：上海辭書出版社、合肥：安徽教育出版社 2006：1。
〔註32〕傅璇琮等，全宋詩〔M〕，北京：北京大學出版社，1992：3387。
〔註33〕曾棗莊等，全宋文・第 16 冊〔M〕，上海：上海辭書出版社、合肥：安徽教育出版社 2006：41。
〔註34〕傅璇琮等，全宋詩〔M〕，北京：北京大學出版社，1992：4581。
〔註35〕傅璇琮等，全宋詩〔M〕，北京：北京大學出版社，1992：5710。
〔註36〕傅璇琮等，全宋詩〔M〕，北京：北京大學出版社，1992：12464。

其《近名論》甚至批判老莊：「《老子》曰：『名與身孰親」，《莊子》曰『為善無近名』，此皆道家之訓，使人薄於名而保其真。斯人之徒，非爵祿可加，賞罰可動，豈為國家之用哉！」〔註37〕從政治學的角度說，名是刺激士人進取的興奮劑，不受名利誘惑的人往往也不受政治牢籠。然而，范氏認為不受名利誘惑的人有時也可能是大有益於天下的人。其《桐廬郡嚴先生祠堂記》稱讚不受漢光武帝羈絡的隱士嚴光說：「唯先生以節高之，既而動星象，歸江湖，得聖人之清」，「是有大功於名教也」〔註38〕。主持新政失敗之時所作之《岳陽樓記》卻對名利更有所淡然，「不以物喜，不以己悲」。不以政治失意而悲慨，也並不由此而忘記天下，「先天下之憂而憂，後天下之樂而樂」。范氏這種人生態度表面上稟承儒家，實則兼老莊而為一。「不以物喜，不以己悲」是一種老莊式的超越境界，唯有此境界的人，才能物我兼忘，進入到老子所說的「聖人無常心，以百姓之心為心」的境界。故范氏《用天下心為心賦》說：「賾老氏之旨，無欲者觀道妙於域中；稽夫子（孔子）之文，虛受者感人和於天下。若然，則其化也廣，其智也深。不以己欲為欲，而以眾心為心。達彼群情，侔天地之化育；洞無民隱，配日月之照臨」〔註39〕，其道儒結合之跡，昭然可見。

三、亭臺樓宇詩文中所昭顯的老莊超越意識

　　亭臺樓閣詩文中最能體現超越感的莫過於圍繞超然臺所作的一批作品。細繹這些作品，可以看到老莊的超越意識在不同的人身上有著不同的理解與闡釋。

　　據蘇轍《超然臺賦序》說，此亭建於蘇軾知密州時（熙寧七至九年），其命名出於《老子》：「顧居處隱陋，無以自放，乃因其城上之廢臺而增葺之。日與其僚覽其山川而樂之，以告轍曰：『此將何以名之？』轍曰：『今夫山居者知山，林居者知林，耕者知原，漁者知澤，安於其所而已。其樂不相及也，而臺則盡之。天下之士，奔走於是非之場，沉於榮辱之海，囂然盡力而忘反，亦莫自知也。而達者哀之，二者非以其超然不累於物故邪。《老子》曰：『雖有

〔註37〕（清）范能濬編集、薛正興點校，范仲淹全集〔M〕，南京：鳳凰出版社，2004：132。

〔註38〕（清）范能濬編集、薛正興點校，范仲淹全集〔M〕，南京：鳳凰出版社，2004：164。

〔註39〕（清）范能濬編集、薛正興點校，范仲淹全集〔M〕，南京：鳳凰出版社，2004：24。

榮觀，燕處超然。』嘗試以『超然』命之，可乎？」〔註40〕故所謂「超然」，
實是取超越世俗之是非、名利、榮辱，而求其內心之閒晏平和、超脫灑落。蘇
轍是《老子》專家，蘇軾是《莊子》專家，兄弟倆意趣相投，蘇軾自然同意了
弟弟的建議，將此臺取名「超然」，並作《超然臺記》以闡發「超然」的內蘊。

　　在蘇軾看來，人的心態如何，與自己的觀物角度有莫大關係。如果從事
物的內部甚至低處觀察事物，就會使自己產生壓抑、窘迫之感，產生眩亂反
覆、美惡橫生而憂樂出焉的可悲後果。所以要想超然，就必須站在高處、外
面來靜觀事物，使自己產生超越感，從而獲得愉悅、獲得美的享受。這就像
他的《題西林壁》所說的那樣，「不識廬山真面目，只緣身在此山中」，站在廬
山內看廬山，就只能眩亂反覆；如果跳出廬山來反觀廬山，就能欣賞那「橫
看成嶺側成峰，遠近高低各不同」的多姿多態的美景了。蘇軾的這種感悟，
既從莊子中得來而又獨有所悟。《莊子・則陽》載戴晉人嘲笑魏齊之爭如蠻觸
二國之廝殺，就是站在「上下四方有窮乎」這樣的高視角來立論的；在《逍遙
遊》中，大鵬搏扶搖直上九萬里的高空，回視人間，什麼斥鷃啦、學鳩啦，各
種譏諷嘲笑，它都不予理會。蘇軾的觀物方法深得莊子神髓。就現實而言，
蘇軾來知密州本來就是政治上受新黨排擠的結果，其時密州「歲比不登，盜
賊滿野，獄訟充斥」，而蘇軾自己生活也頗艱苦，「齋廚索然，日食杞菊」。這
種狀況，其內心不說是苦，至少應該是「不樂」的。但由於蘇氏有這麼一套觀
物方法，竟體驗出「凡物皆有可觀，苟有可觀，皆有可樂，非必怪奇瑋麗者
也。餔糟啜漓皆可以醉，果蔬草木皆可以飽，推此類也，吾安往而不樂」的快
樂心經。蘇軾的這一套，不獨用於密州，也用於一生，他一生遭受打擊不斷，
卻直到哪裏樂到哪裏。他總能從當地、從生活中發現美的事物，找到美感，
從而形成自己「無往而不樂」的獨特審美體驗。有了這種審美體驗，就很容
易轉化成詩。蘇氏有《望江南・超然臺作》曰：「春未老，風細柳斜斜。試上
超然臺上看，半壕春水一城花。煙雨暗千家。寒食後，酒醒卻諮嗟。休對故人
思故國，且將新火試新茶。詩酒趁年華。」〔註41〕正是超然，所以觸目皆春，
與物無忤，詩酒新茶亦可以趁年華，度日月。解脫於是非之場，超越於榮辱
之境，則何處不可安歇，何處不可為樂，「此心安處是吾鄉」。蘇軾在《記遊松

〔註40〕（宋）蘇轍著，曾棗莊、馬德富校點，欒城集〔M〕，上海：上海古籍出版社，
　　　　1987：413。

〔註41〕鄒同慶、王宗堂校注，蘇軾詞編年校注〔M〕，北京：中華書局，2002：164。

風亭》有云：「此間有什麼歇不得處？」〔註42〕正是「超然」注腳。

蘇轍的《超然臺賦》把老子的超然、莊子的達觀和儒者的樂易以及楚辭的憂憤鎔鑄一體，雖然不像其兄那樣具有個人之獨特體驗，卻也是有思而發，有感而作，有病而吟：「嗟人生之漂搖兮，寄流藥於海壖。苟所遇而皆得兮，遑既擇而後安。彼世俗之私已兮，每自予於曲全。中變潰而失故兮，有驚悼而汍瀾。誠達觀之無不可兮，又何有於憂患。顧遊宦之迫隘兮，常勤苦以終年。盍求樂於一醉兮，滅膏火之焚煎。……惟所往而樂易兮，此其所以為超然者邪。」〔註43〕樂牛說蘇轍命臺為「超然」、「以《超然臺賦》勸誡其兄不要轉入紛爭，要超然於紛爭；不要因三年不得代而憂愁，而要超然於自我」〔註44〕，後一種意思容或有之，但勸其兄不要轉入紛爭的意思卻很難看出。蘇轍名臺為「超然」，顯然有以「超然」兄弟共勉之意，而兄弟之「超然」，正是為了有異於世俗之輩的爭競與自私，故賦中有「彼世俗之私已兮，每自予於曲全，中變潰而失故兮，有驚悼而汍瀾」等語。對蘇轍的這篇賦，蘇軾十分稱道：「子由之文，詞理精確，有不及吾，而氣體高妙，吾所不及。雖各欲以此自勉，而天資所短，終莫能脫，至於此文則精確高妙，殆兩得之，萬為可貴也。」〔註45〕說弟弟之作精確高妙，並非勉詞，而是合乎實際的評議。

除蘇轍外，文同、鮮于侁、張耒、李清臣都有《超然臺賦》，可能都是蘇軾邀約他們所作。文同是個頗具藝術氣質的人，其賦作也想落天外、高蹈出塵，不僅有老莊脫俗之玄想，還有《遠遊》《大人》出世之仙心。其末曰：「使余脫亂天之罔兮，解逆物之韁。已而釋然兮，出有纍之場。余復仙仙兮，來歸故鄉。」〔註46〕蘇軾評論說：「吾友文與可，非今世之人也，古之人也；其文非今之文也，古之文也。其為《超然》辭，意思蕭散，不復與外物相關，其《遠遊》《大人》之流乎？」〔註47〕就是將此賦比作屈原《遠遊》和司馬相如《人賦》，肯定超然物外、高邁灑落之人生品格。鮮于侁賦多用莊子、楚騷語，如：「蜉蝣之生兮，蟪蛄之年，朝菌曄煜兮，舜華鮮鮮。蠻觸之角兮，醢雞之

〔註42〕孔凡禮點校，蘇軾文集〔M〕，北京：中華書局，1986：2271。

〔註43〕（宋）蘇轍，曾棗莊、馬德富校點，欒城集〔M〕，上海：上海古籍出版社，1987：414。

〔註44〕樂牛，蘇轍《超然臺賦》賞析〔J〕，太原：名作欣賞，1989（3）：53。

〔註45〕孔凡禮點校，蘇軾文集〔M〕，北京：中華書局，1986：2059。

〔註46〕曾棗莊等，全宋文·第51冊〔M〕，上海：上海辭書出版社、合肥：安徽教育出版社2006：2。

〔註47〕孔凡禮點校，蘇軾文集〔M〕，北京：中華書局，1986：2060。

天。佳人兮奈何，道不可流人兮，時不再來。聊逍遙兮自得，與日月兮同存。」
〔註48〕表達一種人生短暫、時不可再的人生深慨歎和追求超然的必然。

　　張耒賦採用對問方式，假設「或有疑乎超然」者對蘇氏兄弟以「超然」命
名其臺提出質疑，以反駁名超然者未必真超然為主旨，指出「彼方自以為超然
而樂之，則是其心未免夫有累也」。意思是說，自稱「超然」的人未必真的就
超然，其實他們的內心牽累眾多，說自己「超然」只是掩飾其不超然。「客」
（即作者自己）反駁說：「子知至樂之無名兮，是未知世之所可惡。世方奔走
於物外兮，蓋或致死而不顧。眇如醯雞之舞甕兮，又似乎青蠅之集污。眾皆旁
視而笑兮，彼獨守而不能去。較此樂超然兮，謂孰賢而孰愚？何善惡之足較兮，
固天淵之異區。道不可以直至兮，終冥合乎自然。子又安知夫名超然者，果不
能造至樂之淵乎？」〔註49〕這是說，「超然」是相對的，相對於那些如醯雞舞
甕，如青蠅集臭的卑污小人，追求超然的人與他們何啻天壤之別。追求超然雖
暫時未必真已超然無累，但怎知他們最終不能達到真正超然的最高境界呢？
這似乎是在為蘇氏兄弟辯護，通過維護「超然」來肯定超然的可貴。

　　李清臣是一個比較有獨立精神的人。他為人寬洪，跟蘇氏兄弟交好，對
舊黨有所同情，執政時對新黨的一些舉措也頗多施行。在五篇《超然臺賦》
中，李清臣雖然也以老莊理念為主軸，如云「余宏望而獨得，思浩渺而難傳。
軼昊氣而與之遊，遺事物之羈纏。嗤榮名之喧卑，哀有生之煩煎。萬有不接
吾之心術兮，味《逍遙》之陳篇」，即是以莊子之逍遙相砥礪。但下文「蛾眉
弗以為侍兮」至「斥醽醴而不禦，塵芳茶以漱泉」云云，是說蘇氏為了體現自
己的「超然」，對世俗的一切都予以否定，似乎是為了超然而超然。結尾「係
曰：世處甘處，我以為患兮。物皆謂危，己所安兮。非彼所爭，為樂不惄兮。
佩玉襲綬，得《考槃》兮。」〔註50〕末句《考槃》為《詩經·衛風》中篇名。
毛序：「刺莊公也。不能繼先公之業，使退而窮處。」可知此篇乃隱士之作。
李清臣說蘇氏「佩玉襲綬」而得《考槃》，實有微諷其為了反對世俗而否定世
俗的一切，就像做著官卻吟唱著隱士的詩篇一樣，不說是假隱，至少也是朝

〔註48〕曾棗莊等，全宋文·第 51 冊〔M〕，上海：上海辭書出版社、合肥：安徽教
　　　　育出版社 2006：317。

〔註49〕（宋）張耒著，李逸安、孫通海、傅信點校，張耒集〔M〕，北京：中華書局，
　　　　1990：15～16。

〔註50〕曾棗莊等，全宋文·第 5 冊〔M〕，上海：上海辭書出版社、合肥：安徽教育
　　　　出版社 2006：289。

隱、吏隱之類。對此，蘇軾有跋為自己和弟弟辯護：「世之所樂，吾亦樂之，子由其獨能免乎？以為徹弦而聽鳴琴，卻酒而御芳茶，猶未離乎聲，味也。是故即世之所樂，而得超然，此古之達者所難，吾與子由其敢謂能爾矣乎？邦直之言，可謂善自持者矣。」〔註51〕這是說，從世俗之樂中達到超然，即使古之哲人也難以做到。自己和弟弟又怎敢說自己就能做到呢？李清臣的說法，可算是善於堅持自己的看法了。

四、亭臺樓宇詩文中昭顯的逸致遠情

《老》《莊》之中與天地同生的豪壯、大鵬九萬里的豪情，無不使人壯志滿懷飛思無限。項羽的「時不利兮騅不逝」、劉邦的「大風起兮雲飛揚」，一個失利，一個得天下，然而項公的壯志後人恐難出其右。阮籍歎「二三豎子」因時以成名，慨歎自我功名難成，李白「對此可以酣高樓」的悲愁在於此生恐難再有經緯天下的機會。而北宋士人在成名之時往往非常平淡，其失落之時卻又很豪壯，這種豪壯往往借老莊的「無何之鄉」、「天地一氣」等來寄寓時光不再功名難立的失落之情，這種失落也就顯現出闊大的意境。

范仲淹《秋香亭賦》〔註52〕作於景祐年間貶饒州之時〔註53〕，以失意之人而對失意之人，卻有閒逸闊遠的意境，而無「江州司馬青衫濕」的兒女之情。范仲淹此記所云的鉅鹿公，是魏徵後裔，未得志於當時，而范公此時已是因直言諫政之失的第二次被貶。他雖然失意於朝堂之上，卻未嘗戚戚然，

〔註51〕孔凡禮點校，蘇軾文集〔M〕，北京：中華書局，1986：2059。

〔註52〕此文中所引《秋香亭》的文字都取自《范仲淹全集》，（清）范能濬編集、薛正興校點，范仲淹全集〔M〕，南京：鳳凰出版社，2004：11。

〔註53〕按：見王十朋《梅溪後集》卷十《途中寄何德獻》一詩後注。另按，王十朋云：「范文正公守饒時，魏郎中蕪作提點，二公甚相得。文正改知潤州，魏作《慶朔堂栽花詩》寄之，文公嘗為魏作《秋香亭賦》，而據王曾《能改齋漫錄》記載，范公所言的這個魏鄭公的後人，叫魏介，而非魏蕪，「文正公守番陽郡。創慶朔堂。而妓籍中有小鬟妓尚幼。公頗屬意。既去而以詩寄魏介曰：慶朔堂前花自栽，便移官去未曾開。年年長有別離恨，已託東風干當來。」這個魏介與范公有幾次來往，《同年魏介之會上》：「作寒苦同登甲乙科，天涯相對合如何。心存闕下還憂畏，身在樽前且笑歌。闕上碧江遊畫鷁，醉留紅袖舞鳴鼉。與君今日真良會，自信粗官樂事多」，且范公另有《送魏介之江西提點》，而魏蕪未出現在范公詩文集中。又按《嘉慶重修一統志》云：「（秋香亭）在府治內，《明統志》宋提點鑄錢使魏廉，於廳旁作亭，培菊數本，故名」，提點鑄錢與范公所言提點屯田不同。魏介與公同年進士，《記》中所言又似長輩，魏介亦當非是；魏蕪或魏廉之說可能另有所本，且存疑。

「一朝賞心，千里在目」，其心有千里之慨，眼前雖「有翠皆歇，無紅可凋」，已是深秋時節，卻有此佳菊可以抒懷。「露漙漙以見滋，霜蕭蕭而敢進」，此菊在深秋之時尚傲然開放，綽約如君子，「歲寒後知，殊小人之草；黃中通理，得君子之道」，范公感慨而「歌曰：賦高亭兮盤桓，美秋香而酡顏。望飛鴻兮冥冥，愛白雲之閒閒。又歌曰：曾不知吾曹者將與夫謝安，不可盡歡，而聿去乎東山；又不知將與夫劉玲，不可復醒，而蔑聞乎雷霆。豈無可無不可兮，一逍遙以皆寧」，吾輩遭此貶謫是應該如謝安一樣歸東山以盡吾歡，亦或是如劉伶醉酒一般不復醒？范公以為二者之取當入於莊子「無可無不可」之旨，逍遙於世，不掛懷此憂。這就將貶謫所帶來的悲愁，甚至是仕途之中的憂樂用莊子的逍遙化解之，心情歸於寧靜。范公並不是沒有了憂愁，而是寓逍遙於憂愁之中。前人有陷於哀痛不能自拔的，「前不見古人，後不見來者。獨愴然而泣下」〔註54〕、「共來百越紋身地，猶自音書滯異鄉」〔註55〕；亦有先壯闊而歸之於悲哀者，「俱懷逸興壯思飛。……舉杯消愁愁復愁。」〔註56〕而范公此作則是壯闊之中隱隱透出哀愁，這是范公真實的心境。

　　北宋士人窮年往來場屋而見棄於朝者，其數量不少。這一部分士人有隱居的，也有投敵的，他們也會借助老莊來調適心靈。黃庭堅的《休亭賦》〔註57〕中的蕭公就是其中隱居的一位，「吾友蕭公餉濟父，往有聲場屋間，數不利於有司」。但他依然堅持練習儒家之禮，以之教授子弟，「歸教子弟，以宦學而老於清江之上，開田以為歲，鑿池灌園以為籩豆。」他雖然隱居，但是內心依然有澎湃之勢激蕩之慨，「盤礡一軌，萬物並馳，西風木葉，無有靜時。懷蠹在心，必披其枝。」然而事已至此，不休又有何用？「至於行盡而不休，夫如是奚其不喪」。蕭公之休又與眾人不同，「眾人休乎得所欲，士休乎成名，君子休乎命，聖人休乎物莫之嬰」，其休與萬物為一，「休乎萬物之祖」。蕭公前之所遊，遭受了種種人世間的折磨，「獻璞玉而取刖，圖封侯而得黥。驕色未鉏而物駭，機心未見而鷗驚」，以致身心疲憊，而樂此隱居，「濯纓於峽水之上游，晞髮於舞雩之喬木」。真可謂「玉笥之隱君子」。玉笥之山，乃屈原當年放逐之地，蕭公隱於此處，其意不言而自明。然而他並沒有自棄於世，而

〔註54〕（清）潘從律、彭定求等，全唐詩〔M〕，上海：上海古籍出版社，1986：416。
〔註55〕金性堯，唐詩三百首新注〔M〕，上海：上海古籍出版社，1993：283。
〔註56〕瞿蛻園、朱金城校注，李白集校注〔M〕，上海：上海古籍出版社，1980：1077。
〔註57〕曾棗莊等，全宋文·第104冊〔M〕，上海：上海辭書出版社、合肥：安徽教育出版社，2006：232。

樂於曾點之樂。並且自嘲自己如被許由拒絕的帝堯一樣,「歸休乎君,予無所用為天下」,被當時的君主拒絕,只好隱居。休憩於此江山之上,希冀悟自然之道,而終究無所用為天下。「不蓍而筮,從無龜而吉卜」,不用卜筮,吉凶又何論,豪氣迸裂,使人心痛。

第二節　遊覽詩文之老莊內涵

　　以「遊覽」言詩歌類別首見於《文選》,後世多言之為山水詩。然所以言「遊」者,自然有「銷盡物累」而脫俗世之塵網的自由精神,莊子「逍遙」之意有在其中矣。詩人覽物以起興,寓個體自由精神於景物之中,此可謂遊覽詩文之緣起也。前之所謂「亭台樓宇」詩文不免有命題作文之嫌,此則神與物會,發之于詩文者也。《詩經·國風》、《楚辭》可以看作是遊覽詩文之濫觴。宋前遊覽詩文有情景交融意蘊深遠者,亦有注重事理闡發淡乎寡味者,不一而足。而北宋遊覽詩文把這兩種情況融合了起來,可謂是情景事理的融合。北宋士人或遊覽於自然景物之中,或遊覽於歷史遺跡之上,或遊覽文化設施,表達了他們悠然自得、人生隨性等各種不同的情感,由景而及情,由情而及理,由情而及事,融而為一。

一、遊覽自然景物詩文中的覽物寄慨

　　北宋遊覽自然景物的詩文很多,著名的如寇準的《春日登樓懷歸》、梅堯臣《夢登河漢》、歐陽修貶夷陵途中所作《三遊洞》諸詩等。這些詩文超然灑脫,由人境而及天境,毫無峭冷霜寒之感。它們實踐了老莊「天地與我共生,萬物與我為一」以及「覆命」的思想,反映了老莊自然與人為融合、雕琢復璞、大音希聲的美學思想,也把我們帶進了了一個能夠洗滌心靈的精神家園;又不使我們悲觀厭世鄙棄名利而選擇隱居,而是身處繁瑣厭神的事務之中而心遊天地之外。

　　第一,北宋士人在自然山水中游覽之時,常產生歸隱林泉之思,憂讒畏譏之慨,淡泊名利之情。

　　上章我們已經探討過北宋的吏隱,這種吏隱歸根到底是一種心隱。北宋士人心隱的特點在遊覽自然山水之時表現得更為突出。王禹偁《泛吳松江》云:「葦蓬疏薄漏斜陽,半日孤吟未過江。唯有鷺鷥知我意,時時翹足對船

窗」〔註58〕，鷺鷥之意，歸隱之心不言而喻。寇準《春日登樓懷歸》詩云：
「高樓聊引望，杳杳一川平。野水無人渡，孤舟盡日橫。荒村生斷靄，古寺
語流鶯。舊業遙清渭，沉思忽自驚」〔註59〕，這首詩作於寇公剛入仕之時，
站到城樓之上，他看到的是孤舟之橫於水而水渡無人的閒逸之景，遠遠的山
村飄起雲霧，彷彿聽到了古寺之中流鶯的鳴叫聲。寇公彷彿看到了自己未入
仕之前讀書的地方，驚歎自己入仕之速，歸隱之情，不言自明。又如黃庭堅
《遊愚溪》云：「俄頃生白雲，似欲駕我仙。吾將從此逝，挽牽遂回船」〔註
60〕，遠離這人事紛紜的世間，歸隱他處。在北宋士人的心裏，世俗見稱的
名利的地位很低。宋庠《湖山》詩云：「空水渺澄鮮，蒼山復盤踞。沙草媚
苔磯，雲柯抱岩樹。畸人茲與留，脫世如遺屨」〔註61〕，宋公自視為畸人，
莊子中的畸人往往是德行高深卻從來不外露的人，「聖人披褐懷玉」，他悟得
了世人所爭奪之名利可以像脫掉鞋子一樣毫不遺憾地拋棄，人不可受到名利
的束縛。再如尹洙《張氏會隱園記》云：「夫馳名利者，心勞而體據，唯隱
者能外放而內適，故兩得焉」〔註62〕，大旨與宋庠等人同。北宋的「隱者」
已經不再都是傳統意義上的歸隱，逐漸轉向「心隱」的達者。他們意識到隱
居並不是擺脫名利束縛的最好選擇，如蔡襄《遊鼓山靈源洞》云：「況逢肥
遯人，性尚自幽獨。西景復向城，淹留未云足。」〔註63〕《周易》「肥遯」
與孔子「乘桴浮於海」之論都對歷代士人之歸隱影響深刻，可見歸隱不可以
專屬老莊，老莊與孔子的區別主要在於其心是不是隱逸的，而不是身體。蔡
公以為「肥遯」之為不是君子的必然追求，因為他覺得這種人為了逃脫名利
的束縛而入此幽靜之所孤獨終生並一定是最好的選擇，「回首向來蕭瑟處，
也無風雨也無晴」，不僅名利是虛幻之物，福禍亦然，關鍵的問題是認清其
所以然以保守本性之真，逃避並沒有意義。心隱更多的是直面現實，蔡襄選
擇的就是面對。從某種意義上說，在不失本性的情況之下解決問題是老莊思
想的延伸，這在北宋士人身上表現得更為突出。

〔註58〕傅璇琮等，全宋詩〔M〕，北京：北京大學出版社，1992：695。
〔註59〕傅璇琮等，全宋詩〔M〕，北京：北京大學出版社，1992：1001。
〔註60〕傅璇琮等，全宋詩〔M〕，北京：北京大學出版社，1992：11443。
〔註61〕傅璇琮等，全宋詩〔M〕，北京：北京大學出版社，1992：2346。
〔註62〕曾棗莊等，全宋文・第20冊〔M〕，上海：上海辭書出版社、合肥：安徽教
　　　育出版社，2006：34。
〔註63〕傅璇琮等，全宋詩〔M〕，北京：北京大學出版社，1992：4760。

　　有些遊覽詩意在抒發憂讒畏譏、全身遠害之慨，淡泊名利之情。葉清臣《松江秋泛賦》云：「聽漁榔之遞響，聞牧笛之長吹。既覽物以放懷，亦思人而結欷。若夫寇敵初平，霸圖方盛，均優待濟，同安則病。魚貪餌而登鈎，鹿走險而忘命。一旦辭祿，揚舲高泳。功崇不居，名存斯令。達識先明，孤風孰競。又若金耀不融，浴塵其蒙。宗城寡捍，王國爭雄。拂衣洛右，振耀江東。托翠綸兮波上，膾蟬翼兮柈中。倘實時之有適，遑我後之為恫。至於著書笠澤，端居甫裏。兩槳汀洲，片帆煙水。夕醉酒壚，朝盤魚市。浮遊塵外之物，嘯傲人間之世。富詞客之多才，劇騷人之清思。緬三子之芳徽，諒隨時之有宜。非才高見棄於榮路，乃道大不容於禍機。申屠臨河而蹈壅，伯夷登山而食薇，皆有謂而然爾，豈得已而用之。別有執簡仙瀛，持荷帝柱，晨韜史氏之筆，暮握使臣之斧，登覽有澄清之心，臨遣動光華之賦。荷從欲之流，慈慰遠遊之以懼。肇提封之所履，屬方割之此憂。將濬疏於匯川，其極濟乎珍疇，轉白鶴之新渚，據青龍之上游。濯埃垢於緇袂，刮病膜乎昏眸。左引任公之釣，右援仲由之桴。思勤官而裕民，乃善利之遠猷。彼全身以遠害，蓋孔臧於自謀。鮮鱗在俎，真茶滿甌。少回俗士之駕，亦未可為茲江之羞。」〔註64〕這首賦作於皇祐元年葉公為兩浙轉運副使之時，葉公乘船泛於松江之上，聯想到了三種不同類型的人物：或是功成而不居急流勇退者，如范蠡，後世多稱讚這種人，「功崇不居，名存斯令。達識先明，孤風孰競」；或是建立不朽的功業而遭君主之猜忌，不能全身而退；或是隱逸於山水浩淼之中，從不問世事。那麼，到底哪一種處世的方式是正確的呢？葉公以為要順應時勢而選擇更適宜的方式，才高的賢人見貶於君主，正是在向我們詔示禍機，而只有得道者能看得出來。而申屠狄之蹈河、伯夷之餓於首陽山都是事情到了不得不那樣做的地步，這其實也是一種面對，豈是他們自己可以選擇的，他們自我品質上的獨特被賦予了時代的使命。而葉公「我」由帝庭而至此邊地，心中不免有戚戚之憂，泛遊松江之上而有歸隱之思，以前之君子為鑒，不當就此沉淪全身遠害以躲避山林之中，而應該想想應該如何面對，而不像范仲淹那樣有才而不得施展。

　　第二，北宋士人在遊覽於自然景物之中之時，也常流露出老莊的達觀、逸豫與平和。

〔註64〕曾棗莊等，全宋文・第27冊〔M〕，上海：上海辭書出版社、合肥：安徽教育出版社，2006：171。

　　北宋士人把孔子「樂山樂水」的思想與老莊靜觀萬物相融合，並漸以老莊思想為核心，於自然萬物的影響之下達到虛靜的境界。孔子「樂山樂水」的思想對宋初士人影響深刻。至道元年，柳開與惟深同遊天平山，作《遊天平山記》，其云：「入龍口谷，山色回合，林木蒼翠，繞觀俯覽，遂忘框轡之勞。……憩環翠亭，四顧氣象瀟灑，恍然疑在物外，流連徐步」〔註65〕，柳公原是不願意聽從惟深之言而為此「魏人」之行的——莊子筆下的「魏人」是心存魏闕的隱士，重名利而未嘗重生，想達道而未得的一個人物，和我們上面談到的心隱正好相反——而惟深歸去之時柳開最終和他一起遊玩天平山。入山之後，他覺得如同被樹木所包圍，樹木是那麼地蒼翠，一會兒就忘了疲憊；山泉流落，如同來到了另一個令人心醉的世界之中，流連而忘返。柳開遊天平山有物外之感，卻沒有孔子般的諄諄教導，以此可以想像柳公那逸豫的情態，韓琦跋之曰此文有「神物所護」，這篇遊記中的萬物有柳開的精神所寓，可見柳開這篇遊記的地位。不過，柳開還未嘗反觀其心，陳堯佐則有觀心之處，其《涵碧橋記》云：「寒山鱗鱗，屏焉四合；澄彼瑟瑟，鑒焉中照。倒萬象之影，而曲直可見；湛千流之注，而毫髮不隱……豈清和所毓之翠，不可以言筌。……或曰：『啟塞之說，實由古之訓；山水之樂，未達子之志。』曰：『朝廷有道，區宇無事，能敏其政，又適其性，則斯人也，庶幾不為妄也。」〔註66〕那些鱗次櫛比的遠山，就像一個屏風一樣把作者圍在了其中，他們是如此熱情，彷彿作者是他們的孩子；微微蕩起波紋的清澈的湖水，如同鏡子一般，處在群山的中央。這些湖水倒影著萬物之象，如同萬物一般真實；又沒萬千河流，每一絲鬢髮都沒有遮蔽。陳堯佐在自然之中感覺到的是舒暢、適意，卻難以形容具體是什麼，「豈清和所毓之粹，不可以言筌」。然而，愉悅於此自然之中是不是違背了古聖賢的「啟塞」之言呢？此言既是儒家所褒獎的為政之道，「使民以時」，也是老莊的修身之道。此文所言的「啟塞」，當是老子所言的「塞兌閉門」，是說人不能為外物所惑而迷失本性，「五色」、「五音」、「五味」、「馳騁田獵」是其所戒，莊子亦言「其嗜欲深者，其天機淺」。然而陳公以為適當的遊玩並不違背老莊

〔註65〕曾棗莊等，全宋文・第 6 冊〔M〕，上海：上海辭書出版社、合肥：安徽教育出版社，2006：382。

〔註66〕曾棗莊等，全宋文・第 10 冊〔M〕，上海：上海辭書出版社、合肥：安徽教育出版社，2006：11。

修身之旨，一個入仕之人，既很好地處理了政事，又能夠在自然之中身心愉悅，恐怕這樣的人並沒有誤入歧途，而是使自我之性更真。在萬物之中發現性之所在，就要比徐鉉「天生萬物，貴適其性」〔註67〕之言要更深入的多，真正開啟了北宋詩文中言性的先河。韓琦所言與陳公大致相當，其《定州眾春園記》：「天下郡縣無遠邇小大，位署之外，必有圜池臺榭觀遊之所，以通四時之樂。……彼專一人之私以自利，宜其所見者隘而弗為也。公於其心而達眾之情者則不然。夫官之修職，農之服田，工之治器，商之通貨，早暮汲汲以憂其業，皆所以奉助公上而養其室家。當良辰嘉節，豈無一日之適以休其心乎」〔註68〕，韓公把自然之樂當做了勞作之外的一種補充，老莊隱逸之樂融於孔孟勞作之中，倒也別具一番風情，一種平和的心態蕩漾其中。蘇舜欽則進一步指明人們該怎樣擺脫名利對人性的束縛。蘇舜欽《初晴遊滄浪亭》詩云：「夜雨連明春水生，嬌雲濃暖弄陰晴。簾虛日薄花竹靜，時有乳鳩相對鳴」〔註69〕，其因為官場爭權奪利而被削官奪職，此置於他人之肩，勢必危苦，子美卻優游此滄浪亭之中。莊子云：「古之至人，先存諸己而後存諸人，所存於己者未定，何暇至於暴人之所行。且若亦知夫德之所蕩而知之所為出乎哉，德蕩乎名，知出乎爭，名也者，相軋也，知也者，爭之器也，二者兇器，非所以盡行也」〔註70〕，德與知本是聖人教化之器，後世卻成為害性之兇器，蘇子美在滄浪亭之上也有相類似的體會，「心安舒而身逸豫，坐探聖人之道，又無譏察而責望之，何樂如是」，「蓋先能置身名爵祿於慮外，乃能及此」〔註71〕，身心安逸是對名利有所反思而知名利之於人性的關係以後才有的體驗。誠如歐公所贊「清風明月本無價，可惜只賣四萬錢」，亦如黃豫章所言「庖丁提刀立，滿志無四方」〔註72〕。庖丁之解牛，因事物天然之性而為之，物性得全又不傷己性。「庖丁」之神，北宋士人也多有得之的。蔡襄的《遊沖虛觀》亦然，「宴坐白晝永，長吟清風來。

〔註67〕 曾棗莊等，全宋文・第2冊〔M〕，上海：上海辭書出版社、合肥：安徽教育出版社，2006：216。

〔註68〕 曾棗莊等，全宋文・第40冊〔M〕，上海：上海辭書出版社、合肥：安徽教育出版社，2006：37。

〔註69〕 （宋）蘇舜欽，蘇舜欽集〔M〕，北京：中華書局，1961：101。

〔註70〕 （晉）郭象注、（唐）成玄英疏，南華真經注疏〔M〕，北京：中華書局，1998：76。

〔註71〕 （宋）蘇舜欽，蘇舜欽集〔M〕，北京：中華書局，1961：132。

〔註72〕 （宋）蘇舜欽，蘇舜欽集〔M〕，上海：上海古籍出版社，2011：234。

飛花亂棋子，遊蜂依酒杯」〔註73〕，沖淡悠然之感撲面而來。

　　第三，北宋遊覽詩文中士人常由物我之性而悟得超然之理，從而表現出理智、明達、從容的心態。

　　對物理的體悟，王安國《池軒記》云：「吾所以樂耳目之玩者，豈獨快須臾形役哉？蓋俯仰者，有見萬物之理而樂也」〔註74〕，人以為「我」臨池而賞，其實「我」之來非為欣賞美景，傾聽大自然的聲音，也不只是感受心為形役的思想並試著解脫它，而是在俯仰之時，能夠悟得萬物之理。體悟人情物理而可達道，如蔣堂《北池賦》云：「魚在藻以性遂，龜遊蓮而體輕，禽巢枝而自適，蟬得陰而獨清。科斗成文書之象，蛙黽有鼓吹之聲，以至鷗鳥群嬉，不觸不驚；菌蕎成列，若將若迎」，其序云「姑蘇北池，其來古矣。昔刺史韋應物詩云：『海上風雨至，逍遙池館涼。』即其地也。韋與白樂天皆有池上之作，盛詫其景。自韋、白沒僅三百年，寂無歌詠者」〔註75〕，能夠體悟到自然事物的隨性，自然是悟得其理之人，且蟬的叫聲在許多人聽來都是極為難受的，只有心靜之人才可以聽出這麼清幽的蟬鳴聲。對物理的體悟在一念之間，似有意而無意，多年的思索與外物的突然激蕩，最為動人，蘇軾的《題西林壁》即為此類詩作。「橫看成嶺側成峰，遠近高低各不同。不識廬山真面目，只緣身在此山中」〔註76〕，蘇軾並不是藉此詩說明什麼物理，而是他在遊覽廬山之時悟得了道理。他的廬山詩之中只有這首詩悟得了道理，也可見悟道的難度，如「自昔懷清賞，神遊杳靄間」〔註77〕還只是在體悟之中，而未有所得，「皆一時性靈所發」〔註78〕，王文誥此言評論精妙。他們能夠體察到萬物之理，面對季節輪替、山高水險自然是洞達而無戚戚之悲。

　　不外事功且棄名利之名，是非皆由己心，而從容行走於人世間。如梅堯

〔註73〕傅璇琮等，全宋詩〔M〕，北京：北京大學出版社，1992：4764。
〔註74〕曾棗莊等，全宋文·第73冊〔M〕，上海：上海辭書出版社、合肥：安徽教育出版社2006：57。
〔註75〕曾棗莊等，全宋文·第16冊〔M〕，上海：上海辭書出版社、合肥：安徽教育出版社2006：83。
〔註76〕（清）王文誥輯注，孔凡禮點校，蘇軾詩集〔M〕，北京：中華書局，1982：1219。
〔註77〕（清）王文誥輯注，孔凡禮點校，蘇軾詩集〔M〕，北京：中華書局，1982：1210。
〔註78〕（清）王文誥輯注，孔凡禮點校，蘇軾詩集〔M〕，北京：中華書局，1982：1219。

臣《夢登河漢》云：「有牛豈不力，何憚使服箱。有女豈不工，何憚縫衣裳。有斗豈不柄，何憚挹酒漿。捲舌不得言，安用施穹蒼。何彼東方箕，有惡務簸揚。唯識此五者，願言無我忘。神官呼我前，告我無不臧。上天非汝知，何苦詰其常。豈惜盡告汝，於汝恐不庠。至如人間疑，汝敢問於王。扣頭謝神官，臣言大為狂。」〔註79〕梅公至晚年之時才在歐陽修的幫助之下有所升遷，所以，這首詩的開頭是很憤慨的，「我」並不像牛郎、織女那些星辰一樣有形而無才，而是很有才華的，「我」也可以「服箱」，也可以縫衣裳。天神雖認可作者所言，卻又言世事如此，其原因又豈是你可以明白的，你又怎麼敢懷疑上天。然而他最終並沒有像屈子一樣悲痛難耐，而是面對天帝，叩謝而還，自言為狂，可見其面對蹉跎命運的狂放之態。是非又豈只在「天帝」手中？歐陽修以為是非分明的道德操守萬世不可易。他在范仲淹被貶之時以之嚴責高若訥，後被貶夷陵令途中還修書戒余靖守此道勿憂。此入於莊子「是非莫得其偶」之旨。以道而觀，是非具存而未顯，歐公在遊覽途中的面對自然之時也是如此，如《三遊洞》：「昔人心賞為誰留，人去山阿跡更幽。」〔註80〕《下牢溪》：「清流涵白石，靜見千峰影。岩花無時歇，翠柏郁何整。安能戀潺湲，俯仰弄雲景」〔註81〕，《黃牛峽祠》：「朝朝暮暮見黃牛，徒使行人過此愁。山高更遠望猶見，不是黃牛滯客舟」〔註82〕，多麼淡然，多麼真實，他並沒有表現出貶謫以後惶恐的心態，也沒有著意獨創什麼風流，而是留意於山川草木。是非自在吾心，何來惶恐。君主的賞識與否不是最重要的，「前不見古人，後不見來者」的悲慨不值得常留心中——燕昭王這類的君主並不值得我們企慕，關鍵在於自己所堅守的是非之道。再如歐公後期的《伊川獨遊》：「東郊漸微綠，驅馬忻獨往。梅繁野渡晴，泉落春山響。身閒愛物外，趣遠諧心賞。歸路逐樵歌，落日寒川上」〔註83〕，更可見其從容的情態。

在老莊的認識世界裏，無所謂挫折與否，北宋士人面對挫折之時的區別

〔註79〕傅璇琮等，全宋詩〔M〕，北京：北京大學出版社，1992：2867。

〔註80〕（宋）歐陽修，洪本健校箋，歐陽修詩文集注校箋〔M〕，上海：上海古籍出版社，2009：8。

〔註81〕（宋）歐陽修，洪本健校箋，歐陽修詩文集注校箋〔M〕，上海：上海古籍出版社，2009：10。

〔註82〕（宋）歐陽修，洪本健校箋，歐陽修詩文集注校箋〔M〕，上海：上海古籍出版社，2009：11。

〔註83〕（宋）歐陽修，洪本健校箋，歐陽修詩文集注校箋〔M〕，上海：上海古籍出版社，2009：8。

只在於明達心態的深淺不同。蘇洵稍顯憂鬱，其《遊嘉州龍巖》詩云：「繫舟長堤下，日夕事南征。往意紛何速，空巖幽自明。使君憐遠客，高會有餘情。酌酒何能飲，去鄉懷獨驚。山川隨望闊，氣候帶霜清。佳境日已去，何時休遠行」〔註84〕，其以為出仕是為了「行道」，「繫舟長堤下，日夕事南征」，他這次進京並不是為了求得什麼功名，而是為了使天下達道，而上一次進京卻未嘗有這個機會。這次恐怕也難成其願，他對歐陽修說：「人皆曰求仕將以行道，若此者，果足矣行道乎？既不足以行道，而又不至於為貧，是二者皆無名焉，是故其來遲遲，而未甚樂也」〔註85〕，蘇洵的「不樂」也是這首遊覽詩的基調。程顥則在自然之中感受到了只有自己知道的快樂，「旁人不識余心樂」，這與性命相連又隱而不顯。北宋士人多有同感，「雲淡風輕近午天，望花隨柳過前川」〔註86〕，他們在自然之中與萬物相通，物我為一，如同莊子在濠梁之上知魚之樂。這也是他們對得道的一種期許吧。

二、遊覽歷史遺跡詩文的滄桑之情

在歷史進程中，前代遺留下來很多文物。當我們面對這些歷史遺跡之時，總有所感觸，或有歷史滄桑之感，或有人事代謝之歎，或有物是人非之幻，或有追念前賢之思，由物而及事，由事而及人。這些感觸往往能夠老莊產生密切的聯繫。此處我們著重分析一下滄桑之情。

北宋士人留情於四皓廟、莊子濠梁、羊祜墮淚碑、謝安東山以及醉翁亭等歷史遺跡，他們面對歷史遺跡常有有人事代謝之歎又有勉力人事、進退由時的情愫。

四皓有隱逸採芝之為，也有出而定天下的壯舉，北宋士人取其後者。王禹偁《四皓廟》云：「小言忘小利，載在禮經中。遂有鷹犬輩，拔劍各爭功。一出定萬乘，去若冥冥鴻。寂寂千古下，孰繼採芝翁」〔註87〕，淳化二年的這次被貶，王公非常傷痛，經由四皓廟之時，他悟得對名利不可過於爭求，應該像四皓一樣，天下有難，出而定之，難平，則又悄然歸隱，這樣做才稱得上是大利於天下。《漢書》云：「漢興有園公、綺里季、夏黃公、甪里先生，此四人

〔註84〕傅璇琮等，全宋詩〔M〕，北京：北京大學出版社，1992：4367。

〔註85〕曾棗莊等，全宋文・第43冊〔M〕，上海：上海辭書出版社、合肥：安徽教育出版社，2006：30。

〔註86〕程頤、程顥，二程集〔M〕，北京：中華書局，1981：476。

〔註87〕傅璇琮等，全宋詩〔M〕，北京：北京大學出版社，1992：659。

者，當秦之世，避而入商洛深山，以待天下之定也。自高祖聞而召之，不至。其後呂后用留侯計，使皇太子卑辭束帛致禮，安車迎而致之。四人既至，從太子見，高祖客而敬焉，太子得以為重，遂用自安」〔註88〕，四皓在劉邦欲廢太子之時出面助太子劉盈使國家不至於遭亂，定而後隱，王禹偁為國家盡忠直之言而遭貶，面對四皓廟，感歎與古人相差甚遠。他又以為四皓隱逸之為不可學，而應該努力有所作為，其《別四皓廟》詩云：「明朝欲別採芝翁，吟繞階前苦竹叢。貶謫入山非美退，此中爭敢逐冥鴻」〔註89〕，他不但是與四皓廟告別，也是和歸隱的行為告別。邵雍《題四皓廟四首》之一云：「漢皇傲物終難屈，太子卑辭方肯出。難老猶能成大功，至今高義如星日」〔註90〕，肯定的是四皓的大功和高義。他們遊覽四皓廟卻激發出了如大鵬一樣奮發有為的情愫，可見他們得道之深。

羊祜思人世滄桑而墮淚，魏晉時期常見的心態，後人不乏有同悲，北宋士人卻念其德行，希冀有他一樣的作為。《晉書·羊祜傳》云：「祜樂山水，每風景必造，峴山置酒言詠，終日不倦。嘗慨然太息，顧謂從事中郎鄒湛等曰：『自有宇宙，便有此山，由來賢達勝士，登此遠望，如我與卿者多矣，皆湮滅無聞。使人悲傷，如百歲後有知，魂魄猶應登此也』」〔註91〕，羊祜是西晉時人，功勞甚高，且能沖淡自守，以仁感人，面對此山而有人生苦短之慨，墮淚於此。歐陽修《峴山亭記》說，他非常懷疑羊祜登峴山而哭有邀名於後世的嫌疑，「豈皆自喜其名之甚，而過為無窮之慮歟，將自待者厚而所思者遠歟？山故有亭，世傳以為叔子之所遊止也。故其屢廢而復興者，由後世慕其名而思其人者多也」〔註92〕，他以為思人生而墮淚，這不是君子當為之事，杜預之為更不可學，可見歐公之志。蘇軾《與王郎昆仲及兒子邁，繞城觀荷花，登峴山亭，晚入飛英寺，分韻得月明星稀四字》詩云：「我非羊叔子，愧此峴山亭。悲傷意則同，歲月如流星。從我兩王子，高鴻插修翎。湛輩何足道，當以德自銘」〔註93〕，蘇公也有羊祜的悲傷，然而他更醉心於羊叔子道德高尚之

〔註88〕（漢）班固撰，（唐）顏師古注，漢書〔M〕，北京：中華書局，1962：3056。
〔註89〕傅璇琮等，全宋詩〔M〕，北京：北京大學出版社，1992：739。
〔註90〕（宋）邵雍，邵雍集〔M〕，北京：中華書局，2010：203。
〔註91〕（唐）房玄齡等，晉書〔M〕，北京：中華書局，1974：1020。
〔註92〕（宋）歐陽修，洪本健校箋，歐陽修詩文集校箋〔M〕，上海：上海古籍出版社，2009：1044。
〔註93〕（清）王文誥輯注、孔凡禮點校，蘇軾詩集〔M〕，北京：中華書局，1982：985。

處——「高鴻插修翎」，表現出事業當及羊叔子的感慨。曾鞏《和張伯常峴山亭晚起元韻》詩云：「揮手紅塵意浩然，夙興招客與扳聯。煙雲秀髮春前地，草木清含雪後天。已卜耕桑臨富水，暫抛魚鳥去伊川。更追羊杜經行樂，況有風騷是謫仙」〔註94〕，此則完全忘記了悲痛的事情，而是羨慕其行樂，以浩然而行，他對人生的滄桑看得更透徹。

北宋士人更覺得應該進退由時，而不應該執著於某一種外在的存在方式。在北宋遊覽詩文中，嚴光之「釣臺」就成為這樣的一個意象，並成為士人追求的一個典範。嚴光，字子陵，據《後漢書》載：「光武即位，光乃變名姓，隱身不見。帝思其賢，乃令以物色訪之。後齊國上言有一男子披羊裘釣澤中，帝疑其光，乃備安車玄纁，遣使聘之，三反而後至。……除為諫議大夫，不屈，乃耕於富春山。後人名其釣處為嚴陵瀨焉」〔註95〕，這種高尚其事，不事王侯的品性歷來為人們所稱道。而其視名利如糞土逍遙其性的個性對北宋士人極有吸引力。北宋「釣臺」詩文中展現出了士人孤傲、出世、不慕名利的特點，並成為士人的象徵，士人與釣臺融而為一。

「釣臺」其中包含著多種意旨，從這些多角度的描寫當中，我們可以體悟到北宋士人獨特的精神風貌。激賞其高節，魯有開《留題釣臺》詩云：「昔日狂奴向此來，愛垂芳餌上崔嵬。鄉人不識釣臺意，空指山頭是釣臺」〔註96〕，抒發孤傲之隱士寂寞之情。再如邵炳《題釣臺》詩云：「光武休戈詔子陵，高臺時暫別煙汀。當時四海皆臣妾，獨有先生占客星」〔註97〕，只有嚴光抱有這份「狂奴故態」，不慕於富貴，不懼於權貴，此其高節之處。而有隱逸之心，如章岷《釣臺》詩云：「乘興訪遺基，扁舟宿煙渚。水淨寫天形，山空答人語。風篁自成韻，霜葉紛如雨。寒亭暮響清，饑猿夜啼苦。疑將洞府接，似與人寰阻。不羨重城中，喧喧聽笳鼓」〔註98〕，所寫如同天國，似非人間，心隱於此紛擾世俗之中。再如蘇舜欽《送陳生還烏龍山舊居》詩云：「百丈清溪見戲鱗，嚴公祠宇與天鄰。此中舊隱君歸去，笑指人寰一片塵」〔註99〕，送人經

〔註94〕（宋）曾鞏著，陳杏珍、晁繼周點校，曾鞏集〔M〕，北京：中華書局，1984：123。
〔註95〕（劉宋）范曄，後漢書〔M〕，北京：中華書局，1965：2762～2764。
〔註96〕傅璇琮等，全宋詩〔M〕，北京：北京大學出版社，1992：7339。
〔註97〕傅璇琮等，全宋詩〔M〕，北京：北京大學出版社，1992：2317。
〔註98〕傅璇琮等，全宋詩〔M〕，北京：北京大學出版社，1992：2314。
〔註99〕（宋）蘇舜欽，傅平驤、胡問陶校注，蘇舜欽集編年校注〔M〕，成都：巴蜀書社，1990：354。

嚴光祠而有此歎，紅塵之中，為名利而奔波者傲笑他人，而不知彼身之可憐，我笑紅塵，紅塵之中又卻有誰用心來聽。笑指紅塵，好大的氣概。出世而非為出世，如田錫《登郡樓望嚴陵釣臺》詩云：「溪上嚴陵古釣臺，倚樓凝望自徘徊。先生能保孤高節，英主嘗師王霸才。日暮白雲迷草莽，岸平春水浸莓苔。登臨不盡微吟興，花落東風首重回」〔註100〕，面對此釣臺，田公並沒有什麼出世的念頭，反而有所思索，先生之出世乃是因為你本身可能就沒有這個王霸之才，否則劉秀何以在社會穩定之時才來找你，也許劉秀本來就知道你是不會留在宮中的，他讓你來只是向你誇耀一下他的武功而已，你只是一個點綴，有才肯定能用，而才與不才又是誰來定的呢？田錫並不只是去抒發出世之情，還在反省才與不才。再如蔡襄《題嚴先生祠堂》詩云：「遵此巢由志，能希將相權。人瞻祠樹古，天作釣壇圓。高節千秋外，遺蹤一水邊。孤風敦薄俗，豈是愛林泉」〔註101〕，巢、許之遁世，非為鄙棄名利而為，乃是為了使人們認識將、相之於君主的關係，不可困身心於名利之中，願為他人驅使，而嚴陵之隱居，並不是出於對山林清泉的喜愛，而是其時人們貪圖名利已經到了一種無以復加的程度，需要對輕浮之人以驚醒，其非為忘名利而忘名利，亦非為出世而出世。

　　非為出世而出世，范仲淹《嚴先生祠堂記》更得其神。此記並非登臨之時所作，卻與范公之遊覽有密切的關係，所以暫列於此處。此記作於范仲淹諫廢郭皇后之非，與呂夷簡交惡，謫守桐廬之時。「惟光武以禮下之，在《蠱》之上九，眾方有為而獨不事王侯，高尚其事，先生以之；在《屯》之初九，陽德方亨，而能以貴下賤，大得民也，光武以之。蓋先生之心出乎日月之上，光武之量包乎天地之外；微先生不能成光武之大，微光武豈能遂先生之高哉。而使貪夫廉懦夫立，是有大功於名教也。……又從而歌曰：『雲山蒼蒼，江水泱泱。先生之風，山高水長。』」〔註102〕，據《容齋五筆》所載，南豐李泰伯（之才）將「先生之德」改為「風」，雖未入正史，卻也表明其對嚴光所為的贊許。而范公以為嚴光棄名利如塵土之所為對教化世人是極有助益的。一方面，范公以為老莊的隱居乃是高尚之事，嚴光之心雖與日月同光可也，乃是

〔註100〕 傅璇琮等，全宋詩〔M〕，北京：北京大學出版社，1992：462。
〔註101〕 傅璇琮等，全宋詩〔M〕，北京：北京大學出版社，1992：4828。
〔註102〕 （清）范能濬編集、薛正興校點，范仲淹全集〔M〕，南京：鳳凰出版社，2004：164。

極光明磊落之為；另一方面，此公之所為能使為名利而奔迫者稍稍慢下腳步，知名利之外復有更需要追求之物，也可以使人認清名利不可追而使懦於為之者付諸行動。前代看到的是的嚴光的隱逸，而北宋士人則看到嚴光的心隱以及另一種形式的有為。

三、遊覽文化設施詩文的物我之間

　　文化設施包括道觀佛寺等，蘇軾、黃庭堅、王安石詩文之作多見物我之間。

　　熙寧四年，蘇軾守杭，途中游覽之處多見佛寺。其《泗州僧伽塔》云：「至人無心何厚薄，我自懷私欣所便。耕田欲雨刈欲晴，去得順風來者怨。若使人人禱輒遂，造物應須日千變。今我身世兩悠悠，去無所逐來無戀」〔註103〕，人人都以私欲求世，則天帝也不堪其擾，還是應該抱著本心，不將不迎，攖寧於世。到杭州以後，蘇軾而有夢幻之感，感覺到人生如夢，而又可以在此夢中識真，其對生活的體悟越來越接近老莊，《遊金山寺》詩云：「我家江水初發源，宦遊直送江入海。聞道潮頭一丈高，天寒尚有沙痕在。中泠南畔石盤陀，古來出沒隨濤波。試登絕頂望鄉國，江南江北青山多。羈愁畏晚尋歸楫，山僧苦留看落日。微風萬頃靴文細，斷霞半空魚尾赤。是時江月初生魄，二更月落天深黑。江心似有炬火明，飛焰照山棲鳥驚。悵然歸臥心莫識，非鬼非人竟何物。江山如此不歸山，江神見怪驚我頑。我謝江神豈得已，有田不歸如江水」〔註104〕，「江山如此不歸山」，天下無道即如此，依然是「七尺頑軀走世塵，十圍便腹貯天真」〔註105〕，從無歸山之為，蘇公之所為如此滔滔江水，未嘗止息。同樣是臨水而觀，孔子在感歎時間流逝，老子乃在其善，莊子乃在復性，從蘇軾之所感可見老莊之取擇對士人之影響更深。蘇公與江水為一的境界其實也是得道之境。再如蘇軾元祐年間的《遊寶雲寺》詩云：「出處榮枯一笑空，十年社燕與秋鴻。誰知白首長河路，還臥當時送客風」，榮枯合一為空，似是佛家之言；十年已過，卻依然奔走於世塵，臥風之中，未嘗歸隱，自是老莊之徒。十年前的昨天與今天相似的送別，又是關係密切的

〔註103〕　（清）王文誥輯注、孔凡禮點校，蘇軾詩集〔M〕，北京：中華書局，1982：289。

〔註104〕　（清）王文誥輯注、孔凡禮點校，蘇軾詩集〔M〕，北京：中華書局，1982：307。

〔註105〕　（清）丁傳靖，宋人軼事彙編〔M〕，北京：中華書局，1981：595。

人物，「遊寶雲寺，得唐彥猷為杭州日送客舟中手書一絕句，云：『山雨霏微不滿空，畫船來往疾輕鴻。誰知獨臥朱簾裏，一榻無塵四面風。』明日送彥猷之子峒赴鄂州，舟中遇微雨，感歎前事，因和其韻，作兩首送之，且歸其書唐氏」〔註106〕，彼時為唐彥猷送客於舟中，細雨濛濛，四面之風如愁緒無所避藏，此時蘇公送唐氏之子，亦是微雨濛濛，「昔我往矣，楊柳依依。今我來思，雨雪霏霏」，也有愁緒，也有感悟。十年如同一瞬，恍然如同昨日，就像莊子所說的「天地與我並生」那樣。

黃庭堅詩中多有逍遙的旨意。元豐七年，黃庭堅赴德平，《宿廣惠寺》：「不遑將母傷今日，無以為家笑此生。都下苦無書信到，數行歸雁月邊橫」〔註107〕，人生此時並不得意，反而心有坦然，雖然沒有友人慰問的書信來到，但是仍然堅守心中的那份孤高。《題覺海寺》：「爐香滔滔水沉肥，水繞禪床竹繞溪。一段秋蟬思高柳，夕陽原在竹陰西」〔註108〕，「滔滔」者，天下都是這樣一個黑暗的情況，要怎麼才能改變它呢？「夕陽原在竹陰西」，一個普通的自然現象放在這個地方，顯示出作者對上述問題思考的一個指向，恐怕還是要先體悟自然之道。《明遠庵》云：「與君深入逍遙遊，了無一物當情素。道卿道卿歸去來，明遠主人今進步」〔註109〕，崇寧三年，黃庭堅遠謫宜州，他沒有蘇軾被貶惠州的慨歎，而是非常的逍遙，逍遙適性是很多士人處世的方法，黃庭堅更是較他人多了那麼一份物外的閒逸之氣。

王安石則在這些文化設施中對性命有所觀照。《遊章義寺》：「伏檻何所見，蒼蒼圍寂寥。岩谷寒更靜，水泉清不搖。安得有車馬，尚無漁與樵。神茂真觀復，心明眾塵消。陰嶺有嘉客，倘來不須招」〔註110〕，王安石在佛寺之中看到了自然界的靜穆，名利的念頭已去，也沒有歸隱山林的意思，他體味到了萬物是如何被天道生養的，從而達到了一種虛靜的境界，這也是一種心隱。「觀復」的意思後文有解，此不贅述。《靈山寺》：「瞰崖聊寄目，萬物極纖穠。

〔註106〕（清）王文誥輯注、孔凡禮點校，蘇軾詩集〔M〕，北京：中華書局，1982：1741。

〔註107〕（宋）黃庭堅，任淵、史容、史季溫注，黃寶華點校，山谷詩集注〔M〕，上海：上海古籍出版社，2003：1249。

〔註108〕（宋）黃庭堅，任淵、史容、史季溫注，黃寶華點校，山谷詩集注〔M〕，上海：上海古籍出版社，2003：1084。

〔註109〕（宋）黃庭堅，任淵、史容、史季溫注，黃寶華點校，山谷詩集注〔M〕，上海：上海古籍出版社，2003：483。

〔註110〕傅璇琮等，全宋詩〔M〕，北京：北京大學出版社，1992：6539。

震盪江海思，洗滌煙鬱中。胡為嬉遊人，過此無留蹤。景豈龍游殊，盛衰浩無窮。吾聞世所好，樓殿浮青紅。那知山水樂，豈在豪華宮。世好□變爾，感激難為工」〔註111〕，人生不可為名利所困，要在自然山水之中體味到性命的樂趣所在，不要受到世俗和世事變幻的影響。《登寶公塔》：「倦童疲馬放鬆門，自把長筇倚石根。江月轉空為白晝，嶺雲分暝與黃昏。鼠搖岑寂聲隨起，鴉矯荒寒影對翻。當此不知誰客主，道人忘我我忘言」〔註112〕，「道人忘我我忘言」，江月為我，我亦鼠鴉，物我相合，初不分彼此；鼠哪得搖聲，所言卻倍感親切，鼠與我相化而又有分，矯鴉亦然，這自然是得道境界的展現。

第三節　詠物詩文之老莊哲思鴻爪

詠物之物包括自然事物，也包括人為之物。以此物為歌詠對象的詩文即是詠物詩文。北宋士人明白人不應該脫離現實社會而存在，然而在人世間又要逍遙適性，所以他們對老莊思想中處世理念進行了一定程度上的改造，其中的獨立精神和葆守天真更適應現實社會。

一、獨立精神的哲思

才美而總是受到他人的嫉妒，張詠《方竹》詩云：「枝枝方直綠參參，林葉疏紅始見心。卻恐法時惡圓佞，結根遙向楚雲深」〔註113〕，世上的竹子都是圓的，如果生而為方竹則為圓竹所惡，只好躲避之，世上又哪有方竹，卻有圓佞之人惡正直之士；「法時」本意為順應季節時間的變化而做出相應的調整，這裡是指那些沒有道德而見風使舵的小人行為，張詠對此類小人只好避之。而有先見之明的士人多先遭殺戮與否定，宋祁《雁奴後說》云：「歎其以詐相籠，以禍相嫁也。其言曰：『奚獨雁哉？人固有之。李斯，秦之警也，趙高詐燎而胡亥擊之，國入於漢；陳蕃，漢之警也，曹節詐燎而孝靈擊之，家獲於魏。由是觀之，可不為之大哀」〔註114〕，從歷史上來看，李斯是處處針砭秦國之時弊，趙高想盡辦法利用胡亥之手而除之，而漢末能臣陳蕃也是未得

〔註111〕傅璇琮等，全宋詩〔M〕，北京：北京大學出版社，1992：6775。
〔註112〕傅璇琮等，全宋詩〔M〕，北京：北京大學出版社，1992：6607。
〔註113〕（宋）張詠，張其凡整理，張乖崖集〔M〕，北京：中華書局，2000：46。
〔註114〕曾棗莊等，全宋文・第24冊〔M〕，上海：上海辭書出版社、合肥：安徽教育出版社，2006：354。

善終，雖識得此幾，宋公卻從未易其操，見識在張詠之上。

在人與人的相處之中，不可把別人當做被奴役的對象。宋祁以為「駕馭」一定要適合他的本性，而不是試圖改變它，其《舞熊說》云：「獸與人嗜欲不相遠，畜之以理猶可屈伏。而蘭子見利忘義，求之不已，力窮變生，反受其咎，宜哉。昔東野馭馬，顏闔曰：『稷之馬必敗，馬力殫矣，而猶求焉，寧斯人之徒歟」〔註115〕，物與我本沒有什麼隔閡，是可以相通之處的，以性馭人可以盡用其材。作為人君既要知賢而用，又要知賢之性而用。歐陽修《千葉紅梨花》云：「從來奇物產天涯，安得移根植帝家。猶勝張騫為漢使，辛勤西域徙榴花」〔註116〕，夷陵之貶，使歐公意識到在宮廷之中保全其性極其困難，特別是天性之善，而人君使臣應當以道，而不可只為某一時之利。人君更應該以性情使人，不可妄以己意裁之，宋祁《落花》詩云：「前溪夜雨錦裝紅，墜萼殘英繞暗叢。已與吹開復吹謝，無情畢竟是春風。」〔註117〕如果以己意為之，往往傷物於無形，宋祁《舒雁》詩云「莊周悲殺雁，本為不能鳴。寧識山陰誤，能鳴亦就烹。」〔註118〕用與不用取決於他人之好惡，自我品質的優劣與否反而沒那麼重要，梅堯臣《和癭杯》云：「物以美好稱，或以醜惡用。美惡固無然，逢時乃亦共。棄則為所輕，用則為所重。」〔註119〕這個才不才的標準是誰來判定的，這是世界不合天道的地方。如果有所反思，卻走向毫不作為，便是過激的想法，陳翥《桐賦》云：「器與不器，居其間兮，梓桐放懷，事都捐兮。優游共得，終天年兮」〔註120〕，即是此類。這與前文所論之林和靖公又稍有不同，陳翥有依莊子中某一意而為之之嫌，「優游共得」倒也無妨，何必終天年呢。葆守天真未必要隱於山林之中，關鍵在於對於天真本性的認識。

二、葆守天真本性的薰染

葆守天真本性也可以在紅塵之中。才高被妒在歷朝歷代都有不同的演繹，

〔註115〕曾棗莊等，全宋文·第 24 冊〔M〕，上海：上海辭書出版社、合肥：安徽教育出版社，2006：355。

〔註116〕（宋）歐陽修，洪本健校箋，歐陽修詩文集注校箋〔M〕，上海：上海古籍出版社，2009：13。

〔註117〕傅璇琮等，全宋詩〔M〕，北京：北京大學出版社，1992：2563。

〔註118〕傅璇琮等，全宋詩〔M〕，北京：北京大學出版社，1992：2610。

〔註119〕傅璇琮等，全宋詩〔M〕，北京：北京大學出版社，1992：3013。

〔註120〕曾棗莊等，全宋文第 43 冊〔M〕，上海：上海辭書出版社、合肥：安徽教育出版社，2006：224。

才高為什麼被妒而不得逃避，這是北宋士人思索的一個突破。首先，是才與不才的問題。梅堯臣年輕之時即有詩名，卻一生多在下層，其感歎才高不如才低，才低反能自由，其《紅鸚鵡賦》曰：「謹其守，固其樞，加以堅鎖，置以深廬。雖使飲瓊乳啄雕胡以充饑渴，鑄南金飾明珠以為關閉。又奚得於烏鳶之與雞雛？吾是知異不如常，慧不如愚」〔註121〕，紅鸚鵡在金籠裏生活不如外面的小鳥那般自由，梅公之意可見。這不只是對為官不自由，為名利所縛的感悟，而是覺察到了才高有慧往往是失去自由的原因所在。但是才高並非是錯誤的，由此而不可避免地失去自由，值得悲哀的不是才高，而是才高所帶來的不可避免的命運，北宋士人漸有所悟。「梅聖俞以詩知名三十年，終不得一館職。晚年與修唐書。書成未奏而卒，士大夫莫不歎惜。其初受勑修唐書，語其妻刁氏曰：『吾之修書，可謂猢猻入布袋矣。』刁氏對曰：『君於仕宦，亦何異鯰魚上竹竿耶。』聞者皆以為善對」〔註122〕，無可奈何之中卻看到了為官的滑稽可笑。蘇軾看得更深刻，其《後杞菊賦》云：「人生一世，如屈伸肘。何者為貧，何者為富，何者為美，何者為陋。或糠核而甌肥，或粱肉而墨瘦。何侯方丈，庾郎三九。較豐約於夢寐，卒同歸於一朽。吾方以杞為糧，以菊為糧，春食苗，夏食葉，秋食花實，而冬食根。庶幾乎西河、南陽之壽」〔註123〕，杞菊不可為食這些判定背後的原因是什麼，這個世界有一個大致成體系的規則，這個規則背後隱藏的又是誰。蘇公站在這個才高被妒的命運之外去審視造成這個命運的原因所在，這是審視，而不是超脫。超脫是自我麻醉，自我麻醉就是阿Q，二者極為相似卻根本不同。面對密州生活上的困頓，他沒有像顏蠋一樣自我解嘲，「晚食以當肉，安步以當車」，而是委命任自然。我們究竟應該怎樣生活，像「散木」一樣為了存活於世間而改變自己，成為真正的無材之木；還是不變之，尋覓那飄渺虛無的「無何有之鄉」，不會受到戕害，同時還可以給人以幫助。梅堯臣、歐陽修、蘇軾等人似乎在指引我們一個方向，不要為了適應外在的世界而改變自己美好的品性，而是要發現這個美好的品性，珍惜之，即便在紅塵之中。蘇軾《蜜酒歌》云：「世間世事真悠悠，蜜蜂大勝監河侯」〔註124〕，與其以並不

〔註121〕 曾棗莊等，全宋文第 28 冊〔M〕，上海：上海辭書出版社、合肥：安徽教育
　　　　 出版社，2006：143。
〔註122〕（清）丁傳靖，宋人軼事彙編〔M〕，北京：中華書局，1981：412。
〔註123〕孔凡禮點校，蘇軾文集〔M〕，北京：中華書局，1986：4。
〔註124〕（清）王文誥輯注、孔凡禮點校，蘇軾詩集〔M〕，北京：中華書局，1982：
　　　　 1115。

存在的聖賢作為自己學習的標準，不如認清自己的本性，蜜酒雖不甚好，卻始終不被社會所同化，黃州之樂也是如此。「如果這世界確能得救，只有不求歸順的人才會拯救它的。……這些『不求歸順者』是世間的食鹽，而且只對『神』負責任」〔註125〕，這個「神」也指向我們的純真本性。歐陽修《黃楊樹子賦》云：「負勁節以誰賞，抱孤心而誰識……節愈晚而愈茂，歲已寒而不易」〔註126〕，永葆此心，不管世界如何改變，而這才是世界的向善的「源動力」。

純真天性可以在自然事物中觀照，宋庠《感雞賦》云：「感天分之有常，循生涯而各得，不決拇而矗枝，詎日黔而浴白，眩百足而蛇憐，蚓無心而土食。將減此而益彼，懼速尤而長愬。姑美惡之兩忘兮，庶元和之來宅」〔註127〕，不要人為地指定何者為美，何者為惡，天生萬物，不可以一指量。且美惡兩忘之，兩忘之則兩全之，人之好惡莫不如此。蘇軾元豐二年以詩得禍，其中罪證之一的詩作，「凜然相對敢相欺，直幹凌空未要奇。恨到九泉無曲處，世間唯有蟄龍知」〔註128〕，可見蘇軾剛直不阿之性情，認識自己的性情未必是件容易的事，而保持性情不隨俗而變可謂難上加難。

北宋士人更在瘦木、梅花、蟬、鷺鷥、酒、靈鳥之中發現了各自不同的本性。在未加雕琢的事物之中，更可以反觀自我之本性，瘦木可謂是其中的一個。所謂瘦木，《說文》段注引《博物志》云：「山居多瘦，飲水之不流者也。凡楠樹樹根贅疣甚大，析之，中有山川花木之文，可為器械。吳都賦所謂楠瘤之木，三國張昭作楠瘤枕賦，今人謂之瘦木是也」〔註129〕，瘦木可作枕頭、器皿、小桌子等。從漢代以後開始有人吟唱，張昭此篇檢《歷代辭賦總匯》不存，唐人詠之者見於李白以及松陵唱和等。李白借物抒懷，以言不得志之意，「愧無江海量，偃蹇在君門」〔註130〕，並沒有在瘦尊之上發觀自己

〔註125〕紀德的回信，轉引自《我永遠年輕——唐文標紀念集》。北京生活、讀書、新知三聯出版社，1995年版。

〔註126〕（宋）歐陽修，洪本健校箋，歐陽修詩文集注校箋〔M〕，上海：上海古籍出版社，2009：472。

〔註127〕曾棗莊等，全宋文第20冊〔M〕，上海：上海辭書出版社、合肥：安徽教育出版社，2006：150。

〔註128〕（清）王文誥輯注、孔凡禮點校，蘇軾詩集〔M〕，北京：中華書局，1982：412。

〔註129〕段玉裁注，說文解字注〔M〕，上海：上海古籍出版社，1981：349。

〔註130〕瞿蛻園、朱金城校注，李太白集校注〔M〕，上海：上海古籍出版社1980：1419。

的天性，皮日休與陸龜蒙的松陵唱和雖有提到，也主要是一個點綴。北宋則有許多與癭木相關的詩文，梅堯臣、韓維、黃庭堅等都有關注。梅堯臣意與李太白相類，「物以美好稱，或以醜惡用。美惡固無然，逢時乃亦共」（《和癭杯》）〔註 131〕，韓維則在其中看到了歸隱之情，「曰予林壑性，受此頗宜當」（《崔象之攜長詩示予且欲以癭木樽相付作詩謝之》）〔註 132〕，黃庭堅則表現出想歸隱而未得的無奈之情，「未能洗耳箕山去，且復吹笙洛浦遊。捨故趨新歸有分，令人何處欲藏舟。」（《予既不得葉遂過洛濱醉遊累日》）〔註 133〕。而劉敞則在其中見到了自己的天真本性，其《癭木樽》云：「先民任天真，吾得見其器。其器云如何，蓋若剞木類。不戕生以戚，不傷材以蔽。不以遠見遺，不以枯見棄。因其無用姿，授以有用意。取彼自然象，廓此闐然制。豈無雕磨工，不欲敗淳粹。豈無青黃文，不欲增巧偽。……淳風陷衰薄，古道喪簡易。自非窊樽民，慎勿同一醉」〔註 134〕，只有認識到並極願保守性情之天真者才會對天真自然之事物或者此等人為之物有所感觸，雖然這樣的人可能只是少數，且這樣的少數多被同時代的人視為怪誕。

　　宋前梅花詩文較為零散，陸凱「聊寄一枝春」的友情，蕭綱「花色持相比，恒愁恐失時」的傷材之宜凋，李煜「拂了一身還滿」的愁緒滿懷，基本是比附世事，雖有愁緒，卻沒有從梅花之中透射出來。北宋林和靖《梅花》詩是詠梅詩文的轉捩之作，《四庫總目提要·〈梅花字字香〉提要》以為：「《離騷》編擷香草，獨不及梅。六代及唐，漸有賦詠，而偶然寄意，視之亦與諸花等。自北宋林逋諸人遞相矜重，『暗香疏影、半樹橫枝』之句，作者始別立品題。南宋以來，遂以詠梅為詩家一大公案。」〔註 135〕林逋的寫物之功在於梅花中可見作者的情志，「吟懷長恨負芳時，為見梅花輒入詩。雪後園林才半樹，水邊籬落忽橫枝。人憐紅豔多應俗，天與清香似有私。堪笑胡雛亦風味，解將聲調角中吹」〔註 136〕，這首詠物詩沒有驚豔細緻的描寫，卻投進了詩人的整個身心，梅花的清香正是自己性情的觀照，「水邊籬落忽橫枝」映照出林公甘

〔註 131〕傅璇琮等，全宋詩〔M〕，北京：北京大學出版社，1992：3013。

〔註 132〕傅璇琮等，全宋詩〔M〕，北京：北京大學出版社，1992：5118。

〔註 133〕（宋）黃庭堅，任淵、史容、史季溫注，黃寶華點校，山谷詩集注〔M〕，上海：上海古籍出版社 2003：1285。

〔註 134〕傅璇琮等，全宋詩〔M〕，北京：北京大學出版社，1992：5692。

〔註 135〕（清）永瑢等，四庫全書總目〔M〕，北京：中華書局，1965：1438。

〔註 136〕傅璇琮等，全宋詩〔M〕，北京：北京大學出版社，1992：1218。

受寂寞由己之性情的心態。

　　前代關於蟬的詩文創作與梅花恰好相反，數量和質量都很高。但從辭賦來看，班昭《蟬賦》之質美而有恨，曹植的憂痛身世，馬吉甫之「澹然兮自守」〔註137〕等，已經涉及到了個體性命的認識，體悟很深刻。嘉祐元年，歐陽修奉詔祈晴，感於蟬鳴而有發，「收視聽以清慮兮，齋予心以薦誠。固以靜而求動兮，見乎萬物之情」。(《鳴蟬賦》)他在蟬的身上看到了君子之風，「非因物造形能變化者邪？出自糞壤慕清虛者邪？凌風高飛知所止者邪？嘉木茂樹喜清陰者邪」〔註138〕，歐公的感悟並未超越前代。而其《鷺鷥》之言，卻別開生面，多有自己的感觸，「風格孤高塵外物，性情閑暇水邊身。盡日獨行溪淺處，青苔白石見纖鱗」〔註139〕，這是歐公自己的「鷺鷥」，與前文提到的梅堯臣隱逸之志的鷺鷥顯為不同，他並沒有強加給眼前的這個鷺鷥太多「我」的色彩，而是展現出一個真實的一剎那間的感受。他所展現出來的這個鷺鷥的「孤高」、「外物」、「閑暇」恰恰是他此時的真實性情，鷺鷥怎麼會有這些人類自尋煩惱的情感呢？「無聽之以耳而聽之以心，無聽之以心而聽之以氣。聽止於耳，心止於符。氣也者，虛而待物者也，唯道集虛。虛者，心齋也」，郭象解之曰：「遺耳目，去心意，而符氣性之自得，此虛以待物者也」。〔註140〕歐公「性之自得」於此，乃其得道之基者也。

　　唐代以酒出名的李白「天生我材必有用」「與爾同銷萬古愁」〔註141〕難掩其落寂之情，越此以前亦有劉伶「以天地為一朝，萬期為須臾」〔註142〕與天地為一而不能化成萬物，再有曹植緊守孔子「不為酒困」君子之德。蘇軾則在醉酒之時見其天性，其《中山松醪賦》云：「曾日飲之，幾何覺天刑之可逃，投拄杖而起行，罷兒童之抑搔」。〔註143〕蘇公往往在醉酒之時得其天守

〔註137〕馬積高等，歷代辭賦總匯〔M〕，長沙：湖南文藝出版社，2014：2060。

〔註138〕（宋）歐陽修，洪本健校箋，歐陽修詩文集注校箋〔M〕，上海：上海古籍出版社，2009：474。

〔註139〕（宋）歐陽修，洪本健校箋，歐陽修詩文集注校箋〔M〕，上海：上海古籍出版社，2009：342。

〔註140〕（晉）郭象注、（唐）成玄英疏，南華真經注疏〔M〕，北京：中華書局，1998：82。

〔註141〕瞿蛻園、朱金城校注，李白集校注〔M〕，上海：上海古籍出版社，1980：225。

〔註142〕房玄齡等撰，晉書〔M〕，北京：中華書局，1974：1376。

〔註143〕孔凡禮點校，蘇軾文集〔M〕，北京：中華書局，1986：12。

全，得其天真，「遊物初而神凝兮，反實際而形開」，既與天為一，又化成萬物。而文與可所畫之竹之所以有神，也在於竹子與其性情相合，他在竹子之上觀照到了己性之所存，莊子知魚之樂，竹子之風神透出文與可的風神，蘇轍在《墨竹賦》說：「夫予之所好者道也，放乎竹也」〔註144〕。在諸物之中觀照自己的天性，這是北宋士人得以葆守天真的原因所在。

　　上之所論之出於避禍的適性與認識本性的葆守天真是不同的，我們可以從梅堯臣和范仲淹同時間寫的論點針鋒相對的兩篇相同篇名的賦──《靈烏賦》看出一些區別。梅堯臣以為因為烏具有靈性，能知吉凶，往往不能保身，應該閉緊嘴巴，翱翔天地之間，笑看世事變遷，「結爾舌兮鈐爾喙，爾飲啄兮爾自遂。同翱翔兮八九子，勿噪啼兮勿睥睨，往來城頭無爾累」〔註145〕，逍遙自在，自得人生樂趣。而范仲淹以為烏之所以會被人們視為靈烏，是因為他知道善惡的所在，而如果閉口不言，得保其身又有何用；如果不保持自己美好的本性，反而被外在的好惡所污染，那麼你就只剩下烏的軀殼了，那個天真的本性才是你的精神所在，其所言「愛於主」也在這個思想之內。從此可見北宋士人在精神上對前代的超越所在。

〔註144〕曾棗莊等，全宋文‧第 95 冊〔M〕，上海：上海辭書出版社、合肥：安徽教育出版社，2006：352。
〔註145〕曾棗莊等，全宋文‧第 28 冊〔M〕，上海：上海辭書出版社、合肥：安徽教育出版社，2006：144。

第四章　北宋詩文理論與老莊審美取向

　　詩話以及文話發展於北宋時期，思想對詩文的影響也是他們集中關注的話題之一。北宋士人在文學理念上承韓愈等人的反思精神，其「務去陳言」之論以及對莊子思想的迴護，都展現出了其對傳統語境的反思甚至是某種意義上的反叛，他們敢於從「道」的層面檢討孔子及其以來思想的真與偽。這就與老莊審美取向之「真」有了內在的聯繫。〔註1〕此一時期之文學評論，探究文學創作的心理機制以及文學創作者之道德修養對創造本身的影響，並關注創作者與物之間的關係，特別注重詩文之平淡、自然、天真之本性特徵。如王安石對歐公文學成就的分析上，即對其性情與思想認識與文學特色之間的關係有所探究，「如公器質之深厚，智識之高遠，而輔以學術之精微，故形於文章，見於議論，豪健俊偉，怪巧瑰琦。其積於中者，浩如江河之停蓄，其發於外者，爛如日星之光輝。其清音幽韻，淒如飄風急雨之驟至，其雄辭閎辯，快如輕車駿馬之奔馳。」〔註2〕探討這個問題，我們可能會對北宋「天真」

〔註1〕按，《理想國》中蘇格拉底認為：「他（哲學家）會繼續追求，愛的鋒芒不會變鈍，愛的熱情不會降低，直至他心靈中的那個能把握真實的，即與真實相親近的部分接觸到了每一事物真正的實體，並且通過心靈的這個部分與事物真實的接近、交合，生出了理性和真理，他才有了真知。……真實存在的只有美本身，而不是眾多美的事物，或者說，有的只是任何事物本身，而不是個別特殊的東西」，黑格爾把「美」歸之為「理念」，所以說，老莊所追求的「天道」是具有美學意義的，「真」當是其審美所在。

〔註2〕高克勤選注，王安石詩詞文校注〔M〕，上海：上海遠東出版社，2013：159。

詩文風格有更深入的理解，並發現北宋士人悟道之虛靜心境對此一特徵形成的重要作用，而感受到北宋詩文「味外之味」的神旨所在。

第一節　詩文創作理論與老莊之「道」

　　注重老莊思想與文學創作之間的聯繫始於魏晉時期。《詩大序》的「情志之動」以及《詩品・序》「氣物相感」等論並不特別關注創作者本身應當達到何種程度的道德修養，《文賦》與《文心雕龍》等著作卻開始對虛靜之精神狀態有所描述並強調其對文學創作的重要作用。《文賦》云：「佇中區以玄覽，頤情志於典墳，……其始也，皆收視反聽，耽思傍訊，精騖八極，心遊萬仞」〔註3〕，「玄覽」、「收視反聽」皆是老莊虛靜之論。《文心雕龍・神思》也說：「陶鈞文思，貴在虛靜，疏瀹五藏，澡雪精神」〔註4〕，「澡雪精神」而進入到「虛靜」。北宋之人則又深入了一層，把虛靜之精神狀態上升至老莊「自然之道」之精神境界，並強調此境界之關鍵作用以及不同道德修養之下文學創作的差異。

　　北宋初，評論者已經注意到了心境對文學創作的影響。楊億《溫州聶從事永嘉集序》云：「君之於詩，類解牛焉；投刃皆虛，譬射鵠焉；舍矢如破」〔註5〕，其《雲堂集序》所言亦類：「婉畫勿用，善政已成，飄飄然其於遊刃固有餘地矣。必將化馳，搏扶搖而上擊，縱涸鮒於西江」〔註6〕。其中主要是論詩歌的特徵，卻化用莊典，可見楊氏詩論已注意融入老莊的審美理想。論詩用莊典者不止是楊億，宋庠之詩論也是如此。其《尚書工部郎中太原王君詩序》云：「其巧如承蜩，其得如忘筌，其熟如奏刀，其雋如破的，……足乎中而不囿於物，可謂得其理矣」〔註7〕，「足乎中而不囿於物」，宋公指出作者表現物理的原因在於超然物外的品性。宋庠之詩論還顯示出儒道融合的努力：

〔註3〕陸機，陸機文集〔M〕，上海：上海社會科學院出版社，2000：11。

〔註4〕黃叔琳注、李詳補注、楊明照校注拾遺，增訂文心雕龍校注〔M〕，北京：中華書局，2000：369。

〔註5〕曾棗莊等，全宋文・第14冊〔M〕，上海：上海辭書出版社、合肥：安徽教育出版社2006：379。

〔註6〕曾棗莊等，全宋文・第14冊〔M〕，上海：上海辭書出版社、合肥：安徽教育出版社2006：376。

〔註7〕曾棗莊等，全宋文・第20冊〔M〕，上海：上海辭書出版社、合肥：安徽教育出版社2006：422。

「夫古之君子治性情，保純仁，必有凝神寄適之地，以完天守，雖見異物，莫得而遷焉」〔註8〕，把「仁」與「天守」融合在一起，「仁」屬儒家，「天守」一詞出自《莊子‧達生》：「壹其性，養其氣，合其德，以通乎物之所造。夫若是者，其天守全，其神無郤，物奚自入焉！」〔註9〕以言其治性。這種評論的方式逐漸形成一種潮流，張方平的詩文創作水平並不高，卻也有大致相近的論述：「心若遊方之外者，是非得喪，紛紛擾擾，若一不屑然」〔註10〕，張方平所說的這個朱氏所修是老莊之「道」，並融進了詩歌創作之中。歐陽修「道勝文至」之論，雖大抵以儒家之言立論，然而更強調創作者的道德修養對創作的決定作用；並且歐公對老莊的道更深有體悟，此「道」已並非完全是儒家之道。

蘇軾的文論中老莊取向更為明顯。其在《文與可畫篔簹谷偃竹記》之中提出了著名的「胸有成竹」之論，「畫竹必先得成竹於胸中，執筆熟視，乃見其所欲畫者，急起從之，振筆直遂，以追其所見，如兔起鶻落，少縱則逝矣」，文與可有怎樣的心胸呢？「庖丁，解牛者也，而養生者取之；輪扁，斫輪者也，而讀書者與之。今夫夫子之託於斯竹也，而予以為有道者則非邪」，「夫予之所好者道也，放乎竹矣。始予隱乎崇山之陽，盧乎修竹之林，視聽漠然，無櫱乎予心，朝與竹乎為遊，莫與竹乎為朋，飲食乎竹間，偃息乎竹陰，觀竹之變也多矣」，文公為有道者也，「視聽漠然，無櫱乎予心」〔註11〕，此道就是老莊之道，有此心胸才可得「成竹」。莊子「梓慶削木為鐻」：「臣將為鐻，未嘗敢以耗氣也，必齋以靜心。齋三日，而不敢懷慶賞爵祿；齋五日，不敢懷非譽巧拙；齋七日，輒然忘吾有四肢形體。當是時也，無公朝，其巧專而外滑消。然後入山林，觀天性，形軀至矣，然後成見鐻，然後加手焉；不然則已，則以天合天。器之所以疑神者，其是歟」〔註12〕，得道心境之養成乃是所為之鐻「驚鬼神」的原因所在。文與可在畫竹之前修心的過程與梓慶相類，他住在竹林之中，排除掉人世間的一切聲音，不為世間的是是非非所擾，如梓

〔註 8〕曾棗莊等，全宋文‧第 20 冊〔M〕，上海：上海辭書出版社、合肥：安徽教育出版社 2006：421。

〔註 9〕郭象注、成玄英疏，南華真經注疏，北京：中華書局，1998：370。

〔註10〕曾棗莊等，全宋文‧第 38 冊〔M〕，上海：上海辭書出版社、合肥：安徽教育出版社 2006：9。

〔註11〕孔凡禮點校，蘇軾文集〔M〕，北京：中華書局，1986：365。

〔註12〕（晉）郭象注、（唐）成玄英疏，南華真經注疏，北京：中華書局，1998：378。

慶的「不敢懷慶賞爵祿」，從而專注自己的內心，達到一種「漠然」的境界，莊子所謂的「廣漠之野，無何有之鄉」，在此境界之中他覷得了天巧，如梓慶的「巧專」，所以文與可的竹子也是驚天地之作。蘇軾所謂心境即為虛靜的境界，他在其他地方也反覆論說這個境界對於詩文的重要，「欲令詩語妙，無厭空且靜。靜故了群動，空故納萬物」〔註13〕，達到虛靜的精神境界也是蘇軾詩文神妙的原因所在，「峰多巧障目，江遠欲浮天」等之類的神作都與蘇軾的精神境界有很大的關係。

　　達到虛靜狀態最關鍵的一點是對「思」的認識與把握，蘇軾把孔子的「思無邪」與老子的「無為而無不為」相融合，創造出了具有哲學意味的詩文創作理論。蘇軾說：「《易》稱：『無思，無為，寂然不動，感而遂通天下之故。』凡有思者，皆邪也。而無思則土木也。何能使有思而無邪，無思而非土木乎？此孔子之所盡心也。作詩者未必有意於是，孔子取其有會於吾心者耳」〔註14〕，蘇軾以為，「有思而無邪，無思而非土木」是孔子「思無邪」要義所在，可以說這是蘇氏用老莊之道改造過的「思無邪」要義所在。創作者在創作之時，必然是「有思」的，「信情貌之不差，故每變而在顏。思涉樂其必笑，方言哀而已歎。或操觚以率爾，或含毫而邈然」〔註15〕，而如果此思受到了名利是非或者是個人情慾的影響，則「有邪」。楊時、朱熹對蘇軾「思無邪」有讚賞，也有批評，指出了一般人難以達到此種境界，二人所言不差，不過，我們要注意到他們兩個並沒有對詩文創作有所闡釋。黃裳對此有更明晰的說明，其《樂府詩集序》云：「今世之人，天倫風度與古人所受同，然內蔽於徇己，而失詩人之理；外蔽於玩物，而喪詩之志。嘉美憂怨，規刺傷閔，適一時之私意，先物而遷就之，此徇己者也；風雲泉石，春花秋月，與其情相適，則醉酣歌舞，揮毫而逐其後，以寫一時之意興，此玩物者也。二人之詩出於偽，非天理之自然」〔註16〕，有兩種人所作之詩為「偽」，一者先以「嘉美憂怨，規刺傷閔」之意為先，以為詩之作就是為了如此而作，此意遮蔽了作者的心靈，詩歌只是變成了政治的傳聲筒，此為「徇己」者；再者只是把「風雲泉石，春

〔註13〕（清）王文誥輯注、孔凡禮點校，蘇軾詩集〔M〕，北京：中華書局，1982：905。

〔註14〕曾棗莊、舒大剛主編，三蘇全書〔M〕，北京：語文出版社，2001：169。

〔註15〕（晉）陸機，陸機文集〔M〕，上海：上海社會科學院出版社，2000：11。

〔註16〕曾棗莊等，全宋文第108冊〔M〕，上海：上海辭書出版社、合肥：安徽教育出版社2006：85。

花秋月」當做其一時的性情的表現對象，任由此性情對物進行渲染和改造，乃抒發一時意興之作，此為「玩物」者，此二者或蔽於名利，或蔽於私意，此其「偽」作原因之所在。何者為「真」作？當出於「天理自然」，「自非人我兩喪，而會於道，形骨俱融，纖塵不染，不能隨感而應，隨解而悟焉」〔註17〕（《東林集序》），「非有天理而鳴，亦烏能會歸於大塊耶」〔註18〕（《諸家集序》）。顯然，此論有別於「詩教」之論，而接近於孔子「思無邪」之旨，乃是以老莊思想為其根底。詩歌創作須出之於「自然」，不可有人為，這個「自然」來自於創作主體對老莊自然之道的體悟和修持。

　　有思而無邪則達到了「無思」的境界，為文非強而為之者，而是情感鬱于中而不得不發的表現。蘇軾以為：

　　　　夫昔之為文者，非能為之為工，乃不能不為之為工也。山川之有雲，草木之有華實，充滿勃鬱而見於外，夫雖欲無有其可得耶。自少聞家君之論文，以為古之聖人有所不能自己而作者。故軾與弟轍為文至多，而未嘗敢有作文之意。己亥之歲，侍行適楚舟中無事，博弈飲酒非所以為閨門之歡，而山川之秀美，風俗之樸陋，賢人君子之遺跡，與凡耳目之所接者，雜然有觸於中而發於詠歎。〔註19〕

　　《南行前集序》

蘇軾承其父「無意乎相求，不期而相遭，而文生焉」「至文」的論說，把「有所不能自己而作者」視為創作者在創作之時的最高境界，與其「胸有成竹「之論互為表裏，共築其「思無邪」的文學創作論。何為「不能自己」，「吾文如萬斛泉源，不擇地皆可出，在平地滔滔汩汩，雖一日千里無難。及其與山石曲折，隨物賦形，而不可知也。所可知者，常行於所當行，常止於不可不止，如是而已矣。其他雖吾亦不能知也」〔註20〕。後世論者有不得蘇軾之意的，「以文為詩，自昌黎始，至東坡益大放厥詞，別開生面，成一代之大觀。今試平心讀之，大概才思橫溢，觸處生春，胸中詩卷萬富，又足供其左旋右抽，無不如志。其尤不可及者，天生健筆一枝，爽如哀梨，快如並剪，有必達之隱，無難

〔註17〕曾棗莊等，全宋文第108冊〔M〕，上海：上海辭書出版社、合肥：安徽教育出版社2006：74。

〔註18〕曾棗莊等，全宋文第108冊〔M〕，上海：上海辭書出版社、合肥：安徽教育出版社2006：87。

〔註19〕孔凡禮點校，蘇軾文集〔M〕，北京：中華書局，1986：323。

〔註20〕孔凡禮點校，蘇軾文集〔M〕，北京：中華書局，1986：2069。

顯之情」〔註21〕，趙翼之論重其學養，未勘破其心境，心境才是後世諸人多不可及的地方。也如評論者多注重郭沫若在創作《女神》之時不可遏制的創作衝動，卻未嘗將其為國家前途竭其所思不顧名利的心境作為其創作的內在核心一樣。有此心境，才可能「耳目之所接，雜然有觸於中而發於詠歎」〔註22〕，這種眼光，自然要深於《詩大傳》與《詩品序》之論。

這就表明詩文應該是「真情」的自然表現，其「真」不可有人為的干預。「孔子不取微生高，孟子不取於陵仲子，惡其不情也。陶淵明欲仕則仕，不以求之為嫌；欲隱則隱，不以去之為高。饑則叩門而乞食，飽則雞黍以延客。古今賢之，以其真也」（《書李簡夫詩集後》）〔註23〕，微生高本無醋而借鄰人之醋予之借者，則有意之偽，而詩歌必須是「真」情的自然流露，這也是蘇軾所謂「無情」的內在應有之義。這個「真」來自於對道的體悟與修持，「七尺頑軀走世塵，十圍便腹貯天真」（《記寶山題詩》）。

歐、蘇等人注重的是「道」，至黃庭堅則由道及法。黃庭堅傾慕於蘇軾，其詩文之論也有重心境之處。如「夫心能不牽於外物，則其天守全。萬物森然一鏡，豈待含墨吮筆，盤礴而後為之哉」（《道臻師畫墨竹序》）〔註24〕，「外物」之道境是創作之源；再如其《跋東坡樂府》云：「東坡道人在黃州時作，語義高妙，似非吃煙火食人語，非胸中有萬卷書，筆下無一點塵俗氣，孰能至此」〔註25〕，「（胡少汲）讀書作文殊不塵埃，使之不倦，雖竟爽者不易追也」（《跋胡少汲與劉邦直詩》）〔註26〕；「魯直之萬化，何翅太倉之一稊米，……頎頎以富貴酖毒，而酖毒不能入其城府，投之以世故豺虎，而豺虎無所措其角」〔註27〕等所言亦如是。從上之所論我們可以發現一個問題，即黃庭堅是主張用道來進行創作的，並對達到虛靜的境界非常看重。相較而言，黃庭堅

〔註21〕趙翼著，霍松林、胡主祐點校，甌北詩話〔M〕，北京：人民文學出版社，1963：56。
〔註22〕孔凡禮點校，蘇軾文集〔M〕，北京：中華書局，1986：323。
〔註23〕孔凡禮點校，蘇軾文集〔M〕，北京：中華書局，1986：2148。
〔註24〕曾棗莊等，全宋文·第106冊〔M〕，上海：上海辭書出版社、合肥：安徽教育出版社2006：153。
〔註25〕曾棗莊等，全宋文·第106冊〔M〕，上海：上海辭書出版社、合肥：安徽教育出版社2006：181。
〔註26〕曾棗莊等，全宋文·第106冊〔M〕，上海：上海辭書出版社、合肥：安徽教育出版社2006：192。
〔註27〕曾棗莊等，全宋文·第108冊〔M〕，上海：上海辭書出版社、合肥：安徽教育出版社2006：304。

更緊隨老莊來論說，蘇軾則多有自己的感悟。黃庭堅並沒有刻意地提出飽受詬病的「脫胎換骨」等論，甚至可以說黃氏是不推崇這種文學創作理論的。那麼，問題出在哪了呢？釋惠洪是此論調的最早記錄者，黃庭堅應該是說過這一類的話，不過我們在一定程度上也可以看作是釋惠洪強調的作詩之法，並非是黃氏的主要詩論所在。下文我們將要論到的所謂黃氏的詩歌理論特點——由道及法，大家一定要注意這個問題。《冷齋夜話》云：

> 山谷言詩意無窮而人才有限，以有限之才追無窮之意，雖淵明少陵不得工也。不易其意而造其語，謂之換骨法；規摹其意形容之，謂之奪胎法。如鄭谷詩「自緣今日人心別，未必秋香一夜衰」此意甚佳，而病在氣不長，西漢文章雄深雅健，其氣長故也。曾子固曰：「千花百卉凋零後，始見閒人把一枝」，東坡曰：「萬事到頭都是夢，休休，明日黃花蝶也愁。」又李翰林曰：「鳥飛不盡暮天碧」，又曰：「青天盡處沒孤鴻」，其病如前所論，山谷《達觀臺詩》曰：「瘦藤掛到風煙上，乞與遊人眼豁開。不知眼界闊多少，白鳥去盡青天回」，凡此之類皆換骨法也。顧況詩曰：「一別二十年，人堪幾回別」，其詩簡緩而意精確，荊公《與故人》詩曰：「一日君家把酒杯，六年波浪與塵埃。不知烏石江頭路，到老相尋得幾回」，樂天詩：「臨風杪秋樹，對酒長年身。醉貌如霜葉，雖紅不是春」，東坡詩：「兒童誤喜朱顏在，一笑那知是酒紅」，凡此之類皆奪胎法也，學者不可不知。〔註28〕

黃庭堅把道轉化為法有其良苦用心之處，卻使作詩者把眼光限制在了創作的表面現象，忽視了北宋以來士大夫對心境對創作影響的強調所做的探究和努力。後學呂本忠的「活法」之說亦是「黃庭堅」重法思想的延續。蘇氏指出向上一路，一新天下耳目，黃氏指出向下之路，多有適人之處。

第二節　詩文風格理論與老莊之「真」

上文提到的「真」，老莊思想和北宋士人的詩文創作都是非常關注的，甚至可以說是其中要義之一。《莊子·漁父》：「真者，精誠之至也，不精不誠，不能動人。……真在內者，神動於外，是所以貴真也。……真者所以受於天

〔註28〕（宋）釋惠洪撰，冷齋夜話〔M〕，北京：中華書局，1985：5。

也，自然不可易也」﹝註29﹞，這個「真」是天道本身的表現，天道是精且誠的。我們雖然不能看得到、摸得到、聽得到，它卻分明無時無刻地不存在著，「其精甚真」，它生養著萬物，是生命力的源泉，這個「真」是「道」的生命表現。北宋士人則以為詩文創作也是「天真」的表現，不可依傍他人，要感自己所感，而言自己所言，這樣，詩文才具有生命力。可見，北宋詩文風格論與老莊的「真」是相通的。這個「真」主要表現在天真、自然和淵放三個方面。

一、天真

詩文中的「天真」要像自然一樣具有生命力。田錫以為事物之真在於性、情、道三者合一，才可以使文章有生氣，其《貽小宋書》云：「稟於天而工拙者，性也；感於物而馳騖者，情也；研《繫辭》之大旨，極《中庸》之微言，道者，任運用而自然者也。若使援毫之際，屬思之時，以情合於性，以性合於道，如天地生於道也，萬物生於天地也。隨其運用而得性，任其方圓而寓理，亦猶微風動水，了無定文，太虛浮雲，莫有常態，則文章之有生氣也。……使物象不能桎梏於我性，文采不能拘限於天真，然後絕筆而觀，澄神以思，不知文有我與，我有文與」﹝註30﹞，田公以儒家思想立論，卻沒有歸於文章教化，而之於情性。在以道生萬物的自然狀態下進行創作，此文章生氣之所在，我性與物象相融，天真而具文采。楊億則以為文學作品中所展現的自然事物要儘量接近其自然面目，不可有過多的人為因素在裏邊。其《武夷新集自序》云：「刻畫無鹽，只足益其陋；穿鑿渾沌，彌以喪其真」﹝註31﹞，「無鹽」本為醜女，卻非要描寫成西施，以致喪失了其本來面目。我們可以發現，楊億之創作更受莊子的影響，特別是此種所謂的天道之「真」。這在北宋之詩文創作中漸成為一種潮流。

他們就非常注意自我在物我相互引發、相互觀照的那份情志，這個「真」也就落實在了「新」上。宋祁《南陽集序》以為：「大抵近世之詩，多師祖前人，不丐奇博於少陵，蕭散於摩詰，則肖貌樂天，祖長江而摩許昌也。故陳言

﹝註29﹞（晉）郭象注、（唐）成玄英疏，南華真經注疏〔M〕，北京：中華書局，1998：586。
﹝註30﹞曾棗莊等，全宋文‧第5冊〔M〕，上海：上海辭書出版社、合肥：安徽教育出版社，2006：218。
﹝註31﹞曾棗莊等，全宋文‧第14冊〔M〕，上海：上海辭書出版社、合肥：安徽教育出版社，2006：375。

舊辭，未讀而先驗。若叔靈不傍古，不緣今，獨行太虛，探出新意。其無謝一家者歟」〔註32〕，宋公指明趙湘詩歌創作的可取之處在於「獨行太虛，探出新意」，而落在了「新」上，這個「新」是趙湘自己的，所以這也是一種真。趙湘的「新」表現在：「落葉堆霜徑，微陽隔雨村。」〔註33〕（《別王穆明府》）「四窗山曲入，一徑草微分。」〔註34〕（《登程主簿南亭》）「孤煙寄庭木，微雨長秋蔬。」〔註35〕（《官舍偶書》）等，其中的「落葉」、「微陽」、「山草」、「孤煙」、「微雨」是「我」的，而不是他人的。他看到「落葉」並沒有悲傷之情，只是把它當做了季節變化的自然的結果，反而在落葉之中體悟到了新生命的孕育；孤煙好像寄託在庭木之上，嫋嫋而升，似真似幻。「感時花濺淚，恨別鳥驚心」不可不謂之不好，卻失於表面，並是傳統的黍離之痛，國家之所以到如斯的境地完全是君主造成的，批評一下也是應該的，杜甫此處卻謹守臣道，給人一種不真實的感覺。梅堯臣以為詩歌乃是情趣「寄適」之所，「平淡邃美，讀之令人忘百事也。其辭主乎靜正，不主乎刺譏。然後知趣尚博遠，寄適於詩爾」〔註36〕（《林和靖先生詩集序》），林逋的詩就是在表現自己的情趣欣喜之處，這是其具有打動人的力量所在。黃庭堅評價周敦頤的詩歌也是如此：「胸中灑落，如光風霽月」〔註37〕，周敦頤的詩歌是其內心情感的真實寫照，玲瓏剔透，如在玉壺之中。蘇軾欣賞吳道子的地方更在這個「新」：「道子畫人物，如以燈取影，逆來順往，旁見側出，橫斜平直，各相乘除，得自然之數，不差毫米。出新意於法度之外，寄妙理於豪放之外。所謂遊刃有餘，運斤成風，蓋古今一人」〔註38〕，吳道子的「新」不在於對自然事物的主觀改變，而是對其內心真實自然的展現，這個自然經過了其內心反覆揣摩，他體悟到了這個事物的「真」的所在，所以才會出「新」意。

　　北宋士人對老莊之「道」的體悟更使這個「真」獨具光彩。前代表現真

〔註32〕曾棗莊等，全宋文‧第 24 冊〔M〕，上海：上海辭書出版社、合肥：安徽教育出版社，2006：321。
〔註33〕傅璇琮等，全宋詩〔M〕，北京：北京大學出版社，1992：875。
〔註34〕傅璇琮等，全宋詩〔M〕，北京：北京大學出版社，1992：867。
〔註35〕傅璇琮等，全宋詩〔M〕，北京：北京大學出版社，1992：877。
〔註36〕曾棗莊等，全宋文‧第 28 冊〔M〕，上海：上海辭書出版社、合肥：安徽教育出版社，2006：161。
〔註37〕曾棗莊等，全宋文‧第 104 冊〔M〕，上海：上海辭書出版社、合肥：安徽教育出版社，2006：249。
〔註38〕孔凡禮點校，蘇軾文集〔M〕，北京：中華書局，1986：2210。

性情的作品也很多，卻多給人以淒怨哀鳴之感，雖然有天地之觀，卻很少天地情懷。北宋士人能夠在痛苦的邊緣笑談風月，在生死的土地上小飲怡情，顯示出與前代的區別。蘇軾《書李簡夫詩集後》云：「孔子不取微生高，孟子不取於陵仲子，惡其不情也。陶淵明欲仕則仕，不以求之為嫌；欲隱則隱，不以去之為高。饑則叩門而乞食，飽則雞黍以延客，古今賢之，以其真也。……（李公簡夫）不眩於聲利，不戚於窮約，安之所欲而樂之終身者，庶幾乎淵明之真也」〔註 39〕，所謂淵明之「真」在於性情之真，並不以世俗之是非為是非，又極有我之是非，這個是非是與天道自然相生發的，這也是前文所謂的思而無邪者，李簡夫也是如此。蘇軾以為詩文要表現物理，而不是人理，「與可論畫竹木，於形既不可失，而理更當知。生死、新老、煙雲、風雨，必曲盡真態，合於天造，厭於人意。而形理兩全，然後可言曉畫」〔註 40〕，竹木有其本身的生死新老之理，不可先以人類世界的理去衡量萬物之理，而是應該去體悟萬物各自不同之理，而後才有可能發現人意與物理相通之處，在此物我相化的狀態下進行的創作，才是詩文生命力的所在。物我相化時的性情是他們的真性情所在，這個真性情就是詩文的「天真」所在，蘇軾所謂「曠然天真」。

上面所論詩文中的「真」有些可能會被看作幻，而北宋詩文真幻是相通為一的，其中也涉及到了下文將要說的「象」的問題。《東坡志林》記載，章淳對蘇軾的一首詩很不理解，「吾有詩云：『日日出東門，步尋東城遊。城門抱關卒，怪我此何求。我亦無所求，駕言寫我憂。』章子厚謂參寥曰：『前步而後駕，何其上下紛紛也。』僕聞之曰：『吾以尻為輪，以神為馬，何曾上下乎。』岑寥曰：『子瞻文過有理，似孫子荊，子荊曰：所以枕流，欲洗其耳。』」〔註 41〕章淳以為蘇軾「前步而後駕」在生活中是不真實的，現實生活中的轉變不可能這麼快，這就如同肩吾對連叔說的那樣，「大而無當，往而不返」。蘇軾則認為他所描寫的是他情志的真實，是其憂愁不可排解之情感的真實表達，他人未必與我相同。其實，幻與真的問題也是前文所言的有無的問題，表象與本質的問題，表象的有無與本質的有無是兩個不同的概念，詩文中的

〔註 39〕孔凡禮點校，蘇軾文集〔M〕，北京：中華書局，1986：2148。
〔註 40〕曾棗莊等，全宋文·第 89 冊〔M〕，上海：上海辭書出版社、合肥：安徽教育出版社，2006：466。
〔註 41〕全宋筆記·第一編·九〔M〕，鄭州：大象出版社，2003：161。

真幻問題也是這樣的。描寫情志的真實，就必然會出現幻的表象，莊子在《秋水》篇中說：「可以言論者，物之粗也；可以意致者，物之精也；言之所不能論，意之所不能察致者，不期精粗焉」，言而達到了無言的境界，其實也就是達到了言真而意幻、意真而言幻的融通境界，郭象注之以為：「唯無而已，何精粗之有哉！夫言意者，有也；而所言所意者，無也。故求之於言意之表，而入乎無言無意之域而後至焉」〔註42〕。「江清月近人」是表象之幻而沒有實質的真，「江遠欲浮天」是表象的幻而有實質的真，北宋詩文這個真幻融通為一的創新也對真正意義上小說的發展提供了源泉。

二、自然

　　天真與自然以及後面要談到的淵放其實相互融通的，雖然這是北宋詩文風格的三個方面。如果說我們把上面提到的天真看作是北宋詩文生命力所在的原因的話，自然則是這個生命的多姿多彩的呈現。

　　自然是北宋士人慘淡經營的結果。如蘇軾所言其文字之平淡，「凡文字，少小時須令氣象崢嶸，彩色絢爛，漸老漸熟，乃造平淡。其實不是平淡，絢爛之極也。汝只見爺伯而今平淡，一向只學此樣，何不取舊日應舉時文字看，高下抑揚，如龍蛇捉不住。」〔註43〕明代劉龍對於此的評論是：「為文必先博而後約，若收斂太早，則其地無所容，蓋得東坡此意」〔註44〕，他主要從博和約的關係進行分析，還不夠深切。而朱自清把「平淡」分為對「艱怪」的反駁和「自然」之平淡兩種，「韓詩云『艱宕怪變得，往往造平淡』梅平淡是此種。朱子謂『陶淵明詩平淡出於自然』，此又是一種」〔註45〕；吳組湘、沈天祐以為宋詩的描寫對象是對「自然」的概括，是具體與抽象之間的一種把握，宋代的「理趣」與南朝的玄理不同，他們是從「具體生活與事物之中概括出來的」，也就是「自然」。上面的這些論述主要是從自然說自然，其實北宋詩文恰恰是各種不自然的特點表現出來了自然。筆者以為北宋自然的文學表現在詩文互通、文字章句的打磨以及自然事物與作者之間的融合不同的方面。

　　北宋詩文在文體上並沒有特別嚴格的界限，也可以說他們在創作之時體

〔註42〕（晉）郭象注、（唐）成玄英疏，南華真經注疏，北京：中華書局，1998：333～334。
〔註43〕孔凡禮點校，蘇軾文集〔M〕，北京：中華書局，1986：2523。
〔註44〕（明）何孟春，餘冬敘錄摘抄內外篇〔M〕，北京：中華書局，1985：80。
〔註45〕朱自清，宋五家詩鈔〔M〕，上海：上海古籍出版社，1981：1。

裁是互通的，並不特別固執於規矩。在北宋散文成就的巨大光輝之下，駢文往往少有人注意。而北宋時期的駢文是和散文一起成熟的，都對後世產生了深遠的影響。北宋之駢、散是相輔相成的。蔣伯潛等即以為「宋代駢文的佳妙者，在乎散文化的駢文，其唯一特點即在自然」〔註46〕。其實，北宋時期的駢文並無特別固定的格式和要求，很多優秀的駢文本身就非常接近散文，所謂「散文化的駢文」並非有意為之，而被視作理應如此。如王銍《四六話》云：「子瞻幼年見歐陽公《謝對衣金帶表》而誦之，老蘇曰：『汝可擬作一聯。』曰：『匪伊垂之而帶有餘，非敢後也而馬不進。』至為潁川，因有此賜，用為表謝云：『枯羸之質，匪伊垂之而帶有餘；斂退之心，非敢後也而馬不進。』後為兵部尚書，又作《謝對衣帶表》，略曰：『物生有待，天地無窮。草木何知，冒慶雲之渥采；魚蝦至陋，借滄海之榮光。雖若可觀，終非其有。』四六至此，涵造化妙旨矣。」〔註47〕從落他人窠臼至想落天外，雲海縱橫，萬物造化盡在其中；他們更專注情志的表達，形式上要跟情志相協調。至於說詩歌在形式方面的自然表現時賢已多有所論，此不贅述。

　　詩賦本一律，賦之中又有駢文，四六之文是「詩賦之苗裔也」，他們融通數種文體，於性情與物相會之時隨而為之，不可不謂之自然。又如《四六話》云：「文章有彼此相資之事，有彼此相須之對，有彼此相須而曾不及當時事，此所以助發意思也。唐人方有此格，謂之互換格。然語猶拙，至後人襲用講論，而意益妙。如楊汝士《陪裴晉公東洛夜宴詩》曰：『昔日蘭亭無豔質，此時金谷有高人。』止於此而已。至永叔《和杜祁公詩》曰：『元劉事業時無取，姚宋篇章世不知。二美惟公所兼有，後生何者欲攀追。』其後蘇明允《代人賀永叔作樞密啟》曰：『在漢之賈誼，談論俊美，止於諸侯相，而陳平之屬是為三公；唐之韓愈，詞氣磊落，終於京兆尹，而裴度之倫實在相府。然陳平、裴度未免謂之不文，而韓愈、賈生亦嘗悲於不遇。蓋人之於世，美惡必自有倫；而天之於人，賦予亦莫能備。』此又何啻出藍更青，研朱益丹也。後至荊公《賀韓魏公罷相啟》略云：『國無危疑，人以靜一。周勃、霍光之於漢，能定策而終以致疑；姚崇、宋璟之於唐，善致理而未嘗遭變。紀在舊史，號為元功，固未有獨運廟堂，再安社稷，弼亮三世，敉寧四方，崛然在諸公之先，煥乎如今日之懿。若夫進退之當於義，出入之適其時，以彼相方，又為特美。』

〔註46〕蔣伯潛、蔣祖怡，駢文與散文〔M〕，上海：上海書店出版社，1997：63。
〔註47〕王水照編，歷代文話〔M〕，上海：復旦大學出版社，2007：10。

此又妙矣。」〔註48〕蘇洵所作，是祝賀亦是提醒，寓憂戚於平淡之中，對歐
公之文才名重一時且得遇於時又有幾分期許，變四六之體式而使之趨散，更
適宜蘇公此時情感之抒發，舒緩中又有節奏，可謂相得益彰；而荊公之作一
變其簡潔之風，連用數語誇獎，可見荊公對韓魏公的推崇之心。

　　上之所言，基本都是文體方面的，而北宋詩文的自然更表現在對作者與
外物相融會的那一剎那的感受的描寫上。《冷齋夜語》云：「山谷嘗言天下清
景，初不擇貴賤賢愚而與之。然我特疑端為我輩設，荊公在中山，官床與客
夜坐，作詩云：『殘生傷性老耽書，年少東來復起予。各據槁梧同不寐，偶然
聞雨落階初。』東坡《宿餘杭山寺詩》云：『暮鼓朝鐘自擊撞，閉門欹枕對殘
紅。白灰旋撥通紅火，臥聽蕭蕭雪打窗。』人以山谷之言為確論。」〔註49〕
相較而言，王安石的「偶然聞雨落階初」更為自然，偶然之聞，非為聞而聞，
卻在此寂靜之夜不可不聞，聞亦無心，寂寥之歡談意之濃興會於雨而泯然無
跡，此意又從雨聲之中絲絲飄過，的確比蘇公的「臥聽」更具神態。「臥聽」
只是把作者的動作展現了出來，又多多少少帶有主觀慵懶情緒的表達，這不
但侵擾了蕭蕭雪花打窗的意韻，使此雪聲更多地具有人的情感，並且，雪花
之聲所賦予的幽深的意蘊更遠離了讀者，使讀者失去了更深遠的品味空間。
可知詩文創作不可勉強而為之，心中有此念，則往往不自然。《高齋詩話》也
說：「舒州三祖山金牛洞山水聞於天下，荊公嘗題詩云：『水泠泠而北去，山
靡靡以旁圍。欲窮源而不得，竟悵望以空歸。』後人鑿山刊木，寖失山水之
勝，非公題詩時比也。魯直效公題六言詩云：『司命無心播物，祖師有記傳衣。
白雲橫而不度，高鳥倦而猶飛。』識者云：『語雖奇，亦不及王公之自然。』
〔註50〕魯直慕荊公而有是詩，景已遷而情依然，此意確有牽強之處，比不上
荊公無心的自然。

　　如何把那一剎那的感受準確地描繪出來，要注重言辭語句的鍛鍊，北宋
士人鍛鍊言詞章句在於達到會心的狀態。莊子之「佝僂承蜩「云：「仲尼適楚，
出於林中，見痀僂者承蜩，猶掇之也。仲尼曰：『子巧乎，有道邪。』曰：『我
有道也。五、六月累丸二而不墜，則失者錙銖；累三而不墜，則失者十一；累
五而不墜，猶掇之也。吾處身也，若厥株拘；吾執臂也，若槁木之枝。雖天地

────────────

〔註48〕王水照編，歷代文話〔M〕，上海：復旦大學出版社，2007：10。
〔註49〕（宋）胡仔，苕溪漁隱叢話〔M〕，北京：人民文學出版社，1962：226。
〔註50〕（宋）胡仔，苕溪漁隱叢話〔M〕，北京：人民文學出版社，1962：230～231。

之大萬物之多，而唯蜩翼之知，吾不反不側，不以萬物易蜩之翼。」〔註51〕
佝僂承蜩就像彎下腰拾地上的芥菜一樣，他是經過長時間專注的練習才達到
的。先是在竹竿上面放兩個丸子，以手來感覺如何讓這兩個丸停在杆頭，這
樣練習了五六個月，去逮蟬的時候會遺失那些小的；後來又累三個丸子在杆
頭而不墜，則十取其九；又累五個丸子而不墜下，就像拾芥菜一樣了。佝僂
取蟬之時手是會與心的。北宋詩文也是如此，《石林詩話》中記載：「荊公晚
年，詩律猶精嚴，造語用字，間不容髮；然意與言會，言隨意遣，渾然天成，
殆不見有牽排比處。如『含風鴨綠鱗鱗起，弄日鵝黃嫋嫋垂』，讀之初不覺有
對偶。……而字字細考之，皆經欒栝權衡者，其用意亦深刻矣，」〔註52〕鱗
鱗寫出了池水的生動之處，嫋嫋則寫出了柳樹的婀娜之態，鱗鱗對嫋嫋，容
與徜徉，淡淡之中似有作者的隱憂；含風則風融進了綠波之中，風與水波彼
此不分，弄日則描寫出了柳條在微風吹拂之下就像小孩子在逗著日光玩耍的
模樣；鴨綠對鵝黃，不僅顏色的相稱，更有不盡的生命力，而不失池水與春
柳的本色。這首詩言隨意轉，意與心會。歐陽修以為「書不盡言，言不盡意」
是不合聖人之旨的，反過來說歐公以為言經過錘鍊是能夠達意的，他的《醉
翁亭記》就是這樣的一篇的文章，而王安石亦如是。再如王銍《默記》中言：

> 章子厚少年未改官，蒙歐陽公薦館職。熙寧初，歐公作史照峴
> 山亭記以示子厚。子厚讀至『元凱銘功於二石，一置茲山，一投漢
> 水。』子厚曰：「今飲酒者，令編札斟酒亦可，穿衫著帶斟酒亦可飲
> 酒，令婦環侍斟酒亦可飲酒，終不若美人斟酒之中節也。『一置茲
> 山，一投漢水』亦可，然終是突兀，此壯士編札斟酒之禮也。惇欲
> 改曰『一置茲山之上，一投漢水之淵』，此美人斟酒之體，合宜中節
> 故也。文忠公喜而用之。〔註53〕

章淳以為歐陽修所作之《峴山亭記》之記述羊叔子墮淚碑之事，哭哭啼啼，
多有女兒愁苦之態，而「一置茲山，一置茲水」則有壯士慷慨之氣，與整片文
章情感氣勢不洽，所以要改得柔緩一些。

句法和章法也須如此。北宋士人在文章學方面有創始之功，王水照就以
為北宋是文章學的源起。《冷齋夜語》以為：「對句法，詩人窮盡其變，不過以

〔註51〕 （晉）郭象注、（唐）成玄英疏，南華真經注疏，北京：中華書局，1998：371。
〔註52〕 （宋）胡仔，苕溪漁隱叢話〔M〕，北京：人民文學出版社，1962：241。
〔註53〕 （宋）王銍，朱傑人點校，默記〔M〕，北京：中華書局，1981：48。

事以意以出處具備為之妙。如荊公曰：『平日離愁寬帶眼，迄今歸思滿琴心。』
又曰：『欲寄荒寒無善畫，賴傳悲壯有能琴。』乃不如東坡微意特奇，如曰：
『見說騎鯨遊汗漫，也曾捫虱話辛酸。』又曰：『龍驤萬斛不敢過，漁舟一葉
從掀舞。』以『鯨』為『虱』對，以『龍驤』為『漁舟』對，大小氣焰之不等，
其意若玩世，謂之秀傑之氣終不沒者，此類是也」〔註54〕，蘇公此對有四兩
撥千斤之妙，讀起來毫無滯重之感，而又使人精神為之一震，似有生氣從中
而發。再如清代李調元《賦話》云：「宋歐陽修《魯秉周禮所以本賦》云：『雖
周公之才之美不行於時，而文王之德之純盡在於魯。』此聯屬對，傳謂當時，
然『周公之才之美，申伯於蕃於宣』，張燕公《宋廣平遺愛碑頌》已開於前矣。
范仲淹《自誠而明謂之性》云：『文王之德之純既由天啟，周公之才之美亦自
生知。』施之此題，更為親切，有味似勝歐公。仲淹《天道益謙賦》云：『高
者抑而下者舉，一氣無私；往者屈而來者信，萬靈何遁。』取材《老》、《易》，
儷語頗工。陳襄《損先難而後易賦》云：『雖二簋之可用享，心乃先勞；洎十
朋之弗克違，事非往蹇。』本地風雲。有此對仗，可謂漸近自然」〔註55〕，
周公之才歷來是士人讚揚的對象，而范仲淹將之歸之於天，指向了其人性之
美，淡化了教化於其性命之上的作用；天地之道抑高舉下全出以公心，沒有
個人的私念在裏面，屈伸之間，涵括了天下萬物，謙之意在天而不是刻意為
之，刻意為之則難稱之為天道。這樣說，也是合乎周公本身的特點的。而范
仲淹在表現天道益謙的時候，用了《老子》和《周易》的兩個成語，既表明這
種謙虛的心境和天地同功，無一絲私欲在其中，又說明世間萬物皆是如此——
——不過，從前文的分析來看，北宋士人對自然之「道」的體悟是和這個意思
有一定出入的，王安石就不覺得面對前賢要多麼的謙虛，當然，也不止是王
氏一個人如此。北宋士人內心的天道要比李調元的境界更寬闊，范仲淹的「不
以物喜，不以己悲」已經無所謂對仗與否，而是對自己所理解的天道的精確
展現。前之所言「先天下之憂而憂，後天下之樂而樂」看似是其思想的表現，
其實卻語鋒一轉，看似前後沒有什麼關係，實際卻是范公的精心結撰，展現
出其思想在岳陽樓上之時——雖然他並沒有真的站在這個樓上——面對自然
的風雨晴麗的一種人生感悟，這種超越也表現在他的句子和章節的安排。再
如歐陽修為了表現其無為而治的思想，精心安排了三處樂——山中鳥獸之樂、

〔註54〕（宋）胡仔，苕溪漁隱叢話〔M〕，北京：人民文學出版社，1962：273。
〔註55〕續修四庫全書·第1715冊〔M〕，上海：上海古籍出版社，2002：667。

百姓之樂、官員之樂，而後輕輕點出自己之樂，如同達摩拈花一笑，輕巧之中可見道境。歐公的樂經歷了三層歷煉，在萬物、眾人、官員中體會道，最後以自己之道融通之，章句安排體現了他體道的過程。作文如同傳道，此道又是與老莊思想為核心的天道，他們的詩文也就歸之於自然。

自然又是北宋詩文的整體追求。《王直方詩話》云：「方回言學詩於前輩（賀鑄），得八句云：『平淡不流於淺俗，奇古不鄰於怪僻，題詠不窘於物象，敘事不病於聲律，比興深者通物理，用事工者如己出，格見於成篇，渾然不可鐫，氣出於言外，浩然不可屈。』盡心於詩，守而勿失」〔註56〕，賀鑄所言依然過於人為，北宋時期對自然之態認識得最為深刻的是蘇氏父子。

蘇洵以為「自然」就像風行於水上、水自然成文那樣自然：

> 風行水上，渙，此亦天下之至文也。然而此二物者，豈有求乎
> 文哉。無意乎相求，不期而相遭，而文生焉。是其為文也，非水之
> 文也，非風之文也，二物者非能為文，而不能不為文也，物之相使
> 而文出於其間也，故此天下之至文也，今夫玉非不溫然美矣，而不
> 得以為文，刻鏤組繡非不文矣，而不可以論乎自然，故夫天下之無
> 營而文生之者，唯水與風而已。〔註57〕《仲兄字文甫說》

「文」的產生是不期然而然的，強而營之，則非。蘇洵之言說明了文學本質是什麼，也是在說文學所表現出來的自然狀態。這一點蘇軾說的更為深刻：

> 夫昔之為文者，非能為之為工，乃不能不為之為工也。……與
> 凡耳目之所接者，雜然有觸於中而發於詠歎。《南行前集序》〔註58〕

怎麼才能作文達到自然的狀態呢？在於「耳目之所接，雜然有觸於中而發於詠歎」，亦如《毛傳》所謂「志之所之，在心為志，發言為詩。情動於中而發於言」，鍾嶸《詩品序》所言「情之動物，物之感人，搖盪性情，形諸舞詠」。然而，在詩文中此理論的表現到北宋時期才更為成熟：

> 客亦知夫水與月乎。逝者如斯，而未嘗往也；盈虛者如彼，而
> 卒莫消長也。蓋將自其變者而觀之，則天地曾不能以一瞬；自其不
> 變者而觀之，則物與我皆無盡也，而又何羨乎？且夫天地之間，物

〔註56〕（宋）胡仔，苕溪漁隱叢話〔M〕，北京：人民文學出版社，1962：254。
〔註57〕曾棗莊等，全宋文・第43冊〔M〕，上海：上海辭書出版社、合肥：安徽教育出版社，2006：162。
〔註58〕孔凡禮點校，蘇軾文集〔M〕，北京：中華書局，1986：323。

各有主，苟非吾之所有，雖一毫而莫取。惟江上之清風與山間之明
月，耳得之而為聲，目遇之而成色，取之無禁，用之不竭，是造物
者之無盡藏也，而吾與子之所共適。〔註59〕（《前赤壁賦》）

謝枋得《文章規範》云其「瀟灑神奇出塵絕俗，如乘雲御風而立乎九霄之上，
俯視六合，何物茫茫」〔註60〕，蘇公絕塵之思與飄渺之境相引發，歷史與現
實相碰撞，其言不得不發，非為發而發，亦非不為發而發，發而不發，不發而
發，這就是所謂自然之境吧。

　　北宋詩文多是這樣的自然之作。王荊公的絕句在一個字上改了十數次，
其用意就是為了更表達其真情，「『京口瓜洲一水間，鍾山只隔數重山，春風
又綠江南岸，明月何時照我還。』吳中士人家藏其草，初云『又到江南岸』，
圈去『到』字，注曰『不好』，改為『過』，復圈去，而改為『入』，旋改為『滿』，
凡如是十許字，始定為綠」〔註61〕，俞越以為「到」更自然，而從王安石的
經歷與心態來看，「綠」字更符合其當時的歸隱之情，「綠」也有自然生生不
息的意思，而俞越所謂的「到」則自然與我未曾相化。再如蘇軾《方山子傳》
云：「呼余宿其家，環堵蕭然，而妻子奴婢皆有自得之意，余既聳然異之。獨
念方山子少時，飲酒好劍，用財如糞土。前十有九年，余在岐下，見方山子，
從兩騎挾二矢，遊西山。鵲起於前，使騎逐而射之，不獲。方山子怒，馬獨
出，一發得之。因與余馬上論用兵及古今成敗，自謂一世豪士，今幾時耳？
精悍之色猶見於眉間，而豈山中之人哉？然方山子世有勛閥，當得官使，從
事於其間，今已顯聞；而其家在洛陽，園宅壯麗，與公侯等；河北有田，歲得
帛千疋，亦足以富樂。皆棄不取，獨來窮山中，此豈無得而然哉」〔註62〕，
茅坤《唐宋八大家文鈔評文》云：「余特愛其煙波生色處，往往能令人涕洟」
〔註63〕，蘇公數次往返於陳慥的年少意氣風發和中年不得志而歸隱的歷史對
比之中，在回還之中，陳慥有志不獲用而不得不屈志隱於深山之中與自己有
志於治道國家卻慘遭貶謫相互碰撞引發，又何止是感歎陳慥一人而已，且亦
不只是暗中傷懷自己之遭遇，更是哀歎歷史上和現在那些有志不得用的士人。
因為蘇公是親身經歷者，所以文章所表現出來的感情才更為真切，而此情感

〔註59〕孔凡禮點校，蘇軾文集〔M〕，北京：中華書局，1986：5。
〔註60〕王水照編，歷代文話〔M〕，上海：復旦大學出版社，2007：1060。
〔註61〕（宋）洪邁撰，孔凡禮點校，容齋隨筆〔M〕，北京：中華書局，2005：320。
〔註62〕孔凡禮點校，蘇軾文集〔M〕，北京：中華書局，1986：420。
〔註63〕王水照編，歷代文話〔M〕，上海：復旦大學出版社，2007：1992。

又隱藏在字裏行間之中，溫粹而感人，茅坤之言良是。再如蘇公晚上去遇張懷民，自謂是「閒人」，中年之時正是可以有所作為之時，卻無可奈何待罪於黃州，我們以此背景來看蘇公之閒，則能夠感覺出了那種深深的痛苦，蘇公高明之處在於可以化解並審視這種痛苦，然而我們要能夠感覺得到蘇公所表達出來的痛苦，要不然何以深夜反覆不寐呢？又如「黃魯直詩『歸燕略無三月事，高蟬正用一枝鳴』，『用』字初曰『抱』，又改曰『占』、曰『在』、曰『帶』、曰『要』，至『用』字始定，予聞於錢伸仲大夫如此，今豫章所刻本乃作『殘蟬猶占一枝鳴』」〔註64〕，黃魯直有高才而未得重用，對高蟬的諷刺以及自身無所事事的自嘲，「用」更能表達魯直對名利不屑一顧又想要有一番作為而無由的複雜情態。

當然，對自然之理的過度遵循，也可能在一定程度上弱化了詩歌的風神遠韻。歐陽修《歸田錄》云：「詩人貪求好句，而理有所不通，亦語病也。如『袖中諫草朝天去，頭上宮花侍燕歸』，誠為佳句矣，但進諫必以章疏，無直用稿草之理。唐人有云：『姑蘇臺下寒山寺，夜半鐘聲到客船。』說者亦云，句則佳矣，其如三更不是打鐘時。如賈島哭僧云：『寫留行道影，焚卻坐禪身。』時謂燒殺活和尚，此尤可笑也。若『步隨青山影，坐學白塔骨』，又『獨行潭底影，數息樹邊身』，皆島詩，何精粗異也。」〔註65〕歐公以為「諫草」雖與「宮花」相對，卻與上朝之理不符，然而換成「諫章」等語卻部分上失去詩歌的韻味，意不在言外而在言中。周輝在《清波雜志》中又引用歐公的這個評論來說明要通於事物之理，「事有礙於理，亦恐所傳或致訛舛。富鄭公薨，司馬溫公、范忠宣來弔哭。公之子紹庭泣曰：『先公有自封押章疏一通，殆遺表也。』二公曰：『當不啟封以聞。』既曰遺表，自有例程，恐難以元封押進御。封可也，押可乎？東坡作公《神道碑》，止云：『手封遺表，使其子上之，世莫知所以言者。』『袖中諫草朝天去』，歐陽公固嘗議之」〔註66〕，周輝所論的這個事實用歐公之論詩來做佐證，可見北宋士人重理的觀念。但是，如是重理，實際上偏離了他們所遵循的老莊天道之旨，按歐公所論「夜半鐘聲」之理──詩人的心理感應要服從於萬物之理，詩人不能在晃晃白日中感受到某

〔註64〕（宋）洪邁撰，孔凡禮點校，容齋隨筆〔M〕，北京：中華書局，2005：320。
〔註65〕（宋）江少虞，宋朝事實類苑〔M〕，上海：上海古籍出版社，1981：867。
〔註66〕（宋）周輝撰，劉永翔校注，清波雜志校注〔M〕，北京：中華書局，1994：382。

種黑暗，也不可以在某種天氣狀況下感受之，可能這個夜半之鐘聲才是作者所有感受的凝結點，「焚」字亦當作如是解——在筆者的現實世界裏，曾經有一段時間萬物皆為黑白之色，不知可否作一下注腳——則唐人多半不會寫詩，「白髮三千丈」怎麼可能，「黃河之水」只能從地上來。「諫草」之論其實是朝廷為事的通例，而不是物理，「焚卻坐禪身」表現的其實也是作者的情志，雖然這個情志更多是別人的，歐公這種過中之論我們一定要加以區別。

蘇軾重「理」與歐公不同。周輝《清波雜志》云：「又有問作文之法，坡云：『譬如城市間種種物有之，欲致而為我用。有一物焉，曰錢。得錢，則物皆為我用。作文先有意，則經史皆為我用』」〔註67〕，何薳《春渚紀聞》云：「先生（東坡）嘗謂劉景文與先子曰：『某平生無快意事，惟作文章，意之所到，則筆力曲折，無不盡意。自謂世間樂事無踰此者』」〔註68〕，這也是前文蘇軾所謂的「自然」之「意」。他對「理」的重視之處在於要看事物的「神意」所在，而不可只在表象，如蘇公評論王祈的竹詩「葉垂千口劍，干聳萬條槍」時云：「好則好極，則是十條竹竿，一個葉兒也」〔註69〕，蘇軾以為王祈根本就沒有感知到竹子的神、氣。再如，《王直方詩話》中記載：「王禹錫行第十六，與東坡有淵連，嘗作《賀知縣喜雨詩》云：『打葉雨拳隨手重，吹涼風口逐人來。』自以為得意，東坡見之曰：『十六郎作詩，怎得如此不入規矩？』禹錫云：『蓋是醉中所作。』異日又持一大軸呈坡，坡讀之云：『爾復醉邪？』」〔註70〕，蘇公所謂的「規矩」也是「理」，王禹錫所用的這個比喻的確沒能自然地表現出來雨打樹葉風吹人面的韻味，顯得很生硬，失去了作詩要合乎自然的「規矩」的原則，的確要戲謔之。然而，蘇公的這個評價又可能使人輕視作詩的手法，而重視作詩的規矩。我們沒有蘇公的才華，卻將蘇公之語奉為圭臬，有畫虎不成反類犬之虞。塵垢秕糠以陶鑄堯舜，真正的自然還需自己下力氣去體會，那樣才會有與古人匯通的可能。

三、淵放

從上文的分析來看，北宋詩文具有自然的風格，並且其神在天真，所以，

〔註67〕　（宋）周輝撰，劉永翔校注，清波雜志校注〔M〕，北京：中華書局，1994：199。

〔註68〕　（：宋）何薳撰，張明華點校，春渚紀聞〔M〕，北京：中華書局，1983：84。

〔註69〕　（清）丁傳靖，宋人軼事彙編〔M〕，北京：中華書局，1981：612。

〔註70〕　胡仔，苕溪漁隱叢話（前集）〔M〕，北京人民文學出版社，1962：376。

平淡並不能作為北宋詩文的主要風格，筆者以為這個風格應該是淵放。老子說「道沖而用之或不盈」，看似沒有，卻充盈於天地之間，生養萬物，未嘗止息，莊子又說「天放」，展現出對自然天性的釋放。北宋士人把「天道」現實化，於人間世而觀照自我之性，並守而不失，樂在其中，他們又把這種生命的體驗融合到詩文創作之中。所以，北宋詩文的風格就是淵放：簡約中呈邃美之象、恬淡中蘊幽靜之思、淵靜中含豪壯之氣。

（一）簡約中呈邃美之象

用簡單的語言表現純粹深邃的美。北宋詩文之色調極為簡單，並無五彩斑斕的描寫，卻含有豐富的色彩。如「風帆沙鳥，煙雲竹樹」，風中之帆是什麼樣子不得而知，其顏色作者亦並未進行詳盡的描寫；沙灘什麼顏色，沙灘上的鳥是什麼樣子等等，作者所見之境肯定不會如此的簡單，卻描寫如此簡省。這種簡約也是北宋士人所追求的一種美。試與王勃《滕王閣序》相較之，其云：「潦水盡而寒潭清，煙雲凝而暮山紫。儼驂騑於上路，訪風景於崇阿。臨帝子之長洲，得仙人之舊館。層臺聳翠，上出重霄；飛閣流丹，下臨無地。鶴汀鳧渚，窮島嶼之縈回；桂殿蘭宮，即岡巒之體勢」〔註71〕，這種描寫脫不了爭求名利之一面，所以極盡描寫之能事，如繁華的牡丹。而王禹偁之文則如蘭花，只是簡單的勾勒，寓無窮之象於其中。林逋言「疏影橫斜」的梅花枝條，「暗香浮動」的梅花，沒有描寫梅花在顏色、形狀、姿態上等進行細緻、白描的刻畫，而是抓住了作者最喜歡的一個方面精心勾勒。色彩不是事物最本質的所在，最本質的是人與物最契合的那一剎那間的感受。

北宋詩文之語言極盡平易，卻又極動人。朱熹以為：「歐公文章及三蘇文好處，只是平易說道理，初不曾使差異底字換那尋常底字」〔註72〕，文以意為主，綺麗文字並非作者之主要追求，則文字趨於平易是自然而然的結果。蘇轍《超然臺賦》云：「懷故國於天末兮，限東西之險艱。飛鴻往而莫及兮，落日耿其夕躔。嗟人生之飄搖兮，寄流蘗於海壖。苟所遇而皆得兮，邅既擇而後安。彼世俗之私己兮，每自予於曲全。中變潰而失故兮，有驚悼而汍瀾。誠達觀之無不可兮，又何有於憂患。顧遊宦之迫隘兮，常勤苦以終年。盍求樂於一醉兮，滅膏火之焚煎。……惟所往而樂易兮，此其所以

〔註71〕文苑英華〔M〕，中華書局影印，第3711頁。
〔註72〕王水照編，歷代文話〔M〕，上海：復旦大學出版社，2007：214。

為超然臺耶」〔註73〕，作者想要表達的是「惟所往而樂易」的情志，「苟所遇而皆得兮，遑既擇而後安」對此情志的書寫明白坦露，毫無晦澀難懂之處。當然，這種平易又不影響其構象之意蘊深遠。我們試與王粲《登樓賦》相較，賦中所言之羈旅愁思，「雖信美而非吾土兮，孰憂思之可任」，並非是作者主旨之所在。其主旨乃是悲士不遇，「懼匏瓜之徒懸兮，畏井渫而莫食」，害怕像孔子有才而不得用於天下，如匏瓜之空懸，雖有高潔的品性而不被別人欣賞。蘇轍語言的平易表現出了對此時境況之超然而行的情志，但又不可以「平易」忽之。清代李調元在《賦話》中對范仲淹的《用天下心為心賦》極為讚賞，「中一段云：『審民之好惡，察政之否臧，有疾苦必為之去，有災害必為之防。苟誠意從乎億姓，則風化行乎八荒。如天聽卑兮惟大，若水善下兮孰當。彼懼煩苛，我則崇簡易之道；彼患窮夭，我則修富壽之方。』此中大有經濟，不知費幾許學問才得此境界，勿以為平易而忽之」〔註74〕，范公有經營四方濟民之才，不以私意縱使天下百姓，如天之生養萬物，如水之善一般愛惜生民。《宋史·范仲淹傳》說慶曆年間，范公上十事——一曰明黜陟，五曰均公田，七曰修武備，十曰減徭役等——並未能夠順利推行，所以，在此平易的話語之中我們能夠感受得到范公厚重的胸懷。他們都是有此天地之心的。

（二）恬淡中蘊幽靜之思

北宋詩文總能給人出塵之思，灑然心暢；煩躁之時讀之可使心靜，絕望之時可以看到希望。如讀王禹偁之《黃州新修小竹樓記》之文，投壺、聽雨、讀書，又覽沙鳥煙雲，此時作者已經是第三次被貶謫，其激憤於正直而被讒，然而作者並沒有像屈原和賈誼一樣，無法自拔於悲悼，反而是於悲悼之中有所遊，有所悟，「此亦謫居之勝概」。汲汲於名利則可見競燥之心，「天下熙熙，皆為利來；天下壤壤，皆為利往」，王禹偁並非是追求名利之人，「不我知者，猶謂乎郎官貴而郡守尊也」〔註75〕，他對貶謫本身並無悲傷。王禹偁帶著玩賞之心態登臨之，欣賞之物為沙鳥煙雲，此為其動情之處；王粲登樓之時看

〔註73〕曾棗莊等，全宋文·第 93 冊〔M〕，上海：上海辭書出版社、合肥：安徽教育出版社 2006：1988。

〔註74〕續修四庫全書·第 1715 冊〔M〕，上海：上海古籍出版社，2002：667。

〔註75〕曾棗莊等，全宋文第 7 冊〔M〕，上海：上海辭書出版社、合肥：安徽教育出版社，2006：238。

到的美景，「背墳衍之廣陸兮，臨皋隰之沃流」，然而這個美景卻是在反襯其悲不遇之情，其感觸最深之景乃是「路逶迤而修迴兮，川既漾而濟深」〔註76〕，不遇於君主並非是自己沒有才能，而是由於姦佞小人之阻隔。兩相對比，可見王禹偁的恬淡，過珙《古文評注》卷八評曰：「冷淡蕭疏，無意於安排攄道，而自得之於景象之外，只覺飄飄欲仙。」

這種自得必然需要虛靜的胸懷。范仲淹遙想岳陽樓，「不以物喜，不以己悲」，歐陽修在「非非堂」悟得虛靜之境，他們都接近了老莊得道之境。蘇軾《超然臺記》云：「夫所謂求福而辭禍者，以福可喜而禍可悲也。人之所欲無窮，而物之可以足吾欲者有盡。美惡之辨戰乎中，而去取之擇交乎前，則可樂者長少，而可悲者長多，是謂求禍而辭福」〔註77〕，此記作於熙寧七年自杭州通判移知密州之後，在極困頓（可參見他的《後杞菊賦》）極失落之時依然對人生之福禍有如此深刻清醒之辨別，可見其虛靜的境界，讀之也使我們有洞燭見微之感，如見福禍之所從來，而遊於物之外。劉一止《縱雲臺記》云：「雖然次仲方仕，余方隱，跡若不同，而從容於事物之境，愈久而愈安。則或隱或仕，未始有異。余燕坐內觀，欲忘其心，如此云之出處，未能也」，〔註78〕這篇記作於紹興五年，可見南渡以後這種風格依然有作。

（三）淵靜中含豪壯之氣

豪壯之氣而發之以淵深靜寂。紹聖元年蘇軾貶居惠州，作《記遊松風亭》：「余嘗寓居惠州嘉祐寺，縱步松風亭下。足力疲乏，思欲就林止息。望亭宇尚在木末，意謂是如何得到？良久，忽曰：『此間有什麼歇不得處？』由是如掛鉤之魚，忽得解脫。若人悟此，雖兵陣相接，鼓聲如雷霆，進則死敵，退則死法，當什麼時也不妨熟歇」〔註79〕，蘇公貶黃州之時為元豐二年，元祐之時尚得用，自此貶謫以後，無復再用，蘇公內心卻有豪壯之氣。本應愁苦，而登山遊玩，超然於痛苦，自然是其豪壯之處，而蘇軾又以脫鉤之魚為興，物象輕巧脫俗，而有清靜之態，盡現蘇公突然得到解脫的情態。無名氏《林下詩談》云：

〔註76〕馬積高主編，歷代辭賦總匯〔M〕，長沙：湖南文藝出版社，2014：398。

〔註77〕孔凡禮點校，蘇軾文集〔M〕，北京：中華書局，1986：351。

〔註78〕曾棗莊等，全宋文·第152冊〔M〕，上海：上海辭書出版社、合肥：安徽教育出版社2006：223。

〔註79〕孔凡禮點校，蘇軾文集〔M〕，北京：中華書局，1986：2271。

> 子瞻在惠州，與朝雲閒坐。時青女初至，落木蕭蕭，淒然有悲
> 秋之意。命朝雲把大白，唱「花退殘紅」。朝雲歌喉將轉，淚滿衣襟。
> 子瞻詰其故，曰：「奴不能歌者，『枝上柳綿吹漸少，天涯何處無芳
> 草』也。」子瞻曰：「我方悲秋，汝又傷春矣。」〔註80〕

這樣的悲寄寓在豪壯之中。佛印去信說：「到這地位，不知性命所在，一生聰
明要做什麼？三世諸佛則是一個有血性的漢子。子瞻若能腳下承當，把一二
十年富貴功名，賤如泥土。努力向前，珍重珍重」〔註81〕，功名雖可捨，然
天下失道足使人憂。此豪壯之氣在其《十一月二十六日松風亭下梅花盛開》
亦有展現，「豈知流落復相見，蠻風蜑雨愁黃昏」〔註82〕，愁風愁雨愁煞人。
然而，蘇軾在此時卻有所反思，不是反思自己性格上有沒有什麼缺陷，在天
下之道面前他是甘願俯首稱臣的，而是反思社會所以無道的原因所在。「海南
仙雲嬌墮砌，月下縞衣來叩門。酒醒夢覺起繞樹，妙義有在終無言。先生獨
飲勿歎息，幸有落月窺清尊」〔註83〕，妙義為何，「此間有什麼歇不得處」，
一個人能在如此困厄之時而有此悟，有此思致，當是世間少有的豪邁者。

第三節　詩文批評理論與老莊之「不落言筌」

在先秦諸子中，老莊是第一個深刻關注文學與哲學之間關係的哲人。他
們討論文學產生的哲學基礎，即人類為何需要文學，如白本松在《莊子文學
研究》序言中所言：「為了克服邏輯語言的侷限性，莊子獨創了『三言』的表
意方式來言『意』達『道』，其基本途徑就是訴諸形象，訴諸體悟，通過塑造
藝術形象『給讀者提供一片廣闊的再創造、再豐富的空間，這樣便可以突破
言不盡意的尷尬處境，獲得言有盡而意無窮的藝術效果。』這正是文學藝術
的使命。」〔註84〕老莊以「不落言筌」的方式闡釋「道」，也詔示了詩文表現
情志的方法所在。北宋詩文構象以表意，追求「味外之味」的藝術效果，是通
於老莊「不落言筌」之旨的。

〔註80〕（明）陶宗儀‧說郛‧卷八十四下‧林下詩談。
〔註81〕（明）陶宗儀‧說郛‧卷四十五下‧錢氏私志。
〔註82〕（清）王文誥輯注、孔凡禮點校，蘇軾詩集〔M〕，北京：中華書局，1982：
　　　　2075。
〔註83〕（清）王文誥輯注、孔凡禮點校，蘇軾詩集〔M〕，北京：中華書局，1982：
　　　　2075。
〔註84〕孫克強、耿紀平編，莊子文學研究〔M〕，北京：中國文聯出版社，2006：4。

一、實現「味外之味」的手段——構象

北宋士人要想表現那似有似無的「天真」，就必須構象，他們把《莊子》中「不落言筌」的言道方式與《詩經》的「興」相融合，創造出了特有的表意之象。曾鞏對歐陽修文章的讚賞也在這個「象」上，「惟公學為儒宗，材不世出，文章逸發，醇深炳蔚，體備韓馬，思兼莊屈。垂光簡編，焯若星日，絕去刀尺，渾然天質，辭窮卷盡，含意未卒，讀者心醒，開蒙愈疾」〔註85〕，他以為歐公的文章在文體上繼承韓愈和馬遷，而在運思上兼用莊屈表達方式，達到了自然天成的特點，並具有言盡意遠的藝術效果。羅大經以為蘇軾之文得《莊子》「以無為有」的神旨，「橫說豎說，惟意所到，俊辨痛快，無復滯礙」〔註86〕，「以無為有」指明了北宋士人文學創作「興」的一個特點。王安石的《傷仲永》未必不是一篇意蘊深遠的「興」作。

象中要有神，不然只是表象。《王直方詩話》云：「歐公盤車圖詩云：『古畫畫意不畫形，梅詩詠物無隱情。忘形得意知者寡，不若見詩如見畫。』東坡作《韓幹馬圖》詩云：『韓生畫馬真是馬，蘇子作詩如見畫。世無伯樂亦無韓，此詩此畫誰當看？』又云：『論畫以形似，見與兒童臨。賦詩必此詩，定知非詩人。詩畫本一律，天工與清新。』又云：『少陵翰墨無形畫，韓幹丹青不語詩。此畫此詩今已矣，人間駑驥漫爭馳。』余以為若論詩畫，於此盡矣」〔註87〕，歐公所言在意，蘇公更看到了神的作用。蘇軾所謂的神在《書李伯時山莊圖後》中有更詳細的論述：

> 或曰：「龍眠居士作《山莊圖》，使後來入山者信足而行，自得道路，如見所夢，如悟前世；見山中泉石草木，不問而知其名；遇山中漁樵隱逸，不名而識其人。此豈強記不忘者手？」曰：「非也。畫日者常疑餅，非忘日也。醉中不以鼻飲，夢中不以趾捉，天機之所合，不強而自記也。居士之在山也，不留於一物，故其神與萬物交，其智與百工通。雖然，有道有藝。有道而不藝，則物雖形於心，不形於手。吾嘗見居士作華嚴相，皆以意造而與佛合。佛菩薩言之，居士畫之，若出一人，況自畫其所見者手！」〔註88〕

〔註85〕（宋）曾鞏，陳杏珍、晁繼周點校，曾鞏集〔M〕，北京：中華書局，1984：526。

〔註86〕（宋）羅大經，鶴林玉露・地集・卷三〔M〕，上海：上海書店，1990：6。

〔註87〕（宋）蔡正孫，詩林廣記〔M〕，北京：中華書局1982：250。

〔註88〕孔凡禮點校，蘇軾文集〔M〕，北京：中華書局，1986：2211。

多數人覺得李公麟所畫之形極為精確，此乃伯時「強記而不忘者」，蘇公卻以為此乃「天機之所合」。所謂「天機之所合」，乃在於「其神與萬物交，其智與百工通」，得萬物之神態，而非拘於其外形，忘形而得形，此形有萬物之神。《遯齋閒覽》云：「東坡詠梅一句云：『竹外一枝斜更好』，語雖平易，然頗得梅之幽獨閒靜之趣，凡詩之詠物，雖平淡巧麗不同，要能以隨意造語為工」〔註89〕，萬物之神與作者之神相融通，是表現出趣味的原因所在。

　　北宋詩文所構之象與作者情志相通，可謂之意象。《周易》的物象——「聖人有以見天下之賾，而擬諸其形容，象其物宜，是故謂之象」〔註90〕和老莊的道象相近，王弼融物象與道象而為一，使文學評論中文學創作之意象漸露端倪，《文心雕龍》「窺意象而運斤」使「意象」成為文學批評理論的常用概念。而「餘霞散成綺，澄江靜如練」〔註91〕美則美矣，謝朓描寫的還是一種表象；「明月松間照，清泉石上流」〔註92〕也還是一種表象，離開了王維的輞川則意義不大；「泠泠七絃遍，萬木澄幽陰」〔註93〕，這種暫時的感應與其情志的聯繫不大，雖然常建的詩已經傾向了象。北宋詩文中的「象」顯然不是對自然事物的表象摹寫，或者歷史故事的簡單還原，而是浸染著「意」之物或事。北宋士人注重構自然事物與歷史故事以成象，從而表現一己的情志。如蘇轍《黃州快哉亭記》云：

　　　　蓋亭之所見，南北百里，東西一舍。濤瀾洶湧，風雲開合。晝則舟楫出沒於其前，夜則魚龍悲嘯於其下，變化倏忽，動心駭目，不可久視。今乃得玩之几席之上，舉目而足，西望武昌諸山，岡陵起伏，草木行列，煙消日出，漁夫樵父之舍皆可指數。此其所以為快哉者也。

　　　　至於長洲之濱，故城之墟，曹孟德孫仲謀之所睥睨，周瑜陸遜之所馳騖。其流風遺跡，亦足以稱快世俗。

〔註89〕阮閱編，周本淳校點，詩話總龜‧後集〔M〕，北京：人民文學出版社，1987：177。

〔註90〕王弼、韓康伯注，孔穎達疏，宋本周易注疏〔M〕，北京：中華書局，1988：687。

〔註91〕謝朓著，曹榮南校注集說，謝宣城集注校〔M〕，上海：上海古籍出版社，1991：278。

〔註92〕（清）潘從律、彭定求等，全唐詩〔M〕，北京：中華書局，1960：1276。

〔註93〕（清）潘從律、彭定求等，全唐詩〔M〕，北京：中華書局，1960：1453。

　　昔楚襄王從宋玉景差於蘭臺之宮，有風颯然至者，王披襟當之
曰：「快哉此風，寡人所與，庶人共者耶。」宋玉曰：「此獨大王之
雄風耳，庶人安得共之。」玉之言蓋有諷焉。夫風無雄雌之異，而
人有遇不遇之變。楚王之所以為樂，與庶人之所以為憂，此則人之
變也，而風何與焉。士生於世，使其中不自得，將何往而非病；使
其中坦然不以物傷性，將何適而非快。今張君不以謫為患，收會計
之餘功，而自放山水之間，此其中宜有以過人者。將蓬戶甕牖無所
不快，而況乎濯長江之清流，挹西山之白雲，窮耳目之勝以自適也
哉。不然連山絕壑，長林古木，振之以清風，照之以明月，此皆騷
人思士之所以悲傷憔悴而不能勝者，烏睹其為快哉也哉。〔註94〕

作者所要表現的情志是「自適」之「快哉」，全篇圍繞此寫景言事以構象。第
一段自「波濤洶湧，風雲開合」至「動心駭目，不可久視」之描寫可見一幅
「動心駭目」之景色，騷人思士則悲愁之。然作者卻可以「玩」之於几席，景
色亦隨之而變，「煙消日出，漁夫樵父之舍皆可指數」。相同的景物，欣賞的
地點也大致相同，蘇轍看到的卻是「象」。莊子與惠子同站在濠梁之上觀魚，
惠子看到的是魚遊於水，莊子卻看到了魚樂於水。莊子看到的是道象，惠子
則是與己無甚聯繫的自然景物。所以，我們可以說，作者在此一段構了兩個
象，「動心駭目」之象與「煙消日出」之象。「動心駭目」應有所本，此闕如；
「煙消日出」出自柳宗元《漁翁》之「煙銷日出不見人，欸乃一聲山水綠。回
看天際下中流，岩上無心雲相逐」，以表現作者在宦海沉浮之時對福禍名利的
認識，其所保持的淡然的心態。第二段，「曹孟德孫仲謀之所睥睨，周瑜陸遜
之所馳騖」亦是一個象，以表現自己之才略膽識。第三段寫情志。如無前兩
個象的鋪墊，則情志難以得到表現。再如王禹偁的《黃州新建小竹樓記》「風
帆沙鳥，煙雲竹樹」其實也是象。首先，所選之境闊大且閒適，未著眼於風雨
淒迷濁浪排空，此境可見其對人生遭遇的淡然情懷；其次，「沙鳥」可能與杜
甫之「沙暖睡鴛鴦」有關，取此境以杜甫之閒適寫我之閒適，「煙雲」也就顯
示出隱逸之懷。

　　此外，中國文學中我們常常說起並具有獨特意趣的意象大多與北宋諸作
關係密切，如梅花、蓮花、山水、莊子、梅福等成為成熟意象並內在影響中

〔註94〕　（宋）蘇轍著，曾棗莊、馬德富校點，欒城集〔M〕，上海：上海古籍出版社，
　　　　　1987：512。

國文學多在北宋。隱者意象之「疏影橫斜水清淺」；「牆角數枝梅，凌寒獨自開。遙知不是雪，為有暗香來」之不畏嚴寒孤芳自賞。關於梅花研究者多有涉及，卻未曾點明這個意象何以成熟於北宋的內在原因——北宋士人心境的養成及其特點有別於前代，梅花意象的成熟乃是歷史發展的必然。如果說梅花與時代累積有關的話，蓮花則完全是橫空出現的，她只與周敦頤有關。「出淤泥而不染，濯清漣而不妖，中通外直，不蔓不枝，香遠益清，亭亭淨植，可遠觀而不可褻玩焉」〔註95〕，周濂溪以道義自任，歸隱之心極為濃重，其《太極圖說》又兼具老莊思想，此蓮花之潔身自愛遠離紛擾正是其精神的寫照。瘤樽或言瘦尊等成為「自然事物」之象更具意味。王禹偁《瘤樽銘》云：「不雕不鐫，非方非圓，貴其天然」〔註96〕，此自然之樸之象。「歷史人物」之象，如嚴遵、李白甚至莊子都被北宋士人構之成象。與莊子相關之象，宋祁《狎鷗亭》云「昔人有機心，鷗鳥舞不下。太守心異昔，寒灰與時化」〔註97〕等。特別有意思的是莊子，《莊子》中的「莊子」還只能稱之為形象，可見莊子後學者似乎還不如北宋諸賢悟得其意之深，也可以感覺到北宋之人思想的深刻。

北宋詩文的意象達到了「神」「妙」的境界。後人多論《莊子》之文神妙，如劉熙載說：「文之神妙，莫過於能飛。莊子之言鵬，曰『怒而飛』，今觀其文，無端而來，無端而去，殆得『飛』之機者。」〔註98〕而神妙之論應源自《莊子》。《莊子》中言梓慶削木為鐻，「見者驚猶鬼神」，「鬼神」為何，莊子並未加論，只是說明梓慶是怎麼做到這一步的。而佝僂承蜩、津人操舟之論皆如是。這個「神」與造化同功，幾於道，所以不可言，言之而非。「妙」與「神」同出而異名，蘇軾以為：

> 嘗見王平甫自負其《甘露寺》詩：「平地風煙飛白鳥，半山雲木卷蒼藤。」余應之曰：「神情全在『卷』字，但恨『飛』不稱耳。」平甫沉吟久之，請余易。余遂易之以『橫』字，平甫歎服。大抵作詩當日鍛月煉，非欲誇奇鬥異，要當淘汰出合用事。〔註99〕

〔註95〕（宋）周敦頤著，陳克明點校，周敦頤集〔M〕，北京：中華書局，1990：51。
〔註96〕曾棗莊等，全宋文·第8冊〔M〕，上海：上海辭書出版社、合肥：安徽教育出版社，2006：101。
〔註97〕傅璇琮等，全宋詩〔M〕，北京：北京大學出版社，1992：2337。
〔註98〕王水照編，歷代文話〔M〕，上海：復旦大學出版社，2007：5544。
〔註99〕（宋）魏慶之，詩人玉屑〔M〕，上海：商務印書館，1936：167。

「橫」字何以寫得白鳥之「神」，其中也有王平甫之「神」在。王安國平甫是王安石之弟，對安石之新法多有齟齬之處。其平生以才學見稱於世，卻耿介而不遇於時，此「橫」得王平甫之神。「野渡無人舟自橫」之「橫」寫得韋應物閒適之神，蘇軾之「橫」脫韋氏之域而有事在，不可謂之不高。

這也可謂之「寫物之功」：

> 詩人有寫物之功。「桑之未落，其葉沃若」，他木殆不可當此。林逋梅花詩云：「疏影橫斜水清淺，暗香浮動月黃昏」，決非桃李詩。〔註100〕

林逋之詩寫得梅花之神。桃李應是枝繁葉茂，自然是婆娑之態，又哪得「疏影」，梅花之香淡而馨，「暗香浮動」乃是其真態，又暗含著作者不慕名利甘於平淡的情志。「蘭生幽谷，不為無人而不芳」，更強調作者對自身才情的肯定，亦含有「天生我材必有用」「直掛雲帆濟滄海」建功立業的期許。而林逋之梅花暗香「浮動」亦非無人亦非有人，得梅花自然之真，此亦其神之所在，亦是作者平淡之情志會此梅花之處。這個「神」又是沖盎於物之中的，「公每發言，如風檣陣馬，迅霆激電。不意於中復有祥光異彩，纖餘致膩，盎盎如陽春淑豔；時花美女，誠不足比其容色態度。此所謂不測之謂神」〔註101〕。

這個「神」既是物的，也是我的。「我」要有一種通於道的虛靜之精神境界，才可能境與物會；讀者又各與二者相會，這就是所謂的「妙」。吳則禮以為歐陽修之作乃是「反覆而不亂，馳騁而不乏，雄辯而委曲，高妙而深遠者」〔註102〕，「妙」之為何，吳氏未嘗詳論。蘇軾則有深論，這個「妙」主要用來評論陶詩，「因採菊而見南山，境與意會，此句最有妙處」〔註103〕，此「妙」在「境與意會」，而關鍵在於淵明所達到的精神境界。此與梓慶削木為鐻之言相類，梓慶「形軀至矣，然後成見鐻」，山林之中可成之材與梓慶之神會，此材所為之鐻才可能「驚猶鬼神」。「象」的成熟運用也指向了「興」，而不是「比」，這也是北宋詩文的高明之處。這也說明時賢用形象思維來分析詩歌是有侷限的。

〔註100〕（宋）阮閱，周本淳校點，詩話總龜・後集〔M〕，北京：人民文學出版社，1987：77。
〔註101〕孔凡禮點校，蘇軾文集〔M〕，北京：中華書局，1986：2455。
〔註102〕曾棗莊等，全宋文・第78冊〔M〕，上海：上海辭書出版社、合肥：安徽教育出版社 2006：174。
〔註103〕孔凡禮點校，蘇軾文集〔M〕，北京：中華書局，1986：2092。

二、北宋詩文的「味外之味」

我們先從楊億的「酌之不竭，鑽之彌堅」說起。文學史上我們多把此視之為李商隱的詩歌風格，其實這更能體現楊億的文學審美觀。其《溫州聶從事永嘉集序》云：「君之於詩也，類解牛焉，投刃皆虛；譬射鵠焉，舍矢如破。……扣寂求音，應之如響；觸物成詠，思若有神。……矧乃酌之不竭，鑽之彌堅」〔註104〕，對言外之意的形象表達。又如歐陽修、梅聖俞等人亦有類似之言。梅詩確有此特徵，其以為詩歌就應該「狀難寫之景如在目前，含不盡之意見於言外」〔註105〕，其言良是。如其《留題希深美檜亭》詩云：「幽深有佳趣，曾不減林泉。眾綠經新雨，殘紅墜夕煙。栽萱北堂近，夢草故池連。乘月時來往，清歌思浩然。」〔註106〕詩人的「佳趣」為何，是感歎時光的流逝——「殘紅墜夕煙」，還是對親人的思念——「栽萱北堂近」，難以具言之，作者更喜歡乘月而來，發清歌而思，此趣又為何，可謂一唱而三歎，趣味含蓄悠長，誠使人多思之。而唐詩在含蓄蘊藉這一方面的創作已經達到了某種巔峰，後人論宋詩多走「理」路。其實北宋含蓄的詩文風格自成一路，其含蓄在情志，並影響了後世的詩歌創作。

蘇軾所論更進一步，提出了「味外之味」。其《評韓柳詩》云：「所貴乎枯淡者，謂其外枯而中膏，似淡而實美，淵明子厚之流是也。若中邊皆枯淡，亦何足道。佛云：『如人食蜜，中邊皆甜。』人食五味，知其甘苦者皆如是。能分別其中邊者，百無一二」〔註107〕，膏在枯之外，此為味外之味者。此旨在《書黃子思詩集後》論之更明，「李杜之後，詩人繼作，雖兼有遠韻，而才不逮意，獨韋應物、柳宗元，發纖穠於簡古，寄至味於淡泊，非余子所及也。唐末司空圖，崎嶇兵亂之間，而詩文高雅，猶有承平之遺風，其論詩曰：『梅止於酸，鹽止於鹹。』飲食不可無鹽、梅，而其美常在鹽酸之外。蓋自列其詩之有得於文字之表者二十四韻，恨當時不識其妙。予三復其言而悲之。閩人黃子思，慶曆、皇祐間號能文者。予嘗聞前輩誦其詩，每得佳句妙語，反覆數四，信乎表聖之言，美在鹹酸之外，可以一唱而三歎也。」〔註108〕這個味外

〔註104〕曾棗莊等，全宋文第14冊〔M〕，上海：上海辭書出版社、合肥：安徽教育出版社，2006：379。

〔註105〕（清）何文煥輯，歷代詩話〔M〕，北京：中華書局，1981：267。

〔註106〕傅璇琮等，全宋詩〔M〕，北京：北京大學出版社，1992：2723。

〔註107〕孔凡禮點校，蘇軾文集〔M〕，北京：中華書局，1986：2109。

〔註108〕孔凡禮點校，蘇軾文集〔M〕，北京：中華書局，1986：2124～2125。

之味是對司空圖詩論的總結和提高。如王安石的《題舒州山谷寺石牛洞泉穴》詩云：「水泠泠而北出，山靡靡而旁圍。欲窮源而不得，竟悵望以空歸」，高克勤評其「語調閒淡，餘味不盡，有楚辭風韻」〔註109〕，所謂楚辭風韻，大概是在屈原遊歷九天上下求索憂愁難抒的韻味吧，不過，荊公應該不是抒發屈原式的憂愁，而是那種現實中難得桃花源的惆悵之感，這恐怕也和老莊的悲愁接近。

　　自然之文味外之味更加醇厚。上文蘇軾所說的韓柳詩「發纖穠於簡古，寄至味於淡泊」，他所謂的「纖穠」之論來自於司空圖：「采采流水，蓬蓬遠春。窈窕深谷，時見美人。碧桃滿樹，風日水濱。柳陰路曲，流鶯比鄰。乘之愈往，識之愈真。如將不盡，與古為新」〔註110〕，纖穠生於簡古，淡泊品得至味，蘇公的《李思訓畫長江絕島圖》詩云：

> 山蒼蒼，江茫茫，大孤小孤江中央。崖崩路絕猿鳥去，惟有喬木攙天長。客舟何處來，棹歌中流聲抑揚。沙平風軟望不到，孤山久與船低昂。峨峨兩煙鬟，曉鏡開新妝。舟中賈客莫漫狂，小孤前年嫁彭郎。〔註111〕

王文誥以為：「此詩如古樂府，別為一體，妙在一結，含蓄不盡，使讀者自得之也」〔註112〕，此詩本是一首「風軟沙平」之絕美風景畫，其中卻暗含譏諷，這個譏諷只在最後兩句才有所展現，且非常模糊，讀者盡可自行體會。蘇詩之嬉笑怒罵皆可為文，於詩歌之中更是痛快淋漓，可謂真性情之人。有時也有莫名的欣宜怨懟之懷需要借詩遣之，難以理解也就在情理之中了。或者說，詩歌之魅力即在於此，文學的魅力即在於此。再以蘇公之詩明之：

> 憂愁不平氣，一寫筆所騁。頗怪浮屠人，視身如丘井。頹然寄淡泊，誰與發豪猛。細思乃不然，真巧非幻影。欲令詩語妙，無厭空且靜。靜故了群動，空故納萬境。閱世走人間，觀身臥雲嶺。鹹酸雜眾好，中有至味永。〔註113〕

〔註109〕高克勤，王安石詩詞文選注〔M〕，上海：上海遠東出版社，2013：13。
〔註110〕（清）何文煥輯，歷代詩話〔M〕，北京：中華書局，1981：38。
〔註111〕（清）王文誥輯注、孔凡禮點校，蘇軾詩集〔M〕，北京：中華書局，1982：872。
〔註112〕（清）王文誥輯注、孔凡禮點校，蘇軾詩集〔M〕，北京：中華書局，1982：873。
〔註113〕（清）王文誥輯注、孔凡禮點校，蘇軾詩集〔M〕，北京：中華書局，1982：905。

其實，關於淡泊與味外之味的關係，蘇軾之前已有人論及。如《六一詩話》云：「聖俞覃思精微，以深遠閒淡為意。……梅公事清淺，石齒漱寒瀨。……近詩猶苦硬，咀嚼苦難嘬。又如食橄欖，真味久自在」〔註114〕，「食橄欖」之喻，最可見其意蘊深遠之意。梅聖俞又嘗評林逋之詩「平淡邃美，讀之令人忘百事也。其辭主乎靜心，不主乎刺譏。然後知趣尚博遠，寄適於詩邇」，〔註115〕所謂「邃美」、「博遠」可見其作詩論詩多以言外之意稱之。林逋之詩前已有論，此不贅述。又如《隱居詩話》云：「梅堯臣《贈鄰居》詩，有云：『隙壁透燈光，籬根分井口。』徐鉉亦有《喜李少保卜臨》云：『井泉分地脈，砧杵共秋聲。』此句猶閒遠。」〔註116〕「閒淡」、「平淡邃美」、「閒遠」等意蘊深遠之論皆以平淡為其前論，可見二者之關係。歐陽修將二者的關係概括為「醉翁之意」，其以為文學作品的意蘊在文字之外，且與自身所達到的精神境界有很大的關係。

唐人重在構境，宋人則在述懷，有「每下愈況」「道在萬物」的平和與超邁。蘇軾《司馬君實獨樂園》詩云：「青山在屋上，流水在屋下。中有五畝園，花竹秀而野。花香襲杖履，竹色侵盞盂。樽酒樂餘春，棋局消長夏。洛陽古多士，風俗猶爾雅。先生臥不出，冠蓋傾洛社」〔註117〕，則是宋調，「青山在屋上，流水在屋下。中有五畝園，花竹秀而野」近似白話，所繪之境皆為平常即目之境，卻真實地表現出了一位隱者所處的環境，關門即為隱者，隨處可成其體道之所。每一個構圖都顯得近似隨意，卻無不是在表現溫公此時之心態，如北宋一位僧人所論何處為道而隨手指流水而言之，看似簡單平常，卻是其日夜悟道之一現。如果心中長存名利福禍之人，自然不會如此淡泊閒逸。北宋「味外之味」的特點在於士人情志與前代的不同。

〔註114〕（清）何文煥輯，歷代詩話〔M〕，北京：中華書局，1981：268。
〔註115〕曾棗莊等，全宋文・第28冊〔M〕，上海：上海辭書出版社、合肥：安徽教育出版社2006：161。
〔註116〕（宋）胡仔，苕溪漁隱叢話〔M〕，北京：人民文學出版社，1962：212。
〔註117〕（清）王文誥輯注、孔凡禮點校，蘇軾詩集〔M〕，北京：中華書局，1982：732。

第五章　蘇氏兄弟的老莊之學與詩文特色

　　蘇氏兄弟及其門人弟子的老莊理念更體現在心靈與生活的老莊化。復性是蘇氏老莊之學的中心意旨，他們的生活是浸透著老莊精髓的生活，看似不經意的舉手投足都帶有老莊風采，一謔一笑都與老莊暗合。黃庭堅雖稍遜於蘇軾，對老莊「自性」的解讀也是極有現實意義的，其他如秦觀的「心論」、張耒對本性的堅守、晁補之的道學意味也都各具特色。「三代以下之詩人，無過於屈子、淵明、子美、子瞻者。此四子者，若無文學之天才，其人格亦自足千古。故無高尚偉大之人格而有高尚偉大之文學者，殆未之有也。……天才者，或數十年而一出，或數百年而一出，而又須濟之以學問，助之以德性，始能產真正之大文學。……宋以後能感自己之所感、言自己之言者，其唯東坡乎！山谷可謂能言其言矣，未可謂能感所感也」〔註1〕，王國維所點明的蘇氏兄弟門人他們的學問和德性與文學相互融合也正是我們需要探究的一個重要方面。

第一節　蘇氏兄弟等之老莊旨歸

　　蘇軾兄弟以及蘇軾的門人黃庭堅等人是以接近虛靜的境界對老莊進行注解的。表面上看他們功利性最小，好像與政治沒有關係，其實，蘇軾等人從未放棄在現實中建設淳樸道德社會的理想，這也是他們把老莊功利性、現實

〔註 1〕江東斌、劉順利選注，王國維文選〔M〕，天津：百花文藝出版社，2006：106。

化的原因所在。他們也就需要關注個體如何回歸到其淳樸的本性，人性的回歸是實現道德社會的第一步，也是其核心所在。這個當代亟需解決的問題未必不可以和蘇軾來一次神交。

一、蘇軾的莊子評論和感悟

蘇軾沒有專門注解老莊的著作，即便是唯一與老莊思想有關係的《廣成子解》也受到了晁補之的質疑。因為蘇軾知道熟記老莊及其注解並不是得道者，老莊早已用塵垢秕糠陶鑄堯舜的故事告誡後人只求其跡不求其實的做法永遠都不可能得道，並且很容易困擾於語言而經世不得解。以此生活，你永遠也發現不了生活的道是什麼。所以，他提出「助孔」之論也就不足為奇了。耿紀平曾贊其發千古之一歎，意其如讚揚韓愈對於復興儒學的作用一般，蘇軾對發揚老莊思想可謂傾一己之力而挽勢之將倒，評價可謂的當〔註2〕；李生龍重在蘇軾「迴護」莊子之功〔註3〕。總而言之，蘇軾對於老莊地位的提升功勞甚高。

（一）從性而行

他為了說明莊子是怎樣「迴護」孔子的，講了一個小故事，大意是說莊子採用了一種常人難以理解和接受的言說方式去表達這個意思，一般人是讀不懂的。蘇軾的言說方式很多都取自莊子，我們也要注意這個問題。其《莊子祠堂記》云：

> 作《漁父》、《盜跖》、《胠篋》以詆訿孔子之徒，以明老子之術，此知莊子之粗者。余以為，莊子蓋助孔子者，要不可以為法耳。楚公子微服出亡，而門者難之，其僕操箠而罵曰：「隸也不力。」門者出之。事固有倒行而逆施者，以僕為不愛公子則不可，以為事公子之法亦不可。故莊子之言，皆實予而文不予，陽擠而陰助之。其正言蓋無幾，至於詆訿孔子，未嘗不微見其意。……然余嘗疑《盜跖》、《漁父》則若真詆孔子者，至於《讓王》、《說劍》皆淺陋不入於道，……去其《讓王》、《說劍》、《漁父》、《盜跖》四篇，以合於《列

〔註2〕詳見孫克強、耿紀平主編的《莊子文學研究》第311頁，中國文聯出版社，2006年版。

〔註3〕李生龍，儒學語境下士人對莊子的迴護及其意義〔M〕，中州學刊，2014（5）：107～111。

禦寇》之篇，曰列禦寇之齊中道而反，曰吾驚焉，吾食於十漿，而
五漿先饋，然後悟而笑曰，是固一章也。莊子之言，未終而昧者，
剿之以入其言，余不可以不辨，凡分章名篇皆出於世俗，非莊子本
意。〔註4〕

老莊詆毀孔子者比比皆是，所以老莊思想一直被儒家看作異端思想，也可能
被喜歡者拿來以標榜自己的特立獨行。而蘇軾以為莊子乃是尊孔子者，而非
詆之者，所謂「本歸於老子之言」，乃知之粗者；莊子不只是助孔子者，也是
歸本於孔子者。他也就發現了一個前代理解老莊思想的誤區，即對老莊之「道」
的理解多偏向於虛無，而不實際。例如，老子「守弱」，只是因為老子之「無
為」、「善下」、「為雌」、「守黑」等言，而被後人一之於「守弱」。再如，老子
言體道要得「一」，孔子亦言「一以貫之」，後人把這種體道的方式表面化，為
一而一，沒有一也要找到一個一，完全忽略「道」這個本質所在，最後這個
「一」也就成了空無。莊子諷刺孔子的仁義以及聖人之有為本意是在警醒世
人不可把仁義形式化。而莊子的這些言論又被後人誤解而偏向怪誕，做人似
乎就是要灑脫，作文亦只須放蕩，視金錢如糞土，睥睨世間一切成法。歷史
學家在作傳記之時往往少不了說那麼一句不汲汲於富貴，不戚戚於貧賤，亦
或是忠君愛國。體道的表面化也影響到了他們的社會生活和詩文創作，所以，
蘇軾「助孔」之說的意義在於激起人們對已經表面化的老莊孔孟思想深入瞭
解的興趣，這也是蘇軾老莊思想現實化的內涵之一。

　　蘇軾在現實中隨時解讀、吸收、改造老莊思想，以更適意的方式來進行
他自己的生活。他是隨時發現其性並從其所性進行生活的，其《答畢仲舉》：

　　　　既無所失亡，而有得於齊寵辱忘得喪者，是天相子也。僕既以
任意直前，不用長者所教，以觸罪罟。然禍福要不可推避，初不論
巧拙也。黃州濱江帶山，既適耳目之好，而生事百須亦不難致，早
寢晚起，又不知所謂禍福果安在哉。偶讀《戰國策》，見處士顏蠋之
語，『晚食以當肉』，欣然而笑。若蠋者可謂巧於居貧者也，菜羹菽
黍差饑而食，其味與八珍等，而既飽之餘，芻豢滿前，惟恐其不持
去也。美惡在我，何與於物。所云讀佛書，及合藥救人二事，以為
閒居之賜甚厚。佛書舊亦嘗看，但闇塞不能通其妙。獨時取其粗淺
假說以自洗濯，若農夫之去草，旋去旋生，雖若無益，然終愈於不

─────────────
〔註4〕孔凡禮點校，蘇軾文集〔M〕，北京：中華書局，1986：347。

去也。若世之君子所謂超然玄悟者，僕不識也。往時陳述古好論禪，自以為至矣，而鄙僕所言為淺陋。僕嘗語述古公之所談，譬之飲食龍肉也，而僕之所學豬肉也。豬之與龍則有間矣，然公終日說龍肉，不如僕之食豬肉實美而真飽，也不知君所得於佛書者果何耶。為出生死、超三乘遂作佛乎，抑尚與僕輩俯仰也。學佛老者本期於靜，而違靜似懶，違似放。學者或未至其所期，而先得其所似，不為無害。僕常以此自疑。〔註5〕

按照老莊書中所說，在遇到挫折之時，人們應該齊榮辱忘得喪，不憂而不懼〔註6〕，這也是畢仲舉拿來撫慰蘇軾的精神靈藥，因為這服藥在蘇軾之前對很多人都起到了很好的「療效」，蘇軾卻不以為然。蘇軾以為生活給了我們一次體道的機會，我們不應該只是麻痺自己躲在一個虛幻的港灣之中，而是應該從這個生活的一點一滴去體悟這個道是什麼，吃豬肉就是蘇軾悟道的一個現實展現。在黃州人的認識世界裏，豬肉是不好吃的，蘇軾到了以後卻通過改造豬肉的吃法而成為後世的美味。老莊思想也是相同。在思想的世界裏，前代之老莊是沒有什麼實際用處的，經過蘇軾的改造卻成為後世俯拾皆是的精神理念。前文所言老莊的現實性問題，一方面是指老莊思想在北宋時期被拉向了現實政治生活，另一方面也是指北宋士人在現實中體悟到了與老莊思想相近的理念，老莊思想與他們現實所悟相互激蕩、生發，創造出了現實可行的思想，理論層面上的老莊走向了現實，人人的老莊也就成了「我」的老莊。就蘇軾而言，他以為在屈辱來到之時，不應當「齊榮辱」，而是應該從性而行，「我」的福禍美惡不受他人的美惡福禍所左右，這才是老莊「齊榮辱」的現實意義所在。他在《與趙晦之》也表達了相近的意思，「示諭處患難不戚戚，只是愚人無心肝耳，與鹿豕木石何異。所謂道者，何曾夢見。」〔註7〕蘇軾與王鞏相知，其中被貶黃州書信往來之中可以看出他對老莊思想體悟的變化，「感恩念咎之外，灰心杜口。……罪大責輕，得此幸甚，未嘗戚戚。……但目前日見可欲而不動心，大是難事。又尋常人失意無聊中，多以聲色自遣。定國奇特之人，勿襲此態。……無狀作廢，眾欲置之死，而先帝獨哀之」〔註8〕，

〔註5〕孔凡禮點校，蘇軾文集〔M〕，北京：中華書局，1986：1671。

〔註6〕按：不憂不懼是孔子所謂聖人君子的道德境界，而老子的得道者與莊子的至人與神人的境界也大致相類，所以此處暫且通而言之。

〔註7〕孔凡禮點校，蘇軾文集〔M〕，北京：中華書局，1986：1710。

〔註8〕孔凡禮點校，蘇軾文集〔M〕，北京：中華書局，1986：1513～1520。

「我」根據「我」性之中的美惡前行，不論世間所謂的標準為何，他也戚戚，卻只是他的戚戚，與他人口中所謂的戚戚不同。蘇軾說祝鮀是衛國的賢者，怎麼會是佞人，把他當做佞人，是流俗的錯誤判定，孔子也不免有此之誤，由己之性而行就可以了，不要管他人怎麼說。

　　蘇軾對老莊意旨的現實性改造還有很多方面。如「絕學無憂」，「某一味絕學無憂，歸根守一，乃無一可守，此外皆是幻，此道勿謂渺漫，信能如此，日有所得」〔註9〕，不是棄絕所有的知識，而是歸一知識於道；「物化」，「一念清靜，便不服食，亦理之常無足怪者。方其不食，不可強使食，猶其方食，不可強使之不食也。此間何必生異論乎？願公以食不食為旦暮，仕不仕為寒暑，此外默而識之」〔註10〕，食與不食隨其心性而行，不必有什麼驚異的地方，仕與不仕也是如此；「衛生」，「憂喜浮幻，舉非真實。因此頗知衛生之經，平日妄念雜好，掃地盡矣」〔註11〕，心中沒有私念，是能夠延年益壽的原因所在。這樣，老莊思想就落實到了人生處世、養生治學的實處，更貼近了常人的生活。

（二）如何得道

　　蘇軾明白老莊之道是不能明言的，所以，他並沒有解釋老莊之道，即如是《廣成子解》〔註12〕也主要在說如何得道：

> 原文：「自而治天下也，雲氣不待族而雨，草木不待黃而落，日月之光，益以荒矣。」

> 解：天作時雨，山川出雲。雲行雨施，而山川不以為勞者，以其不得已而後雨，非雨之也。春夏發生，秋冬黃落，而草木不以為病者，以其不得已而後落，非落之也。今雲不待族而雨，草木不待黃而落，雖天地之精，不能供此有心之耗，故荒亡之符，先見於日月，以一身占之，則耳目先病矣。

　　按：有心則己之意在先，而有害他物之性，亦害己之性，此為草木荒亡的內在原因，日月之行，萬物之成皆發生變異，己之外部之耳目之病亦可見焉。

〔註 9〕孔凡禮點校，蘇軾文集〔M〕，北京：中華書局，1986：1531。
〔註10〕孔凡禮點校，蘇軾文集〔M〕，北京：中華書局，1986：1475。
〔註11〕孔凡禮點校，蘇軾文集〔M〕，北京：中華書局，1986：1661。
〔註12〕孔凡禮點校，蘇軾文集〔M〕，北京：中華書局，1986：176。

原文：「而佞人之心，翦翦者，又奚足以語至道？」

解：真人之與佞人，猶谷之與稗也。所種者谷，雖瘠土墮農，不生稗也。所種者稗，雖美田疾耕，不生谷也。今始學道，而問已不情。佞偽之種，道何從生！

按：要想修得「道」，首先要悟得心性的虛靜。佞人之種如何努力，外部條件如何優越，最終也不會長成稻穀，只會長出稗草。心須真，才可學得真道。以佞人之心學道，則未可得道。

原文：黃帝退，捐天下，築特室，席白茅，閒居三月，復往邀之。廣成子南首而臥，黃帝順下風，膝行而進，再拜稽首而問曰：「聞吾子達於至道，敢問治身奈何而可以長久？」

解：棄世獨居，則先物後己之心，無所復施，故其問也情。

按：捐天下者，非盡棄天下者也。無為與有為並不是對立的關係，有天下而不與者也，此真心之來者也，亦得其性命之情。

原文：「無視無聽，抱神以靜，形將自正。必靜必清，無勞汝形，無搖汝精，乃可以長生。目無所見，耳無所聞，心無所知，汝神將守形，形乃長生。慎汝內，閉汝外，多知為敗。」

解：自此以上，皆真實語，廣成子提耳畫一以教人者。無視無聽，抱神以靜，則無為也。心無所知，則無思也。必靜必清，無勞汝形，無搖汝精，則無欲也。三者具而形神一，形神一而長生矣。內不慎，外不閉，二者不去，而形神離矣。或曰：廣成子之於道，若是數數歟？曰：谷之不為稗，在種者一粒耳，何數不數之有。然力耕疾耘，不可廢也。

按：此乃修為之法，而非至道。由此修為而行，道雖不可見卻在其中。無視無聽，非是毋視毋聽，而是在抱神為一達到虛靜的狀態之下去感應外在萬物的變化，無為而有為者。外物在內心呈現出它最本真的狀態，不以己意而令其有所改變，此則無思而有思者。在此虛靜之境界，清淡無欲而有欲。有此無為、無思、無欲三者，則己之內外為一，內外為一，則形神不離，得道之人者。得道之人，一日亦是長生。這種人更是能夠授人以漁的人。

所以，蘇軾以為「無思」與「有思」並行而不悖，相合為一。其《思堂記》云：「嗟夫，餘天下之無思慮者也。遇事則發，不暇思也。未發而思之，則未至；已發而思之，則無及。以此終身，不知所思。言發於心而沖於口，吐

之則逆人，茹之則逆，余以為寧逆人也，故卒吐之。君子之於善也，如好好
色；其於不善也，如惡惡臭。豈復臨事而後思，計議其美惡而避就之哉？是
故臨義而思利，則義必不果；臨戰而思生，則戰必不力。若夫窮達得喪死生
禍福，則吾有命矣。少時遇隱者曰：『孺子近道，少思寡欲。』曰：『思與欲，
若是均乎？』曰：『甚於欲。』庭有二盎以畜水，隱者指之曰：『是有蟻漏，是
日取一升而空之，孰先竭？』曰：『必蟻漏者。』思慮之賊人也，微而無間，
隱者之言有會於予心。余行之，且夫不思之樂，不可名也，虛而明，一而通，
安而不懈，不處而靜，不飲酒而醉，不閉目而睡，將以是記思堂，不以謬乎？
雖然，言各有當也，萬物並育而不相害，道並行而不相悖。以質夫之賢，其所
謂思者，豈世俗之營於思慮者乎？《易》曰：『無思也，無為也。』我願學焉。
詩曰『思無邪』，質夫以之」〔註13〕，對於善惡，心以為善則好之，不善則惡
之；不能臨事而思之，善則言之，惡則避之，見利思義可也，臨義思利則不可
也；善思慮者，對他人之傷害最大，非可學者，那種人活的非常累，不如我這
樣「無思」的人，有一種無法名狀的快樂；以「無思」而志章楶之「思堂」，
似乎風馬牛不相及，然而達道之人自然能夠明白其中的道理，「無思」與「思」
並育而不相害，《易》所謂「無思也，無為也」又何嘗與思而有為者對立而存
在。

　　蘇軾的老莊之學深受禪宗等的影響，他的思想卻不離老莊天道之本旨，
其《眾妙堂記》云：

　　　其徒有誦《老子》者，曰：「玄之又玄，眾妙之門。」予曰：「妙，
　　一而已，容有眾乎？」道士笑曰：「一，已陋矣，何妙之有？若審妙
　　也，雖眾可也。」因指瀟水薙草者，曰：「是各一妙也，予復視之，
　　則二人者手若風雨，而步中規矩，蓋煥然霧除，霍然雲消。」予驚
　　歎曰：「妙蓋至此乎？庖丁之理解，郢人之鼻斫，信矣。」二人者釋
　　技而上曰：「子未睹真妙。庖郢非其人也，是技與道相半，習與空相
　　會，非無挾而徑造者也。子亦見夫蜩與雞乎，夫蜩登木而號，不知
　　止也；夫雞俯首而啄，不知仰也。其固也如此。然至蛻與伏也，則
　　無視無聽，無饑無渴，默化於荒忽之中，候伺於毫髮之間。雖聖知
　　不及也，是豈技與習之助乎。」〔註14〕

〔註13〕孔凡禮點校，蘇軾文集〔M〕，北京：中華書局，1986：363。
〔註14〕孔凡禮點校，蘇軾文集〔M〕，北京：中華書局，1986：361。

蘇軾對於老子「眾妙」的解釋兼用了禪宗「空」的概念，所謂「技與道相半，習與空相會」。蘇軾借小和尚之口說明道是歸於一，然而道也在萬物之中，不只是一是玄妙的，萬物之中皆可見道之妙；庖丁之解牛、郢人之斫堊則是人技進於天道的境界，還未達到空妙的道境。道之妙無處不在，既要達到虛空之心境，由色進之於空，又能由空反之於色，此中有道存焉。蘇軾老莊之學還兼融《易傳》，如《靜常齋記》：

> 虛而一，直而正，萬物之生芸芸，此獨漠然而自定，吾其命之曰靜。泛而出，渺而藏，萬物之逝滔滔，此獨介然而不忘，吾其命之曰常。無古無今，無生無死，無終無始，無後無先，無我無人，無能無否，無離無著，無證無修。即是以觀，非愚則癡，捨是以求，非病則狂。昏昏默默，了不可得，混混沌沌，茫不可論。雖有至人，亦不可聞，聞為真聞；亦不可知，知為真知。是猶在聞知之域，而不足以彷彿，況緣跡逐響以希其至，不亦難哉？既以是為吾號，又以是為吾室，則有名之累，吾何所逃，然亦趨寂之指南，而求道之鞭影乎？〔註15〕

「靜常」之言不離老莊，此靜常之域，要透過古今、生死、終始、先後、人我、能否、離著以及證修而達其旨，且又融入《易傳》「退藏於密」的思想：「退藏於密，吉凶與民同患，神以知來，知以藏往，其孰能與於此哉？古之聰明叡知神武而不殺者夫。是以明於天之道而察於民之故，是興神物以前民用，聖人以此齋戒，以神明其德」——其實《易傳》的這個思想又何嘗不是老莊思想的演繹呢，或者說是戰國中後期的老莊之學。

二、蘇轍對《老子》的詮注和匯通

蘇轍注解老子常用到的理論是「去妄復性」，他的最終目的是如何達到「天人合一」。

（一）有無本一

蘇轍以為道與仁義禮智的關係不是對等的，也不是對立的，而是道與器的關係，「莫非道也，而可道不可常，惟不可道而後可常耳。今夫仁義禮智，此道之可道者也。然而仁不可以為義，而禮不可以為智。可道之不可常也，

〔註15〕孔凡禮點校，蘇軾文集〔M〕，北京：中華書局，1986：363。

惟不可道，然後在仁為仁，在義為義，禮智亦然。彼皆不常而道常不變，不可道之能常如此」〔註16〕。蘇轍解《老子》的主要特點表現在有無本一、去妄復性等幾個方面，皆不離老子之道，並且其「性命」之論乃是承蘇軾而來稍有變化。

　　有無是相互包孕的，其他亦然。「以形而言，有無信兩矣。安知無運而為有，有復而為無，未嘗不一哉。其名雖異，其本則一」〔註17〕，有無是相互轉化，相互包含的關係，他們合二為一，以道為本。美惡之言亦如是，其要在於能脫形名之域而覓得道之本，「天下以形名言美惡，其所謂美且善者，豈真美且善哉；彼不知有無難易高下聲音，前後之相生相奪，皆非其正也。方且自以為長，而有長於我者臨之，斯則短矣；方且自以為前，而有前於我者先之，斯則後矣。苟從其所美而信之，則失之遠矣。」〔註18〕美惡、高下、前後之形名可脫，則達到了虛無之精神境界，才可為，為無為；亦可教，不言之教，「當事而為，無為之之心；當教而言，無言之之意。夫是以出於長短之度，離於先後之數，非美非惡非善非不善，而天下何足以知之。」〔註19〕為無為與不言之教反映到國家的治理上，乃為不尚賢等。

　　「無為」、「不尚賢」、「不仁」與「為」、「尚賢」、「仁」是通於道的。如「無為」：「當事而為，無為之之心」，「不仁」並不是否定儒家之仁，而是為仁之時以及之後的精神境界達到「不仁」，「天地無私而聽萬物之自然，故萬物自生自死。死非吾虐之，生非吾仁之也」〔註20〕，天地以「無私」之精神境界而聽萬物之自然，此為「不仁」之要。

　　「不尚賢」並不是不重用賢者，而是用而不尚，此為「為無為」之精義所在，「尚賢則民恥於不若，而至於爭，……聖人不然，未嘗不用賢也，獨不尚之耳，……是以賢者用而民不爭，……是不亦虛其心，而不害腹之實；弱

〔註16〕道藏·第12冊〔M〕，北京：文物出版社、上海：上海書店、天津：天津古籍出版社，1988：291。

〔註17〕道藏·第12冊〔M〕，北京：文物出版社、上海：上海書店、天津：天津古籍出版社，1988：292。

〔註18〕道藏·第12冊〔M〕，北京：文物出版社、上海：上海書店、天津：天津古籍出版社，1988：292。

〔註19〕道藏·第12冊〔M〕，北京：文物出版社、上海：上海書店、天津：天津古籍出版社，1988：292。

〔註20〕道藏·第12冊〔M〕，北京：文物出版社、上海：上海書店、天津：天津古籍出版社，1988：293。

其志，而不害骨之強也哉？」〔註21〕北宋士人以為老子並沒有「愚民」的意思，其所謂的「絕智」以及類似的思想都和「愚民」沒有特別的聯繫，這種思想在蘇轍的注解當中展現得更為充分。

「不仁」：「天地無私而聽萬物之自然。故萬物自生自死，死非吾虐之，生非吾仁之也」等皆可見焉。老子是否有愚民之旨，那肯定是有的，只不過做法更隱秘，心胸更闊大，不是為了愚民而愚民。蘇轍把這個意思發揮得更淋漓盡致，其以為賢能之士還是要用的，只不過不尚之，蘇轍官至副宰相，他這樣解釋自然是深有體悟，此亦老子「為無為」的妙意所在。

老子「絕智」也不是否定知識。蘇轍云：「為學日益，為道日損，不知性命之正，而以學求益，增其所未聞，積之不已，而無以一之，則以圓害方，以直害曲，其中紛然，不勝其憂矣。患夫學者之至此也，故曰絕學無憂。若夫聖人未嘗不學，而以道為主，不學而不少，多學而不亂，廓然無憂，而安用絕學耶」〔註22〕，言「不學而不少」未免過當，不過，蘇轍以「道」為學習的核心，而不是把「道」和「學」相對立而言，也就是說，老莊並沒有否定學習知識的意思，為學習者指明知識的歸趣為「道」。如果學習只是識記工夫的話，那和強邀仁義之名又有什麼區別，可見其內在「啟智」之旨。蘇轍之解自有其高明之處。

「無為」與「無」既然本之於「道」，那麼老子的「上善」也就是最終意義的善。「易曰：『一陰一陽之謂道，繼之者善也，成之者性也。』又曰：『天以一生水。』蓋道運而為善，猶氣運而生水也。故曰：『上善若水。』二者皆自無而始成形，故其理同」〔註23〕，善是道內應有之義，並非善惡混而為一。

（二）去妄復性

蘇轍去妄復性本之於天道。「夫道沖然至無耳。然以之適眾有，雖天地之大，山河之廣，無所不遍。以其無形，故似不盈者，淵兮深眇。吾知其為萬物宗也，而不敢正言之，故曰似萬物之宗」〔註24〕，「道」至無而在萬物之中，

〔註21〕道藏·第 12 冊〔M〕，北京：文物出版社、上海：上海書店、天津：天津古籍出版社，1988：292。
〔註22〕道藏·第 12 冊〔M〕，北京：文物出版社、上海：上海書店、天津：天津古籍出版社，1988：299～300。
〔註23〕道藏·第 12 冊〔M〕，北京：文物出版社、上海：上海書店、天津：天津古籍出版社，1988：294。
〔註24〕道藏·第 12 冊〔M〕，北京：文物出版社、上海：上海書店、天津：天津古籍出版社，1988：293。

這是蘇轍解釋去妄復性的根本所在。何者為妄，蘇轍以為：「內以治身，外以治國，至於臨變莫不有道也，非明白四達而能之乎？明白四達，心也。是心無所不知，然而未嘗有能知之心也。夫心一而已，苟又有知之者，則是二也。自一而二，蔽之所自生，而愚之所自始也。今夫鏡之於物，來而應之則已，又安得知應物者乎。本則無有，而以意加之，此妄之源也」〔註25〕，無知乃是不以所知為知；以知為知，此為妄，妄而不自知，妄之甚者。

何為性，「視之而見者色也，所以見色者不可見也；聽之而聞者聲也，所以聞聲者不可聞也；搏之而得者觸也，所以得觸者不可得也。此三者雖智者莫能詰也，要必混而歸於一而可耳。所謂一者，性也；三者，性之用也。人始有性而已，及其與物構，然後分裂四出為視為聽為觸，日用而不知，反其本非復混而為一，則日遠矣。若推廣之，則佛氏所謂六入皆然矣。《首楞嚴》有云：『反流全一，六用不行。』此之謂也」〔註26〕，蘇轍以為視、聽、搏三者乃是性之用，而之所以可以視、聽、搏者，才是性，可見，性、情、欲三者有相通之處，而無善惡之別。

何為覆命，「命者，性之妙也。性可言，至於命則不可言矣。易曰：『窮理盡性以至於命。』聖人之學道必始於窮理，中於盡性，終於覆命。仁義禮樂，聖人之所以接物也，而仁義禮樂之用必有所以然者，不知其所以然，而為之世俗之士也；知其所以然，而後行之君子也。此之謂窮理。雖然，盡心以窮理而後得之，不求則不得也。事物日構於前，必求而後能應，則其為力也勞，而其為功也少。聖人外不為物所蔽，其性湛然，不勉而中，不思而得，物至而能應，此之謂盡性。雖然，此吾性也，猶有物我之辨焉，則幾於妄矣。君之命曰命，天之命曰命，以性接物而不知其為我，是以寄之命，也此之謂覆命」〔註27〕，蘇轍以為不但要知道仁義禮樂之所然，更要知其所以然，後者更為關鍵，此其所謂「窮理」，這也是儒道何以融合的原因所在；窮理是在外物之中觀照自我之性，此時之性達到了沖淡的境界，也就是莊子所謂的「心齋」、「坐忘」，這是所以能夠「不勉而中，不思而得」之所在，此所謂「盡性」；道在萬物之

〔註25〕道藏·第 12 冊〔M〕，北京：文物出版社、上海：上海書店、天津：天津古籍出版社，1988：295。

〔註26〕道藏·第 12 冊〔M〕，北京：文物出版社、上海：上海書店、天津：天津古籍出版社，1988：296。

〔註27〕道藏·第 12 冊〔M〕，北京：文物出版社、上海：上海書店、天津：天津古籍出版社，1988：297。

中，在這一點上我與他物沒有任何區別，以沖淡之性接物，與物相化，這就是所謂的「覆命」。

蘇轍「性命」論多有承襲其兄子瞻的地方。蘇軾的「性命」之論主要體現在貶謫黃州之時所作的《東坡易傳》中。此時東坡以為「性」乃生來固有之物，且君子小人皆有，似類於孟子「四端」之言，而其實質卻在老莊，「君子日修其善，以消其不善，不善者日消，有不可得而消者焉；小人日修其不善，以消其善，善者日消，亦有不可得而消者焉。夫不可得而消者，堯舜不能加焉，桀紂不能亡焉，是豈非性也哉」〔註28〕，這個善並不是專指仁義禮智而言，而是如「水善利萬物而不爭」的善，它也在人的性命之中。

蘇轍的「覆命」類似於蘇軾的「命」：「君子之至於是，用是為道，則去聖不遠矣。雖然，有至是者，有用是者。則其為道常二，猶器之用於手，不如手之自用莫知其所以然而然也。性至於是則謂之命。命，令也，君之令曰命，天之令曰命，性之至者亦曰命。性之至者，非命也無以名之，而寄之命也。死生禍福莫非命者，雖有聖智莫知其所以然而然，君子之於道至於一而不二，如手之自用則亦莫知其所以然而然矣，此所以寄之命也」〔註29〕，與蘇轍的論述相較，可見二人觀點極為相近。莊子看到了對於每個人來說君與父是生而有之的，這是人與自然中的其他物不同的地方，除了「無可奈何而安之若命」之外似乎也沒有其他的辦法，有學者懷疑《人間世》這些內容有後人摻入的可能，其依據就在於此與莊子的天道不侔，其實這正是莊子實在之處。蘇軾也以為君子加於人身上的遭遇叫做命，福禍無論，天所賦予人的也叫命，生死無常。這個命不用想什麼辦法去躲避，不如接受。蘇軾進而以為性、命、情三者都歸於道，「情者性之動也，泝而上至於命，沿而下至於情，無非性者。性之與情非有善惡之別也，方其散而有為則謂之情耳，命之與性非有天人之辨也，至其一而無我則謂之命耳」〔註30〕，「情」和性雖然有區別，卻不關於孟荀所謂的善惡。

蘇轍的「復性」之論也與「覆命」沒有什麼區別。如其言：

〔註28〕（宋）蘇軾著，龍吟譯評，東坡易傳〔M〕，長春：吉林文史出版社，2002：5。

〔註29〕（宋）蘇軾著，龍吟譯評，東坡易傳〔M〕，長春：吉林文史出版社，2002：5。

〔註30〕（宋）蘇軾著，龍吟譯評，東坡易傳〔M〕，長春：吉林文史出版社，2002：5。

　　古之聖人去妄以求復性。其性愈明，則其守愈下；其守愈下，
則其德愈厚；其德愈厚，則其歸愈大。蓋不知而不為，不若知而不
為之至也。知其雄，守其雌，知性者也。知性而爭心止，則天下之
爭先者皆將歸之如水之赴溪，莫有去者。雖然，譬如嬰兒，能受而
未能用也，故曰：「復歸於嬰兒」。知其白，守其黑，見性者也。居
暗而視明，天下之明者皆不能以形也，故眾明則之以為法，雖應萬
物而法未嘗差，用未嘗窮也，故曰：「復歸於無極」。知其榮，守其
辱，復性者也，諸妄已盡，處辱而無恨，曠分如谷之虛，物來而應
之，德足於此，純性而無雜矣，故曰：「復歸於樸」。〔註31〕

蘇轍關注的是復性的實際效用。其一是「知性」，知性則外物，外物則爭心止；
其二是「見性」，以之統萬有，執一以馭萬；最後是「復性」，外在之榮辱未嘗
損吾之性，如山谷之虛，以應萬物之無窮，亦德之至者。所以，蘇轍說：「道
之大，復性而足。而性之妙，見於起居飲食之間耳」〔註32〕，復性是道德內
充的表現，且日常用之不知其然而然。禪宗重在如何「明心見性」，勘破外在
形名之執，見事物的本原，又以此本原融於萬物之中，可謂之得道。老莊所
關注的則是「物物而不物於物」，個體與社會之間獨立而融合，融合之中更應
生物——物物的問題禪宗基本關注不多，此亦二者「性命」之學的根本不同
之處。在所有的人知雄、白、榮之為天下名利之所在之時，「我」卻守雌、黑、
辱，此人可以生養萬物。蘇轍顯然更傾向於老莊。

　　蘇轍復性之論貫穿全書，其目的在於天人合一，個體何以在自由獨立的
情況之下才是最佳生養萬物之原因所在：

　　由道言之，則雖天地與王皆未足大也。然世之人習知三者之大，
而不信道之大也。故以實告之，人不若地，地不若天，天不若道，
道不若自然。然使人一日復性，則此三者人皆足以盡之矣。〔註33〕

　　苟一日知道，顧視萬物無一非妄。去妄以求復性，是謂之損。
孔子謂子貢曰：「女以予為多學而識之者與。」曰：「然，非與？」

〔註31〕道藏‧第12冊〔M〕，北京：文物出版社、上海：上海書店、天津：天津古
　　　　籍出版社，1988：303。
〔註32〕道藏‧第12冊〔M〕，北京：文物出版社、上海：上海書店、天津：天津古
　　　　籍出版社，1988：318。
〔註33〕道藏‧第12冊〔M〕，北京：文物出版社、上海：上海書店、天津：天津古
　　　　籍出版社，1988：302。

曰：「非也，予一以貫之。」〔註34〕

蘇轍以為修身與治國是同一個事情。蘇轍把老莊之修道概括為去妄復性，一個人如果達到了去妄復性的境界，則為得道之人，此人可為天地王，王也是一個人。一個人受外物之束縛，不能損盡外物而復性，則此人無自由獨立可言。老子言「忘身」也是損，「貴身」則為復性，此種之人才可立於天下。莊子言「相忘於江湖」，孔子言「己欲立而立人，己欲達而達人」都含有此意。

不過，蘇轍之復性還有神秘化的傾向：

> 魄之所以異於魂者，魄為物，魂為神也。易曰：「精氣為物，遊魂為變。」是故知鬼神之情狀。魄為物，故離而止；魂為神，故一而變。謂之營魄，言其止也，蓋道無所不在，其於人為性，而性之妙為神。言其純而未離，則謂之一；言其聚而未散，則謂之樸。其歸皆道，各從其實言之耳。聖人性定而神凝，不為物遷，雖以魄為舍，而神所欲行，魄無不從，則神常載魄矣。眾人以物役性，神昏而不治，則神聽於魄耳，目困以聲色，鼻口勞於臭味。魄所欲行而神從之，則魄常載神矣。故教之以抱神載魄，使兩者不相離，此固聖人所以修身之要。至於古之真人，深根固蒂，長生久視，其道亦由是也。〔註35〕

蘇轍以為一個人達到適性境界的時候，還有一個問題需要解決，即身體的各部分如何與神融而為一。莊子的物我合一在於「乘物以遊心，託不得已以養中」〔註36〕，蘇轍則指向了身心合一，「魄所欲行而神從之，則魄常載神矣。故教之以抱神載魄，使兩者不相離，此固聖人所以修身之要」。其神秘之處在於魂魄概念的介入和運用，魄之為物，其或不可見，是為精氣之所化。魂與魄本同出於道，魂化為神，神亦為性；魄化為物，其亦通於道。

三、黃庭堅等人對老莊的解悟

蘇門對老莊的解悟與蘇軾有一定關係，卻也各具特色。

〔註34〕道藏・第 12 冊〔M〕，北京：文物出版社、上海：上海書店、天津：天津古籍出版社，1988：310。

〔註35〕道藏・第 12 冊〔M〕，北京：文物出版社、上海：上海書店、天津：天津古籍出版社，1988：294。

〔註36〕（晉）郭象注、（唐）成玄英疏，南華真經注疏〔M〕，北京：中華書局，1998：68。

　　黃庭堅以為莊子對於君臣禮義之事之是非極為分明，是則是，非則非，決非不顧君臣禮義而以隱居為終歸的隱士。後世學者受制於對仁義禮智等概念的約束，未能探求其所以然，而斷然以儒道劃然而分，老莊與孔孟判然兩途。黃公以為莊子是以天下之生養之事為終歸的人，「莊周昔之體醇白而家萬物者也，時命繆逆，故熙然與造物者遊。此其於禮義君臣之際皂白甚明，顧俗學世師窘束於名物，以域進退，故築其垣，而封之於聖智之外」(《趙安時字序》)〔註37〕。莊子之道又可謂之「中」，其意與老子所云之「大」相類，「道之在天地之間，無有方所，萬物受命焉，因謂之中。衡稱物低昂，一世波流，洶洶憒憒，我無事焉。叩之即與為賓主，恬淡平愉，宴處而行，四時死生之類皆得宜。當是非中德也歟？惟道之極小，大不可名，無中無徵，以其為萬物之宰，強謂之中，知無中之中，斯近道矣。精金躍於爐曰：『我且必為莫耶。』其成果莫耶矣。人也破世俗之糾纏，自躍於造化之爐，曰：『我且必聞道，化工於我何有焉。』爐錘之柄安能御之」(《羅中彥字序》)〔註38〕，道為生養萬物之道，而非隱逸之道，自然以天下為懷，人不可不勉而為之，「無為則玄矣，無不為則玄矣。知本無，遊於萬物之際，則一一皆妙」〔註39〕，道之旨在「無為而無不為」。黃氏此處又作玄解，有區別老、孔的意思，北宋後期三教分離的徵兆漸漸顯現。自我之性中自有天德，不知仁智之為何而於萬物之中行之，君子又何憂何懼，「夫成之者天也，能奉天德，以仁智處於萬物之中，而不憂不疑，非我自性之者乎」〔註40〕。如何得此「自性」，得虛白之室，「是是非非，知者之別，是謂是，非謂非。直者之發，其別也以成，自其發也，以成他吝。其非而不改，惟自屈也。大人能格，君心之非。是心術也，方寸之間，與萬物為市。掃除不涓，照用則暄，日清其非，虛室晰晰」〔註41〕，就在於日格其非，穿過外物之象，澡雪其精神，就可以漸漸達道。

〔註37〕曾棗莊等，全宋文第 107 冊〔M〕，上海：上海辭書出版社、合肥：安徽教育
　　　　出版社，2006：114。

〔註38〕曾棗莊等，全宋文第 107 冊〔M〕，上海：上海辭書出版社、合肥：安徽教育
　　　　出版社，2006：121。

〔註39〕曾棗莊等，全宋文第 106 冊〔M〕，上海：上海辭書出版社、合肥：安徽教育
　　　　出版社，2006：144。

〔註40〕曾棗莊等，全宋文第 107 冊〔M〕，上海：上海辭書出版社、合肥：安徽教育
　　　　出版社，2006：144。

〔註41〕曾棗莊等，全宋文第 106 冊〔M〕，上海：上海辭書出版社、合肥：安徽教育
　　　　出版社，2006：262。

　　秦觀則在「心」論。秦觀以為，「心」與「道」同體，「默而神之與道全之，說而明之與道散之。其全為體，即體而有用，其散為用；即用而有體，體用並遊於不窮，而俱止於無所極者，其唯心而已矣」，而世人迷失了本心，為外物所役，而不自見，道對於很多人已經成了概念，解外物之役，此《心說》〔註42〕作的原因所在。首先，心在何處？「『目無外視，耳無外聽，遺物忘形，在我而已，此其心歟？』曰：『非也，心不在我。』『然則目無內視，耳無內聽，馳神遊精，在物而已，此其心歟？』曰：『非也，心不在物。』『然則物之有色，我因視焉；物之有聲；我因聽焉。來則御之，去則將之，彼是兩忘在物我之間而已矣，此其心歟？』曰：『非也，心不在物我之間。』」秦觀以為心不在我，也不在物，也不在物我之間。那麼，心在何處，「雖不在我，未始離我；雖不在物，未始離物。雖不在物我之間，而亦未始離乎物我之間者。此心之真在也」，此解如同老莊「有」與「無」，秦觀之「心」如「無」之虛空而生萬物，「萬物方有，則與之有；萬物方無，則與之無。俛仰消息，唯萬物之與俱。」心之如此，可知其為一個人性情、意志、思慮、魂魄、精神的核心所在，這十者有別而以「心」為一，「是以古之通乎此，則動為一氣，靜為二儀，動靜有萬物，鼓舞有死生，若然者，陰可以開，陽可以闔，天地可以倒置，日月可以逆行。上焉造物者不得臣，下焉外形體忘始終者不得友，而況富貴之倘來，死生之小變乎？其不能累也亦明矣」，古之人能通一為十合十為一者則與天地共生，與死生同歸，外物又何能為累，而奴役於外物哉。然而眾人則反是，失去了「真心」，把「心」當做了物或者自我，甚至只是把心當做了心，「一人惑之一國笑之，一國惑之天下笑之，天下盡惑孰笑之哉」，天下熙熙如此，而不見其本心，悲哉。所以，秦觀以為，眾人一定要達到「見心」的境界，不失本心，見天道，而與萬物為一，而不要只是「有心」，終生為物所役，「太上見心，而無所取捨，其次無心，其次虛心，其次有心。有心者累物，眾人之事也；虛心者遺實，賢人之事也；無心者忘有，聖人之事也；見心之真在而無所取捨者，死生不得與之變，神人之事也。」秦觀之「心」，是道還是不是道呢？是道卻全無言道，非道卻全合道體。此心之言是莊子心論的進一步發揮，而把心提升到道的境界。秦觀的「心」論系統性還不強，不如同時代張載等人的系統建構。但是，在「心」

〔註42〕曾棗莊等，全宋文・第 120 冊〔M〕，上海：上海辭書出版社、合肥：安徽教育出版社，2006：116。

的哲學分析上卻又超越了張載等人，這一點也是值得我們重視的。

晁補之的老莊之學有道氣。他在處理學術爭端的問題上瀟灑飄逸，沒有那種兀傲之態。劉羲仲作《是是堂》，謂以周道為正道，取荀子「是是非非謂之智」的意思而作是堂。劉羲仲之意在尊崇儒道為正道而擯斥其他為旁道，有戰國時期荀子是己而非他的氣勢。晁無咎明白劉羲仲的意思，卻沒有像阮籍那樣是莊而非儒，而是以一種《莊子》天下篇的氣勢去引導劉羲仲。晁氏以為從事理的角度來看，我們外在所看到的是非是非常不確定的，「理無常是，事無常非」。如果天下都以為某件事是對的，你卻以為是錯的，那你需要多大的力量才能取得勝利；如果天下之人都以為是錯的，你以為是對的，那麼應該以什麼為標準來判定。所以，不如放棄是非對立的觀念，而「問津於無可無不可之途，而彌節乎兩忘之圃」，就不會固守自己所謂的是，發現道的所在。

晁無咎又以為道就在生活之中，不在言語之間。以言為妄離道越來越遠，以無言為言則幾於道。唐代道士司馬承禎作《坐忘論》非常高妙，有人勸晁氏讀而論之，晁氏以為，言語之事要懂得他的意思，而不要以言語的是非為是非，並以問井之所在為寓言說明這個意思。糾纏於言語之間也無法理解莊子的其他問題。晁氏的《齊物論》以「適」為得道之幾，他以為齊物並不是泯滅所有的物為無，也不是使所有的物為有。如何達到齊物：「非刳骨喪我，不能觀物而知無」，「非觀物同我，不能知化而窮有」〔註43〕，在萬物中觀照自我本性，則知化功之所在，喪我之意也在於此。悟得莊子齊物之旨，則神與天地遊，形神之一而二，無形無不形，性也是神，神也是形。這樣解釋更在其現實化的考量，「惟周能蟲，惟蟲能天。匪我則云然，周則云然，謂之聖人者非也」〔註44〕，莊子不是聖人，是達道者，我們學莊也不是要成為聖人。

張耒的老莊之學表現在對純真本性的堅守。張耒貶謫黃州之前，種有兩棵海棠樹，樹茂而人遷，本該有悲傷之感慨，他卻體悟到了人生所應當堅守的道德，「我行世間，何有南東。夫以不移，俟彼靡常，久近衡從，其志必償」，他以為人生所行本無南北的區別，近似蘇軾，又與蘇軾不同，其中不免有淡淡的哀愁，卻又可見其堅守，其所不移的道德在數次貶謫之中更顯出光彩。

〔註43〕曾棗莊等，全宋文‧第126冊〔M〕，上海：上海辭書出版社、合肥：安徽教育出版社，2006：169。

〔註44〕曾棗莊等，全宋文‧第126冊〔M〕，上海：上海辭書出版社、合肥：安徽教育出版社，2006：211。

並且，本性的純真不可受到外物的侵染，要保持其真純，「寄萬事於一笑兮，不知食糲而衣單，吾不加物以一毫兮，亦莫愛人之燠寒，悟紛華之多虞兮，幸寂寞之至安」〔註45〕。能在患難之中悟得自我之性的所在，不是好學深思之士是不會體悟得到的，然後才有「樂」。這個「樂」又是張耒的，和蘇軾的「樂」不相同卻相通於道。所以，張耒以為治國之法不在於形體上的懲罰，而在於激發惡者發現自我之性而歸之於善，當然，貶謫之法更不足論。

王安石評價秦觀詩歌因為學道的緣故而具有清嫵的特點，實際上，蘇軾黨人大概都有這樣的特點。在他們的身上我們可以發現相類似的學術修養，相近的政治道德追求，甚至是相近的人生經歷和道德操守。他們往往也有一股豪壯之氣，卻多想建功立業而不成，終生顛沛流離卻未償頹其志。這個豪氣又與王安石黨人的不同，多少有些空曠。

第二節　蘇氏兄弟心態之老莊絪縕

蘇氏兄弟及其門人是北宋士人中最具真性情的士人，他們的心態和此性情關係甚為密切。

「烏臺詩案」的發生可以讓我們看到另外一個更真實的蘇軾。面對突如其來的災難，蘇軾不知所措，「元豐間知湖州，言者以其誹謗，御史臺遣就任攝之。吏部差朝士皇甫朝光管押。東坡方視事，數吏直入廳事，摔其袂曰：『御史中丞召。』東坡錯愕而起，即步出郡署門。家人號泣出隨之，郡人為涕泣」〔註46〕，他沒有想到詩文居然成了陷己於囹圄的利器。因為不知是何罪名，蘇軾還只是驚愕，但是一個太守就這樣被帶走在北宋歷史上還極為少見，心中自然是驚懼不安的。他在獄中幾度感到絕望，並留絕命詩於其弟蘇轍，「夢繞雲山心似鹿，魂飛湯火命如雞」（《避暑談錄》）〔註47〕，詩中對生充滿了渴望。在此生死關頭，他並沒有用什麼思想來寬慰自己，而是在反思自己的所作所為。

蘇軾被貶黃州之初有滿腔的愁緒，見梅花而落淚，經宿難以入眠，「驚起

〔註45〕曾棗莊等，全宋文・第127冊〔M〕，上海：上海辭書出版社、合肥：安徽教育出版社，2006：215。

〔註46〕（宋）朱彧，叢書集成初編・萍洲可談〔M〕，北京：中華書局，1985：23。

〔註47〕（宋）葉夢得撰，叢書集成初編・避暑談錄〔M〕，北京：中華書局，1985：79。

卻回頭，有恨無人省」。雖有友人的寬慰，「彼區區所謂外物者，又何足為左右道哉」，自己亦想辦法寬慰自己，山水之中，多見其跡。後有所悟，如同歐公在「非非堂」之所為。蘇公不但體會到了是非，還體會到了如何把老莊自然之「道」與生活實際相聯繫，「吾不知天地之大也，寒暑之變，悟昔日之臞，而今日之肥。感子之言兮，始也抑吾之縱而鞭吾之口，終也釋吾之縛而脫吾之幾。是堂之作也，吾非取雪之勢，而取雪之意。吾非逃世之事，而逃世之機。吾不知雪之為可觀賞，吾不知世之為可依違。性之便，意之適，不在於他，在於群息已動，大明既升，吾方輾轉，一觀曉隙之塵飛」〔註48〕。

　　老莊之旨本來是讓人各觀其性以達道，只有你體會到的道才是道，你我之道各異而與自然之道相通，執老莊之道——如「無為」等而規模天下人人之道，則與老莊之旨相異。蘇軾以老子之「超然」命其臺，尚有縛於老子之中。處於黃州的蘇軾則用自己的心去感受，損之又損，反觀自己之性到底是什麼。在自然界中去感受各種事物，包括最微小的事物，感知自然是什麼。莊子說，道在萬物，每況愈下，屎溺之中依然有道在，然而，如果你不去感知，這個道依然是莊子的，而不是你的。而悟道也是需要時機的。同樣是蘇軾，黃州之前並無太多悟道之機。其實王禹偁、歐陽修、蘇舜欽等人的悟道都是在感受到人生如夢幻的時候才對老莊之道有更深切的體會的。我們可以想像，如果沒有經歷烏臺詩案，蘇軾的見識可能只會超出歐公些許，不會太突出，而沒有惠州、儋州之貶，蘇軾恐怕也難成宋以後千百年間第一人。不過，如果同樣是歐公經歷此劫難，他一樣會在蘇公之下。蘇軾此一時期的書信之中也可見，有人勸其此時正是領悟天道之時，「子野一見僕，便論出世間法，以長生不死為餘事，而以練氣服藥為土苴也。僕雖未能行，然喜誦其言，嘗作《論養生》一篇，為子野出也。近者南遷過真、楊間，見子野。無一語及得喪休戚事，獨謂僕曰：『邯鄲之夢猶足以破妄而歸真，子今目見而身履之，亦可以少悟矣。夫南方雖號為瘴癘地，然死生有命，初不由南北也。……過廣州買得檀香數斤，定居之後，杜門燒香，閉目清坐。深念五十九年之非耳，今分一半，非以為往復之禮，但欲苾仲知僕汛掃身心，澡淪神氣，兀然灰槁之大略也」〔註49〕，張先是蘇軾的好友，破妄求真，這個真就在貶謫惠州以後蘇軾的感悟之中，可見蘇公對老莊之道的體悟與現實生活的緊密聯繫。由

〔註48〕孔凡禮點校，蘇軾文集〔M〕，北京：中華書局，1986：410。
〔註49〕孔凡禮點校，蘇軾文集〔M〕，北京：中華書局，1986：1737。

此，蘇公的「笑」也就有了獨特的意義。

　　　　昔年過洛見李公簡，言真宗東封，訪天下隱士，得杞人楊樸，
　　上問曰：「卿臨行有人贈詩否？」樸對曰：「臣妻一首云：『更休落拓
　　耽杯酒，且莫猖狂愛詠詩。今日捉將官裏去，這回斷送老頭皮。』
　　余在湖州，坐作詩追赴詔獄，妻子送余，出門皆哭。無以語之，顧
　　謂妻曰：「子獨不能如楊處士妻，作一詩送我乎！」妻子不覺失笑，
　　余乃出。（《東坡志林》）〔註50〕

　　　　某見在東坡，作坡種稻，勞苦之中，亦自有樂事。（《與李公擇
　　書》）〔註51〕

這個樂源於蘇公心底，而更言「自娛」，「所謂自娛者，亦非世俗之樂，但胸中
廓然無一物，即天壤之內，山川草木蟲魚之類，皆是供吾家樂事也」，〔註52〕
心在虛靜之境，就是樂事。蘇軾承歐陽修之樂而更進之，重在自己內心的體
會。

　　蘇軾的「自娛」和其超然互為表裏。老莊之超然是指得道之人外在行為
舉止的表現以及精神狀態。老子之「雖有榮觀，燕處超然」〔註53〕更注重得
道者行為處世的外在展現。莊子對此超然演繹──「獨與天地精神相往來，
而不睥睨於萬物」等論則注重得道者行為處事的精神狀態，得道者心與道通，
萬物與我為一，超然物外而與物無際，為事而忘身之遭際名利之所在。之後
對超然的解讀出現了兩種轉向。一個是老子的超然與孔子的「申申燕如」相
融合，被黃老道家拿來以表現君主無為而治的表現，且融合莊子「遺世獨立」
之旨。如「非獨鳥有鳳而魚有鯨也，士亦有之。夫聖人瑰意奇行，超然獨處
世，俗之民又安知臣之所為哉」（漢劉向《新序》）〔註54〕，劉向借宋玉之口
而以為士人應超然處世，注重特立獨行的風采。這種士人風貌我們在後代都
可以找到他的影子，如「二郭懷不群，超然來北征。樂道託萊廬，雅志無所
營。」〔註55〕（嵇康《五言詩三首答二郭》其一）。另一個是莊子之超然與《周
易》之「肥遯」相融合，成為避世的代名詞。如「范蠡知之，超然避世，長為

〔註50〕蘇軾撰，王松齡點校，東坡志林〔M〕，北京：中華書局，1981：32。
〔註51〕孔凡禮點校，蘇軾文集〔M〕，北京：中華書局，1986：1496。
〔註52〕孔凡禮點校，蘇軾文集〔M〕，北京：中華書局，1986：1832。
〔註53〕樓宇烈校釋，老子道德經注校釋〔M〕，北京：中華書局，2008：69。
〔註54〕盧元駿注譯，新序今注今譯〔M〕，天津：天津古籍出版社，1988：30。
〔註55〕殷翔、郭全芝注，嵇康集注〔M〕，合肥：黃山書社，1986：62。

陶朱」〔註56〕（《戰國策》），范蠡見機而避世深得後世士人賞識。避世是極端的選擇，亦有委命順化者，個人對命運既然無法主宰，且隨之而行。如「真人恬漠兮獨與道息，釋智遺形兮超然自喪，寥廓忽荒兮與道翱翔，乘流則逝兮得坎則止，縱軀委命兮不私於己」〔註57〕，（賈誼《鵩鳥賦》）且保持天真，與道偕行。這個對北宋之超然影響深刻。這兩種轉向是共存的，且儒、道、釋三家於此多有齟齬之處。而在唐代三教並行的背景之下，這兩種轉向出現一定程度上的融合，逐漸接近老莊之旨。如中晚唐之時李德裕所作的《知止賦》，並序：

> 古人稱山林之士，往而不能返；朝廷之士，入而不能出。先哲所以趨舍異懷，隱顯殊跡，蓋兼之者鮮矣。今余自春秋至西漢，取其卿大夫進能知止退不失正者，綴為此賦：
>
> 觀陽秋與漢冊，求知止之大夫，魯莫高於柳惠，衛莫貴於寧俞，吳乃得於延州，楚乃尚於於菟，雖至聖無軌，超然不拘，猶歎行藏以與顏，稱卷舒而善蘧，則由聖門而進退者，豈不勇於知止乎。……嗟夫世於知止之道，若存若無。李斯忘於稅駕，惠子疲於據梧，盡生涯以自若，何智力之有餘。庶耿光之未晚，期終老於桑榆。〔註58〕

李文饒之意在如何超然於道家出世與儒家入世之間。突破傳統談何容易，不但要堅定自己之是非，還要頂得住他人是非之評判。王叔岷等人提出莊子「遊」世的觀點且當下多有論者言莊子遊戲之言，總給人以人與社會相隔的感覺，這顯然有違老莊「無為」之本，北宋士人之超然可能更接近老莊之旨。北宋士人則確立了超然的精神狀態，對名利、是非、外物於天地之始萬物初生人類初有以審視之，而歸之於「一」，一而又散之於多。北宋初期，張詠等人表現出超然的端倪，其《答汝州楊大監書》：「老子心無蘊蓄，絕情絕思。情絕則聚散是閒，思絕則榮賤一致。顧身世若脫履，豈能念他人乎」〔註59〕，「身世」也就是命運，對名利無所思慮，乃其超然之處，陳摶論張詠的本性也在於此，「斯人無情於物，達則為公卿，不達為王者師」〔註60〕。歐陽修已具超然之神采，其以為每個人都有其特有的本性，不需要為名利整天勾心鬥

〔註56〕李維琦點校，國語・戰國策〔M〕，長沙：嶽麓書社，1988：51。

〔註57〕陳元龍輯，歷代賦匯〔M〕，北京：北京圖書館出版社，1999：432。

〔註58〕（清）董誥等編，全唐文〔M〕，北京：中華書局，1983：7154。

〔註59〕（宋）張詠著，張其凡整理，張乖崖集〔M〕，北京：中華書局，2000：69。

〔註60〕（宋）吳處厚撰，李裕民點校，青箱雜記〔M〕，北京：中華書局，1985：108。

角，進退之間，見機而行，勿彷徨，如：

> 范仲淹以言事貶，在廷多論救，司諫高若訥獨以為當黜。修貽
> 書責之，謂其不復知人間有羞恥事。若訥上其書，坐貶夷陵令，稍
> 徙乾德令、武成節度判官。仲淹使陝西，闢掌書記。修笑而辭曰：
> 「昔者之舉，豈以為已利哉？同其退不同其進可也。」〔註61〕《宋
> 史》卷三百一十九

范仲淹的薦舉是一個難得的機會，然而歐公以為這種蠅營狗苟之舉非正當之為，自己堅持是非之為如得不到君主賢者的賞識，則可退之；如得賞識，自有進時，不可投機取巧。

蘇軾的超然又與他人不同。他並不是面對蹉跎一概閉眼不觀，毫無感情，每每以笑顏相對，那種超然只是癡人說夢。具有真性情的人才可能超然，體自然之道，無名利、物慾之侵擾，由性而行，自以為惡者就哭，反之則笑。「十年生死兩茫茫」是其超然，「我欲乘風歸去」亦是其超然，「一葦渡江」更是其超然；「放浪自樂」是其超然，「潸然出涕」亦是其超然，為晚輩求婦亦有其超然之處。蘇軾《與王定國》云：「某既緣此絕棄世故，身心具安，而小兒亦遂超然物外，非此父不生此子也。……南北去往定有命，此心亦不念歸，明年買田築室，作惠州人矣」〔註62〕，「南北去往定有命」是其對個人遭遇的反思中對老莊思想的現實化，委命任順，在貶謫之地亦多務實事，此真其超邁之處，也是其總能發千里之一笑原因之所在。東坡在惠州之時生活條件尚可，至儋州益陋，「海南連歲不熟，飲食百物艱難，及泉廣海舶絕不至，藥物醬醋等皆無，厄窮至此，委命而已。老人與過子相對，如兩苦行僧耳。但胸中亦超然自得，不改其度」〔註63〕，儋州之貶，蘇公之達已至化境，不復有惠州哀痛之心態，而直指超然。莊子的超然物外不只是「與萬物為一，與天地同生」，也在於「物化」，獨立於萬世之表是我們對其超然的片面理解。莊子是「吸風飲露，不食五穀」的神人，也是求得一枝之巢滿腹之食的凡人；他是「不以物為事」可以卻天下的隱士，也是哀悲世人尋求建立理想社會的一個士子。他並非處在這兩可之間，而是一個活生生的聖人君子，蘇軾則更接近實際，他們內心並未充滿矛盾，我們以充滿矛盾的心態看待他們，不害他們之達。

〔註61〕（元）脫脫等，宋史〔M〕，北京：中華書局，1977：10375。

〔註62〕孔凡禮點校，蘇軾文集〔M〕，北京：中華書局，1986：1513。

〔註63〕孔凡禮點校，蘇軾文集〔M〕，北京：中華書局，1986：1841。

蘇轍晚年為黨爭所累，積十有餘年杜門不出，心中之苦悶以老莊解之，雖未達蘇軾「自娛」之境，然亦是達境，其《遺老齋記》云：「杜門卻掃，不與物接。心之所可，未嘗不行；心之所不可，未嘗不止。行止未嘗稍不如意，則予平生之樂，未有善於今日者也」〔註64〕，「不與物接」，任性而行，「從心所欲不逾矩」，卻以老莊之「外物」為門徑，所做之事由心而行，所為之事與心意合，此子由晚年樂的表現。再如其《武昌九曲亭記》云：「蓋天下之樂無窮，而以適意為悅。方其得意，萬物無以易之，及其既厭，未有不灑然自笑者也」〔註65〕，亦是樂於心，其所謂「適意」者。黃庭堅長年遭受貶謫，老莊的「自適其適」是其性情寄託之處，能得其樂，《北京通判廳賢樂堂記》云：「待外物而適者，未得之，猶人之先之也；既得之，猶人之奪之也。……自適其適者，無累於物者，物之去來，未嘗不樂也」，〔註66〕「自適其適」未脫老莊之言，與蘇轍之意大同小異，此黃豫章樂之所在。可見，前文所言的吏、隱的適性也是有不同表現的，蘇氏兄弟、黃庭堅等人的適性更在於保持本性的純真。

第三節　蘇軾詩文之老莊精神

所謂蘇軾包括了子由以及其門人弟子。蘇軾的生活是極具老莊精神的，雖然其不自居，而其為文也是如此。他們對社會人生悲苦的體悟和審視融進了他們的詩文之中。他們的思考不自覺地通過詩文表現出來，由人生悲苦與調適的自我展現而到達理的境界，並擁有了超然的情懷。

一、人生悲苦與調適的自我展現

蘇軾創作詩文也是調適人生悲苦的一種為而不知其所以為的本能表現。他在濠梁、東山之上以及去惠州的途中，都有這種調適的展現。

面對莊子與惠子辯論魚樂的濠梁，蘇軾等人可以化解痛苦。蔡襄是蘇軾的好友，他面對濠梁之時略顯調侃，不問我知魚之辯，而問人生當如鷦鷯知足而居亦或是九萬里而南為，《唐公以公累出知濠州》詩云：「湛湛清渠風力

〔註64〕（宋）蘇轍，曾棗莊、馬德富校點，欒城集〔M〕，上海：上海古籍出版社，1987：1564。

〔註65〕（宋）蘇轍，曾棗莊、馬德富校點，欒城集〔M〕，上海：上海古籍出版社，1987：509。

〔註66〕曾棗莊等，全宋文·第107冊〔M〕，上海：上海辭書出版社、合肥：安徽教育出版社，2006：171。

微，濠梁行客布帆歸。到官應過莊生廟，試問鷦鵬兩是非」〔註67〕，蔡公是非已有，何須問他人。蘇軾則闡釋了莊子齊物的思想，《濠州七絕・觀魚臺》詩云：「欲將同異較錙銖，肝膽猶能楚越如。若信萬殊歸一理，子今知我我知魚」，且表達了自己的感受，「常怪劉伶死便埋，豈伊忘死未忘骸。烏鳶奪得與螻蟻，誰信先生無此懷」〔註68〕，萬物齊一，劉伶僅忘其死而不能忘其骸骨，與達者尚有差，不如莊生二者皆忘之。蘇軾此詩作於慶曆四年出守杭州途中，有達觀之思而未入於黃州之神妙。蘇轍之和作則表現出鄙棄名利的態度，《和子瞻濠州七絕其三逍遙臺》：「猖狂戰國古神仙，曳尾泥塗老更安。厭世乘雲人不見，空墳聊復葬衣冠」〔註69〕。

貶惠州途中多有遊歷，也在用詩文審視而調適悲苦。其《寓居合江樓》詩云：「我今身世兩相違，西流白日東流水。樓中老人日清新，天上豈有癡仙人」〔註70〕，不得志於世，又遭此流落，可謂人生悲苦的事情，在合江樓上觀察卻發現每天太陽東升西落，水也是順勢向東流去，他悟得自然每時每刻都是腐朽化為神奇，神奇化為腐朽，生命正是在此不停的轉化之中生長，關鍵在於你是怎麼把這個腐朽變為神奇，在此體悟之中，蘇公日益變得清新。腐朽化為神奇當然並不是要失去純潔的本性和桀驁不馴的性情，而是使此本性具有生命力，《十一月二十六日松風亭下梅花盛開》：「春風嶺上淮南村，昔年梅花曾斷魂。豈知流落復相見，蠻風蜒雨愁黃昏」，作者自注：「予昔赴黃州，春風嶺上見梅花，有兩絕句。明年正月往岐亭道中，賦詩云：『去年今日關山路，細雨梅花正斷魂』」，人到底與自然之中的太陽和流水不同，見此風雨之中的梅花自然會覺得愁苦，然而當他再次面對梅花的時候卻有所醒悟和發現，不知不覺中不再憂慮，「酒醒夢覺起繞樹，妙意有在終無言。先生獨飲勿歎息，幸有落月窺清樽」，這個妙意是什麼呢？「松風亭下荊棘裏，兩株玉蕊明朝曒。海南仙雲嬌墮砌，月下縞衣來扣門」〔註71〕，他看到了荊棘中的

〔註67〕傅璇琮等，全宋詩〔M〕，北京：北京大學出版社，1992：4830。

〔註68〕（清）王文誥輯注、孔凡禮點校，蘇軾詩集〔M〕，北京：中華書局，1982：284。

〔註69〕（宋）蘇轍，曾棗莊、馬德富校點，欒城集〔M〕，上海：上海古籍出版社，1987：73。

〔註70〕（清）王文誥輯注、孔凡禮點校，蘇軾詩集〔M〕，北京：中華書局，1982：2071。

〔註71〕（清）王文誥輯注、孔凡禮點校，蘇軾詩集〔M〕，北京：中華書局，1982：2075。

兩朵梅花在初升的朝陽之中顯得格外明亮，蘇公飲酒其下，繞樹而行，漸悟得了道理，他神遊到了萬物生成之初、天地之始，這個境界是無法用語言表達的，他的精神境界在兩次對面梅花的時候得到了提升，這有其努力思索的結果，也有梅花的激發。所以，軼事中所記也很有道理，言蘇公有包容天地之概：「蘇子瞻泛愛天下士，無賢不肖，歡如也。嘗言：『自上可以陪玉皇大帝，下可以陪卑田院乞兒。』子由晦默少許可，嘗戒子瞻擇友。子瞻曰：『眼前見天下無一個不好人，此乃一病。』子由監筠州酒稅，子瞻嘗就見之，子由戒以口舌之禍，及餞之郊外，不交一談，唯指口以示之」，〔註72〕蘇軾發現這種天地胸懷是其屢遭排遣的原因所在，也是他精神上最終得以解脫的原因所在。

而蘇軾對哀痛的調適是逐漸達到的，中間不斷反覆，提高就在在這個反覆調適之中：《八月七日初入贛過惶恐灘》：「七千里外二毛人，十八灘頭一葉身。山憶喜歡勞遠夢，地名惶恐泣孤臣。長風送客添帆腹，積雨扶舟減石鱗。便合與官充水手，此生何止略知津」〔註73〕，《塵外亭》：「楚山澹無姿，贛水清可厲。散策塵外遊，麾手謝此世」〔註74〕，《天竺寺》：「四十七年真一夢，天涯流落淚橫斜」〔註75〕，《過大庾嶺》：「一念失垢污，身心洞清淨。浩然天地間，惟我獨也正。今日嶺上行，身世永相忘。仙人拊我頂，結髮授長生」〔註76〕，《發廣州》：「朝市日已遠，此身良自如。三杯軟飽後，一枕黑甜餘。蒲澗疏鐘外，黃灣落木初。天涯未覺遠，處處各樵漁」〔註77〕，「孤臣」遠謫夢中垂淚，我道「獨也正」，天涯又何妨，人生處處皆可以為「樵漁」。七言自曹丕以來多纏綿悱惻，述盡衷腸，五言則平靜淡遠，餘味悠長，蘇公兩種詩體並用，感慨繫之，而顯示出境界的提升。

〔註72〕高文虎錄，叢書集成初編·蓼花洲閒錄〔M〕，北京：中華書局，1985：11。
〔註73〕（清）王文誥輯注、孔凡禮點校，蘇軾詩集〔M〕，北京：中華書局，1982：2052。
〔註74〕（清）王文誥輯注、孔凡禮點校，蘇軾詩集〔M〕，北京：中華書局，1982：2055。
〔註75〕（清）王文誥輯注、孔凡禮點校，蘇軾詩集〔M〕，北京：中華書局，1982：2056。
〔註76〕（清）王文誥輯注、孔凡禮點校，蘇軾詩集〔M〕，北京：中華書局，1982：2056。
〔註77〕（清）王文誥輯注、孔凡禮點校，蘇軾詩集〔M〕，北京：中華書局，1982：2067。

在登臨東山之時，蘇軾又感歎功成多遭人嫉妒，不如放懷世外，其《遊東西岩》詩云：「放懷事物外，徙倚弄雲泉。一旦功業成，管蔡復流言。慷慨桓野王，哀歌和清彈。挽須起流涕，始知使君賢。意長日月促，臥病已辛酸。慟哭西州門，往駕那復還。空餘行樂處，古木錯蒼煙」〔註78〕，由謝安才高被妒，桓伊詠曹植之詩以諫晉武帝，而蘇公與之；「意長日月促，臥病已辛酸」，慨歎自我；再由謝安壯志未酬而有興止西州門之慨，歸隱山林享山林之樂的願望無法實現，歸隱山林當及時。人世滄桑如此，有時也可以遊樂一下。黃庭堅則有壯闊之興思，《陪師厚遊百花洲盤礴范文正祠下道羊曇哭謝安石事因讀生存華屋處零》詩云：「人去洲渚在，春回花草斑。清談值淵對，發興如江山」〔註79〕，人非而物是，何必有如此之悲，「羊生但著鞭，勿哭西州門。故有不亡者，南山相與存」，這種興思出之於自然物語，「傷心祠下亭，在時公燕處。臨水不相猜，江鷗會人語」，悲傷之情又寓於其中。王安石則感歎不能堅守歸隱之志，而終死於他鄉，《謝安墩二首》其一云：「謝公陳跡自難追，山月淮雲祇往時。一去可憐終不返，暮年垂淚對桓伊」〔註80〕，可憐謝公也是在可憐自己，沒有了李白的飄逸，而有了人生的厚重，也可以看出蘇公與安石人生態度的差異。

二、達理的境界

黃庭堅與蘇軾都是北宋之方人達士，相較而言，黃更多的是老莊的，蘇則多是自己的。《宋史》言黃庭堅「貶涪州別駕黔州安置，言者猶以處善地為失法，以親嫌，遂移戎州。庭堅泊然不以遷謫介意，蜀士慕從之遊，講學不倦，凡經指授，下筆皆可觀。徽宗即位，起監鄂州稅簽書，寧國軍判官知舒州，以吏部員外郎召，皆辭不行。丐郡得知太平州」〔註81〕，黃公也是有治世之才的，因為作《神宗實錄》言治河用鐵爪形同兒戲被貶，然而貶且貶矣，行且行矣，未嘗以天下不可用而有所悲。這種境界在其《雨中登岳陽樓望君山》有所展現，「投荒萬死鬢毛斑，生入瞿塘灩澦關。未到江南先一笑，岳陽

〔註78〕（清）王文誥輯注、孔凡禮點校，蘇軾詩集〔M〕，北京：中華書局，1982：494。

〔註79〕（宋）黃庭堅，任淵、史容、史季溫注，黃寶華點校，山谷詩集注〔M〕，上海：上海古籍出版社，2003：584。

〔註80〕傅璇琮等，全宋詩〔M〕，北京：北京大學出版社，1992：6692。

〔註81〕（元）脫脫等，宋史〔M〕，北京：中華書局，1977：13110。

樓上對君山」〔註82〕，我與君山相對，君山就是我，我亦是君山，他的笑包含著對物我互化那一瞬間有所悟的欣喜。對風景者極多，真正達此境者又有幾人，真是可遇而不可求。自然之理亦是我之理，自然何以生何以亡，我亦何以生何以亡，得此之理自然一笑。

　　蘇軾的前後《赤壁賦》多被後人稱道，其前《赤壁賦》可謂之達理——也如黃庭堅的境界，後之則可謂之達理境界，是其超凡之處。蘇公第一次來赤壁在元豐五年，「壬戌之秋，七月既望」，剛到赤壁之時，他感覺飄飄欲仙，「飄飄乎如遺世獨立，羽化而登仙」，謝枋得《文章軌範》云：「此賦學《莊》、《騷》文法，無一句與《莊》、《騷》相似，非超然之才，絕倫之識，不能為也。瀟灑神奇，出塵絕俗，如乘雲御風而立乎九霄之上，俯視六合，何物茫茫，非惟不掛之齒牙，亦不足入其靈臺丹府也」〔註83〕。蘇軾有感於曹孟德之事，「寄浮遊於天地，渺滄海之一粟。哀吾生之須臾，羨長江之無窮」，而有人事之慨，《御選唐宋文醇》云：「蓋與造物者遊而天機自暢，並無意於弔古，更何預今世事？嘗書寄傅欽之而曰：『多難畏事，幸毋輕出者』畏宵小之捫摭無已，又或作蟄龍故事耳，乃文徵明謂以曹孟德氣勢消滅無餘，譏當時用事者，轉以寄傅欽之之語為證，謂為實有所刺譏，可謂烏焉成馬矣」〔註84〕，「烏臺詩案」對其打擊可見一斑。文章至此，尚不脫前人規矩，待其言「蓋將自其變者而觀之，則天地曾不能以一瞬；自其不變者而觀之，則物與我皆無盡也」，雖以莊子「齊物」為其旨歸，然而畢竟所言之理較他人為高，也更瀟脫。

　　後《赤壁賦》由此達理而入達理的境界。前《赤壁賦》在七月，後《赤壁賦》在此年的十月，然而境界不同。蘇公對這種悲苦的貶謫生活有了更深的體悟，出入老莊而又不與老莊相同，如果說《前赤壁賦》更多的是用老莊之酒杯澆己之塊壘的話，那麼《後赤壁賦》則一言一行都出於自我的從容和通達，「霜露既降，木葉盡脫，人影在地，仰見明月」，不見了老莊的身影，而一種閒淡的情態盡現眼前。至如「適有孤鶴，橫江東來。翅如車輪，玄裳縞衣，戛然長鳴，掠予舟而西也」，非但平淡，亦有驚人處，再至夢中相會，又有幻

〔註82〕（宋）黃庭堅，任淵、史容、史季溫注，黃寶華點校，山谷詩集注〔M〕，上海：上海古籍出版社，2003：402。

〔註83〕王水照編，歷代文話〔M〕，上海：復旦大學出版社，2007：1060。

〔註84〕四庫全書集部·總集類·御選唐宋文醇·卷三十八。

化處，皆信手拈來，不見痕跡。李贄云：「前賦說道理時，有頭巾氣，此則靈空奇幻，筆筆欲仙」〔註85〕，前賦不只是說理，行文之間亦多可見其模擬處，後賦沒有一處說理卻步步中理。《東坡》也是此類之作，「雨洗東坡月色清，市人行盡野人行。莫嫌犖確坡頭路，自愛鏗然曳杖聲」〔註86〕，心頭之樂，任意而行，自非他人所能及，王文誥以為此類句出自天成，蘇軾詩文自然之意也在於此。

三、超然的情懷

莊子總被一些人看作是「不近人情」的人，因為他總是說一些不著邊際的「空」話，與天地同生又能怎樣，然而他又是多情的。蘇軾在兄弟別離、朋友往來之時是多情的，卻又是超然的。

（一）兄弟別離

蘇氏兄弟的情誼非常深厚，二人又都通得道體，他們的別離挺有特點。熙寧四年，蘇氏兄弟別於潁州，蘇軾守杭而蘇轍去為陳州（宛丘）州學教授，蘇軾非常悲痛。他們兄弟之間的情誼在別離之時更見深厚，「人生無別離，誰知恩愛重」，在宛丘小住幾日，與蘇轍的幾個孩子在一起嬉笑玩耍，更不想有此別離，然而，又要啟程去杭州上任，「便知有此恨，留我過秋風，秋風亦已過，別恨終無窮」〔註87〕，此去一別何時才能相見呢，至少要再等三年，心中常憂，頭髮多白。然而，沒過幾天，他又寫詩戲謔子由，「宛丘先生長如丘，宛丘學舍小如舟」，蘇轍本是非常有才華的人，卻因為反對新法而為此職位低賤的小官，居住的條件也非常差，但是蘇轍任憑「斜風吹帷雨注面」，也不「肯為雨立求秦優」，因為他「處置六鑿須天遊」，其心胸開闊，自然「門前萬事不掛眼，頭雖長低氣不屈」〔註88〕。通過後一首詩的呈現，我們可以發現他們兄弟兩個在前面的淒慘別離其實不止是兒女之情，更是對人生不得志的感歎。而後一首詩則又超越了這個感歎，有兀傲之氣在其中。

元豐二年，蘇軾陷獄，他覺得可能難以活著見到兄弟子由，便作絕命詩兩首讓獄卒梁成帶出去，很是悲絕，「是處青山可埋骨，他時夜雨獨傷神。與

〔註85〕《蘇長公合作》卷一引。
〔註86〕（清）王文誥輯注、孔凡禮點校，蘇軾詩集〔M〕，北京：中華書局，1982：1183。
〔註87〕傅璇琮等，全宋詩〔M〕，北京：北京大學出版社，1992：278。
〔註88〕傅璇琮等，全宋詩〔M〕，北京：北京大學出版社，1992：324。

君世世為兄弟，又結來生未了因」〔註89〕，從當時情況來看，蘇軾的確是生還的機會很少，他在最絕望之時，對死亡並不是多麼害怕，而是顧念兄弟之間的情誼，「我」的一副朽骨什麼地方都可以埋葬，兄弟你卻要在某個時節想起我的時候暗自傷神了，更擔心兄弟子由的獨自悲傷。這首詩情很真，對兄弟情誼看得更重，超越了對死亡的恐懼。

元祐四年，蘇軾以詩送子由出使契丹，「不辭驛騎凌風雪，要使天驕識鳳鱗。沙漠回看清禁月，湖山應夢武林春」〔註90〕，出使契丹是一件很苦的差事，最少不是什麼值得慶幸的事情，蘇軾卻寫得這麼高亢自信，要讓契丹的人看到中朝人物之美，而在契丹之地回想家人，又兼有飄逸的情態，想來令人神往。

紹聖四年，蘇軾再貶海南，蘇轍再貶雷州，二人在梧州相見以後各自分別，「孤城吹角煙樹裏，落日未落江蒼茫」，孤城、煙樹、落日、蒼茫，給人一種傷愁之感，「幽人扚枕坐歡息」，以後兄弟之間何時再能相見呢？「莫嫌瓊雷隔雲海，聖恩尚許遙相望」，以一句玩笑的話融入這種哀愁之中，顯得很有情趣，生活並沒有悲苦到無法生活的境地，且以此為樂吧，「平生學道真實意，豈與窮達具存亡」〔註91〕，他並不是用原來所學的道來化解憂愁，而是用自己所體悟到的道把憂愁變為了調笑，這也是前面所說的調適。葛立方在《韻語陽秋》中說：「白樂天號為知理者，而於仕宦升沉之際，悲喜輒繫之。……東坡謫瓊州，有詩云：『平生學道真實意，豈與窮達俱存亡。』要當如是爾」〔註92〕，其實前代多如白樂天，我們在「吏隱」那一節已經說過，此不贅言。前代論詩文者有一個流派，那就是「發憤說」，他們大旨以為一個作者只有在極端困苦的情況下才會創作出來好的作品，因為那種境地把他們最純粹的性情激發了出來，從蘇軾的創作實際來看，這種說法的確有他的道理。不過，我們還應該注意到蘇軾悲痛之中所融會的那份超然之情也是其創作詩文的源動力，這就與「發憤說」顯為不同。

（二）朋友往來

蘇軾交友沒有標準，不過要合乎心意。

〔註89〕傅璇琮等，全宋詩〔M〕，北京：北京大學出版社，1992：998。

〔註90〕傅璇琮等，全宋詩〔M〕，北京：北京大學出版社，1992：1647。

〔註91〕傅璇琮等，全宋詩〔M〕，北京：北京大學出版社，1992：2243。

〔註92〕（清）何文煥輯，歷代詩話〔M〕，北京：中華書局，1981：566。

　　元豐元年，蘇軾送別頓起，其詩云：「客路相逢難，為樂常不足。臨行挽衫袖，更賞折殘菊。佳人亦何念，淒斷陽關曲。酒闌不忍去，共接一寸燭。留君終無窮，歸駕不免促。岱宗已在眼，一往繼前躅。天門四十里，夜看扶桑浴。回頭望彭城，大海浮一粟。故人在其下，塵土相豗蹴。惟有黃樓詩，千古配淇澳」〔註 93〕，前寫送頓起不樂與惜別之情，給人一種愁苦難耐的感覺，「岱宗」以後而至天地之間，不但超越了那份愁苦，而且給人一種宏闊的天地氣概。紀昀評之以為：「景中有情，情中有景，將兩地兩人熔成一片，筆力奇絕」，的確如此。蘇軾的確有莊子的氣概。此年王定國來訪，蘇軾不得見，王定國等人攜妓而遊於百步洪，蘇氏神往其逸興，後來他又和岑寥等人得閒而遊之，「長洪鬥落生跳波，輕舟南下如投梭。水師絕叫鳧雁起，亂石一線爭磋磨。有如兔走鷹隼落，駿馬下注千丈坡。斷弦離柱箭脫手，飛電過隙珠翻荷。四山眩轉風掠耳，但見流沫生千渦。嶮中得樂雖一快，何異水伯誇秋河。我生乘化日夜逝，坐覺一念逾新羅。紛紛爭奪醉夢裏，豈信荊棘埋銅駝。覺來俯仰失千劫，回視此水殊委蛇。君看岩邊蒼石上，古來篙眼如蜂窠。但應此心無所住，造物雖駛如吾何」〔註 94〕，前賢或對這首詩中的譬喻很感興趣，如洪邁、查慎行、紀昀、趙翼、陳衍等人，或言此詩是說理的文字，如姚鼐、陳衍等人。其實，「但應」兩句是作者的反思之處，也是令我們反思的地方。蘇氏說，造物主的生養萬物如同此百步洪一樣迅捷不息，但是卻不能奈我何，「我」的心在萬物覆命之處的。這個覆命之處，前文已有言，可參看。

　　徐州三年，蘇軾一直在在思索出處的問題，這在元豐二年《送張道士序》中有所展現：「與吾友心肺之識幾三年矣，非同頃暫也。今乃別去，遂默默而已乎，抑不足教乎？豈無事於教乎？將周旋終始，籠絡蓋遮，有所惜？，嗟僕之才陋甚也，而吾友每過愛，豈信然乎？止於此，可乎？抑容有未至當勉乎？自念明於處己，暗於接物。其不可，至死以不喜。……陶者能圓而不能方，矢者能直而不能曲，將為陶乎？將為矢乎？山有蕨薇，可羹也；野有麋鹿，可脯也。一絲可衣也，一瓦可居也，詩書可樂也，父子兄弟妻孥可遊衍也。將謝世路而適吾所自適乎？抑富貴聲名以偷夢幻之快乎？行乎、止乎？遲乎、速乎？吾友其可教也，默默而已，非所以望吾友也」〔註 95〕，據吳雪

〔註 93〕傅璇琮等，全宋詩〔M〕，北京：北京大學出版社，1992：870。
〔註 94〕傅璇琮等，全宋詩〔M〕，北京：北京大學出版社，1992：891。
〔註 95〕孔凡禮點校，蘇軾文集〔M〕，北京：中華書局，1986：328。

濤考證此張道士為張天驥〔註96〕，大致可信，不過，他與張天驥好像不是當面相送，這個序文更像是與張天驥討教出處的選擇。蘇軾非常明白自己的性格不適於當官，而適於隱逸，不苟容於世俗，對自己認為不想做的事情至死也不會去做。那麼到底是該隱逸而從自己之性，還是在富貴之中醉生夢死？蘇軾明白，要想成就功名——不是世俗所謂的功名——就只有入仕。蘇軾一直在思考的問題不是歸不歸隱的問題，而是以何種精神境界入仕。此篇可與《莊子‧人間世》中的「顏回出仕」那一段文字相參看。

　　經過數次宦海沉浮以及生命的考驗，蘇軾越來越超然，前文兄弟別離之中已經有所論述，而在交遊之中也有展現。元祐七年蘇軾為揚州守之時所作《送水丘秀才序》云：「予謂古之君子，有絕俗而高，有擇地而泰者，顧其心常足而已。坐於廟堂，君臣賡歌，與夫據槁梧擊朽枝而聲犁然，不知其心之樂，奚以異也？其在窮也，能知捨；其在通也，能知用。予以是卜仙夫之還也，仙夫勉矣哉。若夫習而不試，往即而獨，後則仙夫之展可以南矣」〔註97〕，水丘秀才覺得入仕不能自適其適，所以要遠遊，這是對上文自適其適的現實化，很有代表性。蘇軾以為古代的君子自適其適並不在於所處的環境是非適合你的本性，而在於心是否足於道——這也是蘇軾對老子「知足常樂」的現實性解釋——如果不能感覺到內心之樂，則環境雖異而不樂相同。內心之樂只與是否達道有關。天下如果不適於行道則當歸隱山林，適於行道則用於天下。所以，仙夫秀才既然已經得道，則無往而不樂，如果在試用之後覺得天下之道已窮，則再歸隱也不遲。可見他的超然與多情是融為一體的，這較前文所言亭臺樓宇詩文中的超然更見其深情。

〔註96〕吳雪濤，蘇文繫年考略〔M〕，呼和浩特：內蒙古教育出版社，1990：107，另按：本文所用到的蘇文的繫年一般採用其說，不再另外出注。
〔註97〕孔凡禮點校，蘇軾文集〔M〕，北京：中華書局，1986：327。

第六章　王氏父子的老莊之學與 詩文意趣

　　如果說蘇氏兄弟是在人生處世方面對老莊思想進行現實性闡釋的話，那麼王氏父子則可謂是政治生活方面對老莊的現實性運用。前輩時賢一般不喜歡把王氏父子的政治革新運動與其老莊之學相互聯繫，其實這個改革是最能夠體現他們父子對老莊有為思想實際改造。王安石又是北宋性命之學的肇端者，影響極大，而其本旨為老莊之學，以天道而貫通性命，與二程等人用仁義貫通性命天道是兩種不同的演進路徑，似而不同。王雱的老莊之學深受其父的影響，不過其天才縱意，在有無之旨以及性命之上都對其父有所超越。

第一節　王安石之《老子》詮解與異見

　　王安石的老莊之學更能夠體現老莊之道的倫理化，其目的在於政治理想的實現。能夠得君行道，恐怕秦朝以後的中國古代社會無出其右者。王安石在進行變法之前深究過孔孟老莊之旨，形成了一套獨特的政治理念，其變法即是其政治理念的展現。

　　一般以為王安石的老莊之學是以道德性命之學解老莊，是以儒解老莊。前半句不差，後半句則過於武斷。王安石的老莊之學是在三教大致平等的基礎上進行注解的。也有人說，王氏的老莊之學是為政治服務的。其實，荊公把老子的無為之治的精神注入到了變法之中，並沒有更多地改變其旨。雖然，我們也不否認安石一定程度上的獨斷。然而，他大概做到了老莊所謂的「公」。

一、「矯弊」論

王安石的「矯弊」論從意旨上把老莊提升至與儒家平等的地位。黃魯直曾經跟他一個精通莊子的好友開玩笑，說他可以到王丞相那個地方謀個一官半職了。笑話歸笑話，卻可以看出來當時老莊所被接受程度之高。並且，王安石以為「無思無為，退藏於密，寂然不動者，中國之老莊，西域之佛也。……超然高蹈，其為有似乎吾之仁義者」（《漣水軍淳化院經藏記》）〔註1〕。蘇軾避而不談莊子詆毀仁義之論，還是沒有辦法消除二者之間的間隙，北宋初期三教或歸於善、或歸於道也主要從會歸的角度拉近三教之間的關係。而王安石以為老莊無為之道近似孔孟仁義，既沒有過於拔高老莊的地位，使之能夠一種接近平等來面對儒家；也沒有過於貶低儒家的仁義，使之能夠獨立於道家之外。這種論調和司馬光的道包仁義，蘇轍的仁義為器的說法有一定的區別，更合乎實際。

並且，最重要的是王安石把老莊思想依據現實政治的需要進行取捨，雖然不離天道思想，卻著重發揮老莊中的性命觀念，他的老莊之學是現實性和功利性的代表。首先，他更關注老子中的「有為」，而不是前代常常被盛讚的「無為」，其言：「聖人之在上而以萬物為己任者，必制四術焉。四術者，禮樂刑政是也，所以成萬物者也。故聖人唯務修其成萬物者，不言其生萬物者。蓋生者尸之於自然，非人力之所得與矣。老子者獨不然，以為涉乎形器者皆不足言也，不足為也。故抵去禮樂刑政，而唯道之稱焉。是不察於理，而務高之過矣。夫道之自然者又何預乎，唯其涉乎形器，是以必待於人之言也，人之為也。其書曰：『三十輻共一轂，當其無，有車之用。』夫轂輻之用固在於車之無用，然工之琢削未嘗及於無者，蓋無出於自然之力，可以無與也。今之治車者知治其轂輻，而未嘗及於無也，然而車以成者，蓋轂輻具則無必為用矣，如其知無為用而不治轂輻，則為車之術固已疏矣。今知無之為車用，無之為天下用，然不知所以為用也，故無之所以為用者，以有轂輻也，無之所以為天下用者，以有禮樂刑政也，如其廢轂輻於車，廢禮樂刑政於天下而坐求其無之為用也，則亦近於愚矣」〔註2〕，有學者以為王安石的

〔註1〕曾棗莊等，全宋文‧第65冊〔M〕，上海：上海辭書出版社、合肥：安徽教育出版社，2006：59。

〔註2〕曾棗莊等，全宋文‧第64冊〔M〕，上海：上海辭書出版社、合肥：安徽教育出版社，2006：357。

這段解釋是為司馬光責其不知老子無為而治而進行的反駁，不過，我們以為這不是王安石的應景之作，更是他注重老莊思想功利化的一個表現。老子思想中「有為」常常被忽略，「無為」則成為主角，而王安石卻以為「有為」才是主角，「禮樂刑政」即是其中之一；天下要想得道，必須以「禮樂刑政」為器用，這是實現無為之治的主要內容。王安石所謂的「禮樂刑政」是以老莊天道為核心的有為，而不是「仁」。他以為「仁」是要歸之於天道，「仁者有所愛，有所親也。惟其有所親愛，則不能無為矣，其下者可知也」〔註3〕，「禮樂刑政」自然也在天道之下，王安石推行「禮樂刑政」的目的還是為了更好地實現無為。所以，王安石指出老子對「有」也是相當重視的，只不過因為老子發現當時的人對「有」之本的「無」多不知，老子在論說時就對「無」更強調，「道一也，而為說有二。所謂二者，何也？有無是也。無則道之本，而所謂妙者也；有則道之末，所謂徼者也。故道之本，出於沖虛杳渺之際；而其末也，散於形名度數之間。是二者，其為道一也。……老子者，知有無之相因，而以為無有者本也，故其言詳於無而略於有。夫無者無可言也，而可以詳言乎」〔註4〕。

後人對老子的「不仁」和「不尚賢」的理解很容易出現偏差，並且容易概念化。王安石以為老子的「不仁」非常合理，自然之中如此，施之於人事也是如此，「其天地之於萬物，當春生夏長之時，如其有仁愛以及之；至於秋冬萬物凋落，非天地之不愛也，物理之常也」〔註5〕。「不尚賢」也應該有尚賢的意思，卻不能像前人所解的那樣，不任賢能，墨子就有這種傾向，「論所謂不尚賢者，聖人之心未嘗欲以賢服天下，而所以天下服者，未嘗不以賢也。群天下之民，役天下之物，而賢之不尚，則何恃而治哉？夫民於襁褓之中而有善之性，不得賢而與之教，則不足以明天下之善。善既明於己，則豈有賢而不服哉？故賢之法度存，猶足以維後世之亂，使之尚於天下，則民其有爭乎？求彼之意，是欲天下之人盡明於善，而不知賢之可尚。雖然，天之於民不如是之齊也，而況尚賢之法廢，則人不必能明天下之善也。噫！彼賢不能

〔註3〕（宋）王安石著，容肇祖輯，王安石老子注輯本〔M〕，北京：中華書局，1979：38。

〔註4〕（宋）王安石著，容肇祖輯，王安石老子注輯本〔M〕，北京：中華書局，1979：2。

〔註5〕（宋）王安石著，容肇祖輯，王安石老子注輯本〔M〕，北京：中華書局，1979：10。

養不賢之弊，孰知夫能使天下中心悅而誠服之賢哉」〔註6〕，王安石非常明白老子的一片苦心，然而在現實之中，天施之於每個人的天性是不齊的，如果不任賢能往往會引起天下大亂，歷史早已有鑒，有些人未必能夠像老莊設想的那樣都歸之於善，還是要在一定程度上發揚賢能的表率作用，而使不善者入於善。其實老子也有以善教不善的意思，卻更強調為教之時的精神境界。王安石此解就稍顯機械，不如蘇轍之通融。

　　王安石解老子的目的之一就是使世人認識老子是如何「有為」的，「有為無所為，無為無不為。聖人為無為，則無不治矣」〔註7〕，可見，王安石對老子的注解既偏重於現實的需要，也是老子應有之意。

二、重「法」輕「德」

　　既然王安石注重老子中的有為思想，就需要用「法」來引導人們向善，而精神境界的修持在王安石看來並不是普羅大眾都能夠達到的，他對修「德」也就沒有那麼熱心了，其《九變而賞罰可言》云：

> 萬物待是而後存者，天也；莫不由是而之焉者，道也；道之在我者，德也；以德愛者，仁也；愛而宜者，義也。仁有先後，義有上下，謂之分；先不擅後，下不侵上，謂之守；形者，物此者也；名者，命此者也。所謂物此者，何也？貴賤親疏，所以表飾之其物不同者是也。所謂命此者，何也？貴賤親疏所以稱號之，其命不同者是也。物此者，貴賤各有容矣，命此者，親疏各有號矣，因親疏貴賤任之，以其所宜為，此之謂因任。因任之以其所宜為矣，放而不察乎，則又將大弛，必原其情，必省其事，此之謂原省。原省明而後可，以辨是非，是非明而後可以施賞罰。故莊周曰：「先明天而道德次之，道德已明而仁義次之，仁義已明而分守次之，分守已明而形名次之，形名已明而因任次之，因任已明而原省次之，原省已明而是非次之，是非已明而賞罰次之。」是說雖微莊周，古之人孰不然？古之言道德所自出而屬之天者，未之有也。堯者聖人之盛也，孔子稱之曰：「惟天惟大，惟堯則之。」此之謂明天；「聰明，文思

〔註6〕（宋）王安石著，容肇祖輯，王安石老子注輯本〔M〕，北京：中華書局，1979：5。

〔註7〕（宋）王安石著，容肇祖輯，王安石老子注輯本〔M〕，北京：中華書局，1979：8。

安安」,此之謂明道德;「允恭克讓」,此之謂明仁義;次九族,列百姓,序萬邦,此之謂明分守;修五禮,同律度量衡,以一天下,此之謂明形名;棄后稷,契司徒,臯陶士,垂共工,此之謂明因任;三載考績,五載一巡狩,此之謂明原省;命舜曰「乃言底可績」,謂禹曰「萬世永賴,時乃功」,「蠢茲有苗,昏迷不恭」,此之謂明是非;「臯陶方祗厥敘,方施象刑,」惟明,此之謂明賞罰。至後世則不然,仰而視之曰:「彼蒼蒼而大者何也?其去吾不知其幾千萬里,是豈能知我何哉?吾為吾之所為而已,安取彼?」於是遂棄道德,離仁義,略分守,慢形名,忽因任,而忘原省,直信吾之是非,而加人以其賞罰。於是天下始大亂,而寡弱者號無告。聖人不作,諸子者伺其閒而出,於是言道德者至於窈冥而不可考,以至世之有為者皆不足以為言。形名者守物誦數,罷苦以至於老而疑道德,彼皆忘其智力之不贍,魁然自以為聖人者此矣,悲夫!莊周曰:「五變而形名可,舉九變而賞罰可言」「語道而非其序,安取道」,善乎其言之也。莊周古之荒唐人也,其於道也蕩而不盡善,聖人者與之遇,必有以約之,約之而不能聽,殆將擯四海之外而不使之疑中國。雖然,其言之若此者,聖人亦不能廢。〔註8〕

這可以看作是王安石推重法治而輕德治的哲學基礎。道德、仁義、分守、形名、因任、原省、是非、賞罰的設定標準來自於天,而不是某個人,「萬物待是而後存者,天也;莫不由是而之焉者,道也。道之在我者德也,以德愛者仁也,愛而宜者義也」。王安石把儒家之仁義歸之於道家之天道,這比其「矯弊」之論要更實際,天地是生養萬物者,由此而產生的行為準則是我們的必由之路,仁義亦由此入。這就與前代仁義的表面化工具化劃開了界限,不但仁義之意需由天道而入之,而且形名之判別、官員的分守亦要由此入,天道可謂治國之本。然而後代君主之治理,「吾為吾之所為而已,安取彼?於是遂棄道德,離仁義,略分守,慢形名,忽因任,而忘原省,直信吾之是非,而加人以其賞罰」,事事皆由己意而行之,是是而非非,以致天下大亂。

王安石重「法」輕「德」也表現在熙寧變法之中。李華瑞以為「王安石變法是中國歷史上士大夫首次運用儒家政治理念重建社會秩序的一次有益嘗

〔註8〕曾棗莊等,全宋文·第64冊〔M〕,上海:上海辭書出版社、合肥:安徽教育出版社,2006:338。

試，他們為實踐『損有餘，補不足』的思想，力圖建立一個較為平等社會的努力。」〔註9〕此中有幾處值得商榷。首先，儒家是不提倡法治而提出德治的；其次，「損有餘，補不足」是老子的思想，而不是儒家的；最後，王安石平等社會的特點更與老莊道家密切相關。老莊的平等指向的不是外在的財物方面，而是指性命這個方面，與《論語》所載孔子所謂「均無貧」的概念不同。人為地均貧富本質上只能調節財富上的差別，當然，這個對現實社會而言也是需要的。而一個人沒有私心是老莊所注意的，而孔子所謂的是「仁」並不能很好地解決這個問題。所以，王安石更想達到的理想社會契合老莊，莊子以為：

　　夫至德之世，同與禽獸居，族與萬物並，惡乎知君子小人哉！

　　同乎無知，其德不離；同乎無欲，是謂素樸；素樸而民性得矣。〔註
10〕（《外篇・馬蹄》）

其中有數層含義，君主是「無為而無不為」的，其不以治理天下為高；賢士各用「無知」以理地方之政而不以為賢；人各安其性，仁義禮義行於中而不其所以然而然，然後才是「損有餘奉不足」，也就是「均平」。陶淵明的「桃花源」也在於性命，「怡然自樂」。王安石更想把這種理想現實化。

　　當然，王安石並不是完全追求老莊式的平等，他還有所保留；他又不是等級制度的突出維護者，反而可以看出很多的反對不平等的意思來。不過，當時的很多人都不理解，更不用說南渡以後了。其中我們熟悉的蘇氏兄弟和司馬光等人批評最力，也最有深度。蘇轍認為：「以錢貸民，使出息二分。本以援救民之困，非為利也。然出納之際，吏緣為奸，雖重法不可禁。錢入民手，雖良民不免非理之費，及其納錢，雖富家不免如違限。則鞭箠必用，自此恐州縣事不勝繁矣。唐劉晏掌國用，未嘗有所假貸，有尤其靳者。晏曰：『民僥得錢，非國之福。吏以法責督，非民之利，使吾雖未嘗假貸，而四方豐凶貴賤，知之不逾時，有賤必糴，有貴必糶。故自掌利柄以來，四方無甚貴甚賤之病，又何必貸也。』晏之所言則漢常平之法矣，今此法見在，而患不修舉，公誠有意於民，舉而行之，劉晏之功可立俟也」〔註11〕，蘇轍肯定了荊公此法非為利而行，這也是蘇轍的高明之處，更值得我們向荊公致敬。

〔註 9〕李華瑞，王安石變法的再思考〔J〕，河北學刊，2008（5）：70～73。
〔註10〕（晉）郭象注、（唐）成玄英疏，南華真經注疏〔M〕，北京：中華書局，1998：196。
〔註11〕（元）脫脫等，宋史〔M〕，北京：中華書局，1977：4280～4281。

荊公用青苗法而不行常平法之原因當在於追求人與人之間的平等,即損有餘而奉不足〔註12〕。如果按照劉宴之常平法,「豐則貴取,饑則賤與,率諸州米,嘗儲三百萬斛」,則富依然是富,貧依然是貧,難以達到其目的。荊公此法之意在對富者有所削弱,而荊公之為,實在是顯「利」而行,把糧食變成了錢,實物變成了貨幣,就極易使窮者益窮富者破產,而官吏中飽私囊。蘇轍以為王安石之變法本是向著平等而來,卻又違背了老子「不見可欲」的天道思想,並且擴大了貧富差距。可見,在貨幣化的同時如何做到「不見可欲」,實在是老莊無欲思想對王安石們的考驗。蘇軾則以為:

> 儋耳進士黎子雲言,城北十五里許有唐村莊,民之老曰允從者年七十餘。問子雲言:「宰相何苦以青苗久困我,於官有益乎?」子雲言:「官患民貧富不均,富者逐什一益富,貧者取倍稱至鬻田質口不能償,故為是法以均之。」允從笑曰:「貧富之不齊自古已然,雖天公不能齊也,子欲齊之乎?民之有貧富,由器用之有厚薄也,子欲磨其厚等其薄厚者,未動而薄者先穴。」〔註13〕

貧富不均的現象自古以固存,自有其存在的道理,不明其中之道,而率以己意改之,即便本意是善的,也會產生相反的結果。蘇軾的看法與蘇轍顯為不同,原因在於莊子「齊物」思想與老子「無為」思想的差異,這不是本文此處能夠詳論的,且從略。

而司馬光以為王安石之為政有違孟子與老子兩位聖賢之意,司馬光和王安石原來的交好也是因為對二賢思想的認同,其云:「老子曰:『天下神器,不可為也。為者敗之,執者失之。』又曰:『我無為而民自化,我好靜而民自正,我無事而民自富,我無欲而民自樸。』又曰:『治大國若烹小鮮。』今介甫為政盡變更祖宗舊法。先者後之,上者下之,右者左之,成者毀之。砣砣焉窮日力,繼之以夜而不得息,使上自朝廷下及田野,內起京師外周四海,士吏兵農工商僧道,無一人得襲故而守常者,紛紛擾擾,莫安其居。此豈老氏之志乎」〔註14〕,司馬光以老子之「無為而無不為」責其更張過度,使朝廷上下無守其常。

〔註12〕 按:老子的「損有餘而補不足」依「天道」,由性而行,寡有私心;孔子的「均無貧」則有維護社會穩定之意,稍有私心。
〔註13〕 全宋筆記・第一編・九〔M〕,鄭州:大象出版社,2003:36~37。
〔註14〕 道藏・第13冊〔M〕,北京:文物出版社、上海:上海書店、天津:天津古籍出版社,1988:261。

　　從這些爭議來看，他們都是站在國家治理的角度進行批評的，並且他們都是以老莊之論進行批評，可見，王氏變法與老莊思想暌違與否是他們爭論的焦點所在。而以筆者來看，王氏變法大致不離老莊有為之旨，試論如下。首先，王安石〔註15〕是在為「天下理財」，「因天下之力以生天下之財，取天下之財以供天下之費。自古治世未嘗以不足為天下之公患也，患在治財無其道爾」〔註16〕，這是其變法的宗旨，與開源節流厲行節約之策不同。「因天下之力以生天下之財，取天下之財以供天下之費」，是取之於天下而用之於天下，王安石並無私心，與儒家思想中的「普天之下，莫非王土」家天下的觀念不同，雖然王安石舉著復古的旗號，實際上卻暗含著老莊思想。君主是天下之財力的管理者，而非擁有者；君主是以道治理天下，而非以德。其次，王安石並沒有均貧富。莊子並不以為每個人的人生目標是相同的，可能飛九萬里亦可南為，可能飛到樹頂就已經到了其極致，依自我性之向的道而行，達到即可，不要與他人較高下。不以均等的準則行事即是老莊教化的表面表現。其青苗、市易、助役等法皆有息，這個息貧富有差，土地之稅亦有等差。並且這個息是上繳國庫，由三司條例司統一管理的，官員俸祿、邊防修護、對外作戰等皆由此出。管理者、作戰者等是沒有精力和時間耕作的，即便耕作，也非其主要職責所在。所以，耕作者、商貿者力於耕田和貿易，並繳納一定的費用以供管理者日常生活之資，作戰者衣食所需。這大概可以看作是各盡其用的一種表現吧。第三，他意在使農村實現一種近似小國寡民的生活狀態，

〔註15〕據《宋史》其所行新法如下：青苗法者，以常平糴本作青苗錢，散與人戶令出息二分，春散秋斂。均輸法者，以發運之職改為均輸，假以錢貨，凡上供之物，皆得徙貴就賤，用近易遠，預知在京倉庫所當辦者，得以便宜蓄買。保甲之法，籍鄉村之民二丁取一，十家為保，保丁皆授以弓弩，教之戰陣。免役之法，據家貲高下，各令出錢，顧人充役下，至單丁女戶，本來無役者，亦一概輸錢，謂之助役錢。市易之法，聽人賒貸縣官財，貨以田宅或金帛為抵，當出息十分之二，過期不輸息，外每月更加罰錢百分之二。保馬之法，凡五路義保願養馬者，戶一匹以監牧見馬給之，或官與其直使自市，歲一閱其肥瘠，死病者補償。方田之法，以東西南北各千步，當四十一頃六十六畝，一百六十步為一方，歲以九月令佐分地，計量驗地土肥瘠，定其色號，分為五等，以地之等均定稅數。又有免行錢者，約京師百物諸行利入厚薄，皆令納錢與免行戶祗應，自是四方爭言農田水利，古陂廢堰悉務興復，又令民封狀增價以買坊場，又增茶鹽之額，又設措置河北糴使司，廣積糧穀於臨流州縣以備饋運。

〔註16〕（宋）李燾，續資治通鑒長編〔M〕，上海：上海古籍出版社，1986：1730。

此於保甲法最可見：每兩戶出一個壯丁，十戶為一保，並教民作戰，這既保
證了兵源，且有素質，其中亦可見荊公的慈愛之心，如老子所謂的以慈衛之。
而王雱所謂的「民自足於性分之內，則無遠遊、交戰之患」〔註17〕是對人性
的極大尊重，在此基礎之上社會才可能趨向穩定，王雱此旨與保甲法相通。
此法甚好，溫公上臺以後亦未去之。最後，隨時為作戰做好準備，老子言「佳
兵者，不詳之器」，並不是否認全面妥協，棄國家安危於不顧。神宗以前多有
持不備戰之思者，且的確很少準備，蘇軾在任官徐州等地的時候就對邊防建
設多有建議，可見當時之不預之態勢。王安石則對老子不佳兵的理念深有體
會，一方面準備好作戰的糧食和兵力，另一方面鞏固邊防，該打就打，絕不
手軟。溫公批評王安石對外重新燃起戰火，陷國家於危機之中，其上臺以後
毀邊防，拱手出讓王安石執政時期所攻打下來的領土。北宋之亡，溫公的責
任未必很小。可見，荊公的變法本身決非亡國之法，反而是在經濟、政治、軍
事等方面都極為有利。不過，其變法過於急於求成，推行得過於迅猛，所謂
欲速則不達，也有失老子生養萬物的稼穡之旨。史載神宗熙寧七年「天下久
旱，饑民流離」的慘狀也就在所難免，這卻又不是王安石的個人悲劇。當我
們的心目和現實中不免「聖人」觀念之時，便無法解悟老莊孔孟之旨，北宋
士人深究性命尚差一間。這一方面蘇軾也曾批評過他。

　　生活中的王安石也可以反觀其變法的宗旨所在。蘇洵批評王安石這個問題
鄧廣銘等人已有辯駁其偽，應是後人的偽作，其中夾雜著亡國之痛，大致應為
南渡前後的作品。我們卻又可以於此作之中感受到王安石率性而為兼融儒道的
個人風采，「今有人口誦孔老之言，身履夷齊之行，收召好名之士不得志之人，
相與造作，言語私立名字。以為顏淵孟軻復出，而陰賊險狠，與人異趣，是王
衍、盧杞合而為一人也，其禍豈可勝言哉。夫面垢不忘洗衣，垢不忘瀚，此人
之至情也。今也不然，衣臣虜之衣，食犬彘之食，囚首喪面，而談詩書，此豈
其情也哉？凡事之不近人情者，鮮不為大奸慝，豎刁、易牙、開方是也。以蓋
世之名而濟其未形之患，雖有願治之主好賢之相，猶將舉而用之，則其為天下
患必然而無疑者」〔註18〕，不過，這個影響過於深刻，又因為近時政治運動中

〔註17〕道藏・第 13 冊〔M〕，北京：文物出版社、上海：上海書店、天津：天津古
　　　　籍出版社，1988：103。
〔註18〕曾棗莊等，全宋文・第 43 冊〔M〕，上海：上海辭書出版社、合肥：安徽教
　　　　育出版社，2006：157。

對其的表彰同時加重我們對他的反感，真實客觀的王安石往往難以呈現。王安石的生活中多能找到老莊的影子，其在衣飾、行為之中怪誕、蕩而不返的表現確實不怎麼討人喜歡，葉夢得《石林燕語》云：「王荊公性不善緣飾，經歲不洗沐。衣服雖敝，亦不浣濯。與吳沖卿同為群牧判官，韓持國在館中，三數人尤厚善，無日不過從。因相約每一兩月即相率洗沐定力院，家各更出新衣為荊公番。號拆洗王介甫。云出浴見新衣輒服之，亦不問所從來也」〔註19〕，《邵氏聞見錄》云：「仁宗朝王安石為知制誥。一日賞花釣魚宴內侍，各以金楪盛釣餌藥置几上。安石食之盡，明日帝謂宰輔曰：『王安石，詐人也。使誤食釣餌一粒則止矣，食之盡，不情也。』帝不樂之。後安石自著日錄，厭薄祖宗於仁宗尤甚，每稱漢武帝，其心薄仁宗也。故一時大臣富弼、韓琦、文彥博皆為其詆毀云」〔註20〕，這樣說肯定是欲加之罪何患無辭，仁宗的確有不對的地方，王安石在《百年無事劄子》毫不隱晦，也可見其心之公。王安石更有魏晉老莊之風，這種風氣也對變法有一定的影響——無所顧忌，蔑視一切成法，從性而行。

第二節　王雱之《莊子》新傳與新說

　　王安石真可謂是以「道德性命」實踐老莊的開創者，其影響不可不謂之不巨。王雱老莊之學與其父關係密切，卻又是同中有異。王雱注《莊子》為新傳，《老子》亦然。

　　王雱對老莊之道的認識是融通的，批評之語極少。其言「至德之世，父子相親而足，今更生仁義，則名實交糾，得失紛然，民性亂矣。蓋盛於末者，本必衰，天之道也。孝慈，仁義之本也。或曰：『孔孟明堯舜之道，專以仁義，而子以老氏為正，何如？』曰：『夏以出生為功，而秋以收斂為德。一則使之，榮華而去本；一則使之，雕悴而反根。道，歲也；聖人，時也。明乎道，則孔老相為終始矣」〔註21〕，更是把老子之道為根本，孔孟為榮華，二者相為終始，不可偏廢，這在儒道融合的基礎之上又提升了一步。雖稍有過高之嫌，更可見其對老莊的喜歡。

〔註19〕（宋）葉夢得，石林燕語〔M〕，北京：中華書局，1984：154。

〔註20〕（宋）邵伯溫撰，李劍雄、劉德權點校，邵氏聞見錄〔M〕，北京：中華書局，1983：13。

〔註21〕道藏第13冊〔M〕，北京：文物出版社、上海：上海書店、天津：天津古籍出版社，1988：27。

　　王元澤的老莊思想大致與荊公的「無對」思想聯繫緊密，他的主要觀點是「有無合一」。王雱以為「有無同體，始母之言，亦筌蹄也。且天地雖大，而受命成形，未離有無，而此獨言萬物之母，然則老氏之言姑盡性而已」〔註22〕，其「有無合一」之論表現為以下幾點：

　　（一）有無是一體的，他們同出於道，為道之筌蹄者，老子言有無並不是道之外別有「有無」，而是為了說明道之於天地萬物亦有亦無、非有非無的特點；有無不是有無，有無亦是有無，道為其根本，這種看法為其高見，接近於有無為道象之論。後世承繼者不多，南宋黃茂材「真有」之論可參見之，這也有助於我們理解老莊之間思想的承繼。

　　（二）王雱所言「有無之不相代，無即真有，有即實無」是建立在第一層意思之上的，他並不是說有無之間根本沒有區別，而是說有無都是老子論述道所構之象，在道象這個層面上二者毫無二致。

　　（三）雖然有無在道象之層面無別，然而在對道的表現上來看「無」要比「有」更精到，「自學者記，則不如無之精」，他們都是達道之方，無卻更亦通達之。

　　然而，王雱的老莊之學與安石也有相異之處，如「盡性」之論。王雱以為「有生曰性，性秉於命，命者在生之先，道之全體也。《易》曰：『窮理盡性以至於命。』觀復，窮理也；歸根，盡性也。覆命至於命也，極矣，而不離於性也」〔註23〕，命是道的全體，在萬物生之初就已經存在，萬物之性是承命而有的，從萬物之性可以觀照到命之所在，性就在命中，覆命則到達了人生修持的極致。而王安石以為：「為學者，窮理也。為道者，盡性也。性在物謂之理，則天下之理無不得，故曰日益。天下之理，宜存之於無，故曰日損。窮理盡性必至於覆命，故損之又損之以至於無為者，覆命也。然命不亟復也，必之於消之復之，然後至於命，故曰損之又損之以至於無為」〔註24〕，為學與為道是相通的，盡物之性則可以明白天下之理，每明白一處理則每天向道前進了一步，而悟得的理又最好存之於無，所以，又要損之，損之又損以至於無為，則可謂

〔註22〕道藏第 13 冊〔M〕，北京：文物出版社、上海：上海書店、天津：天津古籍出版社，1988：4。

〔註23〕道藏第 13 冊〔M〕，北京：文物出版社、上海：上海書店、天津：天津古籍出版社，1988：24。

〔註24〕（宋）王安石著，容肇祖輯，王安石老子注輯本〔M〕，北京：中華書局，1979：4。

之覆命了；然而上之所言又是一個反覆而持久的過程，益而後損，才能夠明白命是什麼。王安石之覆命乃是為道的手段，修道的目的就是要格盡萬物之性，而王雱則是把命同體於道，指明性與道之間的關係，覆命也就是達道，王安石之解更接近老子之旨。並且，荊公有意把「理」與道相區分，如「物理」：「且聖人之於百姓，以仁義及天下，如其仁愛。及乎人事有始終之序，有生死之變，此物理之常也。此亦物理之常，非聖人之所固為也。此非前愛而後忍，蓋理之適焉耳」〔註25〕，「夫美者，惡之對；善者，不善之反，此物理之常。惟聖人乃無對於萬物。自非聖人之所為，皆有對矣」〔註26〕，這個「物理」相互之間概念不統一，「仁義」之「理」接近於道，美惡相對之「理」又與道不類。再如「性在物謂之理」之「天下之理」又要歸之於無，與道、命等概念不相通融。而王雱之「盡性」：「歸根，盡性也」，與道、命是融為一體的，性是秉承於命的，命又是道的全體。王雱以為「盡性」與「復性」、「覆命」相類，聖人之為無為之為就在於使萬物明得性命之本，從而使散錯之天下歸之於樸，之於人亦如此，「萬物並作，聖人各盡其性」〔註27〕，「為無為，非無為也，為在於無為而已，期於復性故也」〔註28〕，「學道歸乎復性，復性歸乎體神」〔註29〕，「虛靜則明，明則見理，見理非有以為，將觀復性之情也」〔註30〕，王雱的解釋更貼近老莊之旨，卻有點不著邊際，使人不知從何處下手，王安石則注重實際中得道的方法，雖聽起來沒有那麼玄乎，卻使人可以漸入佳境。

　　王雱以為「復性」之於個體非常重要。其要在「忘物」，「物之於物，則為物用；物物而不物於物，則用物而物莫能用。而貴求食於母，不外逐物而取養於道。道者，萬物之母。孔德之容，唯道是從，道之在我之謂德，德至則與

〔註25〕（宋）王安石著，容肇祖輯，王安石老子注輯本〔M〕，北京：中華書局，1979：9。

〔註26〕（宋）王安石著，容肇祖輯，王安石老子注輯本〔M〕，北京：中華書局，1979：4。

〔註27〕道藏・第13冊〔M〕，北京：文物出版社、上海：上海書店、天津：天津古籍出版社，1988：6。

〔註28〕道藏・第13冊〔M〕，北京：文物出版社、上海：上海書店、天津：天津古籍出版社，1988：7。

〔註29〕道藏・第13冊〔M〕，北京：文物出版社、上海：上海書店、天津：天津古籍出版社，1988：14。

〔註30〕道藏・第13冊〔M〕，北京：文物出版社、上海：上海書店、天津：天津古籍出版社，1988：23。

道為一；道不可容，因德而顯，德者無我，從道而已。」〔註31〕「忘物」也就是「忘我」，「唯沖虛不實，無心於物，物慾有之而不得，而況能與之爭乎，此篇（《夫唯不爭》篇）之義，要在忘我」〔註32〕，「曲者虛己而應理，緣物為變，而不與物逆，凡上諸說，要在於是，全而歸諸，庖丁善刀而藏之之意竊原此篇。」〔註33〕「忘我」並不是忘記了自己的存在，而是重新發現自性之「我」，這個「我」是與道相通的，「內外兩境，雖真偽不侔，貴賤懸絕而常更相為輕重，不可不察者也。失性之人，忘其不貲之有而貪逐外物，攬無窮自以為得，而不知所取者塵穢臭腐，非可蓄之物，而所耗失沉陷者，乃吾之所以為我者。」〔註34〕聖人之為國即在於使人各安其性分之適，「聖人所謂無為無執者，故未至於釋然都忘也。但不於性分之外更生一切耳，且民飽食暖衣，性所不免，欲此而已，不為有欲。而離性之後，更貴難得之貨，此乃愚人迷妄失本已遠故也。故聖人常欲不欲，以捄其迷而反之性」〔註35〕，衣食住行應有之物，不為有欲，難得之貨之求，是為欲，不欲此欲，乃可反性之本。這個解釋雖然沒有蘇轍之解更接近老子本意，卻指明荀子所謂性惡論的謬誤所在，難得之貨之欲須禁之，一般的欲望還是不可全部禁絕，楊雄、王通、韓愈之關於性善惡的爭論可以休矣，其中兼有孔子之意。

第三節　王安石詩文之老莊底蘊

王安石需要老莊在政治上面幫助他們更好地改革，也需要以之在生活中調試心靈。王安石的文學倍受歐陽修等人的稱讚，詩文創作的成就很高。在王安石的詩文之中，有著一種博大的胸懷，又有理想難以達成的退隱之心，老莊是其詩文底蘊之所在。

〔註31〕道藏・第 13 冊〔M〕，北京：文物出版社、上海：上海書店、天津：天津古籍出版社，1988：33。

〔註32〕道藏・第 13 冊〔M〕，北京：文物出版社、上海：上海書店、天津：天津古籍出版社，1988：33。

〔註33〕藏・第 13 冊〔M〕，北京：文物出版社、上海：上海書店、天津：天津古籍出版社，1988：33。

〔註34〕道藏・第 13 冊〔M〕，北京：文物出版社、上海：上海書店、天津：天津古籍出版社，1988：62～63。

〔註35〕道藏・第 13 冊〔M〕，北京：文物出版社、上海：上海書店、天津：天津古籍出版社，1988：88。

一、理性精神，博大胸懷

熙寧元年以前，王安石的詩文惆悵之中略帶飄逸：

> 無營固無尤，多與亦多悔。物隨擾擾集，道與翛然會。墨翟真
> 自苦，莊周吾所愛。萬物莫足歸，此言猶有在。〔註36〕（《無營》）

> 忘心乃得道，道不去紛華。近跡以觀之，堯舜亦泥沙。莊周謂
> 如此，而世以為誇。〔註37〕（《雜詠八首》其一）

> 紛然各所遇，悲喜孰優劣。君方感莊周，浩蕩擺羈緤。〔註38〕
> （《酬沖卿月晦夜有感》）

《無營》描述了對外物與我關係的感悟，堅守困苦固然無責難，而物慾過重則有後悔之虞，然而隨著生活的深入不可避免地受到外物的困擾；習道可以使人悠然地生活其中，墨翟之自苦不可學，最愛的是莊子與萬物為一又不擾於萬物的態度。《雜詠八首》關注道與跡的問題，萬物與我為一體，九州島與我為一家，忘掉自我的機心或者說私心才可以得道，得道則與萬物為一、天下為一家；陶鑄堯舜只是看到了堯舜的行道之跡，而不知道堯舜的道是什麼，跡其跡則無法至聖，莊子所言乃為至理，後人卻以為他在誇誇其談。《酬沖卿月晦夜有感》則言當一個人面對人生之中紛至沓來的憂喜之時，到底該如何衡量一件事的優劣呢，自當以莊子悲喜在我不在他人的態度對待之，心中有道，何可以換之。可見王安石對老莊是一見傾心的。

然而如何處世，王安石還是有些惆悵的，「丈夫出處非無意，猿鶴從來不自知」〔註39〕，他對老莊思想的改造也就不可避免了。王介對於王安石先隱不仕而又應召進京感到很不解，「草廬三顧動幽蟄，蕙帳一空生曉寒」〔註40〕，極盡諷刺之語。杜鎬、王嗣宗等人對種放之出處多有諷刺，安石雖不像種放那樣，卻又有隱居邀名之嫌，用孔子的出處隨時恐怕也無法釋疑。其實他是在出處之間徘徊，《明妃曲》〔註41〕已經表明了他這種心跡，「歸來亦置酒，玉指調弦撥。獨我坐無為，青燈對明滅」，月夜獨坐，對燈明滅，心有隱憂，不知何為。他最終應神宗之召而進京，並沒有把出處看作二者必選其一的矛

〔註36〕傅璇琮等，全宋詩〔M〕，北京：北京大學出版社，1992：6494。
〔註37〕傅璇琮等，全宋詩〔M〕，北京：北京大學出版社，1992：6500。
〔註38〕傅璇琮等，全宋詩〔M〕，北京：北京大學出版社，1992：6553。
〔註39〕（宋）蔡正孫，詩林廣記〔M〕，北京：中華書局 1982：210。
〔註40〕（宋）蔡正孫，詩林廣記〔M〕，北京：中華書局 1982：210。
〔註41〕傅璇琮等，全宋詩〔M〕，北京：北京大學出版社，1992：6503。

盾看待，而是隨勢以心意為行，可見老莊的改造。他的詩中由此而有飄逸之態，「巫山高，偃薄江水之滔滔。水於天下實至險，山亦起伏為波濤」，愛巫山的飄逸，「春色惱人眠不得，月移花影上欄杆。」

　　《明妃曲》很能表現王安石執政以前對為政與處世的態度，關於《明妃曲》的繫年，高克勤以為作於嘉祐元年。此詩在後代的爭議很大。黃庭堅、胡仔持肯定的態度，蔡正孫持兩可的態度，趙與時、王士禎等持否定的態度。後代否定者不否定其文學價值，主要是說其心可誅，無忠君之思，所持之論調與朱熹相類。如趙與時在《賓退錄》中對王安石所稱「深胡」之事大加苛責，以為王安石與那些「背君父之恩，投拜而為盜賊者」臭味相投，並引誘了僭越之心，是「壞天下人心者」〔註42〕，這種評論與當時的社會環境關係很大，並不是要否定王安石。而王士禎的批評也主要在於其「狠戾之性」〔註43〕，大概也是站在理學的立場進行否定的。而肯定的主要看中的是其藝術價值，對其道德思想未做品評，如黃庭堅以為「詞意深盡」〔註44〕，胡仔謂其「辭格超逸〔註45〕」。黃氏的評論深得其心，而王回與黃庭堅相與辯論，認為其無忠孝之心。可見此作在後世的爭議極大。

　　其實，從事理上來判斷的話，荊公大致也不錯。孔子以為「忠」是與君禮相輔相成的，並不是如王回和趙與時所言那樣「忠」是沒有條件的。從歷史來看，漢帝對明妃之為無禮，說明他並不知賢能者為何，更不用說任用賢能者。這個意思恐怕很多人都清楚，只不過沒有人敢於明說。另外，王安石詩中還有一個細節刻畫，「一去心知更不歸，可憐著盡漢宮衣。寄聲欲問塞南事，只有年年鴻雁飛」〔註46〕，她在剛去胡地的那幾年裏，並不是盡去臣心，而是每天都穿著漢服，她心裏也知道這一去再也不會回去了，然而還時時盼望著可以回去，等著消息。然而漢帝雖然很後悔，卻從來沒有想著把她召回去，而是希望用她來換取暫時的苟且。據歷史記載，昭君和親三年以後，單于死了，昭君上書希望回國，成帝並未應允，而是希望她從胡俗。這是漢帝

〔註42〕（宋）趙與時，齊志平點校，賓退錄〔M〕，上海：上海古籍出版社，1983：15。

〔註43〕（清）王士禎，湛之點校，香祖堂筆記〔M〕，上海：上海古籍出版社，1982：235。

〔註44〕（宋）蔡正孫，詩林廣記〔M〕，北京：中華書局 1982：190。

〔註45〕（宋）胡仔，苕溪漁隱叢話〔M〕，北京：人民文學出版社，1962：167。

〔註46〕傅璇琮等，全宋詩〔M〕，北京：北京大學出版社，1992：6503。

的又一次無禮。所以，荊公感歎「人生失意無南北」──歷史上有太多這樣的故事，阿嬌不也是遭了冷落，而託司馬相如作《長門賦》一訴衷情嗎？下首寫胡人卻對她非常有禮，漢庭的失意與胡庭的得遇，使其心逐漸歡快起來。安石所寫，顯然別有所寄。第一，昭君的不遇是成帝的不識人才造成的。在君臣關係上孔子還是不如莊子看得透徹。在莊子看來，臣之事君是無法逃脫的，而君主把臣子當作消災避難的「神龜」，孔子所謂的任用賢能也逃不脫此意，君主與臣子的關係在現實的社會中是不應該存在的，王安石在《桃源行》這首詩中言「雖有父子無君臣」，大概也是此意。歐陽修沒有王安石這麼明瞭，「絕色天下無，一失難再得。雖能殺畫工，於事竟何益。耳目所及尚如此，萬里安能制夷狄。」〔註 47〕他省去了昭君再告成帝而不允歸之事，只是稍稍影射了一下宋君對夏遼的無作為。所以，安石對老莊福禍之論很是佩服，且終生守之。另一方面，安石又以為生當為賢者。從對昭君的刻畫來看，我們能感覺出來荊公對昭君的讚賞，「低徊顧影無顏色，尚得君王不自持」，漢代和親的那麼多，讓人們歎息的只有王昭君。莊子看得那麼透，卻從未勸世人頹廢，而是勉勵世人修身等待時機，神人、聖人、至人是其稱許之人。王安石也是立志成為超越孟子的一類賢者。「凌寒獨自開」、「為有暗香來」的不懈追求，「夫人慕於賢者，為其所樂與天下之志同而不失，然後能有餘而使皆得其願」〔註 48〕的理想，「自古明德之士，不得行其道以及斯世，則將效其智以澤當時，非所以內交要譽也。亦曰士而獨善其身，不得以謂之士也」〔註 49〕的道德處世，此為安石之賢者，與莊子所言相通。莊子在君主之處愛惜其身，卻未嘗不懷有救世的理想而竭盡其力，其所言「漢恩自淺胡自深，人生樂在相知心」也當作如是解。

二、無為之志，白首猶壯

王安石對百姓的關懷可謂是同時代的翹楚。孔子對百姓的關心是從國家穩定的角度考慮的，老子的關注點則是在「道誇」之人，百姓不但要歸於淳樸，

〔註 47〕（宋）歐陽修，洪本健校箋，歐陽修詩文集校箋〔M〕，上海：上海古籍出版社，2009：231。

〔註 48〕曾棗莊等，全宋文第 65 冊〔M〕，上海：上海辭書出版社、合肥：安徽教育出版社，2006：57。

〔註 49〕曾棗莊等，全宋文第 65 冊〔M〕，上海：上海辭書出版社、合肥：安徽教育出版社，2006：57。

官吏也是一樣，王安石恐怕要離老子近些。他對當時豐年之下百姓尤貧的現象很憤慨，北宋君主太苟且一時的安穩了，「今年大旱千里赤，州縣仍催給河役。老少相攜來就南，南人豐年自無食。悲愁白日天地昏，路傍過者無顏色。汝生不及正觀中，斗粟數歲無兵戎」〔註50〕，有人評曰「傷今思古之義具焉」〔註51〕，北宋政府連年向西夏、遼國納貢，即便是豐年百姓也不得食。外患如此，一般的官吏對百姓又極為苛刻，而使百姓生活困頓，「利孔至百出，小人私闌開。有司與之爭，民俞可憐哉」〔註52〕，官吏奸私，「聊向村家問風俗：如何勤苦尚凶饑」〔註53〕，「只向貧家促機杼，幾家能有一絇絲」〔註54〕。人心之壞，欲壑難填，管鮑之交不見，北宋士人以道德性命解老莊也可以反觀人心之壞已經到了哪種地步。王安石對百姓的關心是表現在實際的行動之中，而不是像前代詩人那樣只是在諷喻，這在他的變法之中多可顯現。

　　北宋時期，當政而知退者，俯拾皆是，能夠說到做到的卻很少，王安石是其中的一個。他不眷戀權位，其當政的目的是救世，而不是名利。據《西清詩話》記載，「元祐間，東坡奉祠西太一，見公舊題：『楊柳鳴蜩綠暗，荷花落日紅酣。三十六陂春水，白頭想見江南。』注目久之，曰：『此老野狐精也。』」這首詩作於熙寧元年，前兩句描繪了一幅生機盎然的春夏圖景，綠的葉紅的花，他卻沒有順勢表明其鴻鵠之志，反而轉入歸思，其勇退之心的背後是什麼呢？據高克勤所考，其來京之前還作了一首著名的《泊船瓜洲》，「春風又綠江南岸，明月何時照我還」〔註55〕，這首詩與《西太一宮》詩相較，異文同脈，高氏所考，當是不差。我們以為，王安石大致表現了他所理解的「無為之治」。老子言「功成事遂身退」，卻不是為了避禍而去做隱士，而是百姓日用此道所為之物而不知，王安石說：「夫聖人功既成，名既遂，則身退之者矣。此乃天之道，高者抑之，下者舉之」〔註56〕，其中兼有與道進退的想法。不過，他不是在故意為之，而是順勢而為，此更是在功成之前。王安石在元豐

〔註50〕高克勤，王安石詩詞文選注〔M〕，上海：上海遠東出版社，2013：3。

〔註51〕劉聲木，劉篤齡點校，萇楚齋隨筆續筆三筆四筆五筆〔M〕，北京：中華書局，1998：569。

〔註52〕高克勤，王安石詩詞文選注〔M〕，上海：上海遠東出版社，2013：17。

〔註53〕高克勤，王安石詩詞文選注〔M〕，上海：上海遠東出版社，2013：18。

〔註54〕高克勤，王安石詩詞文選注〔M〕，上海：上海遠東出版社，2013：19。

〔註55〕高克勤，王安石詩詞文選注〔M〕，上海：上海遠東出版社，2013：45。

〔註56〕（宋）王安石，容肇祖輯，王安石老子注輯本〔M〕，北京：中華書局，1979：16。

二年蘇軾落難之時，還曾出手相救，他不是獨善其身的人。如何做到功成呢？
王安石以為，「善教者藏其用，民化上而不知所以教之之源」〔註57〕，善於教
化的當政者，要做到教化百姓而百姓不知教化之所從來；「道以閎大隱密，聖
人之所獨鼓萬物以然，而皆莫知其所以然者」，聖人以道為根本，治理萬物以
成。所以，安石之功成，要像聖人一樣以道治國，化民以成，而民不知其所從
來。范仲淹晚年雖有勇退之意，卻最終沒有成行；歐陽修致仕，蘇軾讚歎有
加，其所謂之勇退與荊公所論當有別。

　　蘇軾與黃庭堅則表達了相異的看法。蘇軾欣賞的是王安石功成以後的田
園生活，「秋早川原淨麗，雨餘風日晴酣。從此歸耕劍外，何人送我池南」〔註
58〕，並對王氏深深懷念，「聞道烏衣巷口，而今煙草淒迷。」黃庭堅生活在黨
爭之中，又以道教徒的生活方式生活，感受到的是人生幻滅，「真是真非安在？
人間北看成南」〔註59〕，不知黃氏之真為何？相較而知，北宋士人功成之旨
當以王公為最高標的。

　　這一時期王氏的詩文風格表現為豪氣，豪氣之餘流露出隱逸之志。王安
石的變法改革從開始就受到了極大的抵制，王安石卻未嘗屈服，反而更加豪
壯，這在他的詩文之中多有表現。對於眾人的反對，「眾人紛紛何足競，是非
吾喜非吾病」〔註60〕，他面對眾人對他變法的懷疑，蘇軾、司馬光他們都持
不同的意見——並沒有懷疑自己，而是更加相信自己。周公四處征戰之時國
內也是流言四起，然而卻不妨礙他是一個聖人，聖人能夠衡量人的美惡，關
鍵在於其內心有美惡的標準。我們常常會提到莊子是一個「眼冷心熱」的人，
老子則可以看作是「眼心俱熱」的人。在老子的時代，其提出「無為」以救
時，上至君主下至百姓，並沒有人欣賞他，「眾人熙熙，如登春臺」，而「我獨
貴食母」，「眾人皆有以，我獨頑似鄙」。我想，世上有大理想、有大抱負而不
被人理解的人多有豪壯之氣，而此氣最盛者當是老子吧。王安石繼承的就是
這種豪氣，「何妨舉世嫌迂闊，故有斯人慰寂寥」，孟子身上的浩然之氣自然
與作者相通，「一時謀議略施行，誰道君王薄賈生」，對於賈誼的評價也就極
為推重。所以，王安石在寫給司馬光的回信中，也充滿了豪氣，「如君實責我

〔註57〕 曾棗莊等，全宋文‧第65冊〔M〕，上海：上海辭書出版社、合肥：安徽教
　　　　育出版社，2006：3。
〔註58〕 傅璇琮等，全宋詩〔M〕，北京：北京大學出版社，1992：1449。
〔註59〕 （宋）蔡正孫，詩林廣記〔M〕，北京：中華書局1982：221。
〔註60〕 高克勤，王安石詩詞文選注〔M〕，上海：上海遠東出版社，2013：39。

以在位久，未能助上大有為，以膏澤斯民，則某知罪矣；如曰今日當一切不事事，守前所為而已，則非某之所敢知。」〔註61〕他絕不想因循守舊而置國家於危殆的境地，「祖宗之法不可畏」，這當然是豪氣。蘇軾的超然備受後人稱讚，而王荊公的豪氣卻只有到近代以後才慢慢被人們接受。不過，反過來看，荊公之豪氣確實有點過頭了，老子在僻處豪壯尚可，治理國家還是要有寬容的胸懷和任用賢能的眼界的。安石之變法切中社會弊端——當時社會人浮於事，宗室之進階無隆殺之階，疆場之守鬆弛，民不富國不強——如果不進行改革，社會的確危險。而其豪氣在四、五的時間裏也漸漸消磨殆盡，熙寧五年以後，詩歌開始大量出現隱逸之思，「黃塵投老倦匆匆，故繞盆池種水紅。落日欹眠何所憶，江湖秋夢櫓聲中」〔註62〕，他感覺自己一腔為國的熱情到現在還不被人理解，還不如歸鄉隱居。歐陽修大概也是在此種情況之下有隱逸之思的。

三、隱居恬淡，物我之間

　　熙寧七年，在天旱、鄭俠上流民圖、太后怨之等多重原因之下，王安石被迫罷相。這次罷相併沒有給新法造成太大的影響，次年安石即復相。不過，九年，王安石再次被罷相，這次罷相意義則不同於上次——神宗已經厭煩了王安石。李燾在《續資治通鑒長編》中引用呂本中之雜說：「王安石再相，上意頗厭之，事多不從。安石對所厚歎曰：『只從得五分時也得也。』安石嘗進呈陳襄除龍圖閣直學士，呂嘉問集賢院學士、河北路都轉運使。上曰：『陳襄甚好，嘉問更候少時。』居半月，再以前議，上回頭久之，卻顧安石曰：『聞相公欲去多時。』安石倉皇對曰：『欲去久矣，陛下堅留，所以不敢遂去。』既下殿，即還家乞去。其狎吳安持往見之，安石問：『今日有何新事？』安持曰：『適聞有旨，未得閉汴口。』安石曰：『是欲我去也。』數日遂罷。王安石既去，嘉問因對，上問：『曾得安石書否？』嘉問因言：『近亦得安石書，聞陛下不許安石久去，亦不敢作安居計。』上曰：『是則為呂惠卿所賣，有何面目復見朕耶？』」〔註63〕可能呂本中所記有一定誇大的成份，不過，王安石復相僅僅一年多的時間就被罷相的確能夠說明神宗已經沒有之前那麼信任王安石

〔註61〕高克勤，王安石詩詞文選注〔M〕，上海：上海遠東出版社，2013：155。
〔註62〕（宋）蔡正孫，詩林廣記〔M〕，北京：中華書局1982：43。
〔註63〕（宋）李燾，續資治通鑒長編〔M〕，上海：上海古籍出版社，1986：2622。

了。關於王、呂二人交惡的原因，高紀春以為惠卿構陷安石數事皆不值得推敲，不管是貶竄王安國之事還是李士寧之獄，都是後人的揣度，真正的原因可能還是在「皆緣國事」，即對於變法的理念發生了分歧。〔註64〕此時王安石面對著三個令人痛心的事情，君主不信任，親密的政治助手異議，子殤。王安石如何面對這些痛苦呢？從後期所作詩文可以看出王安石心情是逐漸平靜下來。王安石《一日歸行》詩云：「賤貧奔走食與衣，百日奔走一日歸。平生歡意苦不盡，正欲老大相因依。空房蕭瑟施穗帷，青燈半夜哭聲稀。音容想像今何處，地下相逢果是非」〔註65〕，李德身以為此詩作於熙寧九年其子王元澤死之後，而非元豐初，大概為是，且依其言。「平生歡意苦不足」、「地下相逢果是非」，既有悲苦無助之感，也有心緒茫然之惑，人生至此，蓋為悲慨之極。然而，回到江寧以後，他的心緒又變得平靜了，「道人忘我我忘言」，物我兩忘是其調試心態的一個自覺使用的手段。

他對莊子「物化」等理念再次理解，與青年時期不同：

　　　　吾心童稚時，不見一物好。意言有妙理，獨恨知不早。初聞守

善死，頗復各肝腦。中稍歷艱危，悟身非所保。猶然謂俗學，有指

當窮討。晚知童稚心，自足可忘老。〔註66〕（《吾心》）

這首詩描述了初聞孔子「守死善道」苦思冥想不得其解，而後在經歷人生的艱危以後明白自身不是需要特別保護的，年老之時又復得童稚之心，自足於道而長樂的人是不會有憂愁的，可見其經歷艱危之後樂於老莊的情景。為官之時，老莊多為其政治上的考慮，晚年則關乎其性命。一顆童子之心，更接近老莊之道。

荊公吸收莊子的物化思想，更構象以達意，使創作者與物處於一種若即若離的狀態。《苕溪漁隱叢話》所引《藝苑雌黃》云：「介甫善下字，如『荒埭暗雞催月曉，空場老雉挾春驕』。下得『挾』字最好，如孟子『挾貴挾長』之『挾』。予謂介甫又有『紫莧凌風怯，蒼苔挾雨嬌』，陳無已有『寒氣挾霜侵敗絮，賓鴻將子度微明』，其用『挾』字亦與前一聯意同」〔註67〕，作者的感觸

〔註64〕高紀春，關於呂惠卿與王安石關係的幾點考辨〔J〕，河北大學學報（哲學社會科學版），1997（3）：40～45。

〔註65〕傅璇琮等，全宋詩〔M〕，北京：北京大學出版社，1992：6537。

〔註66〕傅璇琮等，全宋詩〔M〕，北京：北京大學出版社，1992：6494。

〔註67〕（宋）胡仔，苕溪漁隱叢話〔M〕，北京：人民文學出版社，1962：183。

巧妙地融入其中，雖然說的是自然事物，卻內蘊作者之思想感情，這表達出了自我的一番感觸，卻很自然。蘇軾《放鶴亭記》云：

> 挹山人而告之曰：「子知隱居之樂乎？雖南面之君，未可與易也。《易》曰：『鳴鶴在陰，其子和之。』《詩》曰：『鶴鳴于九皋，聲聞于天。』蓋其為物，清遠閒放，超然於塵埃之外，故《易》《詩》人以比賢人君子。隱德之士，狎而玩之，宜若有益而無損者；然衛懿公好鶴則亡其國。周公作《酒誥》，衛武公作《抑戒》，以為荒惑敗亂，無若酒者；而劉伶、阮籍之徒，以此全其真而名後世。嗟夫！南面之君，雖清遠閒放如鶴者，猶不得好，好之則亡其國；而山林遁世之士，雖荒惑敗亂如酒者，猶不能為害，而況於鶴乎？由此觀之，其為樂未可以同日而語也。」〔註68〕

「蓋其為物，清遠閒放，超然於塵埃之外」，鶴之「清遠閒放」類於賢人君子之德，所以「隱德之士，狎而玩之，宜若有益而無損者」，君子玩鶴可益增其德。何以如此，乃是鶴的鳴叫之音與君子之清遠閒放相互引發，「我」就是鶴，鶴也是「我」，然而物我之融只在於此，亦有分別之時，飲酒也是如此。蘇軾之作在無意之間，更具自然之美，王安石則稍顯有意。

　　不過，也有人評價荊公用意太深，反不自然。如陸游在《老學庵筆記》中記錄曾幾的一段評論：徐源擬荊公的兩句詩「細數落花因坐久，緩尋芳草得歸遲」，而有所改動，「細落李花那可數，偶行芳草步因遲。」曾先生後來明白徐源改動的原因所在，「淵明之詩，皆適然寓意而不留於物，如『悠然見南山』，東坡所以知其決非望南山也。今雲細數落花，緩尋芳草，留意甚矣，故易之」；他還評論說「荊公多用淵明語而意異，如『柴門雖設要常關。雲尚無心能出岫』。要字能字，皆非淵明本意也。」〔註69〕這段評論以為自然之作當出於有意與無意之間，而不應該過於顯出有意。這樣說的確深得陶潛詩作自然之旨，不過荊公表現的是陶淵明觀物以達道的過程，或者說表現出來達到「悠然見南山」境界之前的體悟過程是怎樣的。「落花」與「我」如何達到相化的程度，落花無意而人有情，我有時是化為落花在飄落，有時又是我自己在看落花。並且，荊公有意顯出這一點，把陶潛的「而」改為「要」，「以」改

〔註68〕孔凡禮點校，蘇軾文集〔M〕，北京：中華書局，1986：360。
〔註69〕（宋）陸游，李劍雄、劉德權點校，老學庵筆記〔M〕，北京：中華書局，1979：50。

為「能」，顯示出其在觀物這一點所下的上下工夫。

元豐三年（1080），呂惠卿寫信給王安石，希望重新舊好，言辭懇切，他非常明白曾經變質的友誼是很難重歸合好的：「然以言乎昔，則一朝之過，不足害平生之歡。以言乎今，則八年之間，亦將隨數化之改。內省涼薄，尚無細故之嫌；仰揆高明，夫何舊惡之念。恭惟觀文特進相公知德之奧，達命之情。親疏置於所同，愛憎融於不有。冰炭之息豁然，倘示於至思；桑榆之收繼此，請圖於改事」〔註70〕，「愛憎融於不有」顯然在用有無合一的理論來溝通王安石的心靈，希望荊公從事理的角度去考慮對往事之憎恨宜當消弭之，不使之長留於心。安石答之曰：「與公同心，以至異意，皆緣國事，豈有他哉？同朝紛紛，公獨助我，則我何憾於公？人或言公，吾無預焉，則公亦何尤於我？趨時便事，則吾不知其說焉；考實論情，公亦宜照於此。開論重悉，覽之悵然。昔之在我，誠無細故之疑；今之在躬，尚何舊惡足念？然公以壯烈，方進為於聖世；而某薾然衰疾，將待盡於山林。趨舍異事，則相呴以濕，不若相忘之愈也」〔註71〕，荊公以為，二人宜相忘於江湖，復求本性而知仁愛之本真，而不用如此相濡以沫，復可見其達觀之情。相忘於江湖，是王安石晚年心態的真實寫照。

〔註70〕（宋）魏泰，李裕民點校，東軒筆錄〔M〕，北京：中華書局，1983：154。
〔註71〕（宋）魏泰，李裕民點校，東軒筆錄〔M〕，北京：中華書局，1983：154。

第七章　北宋理學家、道教徒老莊之學與詩文

　　北宋理學家和道教徒是不相同的兩類人，但是他們卻都出現了相同的傾向，對老莊思想本身極為感興趣。理學家的內在思想依然是儒家傳統思想，或者說更加接近孔孟、《周易》，他們的心性觀念以及仁義禮樂與道法關係的問題對老莊都多有取擇。而道教徒發掘老子天道之旨，且與修身相聯繫，匯通儒道，提高道家道教的地位。所以，他們的詩歌也就具有了一些文學的味道。

第一節　理學家之老莊心性取擇

　　北宋理學家極為巧妙地把天道、理、氣、仁義、性命、君臣、國家、萬物、人等織成了一張網，一切人的倫理道德都與天道發生了聯繫，性命更是其關捩之處。他們所謂的性命有取於老莊而有善惡之別，並與氣互為體用。

一、理學家對心性的取擇

　　我們先來看他們對老莊之道的取擇。張載「氣化論」對莊子的氣生萬物的理論有取捨有否定。道何以生物，張載以為是「氣」，它「太虛無形」，這個「氣」或聚或散，也就形成了外形不同的各種事物；這個「氣」又是「至靜無感」的，是「性」的「淵源」所在，我們對這個「性」的認識可以從與萬物之間的相互感應中體會的到。前之所謂的感應與生成與「無感無形」只有那些「盡性」的人能夠歸之於一，也就是道，張載所謂的「太和」。知道「氣」之

聚散皆是吾體的所在，並不隨著一個人軀體的死而消失，這樣的人是知道性的。如果知道氣就存在於虛空之中，那麼就知道「有無」、「性命」等是相通為一，並無分別的，並能夠推「聚散」、「出入」之而知其本所從來，是深知《易》的人。如果以為「虛能生氣」則入於老氏『有生於無』自然之論，就沒有認識道「有無混一」的道理。如果以為「萬象為太虛中所見之物」，則「陷於浮屠以山河大地為見病之說」。如果不能夠明白虛空與氣混而為一的道理，正是因為那些人只是略知虛空為性的本體，而不知道天道是以用為本的。〔註1〕張載所論，本於老子的「二者同出而異名」以及莊子的「氣生萬物」之說，並把莊子的「氣」論與《中庸》的「性命」之論相貫通，性命與氣混而為一，這個是張載的發展之處。張波《莊子與張載氣論之比較》云張載之氣論「挺立了一個天道性命相貫通的德性世界」，其實，張載氣論之本還是在「道」。所以，張載的「性命」之論還是來取自於老莊。也就是說虛空與氣混而為一，性命與氣混而為一，道又在氣與性命之中，那麼，萬物和人的區別只在於外形的差別，其內在的都是一氣之所化。

而張載卻又把這個氣論進行了改造，因為他實際的核心思想還是上下尊卑之合理性。「生有先後，所以為天序。小大高下相併而相形焉，是謂天秩。天之生物也有序，物之既形也有秩，知序然後經正，知秩然後禮行」〔註2〕，先後高下並不是人為判別的，而是天然的，這一切都是生物者早已規劃好的，所以人不用自怨自艾，生來貧賤或高貴那是命定的。因為天地之生亦如是，「氣塊然太虛，升降飛揚，未嘗止息。《易》所謂『絪縕』，莊生所謂『生物以息相吹，野馬者與。』此虛實動靜之機，陰陽剛柔之始。浮而上者陽之清，降而下者陰之濁。其感遇聚散，為風雨，為雪霜，萬品之流形，山川之融結，糟粕煨燼，無非教也」〔註3〕，天地也是有上下、清濁之分者也。不但如此，人與物也是有別的，人靈於萬物；人亦是有分別的，聖人為上。二程的思想大致也如是，只不過他們說的更深入：

> 仁義禮智信五者，性也。仁者，全體，四者，四支。仁，體也；
>
> 義，宜也；禮，別也；智，知也；信，實也。〔註4〕

〔註1〕（宋）張載，張載集〔M〕，北京：中華書局，1978：7。

〔註2〕（宋）張載，張載集〔M〕，北京：中華書局，1978：19。

〔註3〕（宋）張載，張載集〔M〕，北京：中華書局，1978：8。

〔註4〕（宋）程顥、程頤，二程集〔M〕，北京：中華書局，1981：14。

　　　　人必有仁義之心，然後仁與義之氣睟然達於外。故不得於心，

　　勿求於氣可也。〔註5〕

二程進一步說仁義禮智信都是性，這樣說其實也與老莊有關，因為性與道是
融而為一的，仁義禮智信也是道內應有之義。這一點老莊也是認可的，只不
過二程他們是不會承認的。

　　我們再來看「心性」方面。在北宋理學家的認識裏，心與性是融而為一。
張載認為人的賢愚亦是在生之時就被天道所命定了的：

　　　　性於人無不善，係其善反不善反而已，過天地之化，不善反

　　者也；命於人無不正，係其順與不順而已，行險以僥倖，不順命

　　者也。〔註6〕

　　　　形而後有氣質之性，善反之則天地之性存焉，故氣質之性君子

　　有弗性者焉。〔註7〕

　　　　人之剛柔緩急，有才與不才，氣之偏也。天本參和不偏，養

　　其氣，反之本而不偏，則盡性而天矣。性未成，則善惡混，故亹

　　亹而繼善者斯為善矣，惡盡去則善因以成，故捨曰善而曰「成之

　　者性」〔註8〕

老莊的善惡和性命沒有特定的關係，只是得道與未得道之間的區別，而性命
與道相通。如果說性命是善惡之別，那麼老莊的道也就同樣善惡之別，可見
張載思想的不通達之處。依前之所言張載以為性與天道是混而為一的，那麼
其所謂「天命之性」與「氣質之性」的差別也就不存在。而他們卻認為天命之
性是沒有區別的，而「氣質之性」是偏的，每個人都有義務發現性中之善，反
身而誠，歸之於「天命之性」。他們認為賢愚善惡是命定的，這種不平等是天
生的，可謂愚之至。請大家注意，張載並沒有說歸之於「堯舜」，亦沒有斥之
以「偽」，而是把這個最高最善的「性」歸之於天道，可謂牢籠百態一物無遺，
盡在其掌控之中。他們站在了平等觀念和不平等觀念的十字路口，卻並沒有
超越漢唐諸儒。雖然他們提供了通往平等觀念的可能，即格物致知，卻更矯
飾那個上古原始宗教時期的「上帝」、「天命」之觀念，而歸之為「神主」。

〔註5〕（宋）程顥、程頤，二程集〔M〕，北京：中華書局，1981：70。
〔註6〕（宋）張載，張載集〔M〕，北京：中華書局，1978：22。
〔註7〕（宋）張載，張載集〔M〕，北京：中華書局，1978：23。
〔註8〕（宋）張載，張載集〔M〕，北京：中華書局，1978：23。

　　程子更將孟子「四端」之言向前更進一步，心與性相通，性與天道合一。這樣，仁義禮智這些道德理念化身為道法的體現，人們對四者之遵從不是聽從於某一個人，而是天道自然，這個天道又與老莊之道有著千絲萬縷的聯繫：

　　　　天地之大德曰生，天地絪縕，萬物化醇，生之謂性，萬物之
　　　　生意最可觀。此元者，善之長也，斯所謂仁也，人與天地一物也，
　　　　而人特告子此言是而謂犬之性猶牛之性，牛之性猶犬之性，則非
　　　　也。〔註9〕

　　另外，在二程看來，人性之中善惡也是有區別的，這也同樣來自於天道：

　　　　事有善有惡，皆天理也。天理中物須有美惡，蓋物之不齊，物
　　　　之情也，但當察之，不可自入於惡，流於一物。〔註10〕（明道）

程子以為人之生也，其高下貴賤合乎天理，是不可齊一的，莊子所謂的「齊物」之論不合於天理。這個天理自然不是老莊自然之道，而是經過人為改造過的「道」，其中取擇了老莊之道。然而他們有時候又暗中承認這個齊物之道：

　　　　孟敦夫問：「莊子《齊物論》如何？」曰：「莊子之意，欲齊物理
　　　　耶。物理從來齊，何待莊子而後齊。若齊物形，物形從來不齊，如何
　　　　齊得。此意是莊子見道淺，不奈胸中所得何，遂著此論也。」〔註11〕

他們並不是不懂莊子之旨，只是如果承認，那麼人世間的高低貴賤之別又怎麼歸之於他們所謂的理。明道之論倒是沒有那麼絕對，其答書張載云：「人之情各有所蔽，故不能適道，大率患在於自私而用智。自私則不能以有為為應跡，用智則不能以明覺為自然。今以惡外物之心，而求照無物之地，是反鑒而索照也。《易》曰：『艮其背，不獲其身，行其庭，不見其人。』孟氏亦曰：『所惡於智者為其鑿也。』與其非外而是內，不若內外之兩忘也。兩忘則澄然無事矣。無事則定，定則明，明則尚，何應物之為累哉。」〔註12〕莊子之「兩忘」何嘗不是上之所言「齊物」之論，內外兩忘是聖人，不能兩忘則蔽於性，可見一部分理學家對老莊口非心是的特點。

　　而「關學」與「洛學」都與邵雍之學關係密切，他們相處的時間很長，更有學術之間的交流。

〔註9〕（宋）程顥、程頤，二程集〔M〕，北京：中華書局，1981：120。
〔註10〕（宋）程顥、程頤，二程集〔M〕，北京：中華書局，1981：17。
〔註11〕（宋）程顥、程頤，二程集〔M〕，北京：中華書局，1981：289。
〔註12〕（宋）程顥、程頤，二程集〔M〕，北京：中華書局，1981：461。

　　在邵雍看來，聖人是人之人，「有一人之人，有十人之人，有百人之人，有千人之人，有萬人之人，有億人之人，有兆人之人。為兆人之人，豈非聖乎？是知人也者，物之至者也。聖也者，人之至者也。物之至者始得謂之物之物也，人之至者始得謂之人之人也。夫物之物者，至物之謂也。人之人者，至人之謂也。以一至物而當一至人，則非聖人而何？人謂之不聖，則吾不信也，何哉？謂其能以一心觀萬心，一身觀萬身，一物觀萬物，一世觀萬世者焉。又謂其能以心代天意，口代天言，手代天功，身代天事者焉。又謂其能以上識天時，下盡地理，中盡物情，通照人事者焉。又謂其能以彌綸天地，出入造化，進退古今，表里人物者焉」〔註13〕，人在萬物之上，聖人在萬人之上，聖人是人之至，他們是天道的化身，可以「心代天意，口代天言，手代天功，身代天事者」，又可以「彌綸天地，出入造化，進退古今，表里人物」，其中高下立等可判。孔孟亦未有此意，孔子從不言己為聖人，即便弟子有意言之，孟子只言「人人皆可為堯舜」。可見邵雍對孔孟思想的改造。這種改造除了受到社會環境的影響，也與他們的師承與眼界有關，他們可能不知道他們的思想對後世精神的奴役有多麼嚴重，雖然他們絕無此意。「聖人」觀念可謂之原始宗教「上帝」觀念的遺留，孔孟不言自己為聖人，意在否定這個以上下尊卑觀念為本質的「聖人」觀念，唐宋諸儒倡言道統，卻實實在在地違背了孔孟之道。而釋家言富貴貧賤之因果，其意只在勸善，也無天生不平等之觀念。可知他們在「聖人」這一點是向惡一指，而非向善。學術怎可為政治尋找存在的合法基礎。嗚呼哀哉，怎不令人大歎息！

　　邵雍的性命之論前取擇於老莊之道，後改造於孔孟，結合得還很融洽。邵雍云：「《易》曰：『窮理盡性以至於命。』所以謂之理者，物之理也。所以謂之性者，天之性也。所以謂之命者，處理性者也。所以能處理性者，非道而何？是知道為天地之本，天地為萬物之本。以天地觀萬物，則萬物為萬物，以道觀天地，則天地亦為萬物」，這些論述與老莊沒有區別，只不過換了一種說法。然後他的話鋒一轉而到了聖人，「道之道盡之於天矣，天之道盡之於地矣，天地之道盡之於萬物矣，天地萬物之道盡之於人矣。人能知其天地萬物之道所以盡於人者，然後能盡民也。天之能盡物，則謂之曰昊天。人之能盡民，則謂之曰聖人。謂昊天能異乎萬物，則非所以謂之昊天也。謂聖人能異乎萬民，則非所以謂之聖人也。萬民與萬物同，則聖人固不異乎昊天者矣。

〔註13〕（宋）邵雍，邵雍集〔M〕，北京：中華書局，2010：7。

然則聖人與昊天為一道。聖人與昊天為一道,則萬民與萬物亦可以為一道。一世之萬民與一世之萬物既可以為一道,則萬世之萬民與萬世之萬物亦可以為一道也,明矣。」〔註14〕邵雍以為「道為天地之本,天地為萬物之本」,此論有異於老莊之旨。「母」與「本」意義不同。木:《說文》云「木下為本」,母:「從女,象懷子形」。「本」隱含著上下之意,「母」則重在生成,王弼言「道以無形無名始成萬物,以始以成,而不知其所以」,亦是「母」之意。而邵雍言「道為天地之本,天地為萬物之本」就是在設定一個上下的關係,道為最高,天地次之,萬物次之,所謂的「聖人」、「昊天」、「萬物」、「萬世」暗含著嚴密的上下之意。可見張載、二程的思想與邵雍之間的聯繫。其實在邵雍的詩歌裏對「性命」有另外一種與之不同的表現,在詩歌裏邵雍更接近老莊。

二、邵雍詩文之觀物修身

朱熹說邵雍最像莊子,錢穆以為其詩歌之中見其思想,都可以看出邵雍其人對老莊思想的服膺,邵雍的詩歌也是其思想的表現。邵雍一生不仕而無愧色,流連於山水之中,他一次出遊可能就有半年之多,這種風神確實類似莊子。所以,他的詩歌之中老莊之學不絕如縷,我們隨時都可以在他的詩歌之中發現老莊的影子。邵雍在《觀物外篇》中言莊子與惠子辯知魚之樂「盡己之性,能盡物之性。非魚則然,天下之物則然」〔註15〕,並認為莊子是「善通物」的人。他的詩文與老莊相通之處應在觀物而達道等方面。

邵雍的詩文中沒有太多的彷徨和猶豫,而是非常達觀。這種達觀表現在幾個方面:遠離名利、葆守天真、樂天知命。

邵雍是經過自己一番體悟而甘心隱居的。北宋士人鄙棄名利,但是往往採取吏隱的辦法來處世,生活畢竟不是靠說說就可以過去,莊子鷦鷯巢於深林尚須一枝,其未嘗離於物,雖然也未嘗役於物。而一些隱居的人,內心也有一定名利的渴望。他把名利看得很透徹。「人情大率喜為官,達士何嘗有所牽。解印本非嫌祿薄,掛冠殊不為高年。因通物性興衰理,遂悟天心用捨權。宜放襟懷在清景,吾鄉況有好林泉」〔註16〕,其以為從人的性情來看,很多

〔註14〕 （宋）邵雍,邵雍集〔M〕,北京:中華書局,2010:9~10。
〔註15〕 （宋）邵雍,邵雍集〔M〕,北京:中華書局,2010:163。
〔註16〕 （宋）邵雍,邵雍集〔M〕,北京:中華書局,2010:208。

人是繞不開名利的困擾的，出世為官是非常讓人歡喜的，然而通達之士往往不為名利所牽，致仕的士人並不是因為感覺掙錢少，也不是因為到了衰老的年齡，是因為他們體悟到了萬物之性且明白興衰的道理，從而悟得天地之道用捨之機，他們致仕並不是只是想到林泉之中去養老，而是在此清景之地可以得到人性，使性情不受外在事物的影響。

邵雍對人情與名利之間的關係觀察的非常透徹，卻不悲觀。他的透徹體悟來自於早年進取受挫以及遊歷體悟。早年之時，邵雍也是參加過科舉考試的，不過並沒有成功，並在此時前後逐漸體悟到《周易》、《莊子》的道理所在，從而看透名利。「長憶當年掃弊廬，未嘗三徑草荒蕪。欲為天下屠龍手，肯讀人間非聖書。否泰悟來知進退，乾坤見了識親疏。自從會得環中意，閒氣胸中一點無。投吳走越覓青天，殊不知天在眼前。開眼見時猶有病，舉頭尋處更無緣。顏淵正在如愚日，孟子方當不動年。安得工夫遊寶肆，愛人珠貝重憂錢。買卜稽疑是買疑，病深何藥可能醫。夢中說夢重重妄，床上安林迭迭非。列子御風徒有待，誇夫逐日豈無疲。」〔註17〕邵雍回憶當年守母喪閉門讀書之時，身懷「屠龍」之願。所謂「屠龍」，趙蕤在《儒門經濟長短經》言：「《莊子》曰：『朱泙漫學屠龍於支離益，殫千金，技成無所用其巧。』《文子》曰：『夫治國在仁義禮樂、名法刑賞，過此而往，雖彌綸天地，纏絡萬品，治道之外，非群生所餐挹，聖人措而不言也。』由是觀之，事貴於適時，無貴於遠功，有自來矣」〔註18〕，意即他早年隨李之才所學乃是經綸天地生養萬物的大道，未嘗便於時事，這樣說，稍有自嘲之意。邵雍鑽研此道，自然難為官。邵雍是用莊子的「環中」之旨看透名利的，「環中」也是他學術的核心所在。嘉祐五年，他在五十歲的時候，還在勉勵自己，要堅守隱居的生活，「蘧瑗知非日，宣尼讀易年。人情止於是，天意豈徒然。立事情尤倦，思山興益堅。誰能同此志，相伴老伊川。」〔註19〕在當時的政治環境中倦於名利，未必是對的。

擺脫名利對自我之身的困擾，可以葆守一份天真的心。老子曰：「復歸於嬰兒」，「復」也是需要長時間順其自然的體悟才能夠做到的。邵雍的這份天真也是由具象的天真復歸於哲學層面的天真，「雨歇蕩餘春，天光露太真。茵鋪芳草軟，錦濯爛花新。風觸鶯簧健，煙舒柳帶勻。如何當此景，閒臥度昌

〔註17〕　（宋）邵雍，邵雍集〔M〕，北京：中華書局，2010：276。
〔註18〕　（唐）趙蕤，劉國建注譯，長短經〔M〕，長春：長春出版社，2001：373。
〔註19〕　（宋）邵雍，邵雍集〔M〕，北京：中華書局，2010：196。

辰」〔註20〕，這一年邵雍三十七歲〔註21〕，科舉失利，心中愁苦萬端，又觸於早春雨後之景，自然愈加難耐，而這時所見的天真，只可以看作是士人於山水之中一般所感，還沒有對自己的道德造成一定的影響。在這首詩中我們看不到後來邵雍的哲理表達，景物的描寫中也不是以天真貫之，主要在抒發淡淡的愁緒。

晚年以後，邵雍的天真思想才顯露出來。其以為奔走於塵世之中，一定要守著那一份天真的心，「門外似深山，天真信可還。軒裳奔走外，日月往來間。有水園亭活，無風草木閒。春禽破幽夢，枝上語綿蠻」〔註22〕，還要能經受住長時間的考驗，天真之心就像是一汪能夠使整個園子都活起來的泉水一樣，滋潤一個人的四肢百骸，自然不會受到外在世俗的影響，這樣想，似乎你已經是得道之人，枝頭上的小鳥嘰嘰喳喳，看來你還是夢中之人，守得天真之性並不是說說就可以了。「造化從來不負人，萬般紅紫見天真。滿城車馬空撩亂，未必逢春便得春」〔註23〕，同樣是描繪春景，這一篇可見其內心的那份「天真」。撩亂的滿城車馬並未影響到心中那份修持而來的純真，心中有純真則觸處成春，心中沒有純真，則在春天也感受不到春天的生機盎然。

修得天真的本性，則樂天而知命。邵雍是知天命之人，張載在邵雍重病之時正好路過洛陽而見邵子，張載問邵雍說：「先生信命乎？載試為先生推之。」邵雍說：「世俗所謂命者，某所不知，若天命則知之矣。」邵雍所謂的天命，是一種真知，「天所以謂之觀物者，非以目觀之也，非觀之以目而觀之以心也，非觀之以心而觀之以理也，天下之物莫不有理焉，莫不有性焉，莫不有命焉。所以謂之理者，窮之而後可知也；所以謂之性者，盡之而後可知也；所以謂之命者，至之而後可知也。此三知者，天下之真知也」〔註24〕，理一性一命是相輔相成的，天命之所在，其實也是性理之所在，邵子所得之道張橫渠自然明白，而又言問之，自然是在誇讚邵子知生死。從這一點上我們也要明白，在個體修身上理學家對老莊取擇甚多。又如司馬溫公來看他，邵雍說：「某疾勢必不起，且試與觀化一巡也，願君實自愛」，此中對話如同

〔註20〕（宋）邵雍，邵雍集〔M〕，北京：中華書局，2010：544。
〔註21〕本文與邵雍年齡及詩文繫年主要依據邵明華的博士論文《邵雍交遊研究》，山東大學，2009年。
〔註22〕（宋）邵雍，邵雍集〔M〕，北京：中華書局，2010：204。
〔註23〕（宋）邵雍，邵雍集〔M〕，北京：中華書局，2010：323。
〔註24〕（宋）邵雍，邵雍集〔M〕，北京：中華書局，2010：49。

莊子中講的那個故事，幾個人非常要好，其中一個將死，其他幾個人去看他的時候，得病的那個人說，不要出聲，這是萬物在相化，邵子確有莊子的風神。只有面對自然生死之事，邵子才表現出了安之若命的心態，程頤去看他，略帶調侃地說：「先生至此，他人無以致力，願先生自主張。」邵雍說：「平生學道固至此矣，然亦無可主張。」知天命的人才可能有真樂，「為人雖未有前知，富貴功名豈力為。滌蕩襟懷須是酒，優游情思莫如詩。況當水竹雲山地，忍負風花雪月期。男子雄圖存用捨，不開眉笑待何時」〔註25〕，對於富貴功名，邵雍是不會秉力為之的，宴飲、優游都是樂事的所在，如同蘇軾所言，身與之而神外之，他的神在天道。「休憚煙嵐雖遠處，且乘筋力未衰時。平生足外更何樂，富貴榮華過則悲」〔註26〕，此詩所論也大致如是。

　　是不是邵子從來都不關心國家的治亂哪？其實不是，他的學說就是關於國家如何達到理想境界的，「知盡人情天豈異，未知何啻隔天地。少時氣銳未更譜，不信人間有難事。知盡人情與天意，合而言之安有二。能推己心達人心，天下何憂不能治」〔註27〕，治道在人心，人心在人情，人情與天意相合，則天下可以達道。所以，也可以說，北宋理學在另一方面也表現出了積極的一面，也就是對天道的體悟。每個人可以得到他的真性情，而不受到外在的影響保持之，國家達到至道的境界的一個表現恐怕也是人人的真心之樂吧！「既得希夷樂，曾無寵辱驚。泥空終是著，齊物到頭爭。忽忽閒拈筆，時時自寫名。誰能苦真性，情外更生情」〔註28〕，希夷之樂，就是天道之樂，不知何為樂而樂之，自然之樂。

第二節　道教徒之老莊性命融通

　　道教煉丹之術與老莊思想的關係其實並不緊密，然而自北宋陳摶再至張伯端而發展成熟的道教內丹學，二者之間的聯繫開始緊密地聯繫在一起。陳摶傳授《先天圖》，勾連無極與太極之間的關係，又把《易傳》中那一套陰陽理論糅合到老莊道生萬物之中，形成了一整套的萬物生成理論，既為老莊天道的倫理化開創了道路，又為儒家更接近老莊之學便捷了門徑，其人其學對

〔註25〕（宋）邵雍，邵雍集〔M〕，北京：中華書局，2010：200。
〔註26〕（宋）邵雍，邵雍集〔M〕，北京：中華書局，2010：205。
〔註27〕（宋）邵雍，邵雍集〔M〕，北京：中華書局，2010：389。
〔註28〕（宋）邵雍，邵雍集〔M〕，北京：中華書局，2010：225。

整個北宋學術的作用可見一斑。另外，陳摶的內丹學說稍稍轉身至個人道德的修為，與前代道教徒劃然有別，開闢了道教新的發展方向。北宋道教徒力圖恢復老莊思想的本真色彩，減弱他們身上的神秘色彩，其來有自。連道教徒都不由自主地開始關注國家之道，可見這個國家的治亂。

一、道教徒的老莊之學

　　道教內丹學自成一派，張伯端注重的不是葛洪等人的實實在在的丹藥，而是與道歸一的內丹，其實就是如何得道，是得道與煉丹的合一，這就與性命之學密切相關。而張伯端的這些思想都是用詩歌表達出來的，這些詩歌也不純粹是只講修煉的方法，而且還具有詩歌意在言外的特點，張伯端云：「道自虛無生一氣，便從一氣產陰陽。陰陽再和成三體，三體重生萬物昌」，這基本上是老子「道生一，一生二，二生三，三生萬物。萬物負陰而抱陽，沖氣以為和」思想的再述，沒有什麼變化。煉丹就要消盡物累，「不求大道出迷途，縱負賢才豈丈夫。百歲光陰石火爍，一生身世水泡浮。只貪利祿求榮顯，不覺形容暗瘁枯。試問堆金等山嶽，無常買得不來無。」翁葆光注曰：「人間世所重之至極者，曰富曰貴，二者皆人之所欲也。故天下之人，莫不快其性命之情，盡其平生之志，爭先力求而以得之為快也。觀其所以然者，無過浸淫於利祿聲色而已矣。殊不知利祿聲色，實為伐性命之戈矛，囚一身之桎梏也」〔註29〕，富貴者，名利也，消盡此累，外物外天下者也，實為得道之途。煉丹不是餐風飲露，也不是以鉛汞為之，其本源在性命，同修陰陽之氣，「陽裏陰精質不剛，獨修一物轉羸尪。勞形按引皆非道，服氣飧霞總是狂。舉世漫求鉛汞伏，何時得見虎龍降。勸君窮取生身處，返本還源是藥王」，翁注曰：「陽裏陰精，己之真精也。精能生氣，氣能生神，榮衛一身，莫大於此。油枯燈滅，髓竭人亡，此言精氣實一身之根本也」〔註30〕，人之根本在精氣，氣乃生神，神為陰陽，陰陽相合，此亦萬物之所生者，練氣為煉丹之要，此與道如何生萬物緊密相連。練得此氣，則知天地萬物之所從生，此亦長生之旨要。此種修煉與吐納工夫不同，「不識真鉛正祖宗，萬般作用枉施功。休妻漫遣陰陽隔，絕粒徒教腸胃空。草木金銀皆滓質，雲霞日月屬朦朧。更饒吐納並存

〔註29〕（宋）張伯端著，翁葆光等注，悟真篇集釋〔M〕，北京：中央編譯出版社，2015：12。

〔註30〕（宋）張伯端著，翁葆光等注，悟真篇集釋〔M〕，北京：中央編譯出版社，2015：16。

想，總與金丹事不同」。金丹就是一，一就是氣，氣源於道，翁有注云：「三五
一不離龍虎也。龍屬木，木數三，居東，木能生火，故龍之弦氣屬火，火數
二，居南。二物同源，故三與二合成一五也。虎屬金，金數四，居西，金能生
水，故虎之鉛氣屬水；水數一，居北。二物同宮，故四與一合成二五也。二物
之五，交於戊巳之中宮，中宮屬土，土生數五，是為三五也。三五合而成丹，
丹者一也，故曰三五一也。此三個字，自古迄今能合三五一而成丹，能了達
嬰兒者，實稀有也。一即金丹也，嬰兒者即丹也。丹是一，一是真一之氣，天
地之母氣也」〔註31〕，這個一是金丹，金丹就是道，得道者復歸於嬰兒，這
個氣就是天道所賦之性命，金木水火土之言在於對道生萬物的理解，並不能
說是迷信的，這個體悟是有理性智慧的，練得金丹就能與天地為一，知道萬
物是如何生成的，這也是北宋時期對養生的另一種理性的理解。

　　陳景元以為儒、道二家殊途同歸，道沒有差別，只是跡有所不同，天下
本來就只有一個道，聖人對這個的道的體悟也沒有什麼差別。他們著書就是
為了傳道，傳道是為了教化，教化要因時而設。陳景元解注老莊，更關注的
老莊的天道，「務在長生久視，毀譽兩忘，而自信於道矣」〔註32〕，其解莊
子大旨如此。我們只要通達於道而不為聖人所處的時代限制，明白他們的用
心而不為他們的行為所拘束，知道聖人的意思而不執著於語言，則「諸聖之
書相為終始，固未嘗少戾」。從上古三代以後，天下再沒有聖王，天下之人
溺於名而不知其實，無法反觀自己的性情所在，而達到性情的淳樸狀態。道
德衰弊，再沒有比這個時候更厲害了。「老聃氏生於周，以濡弱謙下為表，
以虛空不毀萬物為實，故其去藏室而隱也。關令尹喜請著書，遂作八十一章，
以暢道德之旨。其辭簡，其理遠，以深為根，以約為紀，以本為精，以末為
粗，必欲使斯民復結繩之樸而後已。其所以扶教救時，可謂切至矣」〔註33〕，
在老子之時，「禮文過度，若不斂浮華而歸道德，聖功何由而成哉。其言失
道而后德至，失義而後禮，禮者忠信之薄而亂之首者，謂天下莫尊於道德，
而莫卑於禮，苟自禮反之於仁義，仁義復歸於道德，其於治天下有不足為矣。

〔註31〕（宋）張伯端著，翁葆光等注，悟真篇集釋〔M〕，北京：中央編譯出版社，
　　　　2015：20。
〔註32〕道藏・第 15 冊〔M〕，北京：文物出版社、上海：上海書店、天津：天津古
　　　　籍出版社，1988：894。
〔註33〕道藏・第 13 冊〔M〕，北京：文物出版社、上海：上海書店、天津：天津古
　　　　籍出版社，1988：654。

所以黜仁義禮智，而皆以道德著書詔天下」〔註34〕，這個分析比王安石更為詳細，老子之所以言一定要使民眾回到結繩記事的淳樸時代，是因為老子所處的時代文勝於質，民眾難以回到性情之真的狀態；而之所以會文勝於質，是因為三代以後，禮樂之作過於繁盛，禮樂本身的文飾作用掩蓋住了道本身，如若任此發展下去，則天下將亡，所以要從禮返歸之仁義，仁義返歸之道德，就必須要棄絕表面的仁義，以使得民眾可以回到淳樸的時代，不失自己之本性。

陳景元又以為莊子之道之內聖之道，與孔子之旨相類，藉此以拉近儒道的關係。碧虛子說「內七篇目，漆園所命名也。夫人能無己，然後功名泯絕，始可以語其逍遙遊矣。……夫帝王者，大道之原，教化之主，居四大之一，為萬物之尊。廣矣深矣，相者莫能測矣。其駢拇而下，別無指義，編次皆重複衍暢七篇之妙云。」〔註35〕且仁義為人固有之性，不可相互企慕：「含識之徒，稟生之類，仁義之性，物皆有之，少之與多，自然已定，雖顏孔相去一分，終莫之及，況異於斯者乎」〔註36〕。《莊子》中的寓言多有挪揄孔門之處，陳景元對孔子極少諷刺，也可見其匯通儒、道的努力。不過，我們依然要注意莊子是否定原始宗教以來的上下尊卑觀念下的「聖人」觀，或者說莊子也是反對「聖人」觀念的。碧虛子又以為莊子之避世在於反本，而不是具體的逃歸山林，或者說他以為莊子所言的避世也是一種寓言。

宋徽宗極崇道教，謂其道教徒也不為過，且將其老莊之學放於此。徽宗對老子的解釋不偏重於政教，多著意於玄理的闡發。徽宗論性的重點放在了「性命之情」上。其對外物的解釋是以如何限制人的欲望為核心的。如「人之生也，因精聚神，體相斯具，四達並流，無所不極，上際於天，下蟠於地。化育萬物，不可為象，其名為同帝。而世之愚者役己於物，失性於俗，無一息之頃，內存乎神，馳無窮欲，外喪其精，魂反從魄，形反累神，而下與萬物俱化，豈不惑焉。聖人則不然，載魄以通，抱一以守，體神以靜，形將自正，其神經乎太山而不變，處乎源泉不濡，孰知其所始，孰知其所終，故曰聖人貴

〔註34〕道藏‧第13冊〔M〕，北京：文物出版社、上海：上海書店、天津：天津古籍出版社，1988：654。

〔註35〕道藏‧第15冊〔M〕，北京：文物出版社、上海：上海書店、天津：天津古籍出版社，1988：894。

〔註36〕道藏‧第15冊〔M〕，北京：文物出版社、上海：上海書店、天津：天津古籍出版社，1988：911。

精。」〔註37〕人是如何生的呢？精神相會聚，外在之體形亦隨之慢慢具備。這種解釋基本不離老莊。然而其又以為人在整個自然界是最為神妙的。其實老莊以為「萬物與我為一」，物與我都是道生之，德育之，並無二致，而徽宗此處將人之生單獨列出，就是有意把物與我相分別；老莊亦有物我有別之意，然而老莊之意在一而分，徽宗則有意於分別。所以，外物都是與我無關之物，這顯然有失老莊之旨。這亦是同樣是言「役己於物，失性於俗，無一息之頃，內存乎神，馳無窮欲」，其意與蘇轍、王雱等諸家不同之處。簡而言之，過於禁慾。把人與物嚴格地相區分，且不言其合一之處，則是要求人對外物不可有欲望。這不是老子「少私寡欲」之旨，而是荀子「性惡」論之潛發。

二、道教徒的詩文表現

因為有些隱士也類似於道教徒，所以，此中所言之道教徒也包括那些與道家思想相近的隱士。這些道教徒或仕或隱，或在仕隱之間猶豫，他們的詩文也就表現出相應的情志。道教徒出仕與一般的出仕不同，他們一般不參與政治，只是作為君主的某一種招牌而已。因此，我們這裡所討論的道教徒主要包括兩類，隱逸者和仕隱之間者。

隱逸者的詩文表現在對名利的清醒認識以及隱逸情結。如魏野，《宋史·隱逸傳》云：「魏野字仲先，陝州陝人也。……居州之東郊，手植竹樹，清泉環繞，旁對雲山，景趣幽絕。鑿土袤丈，曰樂天洞，前為草堂，彈琴其中，好事者多載酒肴從之遊，嘯詠終日」〔註38〕。釋文瑩言其詩歌「固無飄逸俊邁之氣，但平樸而常，不事虛語爾」〔註39〕，其實，他的詩歌還是有鮮麗的色彩的，如《白菊》云：「濃露繁霜著似無，幾多光彩照庭除。何須更待螢兼雪，便好叢邊夜讀書」〔註40〕，可以在濃露與繁霜之中發現光彩，也能夠看出其內心的活力，可能他只是外表如枯木吧。再如《百舌鳥》：「長截鄰雞叫五更，數般名字百般聲。饒伊饒舌爭先曉，也待青天明即鳴」〔註41〕，他對這些早

〔註37〕道藏·第11冊〔M〕，北京：文物出版社、上海：上海書店、天津：天津古籍出版社，1988：899。

〔註38〕（元）脫脫等，宋史〔M〕，北京：中華書局，1977：13430。

〔註39〕（宋）釋文瑩，鄭世剛、楊力揚點校，湘山野錄·續話·玉壺清話〔M〕，北京：中華書局1984：66。

〔註40〕傅璇琮等，全宋詩〔M〕，北京：北京大學出版社，1992：900。

〔註41〕傅璇琮等，全宋詩〔M〕，北京：北京大學出版社，1992：945。

上各種小鳥的鳴叫聽得多麼細緻，他在物之中。又如《池上閒詠》：「微物滿池塘，吟看向夕陽。草蟲腰盡細，水鳥嘴多長。科斗漁翁字，芙蓉野客裳。詩成堪寫處，蓮葉碧箋香」〔註42〕，雖明白易懂，但其中洋溢著生命的情趣，表現出其孩童般的天真。他的家庭生活比較清苦，然而其得樂於其中，其《春日述懷》云：「春暖出茅亭，攜笻傍水行。易諳馴鹿性，難辨鬥禽情。妻喜栽花活，童誇鬥草贏。翻嫌我慵拙，不解強謀生」〔註43〕，他更喜歡那些不事爭鬥性格溫順的動物，而不是那些愛爭鬥的，妻兒希望他更具有謀生的本領，他卻不解此事，可見其志。並不是他不知道怎樣謀生，而是他更希望自然地生活，《村居述懷》：「布褐楮皮冠，朝昏信自然。眼明山雨後，發亂晚風前。鶴病生閒惱，僧來廢靜眠。自知慵懶性，至死豈能悛」〔註44〕，放眼於山雨之後，發亂於晚風之前，在這種自然之中慵懶地生活，是其心樂之事。在自然之中，更能夠返回自我之性情精神，《詠懷》云：「靜顧身兼世，何須哂復籲。境牽情各有，道斷事皆無。拜少腰寧負，眠多眼不辜。權豪任相笑，適性自為娛」〔註45〕，他的歸隱有莊子情結，不拜權貴，不躁進於功利。

喜歡吟嘯之人往往是深具豪氣之人，魏野大概也是這樣的人。其《閒居書事》：「無才動聖君，養拙住山村。臨事知閒貴，澄心覺道尊。成家書滿屋，添口鶴生孫。仍喜多時雨，經春免灌園」，他並不是不想出仕，而是君主並不欣賞他這類喜歡自然適性的人。《玉壺清話》記載他死後真宗才知道他，可能不是特別準確，因為他與仕者多有交往，有些情誼還很深厚，如寇準。其《寇相公生辰因有寄獻》：「宋朝元老更誰先，已詠功成二十年。好去上天辭將相，歸來平地作神仙。坐看雲岫資閒興，臥聽霓裳引醉眠。多少年辰獻詩者，應無真禱似狂篇」〔註46〕，寇準對魏野很惋惜，魏野卻保持著他那份天真的情態，「應無真禱似狂篇」。

種放可以看做是仕隱之間者。其求教於陳摶，也可以說是一個道教徒，不過並不十分純粹。其實北宋時期的道教徒很有特點，如張伯端就與前代的道教徒不同，只是心通於道教教義而已，並未在道觀修行。種放就起於詔再返歸於隱，如此者數，無怪乎杜鎬以《北山移文》譏之。世人對種放之類隱居

〔註42〕傅璇琮等，全宋詩〔M〕，北京：北京大學出版社，1992：936。

〔註43〕傅璇琮等，全宋詩〔M〕，北京：北京大學出版社，1992：899。

〔註44〕傅璇琮等，全宋詩〔M〕，北京：北京大學出版社，1992：924。

〔註45〕傅璇琮等，全宋詩〔M〕，北京：北京大學出版社，1992：909。

〔註46〕傅璇琮等，全宋詩〔M〕，北京：北京大學出版社，1992：895。

者成見很深，不只是杜鎬，修史者亦是，《宋史・隱士傳》：

> 大中祥符元年，命判集賢院，從封泰山，拜給事中。二年四月，
> 求歸山，宴餞於龍圖閣，命學士即席賦詩製序，上作詩卒章云：「我
> 心虛佇日，無復醉山中。」初，放作詩嘗有「溪上醉眠都不知」之
> 句，故及之。三年正月，復召。赴闕，表乞賜告，手詔憂答之，作
> 歌賜之，乃齎衣服器幣，令京兆府每季遣幕職就山存問。四年正月，
> 復來朝，從祠汾陰，拜工部侍郎。放屢至闕下，俄復還山。人有詒
> 書，嘲其出處之跡，且勸以棄位居巖谷，放不答。放終身不娶，尤
> 惡囂雜，故京城賜第，為擇僻處。然祿賜既憂，晚節頗飾輿服。於
> 長安廣置良田，歲利甚博；亦有強市者，遂至爭訟。門人族屬依倚
> 恣橫。王嗣宗守京兆，放嘗乘醉慢罵之，嗣宗屢遣人責放不法，仍
> 條上其事。詔工部郎中施護推究，會赦恩而止。四月求歸山，又賜
> 宴遣之。所居山林細民，多縱樵採，特詔禁止。放遂表徙居嵩山天
> 封觀，側遣內侍就與唐觀基起第賜之，假踰百日，續給其奉。然猶
> 往來終南，按視田畝，每行必給，驛乘在道。或親詬驛吏規算糧具
> 之直，時議浸薄之。〔註47〕

這裡記載的詒書者、王嗣宗皆是，而王嗣宗所言所為尤甚。其實，仲放原本
是打算做隱士的，「父嘗令舉進士，放辭以業未成，不可妄動。每往來嵩華
間，慨然有山林意。未幾，父卒，數兄皆干進。獨放與母俱隱終南豹林谷之
東明峰，結草為廬，僅庇風雨」〔註48〕，但是又不忘世意，「在聖賢雖有志
於下民，孰能無位而立闕？況予不才不造於往哲，名器敢期於苟得？……顏
氏幾聖，中心日休」〔註49〕，取孟浩然「端居恥聖明」之意而敷衍之，《古
今圖書集成》把種放的這個賦歸入「曠達」，未必達其旨。這兩種情結交戰
於胸中，他有意地壓制出世之思，「予將息萬竟、消百憂，養浩氣於蓬茅之
下，飲清源於淵默之流」〔註50〕。然而最終出仕了，入仕之後又發現自己錯
了。他驚心於世間的榮辱，又擔心別人的諷刺，感覺不如歸隱山林甘守窮居

〔註47〕（元）脫脫等，宋史〔M〕，北京：中華書局，1977：13426～13427。
〔註48〕（元）脫脫等，宋史〔M〕，北京：中華書局，1977：13422。
〔註49〕曾棗莊等，全宋文・第10冊〔M〕，上海：上海辭書出版社、合肥：安徽教
　　　育出版社，2006：209。
〔註50〕曾棗莊等，全宋文・第10冊〔M〕，上海：上海辭書出版社、合肥：安徽教
　　　育出版社，2006：210。

來得自在，「餘生背時性孤僻，自信幾道輕浮名。中途失計被簪紱，目睹榮
辱心潛驚。雖從鵷鸞共班序，長恐青蠅微有聲。清風滿壑石田在，終謝吾君
甘退耕」〔註51〕，通過歸隱與入仕的比較，種放發現還是隱居更快樂，「我
本厭虛名，置身天子庭。不終高尚事，有愧少微星」〔註52〕。這樣，種放才
發現了莊子的漁樵之樂的旨意所在，「莫問漁樵意，人寰事萬端」〔註53〕，
這個樂可以化解一下其堅守道義所帶來的窮厄之苦，「每登高丘、步邃谷、
延宴坐，見懸崖瀑流、壽木垂蘿、閟邃岑寂之處，則終日忘返」〔註54〕，漁
樵之樂給種放帶來了一定程度上的解脫。

　　林逋也是一個類似於道教徒的隱士。他也有出仕之心，如梅堯臣之言：
「天聖中，聞錢塘西湖之上有林君，嶄嶄有聲，若高峰瀑泉，望之可愛，即
之愈清，挹之甘潔而不厭也。是時余因適會稽，還訪於雪中，其談道，孔、
孟也；其語近世之文，韓、李也；其順物玩情為之詩，則平澹邃美，詠之令
人忘百事也。其辭主乎靜正，不主乎刺譏，然後知其趣向博遠，寄適於詩爾。
君在咸平景德間，已大有聞會，朝廷修封禪，未及詔聘，故終老而不得施用
於時，凡貴人巨公一來，語合慕仰，低回不忍去，君既老，不欲強起之，乃
令長吏歲時勞問。」〔註55〕我們來看，林逋內守孔、孟之道，習儒家韓、李
之文，這是典型的儒家士人，他也希望有君主招之，「悠然詠招隱，何許歎
離群」〔註56〕，在真宗派王濟訪之的時候，林逋舉麗偶聲律之文以自薦，卻
被譏笑當守隱逸之道，「草澤之士，文須稽古，不友王侯；文學之士，則修
辭立誠，俟時致用。今逋兩失之」，〔註57〕王濟用《周易》之「肥遯」以及
中庸之「誠」批評了林逋在草澤之中而懷用世之心的不當心態，這種批評在
世人對隱逸之士入世的態度上是一致的，世人的這種評價也反觀出北宋初期
一部分士人隨緣任運對名利淡然不屑意的心理底蘊。出仕既不可能，林逋的

〔註51〕傅璇琮等，全宋詩〔M〕，北京：北京大學出版社，1992：819。
〔註52〕傅璇琮等，全宋詩〔M〕，北京：北京大學出版社，1992：819。
〔註53〕傅璇琮等，全宋詩〔M〕，北京：北京大學出版社，1992：820。
〔註54〕曾棗莊等，全宋文・第10冊〔M〕，上海：上海辭書出版社、合肥：安徽教
　　　　育出版社，2006：221。
〔註55〕曾棗莊等，全宋文・第26冊〔M〕，上海：上海辭書出版社、合肥：安徽教
　　　　育出版社，2006：161。
〔註56〕傅璇琮等，全宋詩〔M〕，北京：北京大學出版社，1992：1191。
〔註57〕（宋）蔡正孫撰，常振國、降雲點校，詩林廣記〔M〕，北京：中華書局，1982：
　　　　316。

心態開始轉向老莊道家。他嚮往顏淵之樂，「顏原遺事在，千古壯閒心」〔註
58〕，而其亦體會到了老莊形骸俱忘欣然忘機的樂趣，「意想殊為適，形骸固
可忘。援琴有餘興，聊復寄吟觴」〔註59〕。正是這種對老莊之樂的體悟使其
安於隱逸，顯現出與種放之不同，「諸葛孔明、謝安石，畜經濟之才，雖結
廬南陽，攜妓東山，未嘗不以平一宇內，躋致生民為意。鄙夫則不然，胸腹
空恫誾然，無所存置，但能行樵坐釣，外寄心於小律詩，時或鏖兵景物，衡
門清味，則倒睨二君而反有德色。凡所寓興，輒成短篇，總曰深居雜興詩六
首，益所以狀林麓之幽勝，攄幾格之閒曠，且非敢求聲於當世。故援筆以顯
其事云」，〔註60〕這種隱居把天下都給忘掉，只剩下自己的一小半天空，似
乎也不是老莊之意，老莊之樂，只在適性。

〔註58〕傅璇琮等，全宋詩〔M〕，北京：北京大學出版社，1992：1191。

〔註59〕傅璇琮等，全宋詩〔M〕，北京：北京大學出版社，1992：1193。

〔註60〕傅璇琮等，全宋詩〔M〕，北京：北京大學出版社，1992：1211。

結　語

　　北宋時期是三教融合的時期，或者說是歷史上少有的近乎三教平等的時
期。這個時期老莊受到儒釋思想的甄範最小，老莊思想中的天道、性命、虛
靜逐漸成為士大夫關注的一個核心，他們抱著經世致用的功利化的目的，煉
粹老莊思想中對現實最有用「道德」之學，並將之與儒家融合而施之於現實
政治以及生活之中，老莊「道學」的現實意味漸漸顯現。老莊思想也就融於
他們的生活中，飲酒、吃茶、書法、繪畫、宴遊、靜處，隨時都有老莊相近的
感悟。士大夫在注解、音訓、文學等文獻和義理方面進行的研究以及他們生
活中的感悟也就形成了極具時代特色的老莊之學。它的「道」上承「天道」，
下啟「性命」，是天道的現實化體現，又顯現於人性之中，並逐漸呈現出「有
無合一」的特點。這種學術思想產生之初就引起了爭鳴。王禹偁、范仲淹、歐
陽修等人對老莊思想接受中懷疑，懷疑中建設，歐陽修是文壇領袖，也是三
教得以融合以及老莊獲得新生的關鍵人物，後來蜀學、新學、道教徒、理學
等在不同領域發展建設老莊思想，使之與儒、釋二家的地位漸至平等並具有
了持久的生命力。後世的理學、心學、樸學之中都可以看到北宋老莊之學活
躍的身影。
　　北宋士大夫嚴肅地思考性命的問題，並與現實政治生活聯繫起來，適性
成為他們適應現實並保留本性天真的本能選擇。適性不是新鮮的話題，卻為
北宋士大夫普遍關注並改變前代之主旨，他們多不選擇歸隱，而是在平常的
生活中發現情趣，從痛苦中磨礪快樂，吏隱成了他們這個時代最具時代特色
的生活方式，並持久地影響著後人。日常生活就是他們的修道之所，平常所
見之物就是他們觀照性命之所在，覰得天巧，身入環中。情志是詩文的核心

問題，前代個別作家在詩文創作中實踐老莊思想的現象，在北宋時期遂漸成規模。

北宋士人有建立功業的觀念，卻又對名利不屑一顧；他們心目中長存國家，卻對君主當仁不讓；他們可以把生死看透，卻對是是非非斤斤計較。他們能夠把貶謫所帶來的人生幻滅的悲痛之感通過老莊來調適，從而在近死之地也可以放懷一笑，呵呵之情，歷久而彌新；他們也能夠在榮華到來之時未嘗飲冰，心若水池，只是微微蕩漾，及時致仕更能夠看出他們的隨性。在他們看來，吏和隱不是最重要的選擇，關鍵要認識性情，並適之，從而吏隱通而為一。

北宋士大夫脫去了個人的私利，追求建立天地功名，無私的情志更純粹，也更豪壯，也更感人。與作者靈魂相碰撞的事物，一枝梅花、一座亭宇也就有了驚天地泣鬼神的力量，范仲淹的岳陽樓就超越了杜甫。他們在遊覽之時不再只是停留在拋棄名利歸隱山林的即時感興的表面，而是透過萬物之象悟得自然之理。觀照梅花、瘦竿，悟得在生活之中發現自己的本性才是對生命的珍惜。他們寫的不是眾人皆可寫的內容，而是「自己」的。作者與自然萬物融為了一體，他們的詩文有了靈性，彷彿唔語於寥天一，富有生氣。陳堯佐可以在水中看到萬物之象，林逋的梅花與蘇軾的梅花各具風流，誰也無法替代誰，周敦頤的蓮花與其相融。他們不是在描寫身外之物，而是把自己的身心都投了進去；他們又不是撥弄外物，讓它們與我們形同一個人，而是呈現它們自己的情志，詩文的生命就在於此。北宋的詩文是真實的，又是虛幻的，是真實與虛幻的融合。他們在創造「象」，讀之使人回味無窮，如孔子所謂三月而不知肉味，「味外之味」。北宋士人樂於創作詩文之中而不知老之將至，他們精雕細琢字句，使之達到自然的狀態，這更是在創作他們的另一個生命。萬物與我為一，我與萬物又各自獨立。

蘇軾和王安石是同時代的翹楚，後人很難超越。蘇軾的「助孔」之論更重視莊子的言說方式，言意之辯、思無邪之論都可以發現蘇軾對老莊的現實化的體悟，他並不把老莊之言視為圭臬，只有適於心的才可以。所以，蘇軾對老莊的改造很多，雖然並未離老莊之旨。這種體悟當然在其詩文裏都有體現。其詩文不得不發，漸近化境，有自然之美。王安石的「矯弊」之論真正把老莊提升到了三教平等的境地，他的道德性命之論也未嘗有離老莊之旨，只不過他的現實化改造較蘇軾更傾向於政治。王氏的變法是北宋乃至中國古代

社會的一件大事，國家的覆亡當然和他沒有太多的關係。他「向利」而行似乎與老莊關係不大，其實卻是老莊思想的現實運用，他的變法整體上是老莊無為而治思想的展現。王氏的詩文歷來被人們稱道，雖然他比不上前之所言的蘇軾，然而也是在展現其歸隱、豪壯等不同的情志，並有人工自然之美。

理學家暗中取擇老莊的道德與心性之學，構建其嚴密的哲學體系。他們對心性改造的最多，與道通而為一，並區別出貴賤之差別，漸離老莊，並極大地禁錮了後人的性命，雖然這並不一定是他們希望看到的。邵雍的詩歌展現出與玄言詩不同的風格，充滿了生活中的體悟。道教徒更關注老莊之「道」，他們的詩歌也就表現出濃重的隱逸情懷。

參考文獻

1. 道藏，上海書店、文物出版社、天津古籍出版社〔C〕，1996。

2. 曾棗莊等主編，全宋文〔M〕，上海：上海辭書出版社〔M〕，2006。

3. 傅璇琮、孫欽善主編，全宋詩〔M〕，北京：北京大學出版社，1998。

4. 宋鸞，道德真經篇章玄頌〔C〕，道藏本。

5. 陳景元，真經南華章句音義〔C〕，道藏本。

6. 王安石，王安石老子注輯本〔M〕，北京：中華書局，1979。

7. 呂惠卿撰、湯君集校，莊子義集校〔M〕，北京：中華書局，2009。

8. 蘇轍，道德經注〔C〕，文淵閣四庫全書本。

9. 王雱·南華真經新傳〔C〕，文淵閣四庫全書本。

10. 林希逸著，周啟成校注·莊子鬳齋口義校注〔M〕·北京：中華書局，1997。

11. 褚伯秀，南華真經義海纂微〔M〕，民國十三年上海涵芬樓影印道藏。

12. 王夫之，莊子解〔M〕，北京：中華書局，1964。

13. 吳世尚，莊子解〔M〕，康熙五十四年光裕堂刻本。

14. 胡文英，莊子獨見〔M〕，上海：華東師範大學出版社，2011。

15. 郭慶藩，莊子集釋〔M〕，北京：中華書局，1961。

16. 王叔岷，莊子管窺〔M〕，北京：中華書局，2007。

17. 陳鼓應，莊子今注今譯〔M〕，北京：中華書局，2007。

18. 樓宇烈，老子道德經注校釋〔M〕，北京：中華書局，2008。

其他各類著作

1. 王明校注，無能子校注〔M〕，北京：中華書局，1981。

2. 譚峭，化書〔M〕，北京：中華書局，1996。

3. 張伯端撰、王沐淺解，悟真篇淺解〔M〕，北京：中華書局，1990。

4. 玄奘譯、韓廷傑校釋，成唯識論校釋〔M〕，北京：中華書局，1998。

5. 法藏著、方立天校釋，華嚴金獅子章校釋〔M〕，北京：中華書局，1983。

6. 慧能著、郭朋校釋，壇經校釋〔M〕，北京：中華書局，1983。

7. 韓愈著，馬其昶校注，韓昌黎文集校注〔M〕，上海：上海古籍出版社，2014。

8. 徐鉉，徐文公集〔M〕，四部叢刊初編本。

9. 田錫，咸平集〔M〕，宋人集本。

10. 張詠，乖崖先生文集〔M〕，續古逸叢書本。

11. 柳開，河東先生集〔M〕，四部叢刊初編本。

12. 王禹偁，小畜集、小畜外集〔M〕，四部叢刊初編本。

13. 楊億，武夷新集〔M〕，浦城遺書本。

14. 范仲淹，范文正公集〔M〕，四部叢刊初編本。

15. 宋祁，宋景文集〔M〕，四庫全書本。

16. 梅堯臣，宛陵先生集〔M〕，四部叢刊初編本。

17. 朱東潤校注，梅堯臣集編年校注〔M〕，上海：上海古籍出版社，1980。

18. 歐陽修，歐陽文忠集〔M〕，四部叢刊初編本。

19. 歐陽修著、洪本建校注，歐陽修詩文集校注〔M〕，上海：上海古籍出版社，2009。

20. 蘇舜欽，蘇學士文集〔M〕，上海：上海古籍出版社，1981。

21. 邵雍，邵雍集〔M〕，北京：中華書局，2010。

22. 蘇洵，嘉祐集〔M〕，上海：上海古籍出版社，1993。

23. 周敦頤，周敦頤集〔M〕，北京：中華書局，1990。

24. 劉敞，公是集〔M〕，四庫全書本。

25. 曾鞏，曾鞏集〔M〕，四庫全書本。

26. 司馬光，溫國文正公文集〔M〕，四部叢刊初編本。

27. 蘇頌，蘇魏公文集〔M〕，北京：中華書局，1988。

28. 王安石，臨川先生文集〔M〕，四部叢刊初編本。

29. 劉邠，彭城集〔M〕，四庫全書本。

30. 王令，廣陵先生文集〔M〕，上海：上海古籍出版社，1980。

31. 程顥、程頤，二程集〔M〕，北京：中華書局，1981。

32. 韋驤，錢塘韋先生集〔M〕，武林往哲遺著本。

33. 王文誥輯注、孔凡禮點校，蘇軾詩集〔M〕，北京：中華書局，1982。

34. 孔凡禮點校，蘇軾文集〔M〕，北京：中華書局，1986。

35. 蘇轍，欒城集〔M〕，上海：上海古籍出版社，1987。

36. 黃庭堅，宋黃文節公全集〔M〕，光緒甲午義寧州署刊本。

37. 秦觀，淮海集校注〔M〕，上海：上海古籍出版社，1994。

38. 陳師道，後山居士文集〔M〕，上海：上海古籍出版社，1984。

39. 晁補之，濟北晁先生雞肋集〔M〕，四部叢刊初編本。

40. 張耒，張耒集〔M〕，北京：中華書局，1990。

41. 葉夢得，石林居士建康集〔M〕，道光二十四年刊本。

42. 程俱，北山小集〔M〕，四部叢刊續編本。

43. 李光，莊簡集〔M〕，四庫全書本。

44. 張載，張載集〔M〕，北京：中華書局，1978。

45. 朱熹，朱子全書〔M〕，上海：上海古籍出版社、合肥：安徽教育出版社，2010。

46. 歐陽修、宋祁撰，新唐書〔M〕，北京：中華書局，1975。

47. 脫脫等，宋史〔M〕，北京：中華書局，1985。

48. 朱易安，傅璇琮等主編，全宋筆記（第二編）〔M〕，鄭州：大象出版社，2006。

49. 朱易安，傅璇琮等主編，全宋筆記（第一編）〔M〕，鄭州：大象出版社，2003。

50. 王水照，歷代文話〔M〕，上海：復旦大學出版社，2007。

51. 吳文治主編，宋詩話全編〔M〕，南京：江蘇古籍出版社，1998。

52. 何文煥，歷代詩話〔M〕，北京：中華書局，1981。

53. 呂祖謙，古文關鍵〔M〕，金華叢書本。

54. 真德秀，文章正宗〔M〕，四庫全書本。

55. 樓昉，崇古文訣〔M〕，四庫全書本。

56. 謝枋得，文章軌範〔M〕，四庫全書本。

57. 元好問，中州集〔M〕，四部叢刊初編本。

58. 姚鼐，古文辭類纂〔M〕，四部備要本。

59. 李兆洛，駢體文鈔〔M〕，影印世界書局本。

60. 吳闓生，古文範〔M〕，1927 年刊本。

61. 歐陽修，六一詩話〔M〕，北京：人民文學出版社，1981。

62. 陳師道，後山詩話〔M〕，歷代詩話本。

63. 阮閱，詩話總龜〔M〕，北京：人民文學出版社，1987。

64. 葉夢得，石林詩話〔M〕，歷代詩話本。

65. 胡仔，苕溪漁隱叢話〔M〕，北京：人民文學出版社，1962。

66. 周紫芝，竹坡詩話〔M〕，歷代詩話本。

67. 張戒，歲寒堂詩話〔M〕，四川大學出版社，1990。

68. 楊萬里，誠齋詩話〔M〕，歷代詩話續編本。

69. 魏慶之，詩人玉屑〔M〕，北京：中華書局，2007。

70. 蔡正孫，詩林廣記〔M〕，北京：中華書局，1981。

71. 王若虛，滹南詩話〔M〕，北京：人民文學出版社，1983。

72. 王世貞，藝苑卮言〔M〕，歷代詩話續編本。

73. 王夫之，薑齋詩話〔M〕，北京：人民文學出版社，1998。

74. 王士禎，帶經堂詩話〔M〕，北京：人民文學出版社，1982。

75. 袁枚，隨園詩話〔M〕，北京：人民文學出版社，1982。

76. 趙翼：甌北詩話〔M〕，北京：人民文學出版社，1998。

77. 方東樹，昭昧詹言〔M〕，北京：人民文學出版社，1984。

78. 梁啟超，飲冰室詩話〔M〕，北京：人民文學出版社，1959。

79. 劉勰，文心雕龍〔M〕，北京：人民文學出版社，1958。

80. 永瑢等，四庫全書總目〔M〕，北京：中華書局，1965。

81. 劉熙載，藝概〔M〕，上海：上海古籍出版社，1984。

82. 王大鵬、張寶坤等編選，中國歷代詩話選〔M〕，長沙：嶽麓書社，1985。

83. 楊億，楊文公談苑〔M〕，上海：上海古籍出版社，1993。

84. 歐陽修，歸田錄〔M〕，中華書局唐宋史料筆記叢刊本。

85. 司馬光，涑水見聞〔M〕，中華書局唐宋史料筆記叢刊本。

86. 釋文瑩，玉壺清話〔M〕，中華書局唐宋史料筆記叢刊本。

87. 吳處厚，青箱雜記〔M〕，中華書局唐宋史料筆記叢刊本。

88. 王德臣，塵史〔M〕，上海：上海古籍出版社，1986。

89. 蘇軾，東坡志林〔M〕，中華書局唐宋史料筆記叢刊本。

90. 沈括，夢溪筆談〔M〕，北京：中華書局，2009。

91. 葉夢得，石林燕語〔M〕，中華書局唐宋史料筆記叢刊本。

92. 邵博，邵氏聞見後錄〔M〕，中華書局唐宋史料筆記叢刊本。

93. 陸游，老學庵筆記〔M〕，中華書局唐宋史料筆記叢刊本。

94. 洪邁，容齋隨筆〔M〕，北京：中華書局，2005。

95. 朱熹，朱子語類〔M〕，北京：中華書局，1986。

96. 羅大經，鶴林玉露〔M〕，中華書局唐宋史料筆記叢刊本。

97. 黃震，黃氏日鈔〔M〕，四庫全書本。

98. 吳曾，能改齋漫錄〔M〕，上海：上海古籍出版社，1960。

99. 章學誠，文史通義〔M〕，北京：中華書局，2014。

100. 黃宗義，宋元學案〔M〕，北京：中華書局，1986。

101. 呂思勉，宋代文學史〔M〕，上海：商務印書館，民國 20 年。

102. 柯敦伯，宋文學史〔M〕，上海：商務印書館，民國 23 年。

103. 朱光潛，孟實文鈔〔M〕，上海：上海良友圖書公司，民國三十四年。

104. 錢鍾書，宋詩選注〔M〕，北京：人民文學出版社，1958。

105. 傅璇琮，黃庭堅與江西詩派卷〔M〕，北京：中華書局，1978。

106. 張少康，先秦諸子的文藝觀〔M〕，上海：上海文藝出版社，1981。

107. 徐中玉，論蘇軾的創作經驗〔M〕，上海：華東師大出版社，1981。

108. 朱自清，宋五家詩鈔〔M〕，上海：上海古籍出版社，1981。

109. 張恒壽，莊子新探〔M〕，武漢：湖北人民出版社，1983。

110. 傅璇琮，黃庭堅和江西詩派卷〔M〕，北京：中華書局，1978。

111. 徐中玉，論蘇軾的創作經驗〔M〕，上海：華東師範大學出版社。

112. 黃錦鋐，莊子及其文學〔M〕，臺北：東大圖書公司，1984。

113. 曾棗莊，三蘇文藝思想〔M〕，成都：四川文藝出版社，1985。

114. 任繼愈主編，中國佛教史〔M〕，北京：中國社會科學出版社，1985。

115. 曾棗莊，蘇洵評傳〔M〕，成都：四川人民出版社，1989。

116. 吳組湘、沈天祐，宋元文學史稿〔M〕，北京：北京大學出版社，1989。

117. 馬積高，宋明理學與文學〔M〕，長沙：湖南師範大學出版社，1989。

118. 任繼愈主編，中國道教史〔M〕，上海：上海人民出版社，1990。

119. 崔大華，莊學研究〔M〕，北京：人民出版社，1992。

120. 張毅，宋代文學思想史〔M〕，北京：中華書局，1995。

121. 崔宜明，生存與智慧──莊子哲學的現代闡述〔M〕，上海：上海人民出版社，1996。

122. 羅宗強，魏晉南北朝文學思想史〔M〕，北京：中華書局，1996。

123. 蔣伯潛、蔣祖怡，駢文與散文〔M〕，上海：上海書店出版社，1997。

124. 張松輝，唐宋道家道教與文學〔M〕，長沙：湖南師範大學出版社，1998。

125. 馬藏軍，北宋儒學與文學〔M〕，廣州：暨南大學出版社，1999。

126. 錢鍾書，談藝錄〔M〕，北京：生活·讀書·新知三聯書店，2001。

127. 何玉蘭，宋人賦論及作品散論〔M〕，成都：巴蜀書社，2002。

128. 謝祥皓等，莊子序跋評論輯要〔M〕，武漢：湖北人民出版社，2001·

129. 劉笑敢·莊子哲學及其演變〔M〕，北京：中國人民大學出版社，2002·

130. 王凱，逍遙遊──莊子美學的現代闡釋〔M〕，武漢：武漢大學出版社，2003·

131. 李生龍，隱士與中國古代文學〔M〕，長沙：湖南教育出版社，2003。

132. 朱自清，詩言志辨〔M〕，桂林：廣西師範大學出版社，2004。

133. 劉生良，鵬翔無疆──《莊子》文學研究〔M〕，北京：人民出版社，2004。

134. 李生龍，道家及其對文學的影響〔M〕，長沙：嶽麓書社，2005。

135. 熊鐵基，中國老學史〔M〕，福州：福建人民出版社，2005。

136. 孫克強、耿紀平主編，莊子文學研究〔M〕，北京：中國文聯出版社，2006。

137. 孫雪霞，文學莊子探微〔M〕，廣州：廣東人民出版社，2006。

138. 王博，無奈與逍遙：莊子的心靈世界〔M〕，北京：華夏出版社，2007。

139. 劉紹瑾，莊子與中國美學〔M〕，長沙：嶽麓書社，2007。

140. 汪湧豪，中國文學批評範疇及體系〔M〕，上海：復旦大學出版社，2007。

141. 陳鼓應，老莊新論〔M〕，北京：商務印書館，2008。

142. 曾棗莊，宋文通論〔M〕，上海：上海人民出版社，2008。

143. 方勇，莊子學史〔M〕，北京：人民出版社，2008。

144. 張群，諸子時代與諸子文學〔M〕，濟南：齊魯書社，2008。

145. 張晶，禪與唐宋詩學〔M〕，北京：新星出版社，2010。

146. 陳鼓應，道家的人文精神〔M〕，北京：中華書局，2012。

147. 熊鐵基，中國莊學史〔M〕，北京：人民出版社，2013。

148. 方東波，宋代詩話與詩學文獻研究〔M〕，北京：中華書局，2013。

149. 許嘉璐，古代文體常識〔M〕，北京：中華書局，2013。

150. 柏拉圖，文藝對話集〔M〕，人民文學出版社，1963。

151. 黑格爾，美學〔M〕，北京：商務印書館，1979。

152. 黑格爾，小邏輯〔M〕，北京：商務印書館，1980。

153. 湯用彤，理學·佛學·玄學〔M〕，北京：北京大學出版社，1991。

154. 葉維廉，中國詩學〔M〕，北京：生活·讀書·新知三聯書店，1992。

155. 朱立元，接受美學導論〔M〕，合肥：安徽教育出版社，2004。

相關論文

1. 劉復生，邵雍思想與老莊哲學〔J〕，中國道教，1987，4。

2. 霍松林、鄧小軍，論宋詩〔J〕，文史哲，1989，2。

3. 王小舒，宋代文學精神的確立〔J〕，求是學刊，2001，4。

4. 張毅，二十世紀宋代文學研究觀念和方法之變遷〔J〕，文學遺產，2001，4。

5. 鄧國光，《宋史》論宋文〔J〕，第二屆宋代文學國際研討會論文集，2002。

6. 張傳旭，「有眼」與「無弦」──蘇、黃之比較〔J〕，書法之友，2002，4。

7. 俞士玲，談蘇軾文學中的幻變異化〔J〕，南京大學學報（哲學.人文科學.社會科學版）2003，2。

8. 張愛民，宋代文學家與《莊子》〔J〕，德州學院學報（哲學社會科學版）2005，3。

9. 段煉，意趣：中國文論與西方文論的參照〔J〕，中外文化與文論，2008，1。

10. 陳文宛，析蘇轍《老子解》的核心概念──性〔J〕，樂山師範學院學報，2008，3。

11. 張玉璞，「三教合一」與宋代士人心態及文學呈現〔D〕，曲阜：曲阜師範大學，2009。

12. 陸慶祥，蘇軾休閒審美思想研究〔D〕，杭州：浙江大學，2010。

13. 伍曉蔓，「漁父家風」與江西詩派〔J〕，文學遺產，2012，4。

14. 杜秉俊，蘇軾的道論與心性之學〔D〕，上海：復旦大學，2012。

15. 陸慶祥，宋代士人自然審美中的休閒心態研究〔J〕，蘭州學刊，2013，6。

16. 李生龍，儒學語境下士人對莊子的迴護及其意義〔J〕，中州學刊，2014，5。

17. 李生龍，宋至清對莊子文學評論舉要〔J〕，北方論叢，2014，4。

18. 劉固盛，北宋儒家學派的《老子》詮釋與時代精神〔J〕，西北師大學報，2001，4。

19. 尹志華，試析北宋《老子》注家對「無為」的詮釋〔J〕，首都師範大學學報，2004，1。

20. 尹志華，試析北宋《老子》注家的孔老異同論〔J〕，孔子研究，2005，5。

21. 肖海燕，論王安石學派的莊學思想〔D〕，華中師範大學，2005。

22. 朱剛，從「先憂後樂」到「簞食瓢飲」——北宋士大夫心態之轉變〔J〕，文學遺產，2009，2。

23. 邵明華，邵雍交遊研究——關於北宋士人交遊的個案研究〔D〕，山東大學，2009。

24. 楊天保，「捨韓入揚」和「尊莊抑老」——北宋王安石建構「內在」的兩個維度〔J〕，孔子研究 2011，3。

25. 吳增輝，從「省之又省」到圓融三教——黨爭及貶謫與蘇轍的思想蛻變〔J〕，西華師範大學學報，2012，1。

26. 嚴宇樂，蘇軾、蘇轍、蘇過貶謫嶺南時期心態與作品研究〔D〕，復旦大學，2012。

27. 李生龍，儒學語境下士人對莊子的擷取和會通〔J〕，衡陽師範學院學報，2017，1。